10
18

12, AVENUE D'ITALIE. PARIS XIIIe

Sur l'auteur

Anne Perry, née en 1938 à Londres, est aujourd'hui célébrée dans de nombreux pays comme la reine du polar victorien grâce au succès de ses deux séries, les enquêtes du couple Charlotte et Thomas Pitt, et celles de l'inspecteur amnésique William Monk. Elle s'est depuis intéressée à d'autres périodes historiques telles que le Paris de la Révolution française (*À l'ombre de la guillotine*), la Première Guerre mondiale (la saga des Reavley), ou encore Byzance au XIIIe siècle (*Du sang sur la soie*). Anne Perry partage sa vie entre Inverness (Écosse) et Los Angeles.

ANNE PERRY

VENGEANCE EN EAU FROIDE

Traduit de l'anglais
par Florence Bertrand

10
18

Grands détectives

créé par Jean-Claude Zylberstein

Titre original :
Revenge in a Cold River

ISBN 978-2-264-06877-4

1

Monk accosta puis gravit les marches en pierre qui menaient au quai, laissant à Hooper le soin d'amarrer la barque avant de le suivre. Lorsqu'il arriva en haut de l'escalier, le vent de novembre le glaça subitement, bien que la journée fût ensoleillée. Peut-être la silhouette du douanier qui l'attendait lui avait-elle fait prendre conscience du froid.

Depuis combien de temps McNab et lui se connaissaient-ils ? Monk n'en avait pas la moindre idée. Lors de l'accident de fiacre qu'il avait subi quatorze ans plus tôt, en 1856, toute sa vie d'avant s'était évanouie. Il ne la connaissait que par déduction et à travers les souvenirs d'autrui. Il avait joué la comédie brillamment. Seuls quelques-uns de ses proches savaient la vérité. Chacun d'eux, en un sens, détenait entre ses mains la qualité de son existence.

McNab le haïssait. Si Monk ignorait pourquoi, il savait en revanche pourquoi lui haïssait McNab. Celui-ci était responsable de l'échec de l'opération qui s'était conclue par la mort d'Orme, au terme d'une bataille ouverte sur le pont du navire des trafiquants d'armes qu'ils avaient voulu arrêter. Monk ne savait pas au juste comment McNab avait procédé et n'avait trouvé aucune preuve pour étayer ses soupçons. Des mois s'étaient écoulés, mais Monk pleurait encore Orme, qui avait été son mentor, son bras droit, et surtout son ami, depuis le jour où, après la mort de Dover, il avait été nommé à la tête de la brigade fluviale de la Tamise.

McNab était debout, les pieds solidement plantés sur le quai, le vent fouettant les pans de son manteau. Il pivota à la vue de Monk, et l'excitation se peignit sur ses traits taillés à la serpe.

— Bonjour, Mr. Monk, lança-t-il. J'ai un client pour vous !

Sa voix forte dominait le cliquetis de chaînes qu'on tirait, le clapotis de l'eau sur les marches, les appels des mariniers sur le fleuve.

— Bonjour, Mr. McNab.

Monk s'arrêta à côté de lui et baissa les yeux sur la bâche en toile qui recouvrait une forme indistincte. Il n'était pas surpris. Le message qu'on lui avait envoyé parlait d'un cadavre qu'on avait repêché à marée montante.

Monk souleva la bâche et regarda le corps. C'était celui d'un homme d'âge moyen, vêtu d'habits de travail usagés. Il n'avait guère gonflé dans l'eau, par conséquent il n'avait pas dû y passer plus de quelques heures. Son visage, légèrement tuméfié, n'était pas défiguré. Monk n'avait pas besoin d'interroger le médecin légiste pour savoir que ces contusions étaient antérieures au décès. Dès que le cœur cesse de battre, le sang cesse de circuler et ne forme plus d'ecchymoses.

Monk se pencha pour palper les cheveux épais, gorgés d'eau. Ses doigts bougeaient lentement, à la recherche d'une blessure, une bosse ou une petite dépression trahissant un coup porté sur le crâne. Il ne trouva rien. Il souleva une paupière et distingua dans le blanc de l'œil les minuscules points rouges qui indiquent une difficulté à respirer.

Monk leva la tête vers McNab pour voir s'il avait remarqué les taches et saisit un éclair de satisfaction sur ses traits avant qu'il redevienne impassible.

L'homme avait-il été étranglé ? Il n'y avait pas de marques autour de la gorge. Le larynx n'était ni brisé ni écrasé. Une noyade ? Ce n'était pas chose rare. La Tamise était sale et glaciale, le courant rapide et traître. Peu de gens savaient nager, encore moins dans un fleuve profond soumis à la marée.

— Pourquoi suis-je ici, Mr. McNab ? Qui est cet homme ?

— Je n'en sais fichtre rien, répondit McNab d'une voix rauque. Pas encore. J'ai pensé qu'on devait vous envoyer chercher avant de faire quoi que ce soit. On ne voudrait pas abîmer les preuves, hein…

Il n'acheva pas sa phrase, esquissant un mince sourire suffisant.

— Je vais vous laisser regarder d'un peu plus près.

Monk comprit avec un frisson qu'il n'avait pas tout vu, loin de là. McNab attendait qu'il trouve – ou, mieux, de lui montrer ce qui lui avait échappé.

Il retira la toile qui recouvrait le reste du corps et la déposa sur le quai. Les mains de l'homme étaient intactes, dépourvues de callosités, ses ongles coupés avec soin. Ce n'était pas un travailleur manuel. Monk palpa le haut des bras sous la chemise en lainage. Les muscles n'étaient pas très développés.

Les bottes étaient en cuir marron ordinaire, bon marché, mais correctes. Le pantalon n'était pas déchiré. Le manteau semblait manquer, à moins qu'il n'en eût pas porté au moment où il était tombé à l'eau.

McNab souriait toujours, très légèrement, et l'observait. Il éveilla en Monk le souvenir lointain de buses perchées sur des piquets de clôtures, à l'affût de petits rongeurs dans l'herbe.

Qu'avait-il négligé ? Un noyé avec des mains lisses ! Avec difficulté, et sans l'aide de McNab, il retourna l'homme et le mit sur le ventre. Ce fut alors qu'il vit le trou : un trou bien net dans le dos, laissé par une balle. S'il y avait eu du sang ou des traces de brûlures dues à la poudre, l'eau avait tout lavé.

Avait-il succombé avant son séjour dans l'eau ? Non, car ces minuscules points rouges dans les yeux indiquaient qu'il avait désespérément lutté pour respirer ! Avait-il été à demi étouffé, s'était-il dégagé et avait-il reçu une balle ensuite, alors qu'il était au bord de l'eau ou déjà dedans ?

Il leva les yeux vers McNab.

— Intéressant, commenta-t-il avec un hochement de tête. Il va falloir l'identifier.

— Oui. C'était pas un accident, hein ? Le meurtre, c'est vous que ça regarde. Je vous aiderais si je pouvais, évidemment. Faut coopérer, pas vrai ? Mais je ne sais rien du tout.

Il eut un petit haussement d'épaules.

— Il est tout à vous.

Sur quoi il se détourna et s'éloigna.

Hooper avait amarré la barque et était remonté sur le quai. Sitôt McNab parti, il s'avança, suivant des yeux sa silhouette qui disparaissait au coin de l'entrepôt.

Monk et lui restèrent seuls. Dans les docks voisins, des hommes déchargeaient des marchandises en s'interpellant bruyamment. On entendait le grincement des chaînes d'amarrage, le bruit sourd des ballots qui tombaient, le grondement des fûts en bois qui roulaient sur le pavé.

— Je me méfie de ce salaud comme de la peste, grommela Hooper en se penchant sur le cadavre.

Hooper avait succédé à Orme comme second auprès de Monk. On n'aurait pu imaginer d'individu plus différent de son prédécesseur. Orme était un homme trapu, taciturne, au caractère égal et à la voix douce, qui avait les cheveux blancs et portait toujours un caban sauf en plein été. Il connaissait le fleuve mieux que la plupart des gens leur propre jardin. Très attaché à sa fille et à sa toute nouvelle petite-fille, il avait été sur le point de prendre sa retraite et de s'installer dans une maison au bord de la Tamise. Il avait pensé vivre ses dernières années auprès d'elles, aller boire quelques pintes de bière avec de vieux amis de temps en temps et observer les oiseaux sauvages qui survolaient l'estuaire.

Hooper était élancé, dégingandé, presque gauche, d'un naturel désordonné. Il avait sans doute trente ans de moins qu'Orme. Silencieux de nature, il possédait aussi un vif sens de l'humour. Contrairement à Orme qui, sachant que Monk avait tout à apprendre du fleuve, s'était montré protecteur envers lui, Hooper était loyal, loyal jusqu'à la mort, mais il était aussi capable de le critiquer, comme Monk l'avait récemment découvert.

Hooper avait retourné les mains du mort et les examinait, s'intéressant particulièrement aux doigts. Monk remarqua alors une légère tache qui avait pénétré dans les couches de la peau et que l'eau n'avait pas effacée.

— De l'encre ?

— En tout cas, ce n'est pas un travailleur manuel, rétorqua Hooper. Et ses vêtements ne sont pas ceux d'un employé de bureau ou d'un commerçant.

— Nous ferions mieux de trouver celui qui l'a sorti de l'eau.

Monk se tourna et regarda d'un côté et de l'autre du large fleuve encombré d'embarcations. Tout près d'eux, des goélettes à quatre ou cinq mâts, voiles ferlées, attendaient leur chargement de marchandises. Un chapelet de péniches se dirigeait lentement vers l'amont, des bacs se frayaient un chemin d'une rive à l'autre.

— Je suppose que McNab n'a pas pris la peine de vous le dire, maugréa Hooper.

Il n'en parlait guère, mais lui aussi tenait McNab pour responsable de la fusillade, et par conséquent de la mort d'Orme. Il ne désespérait pas de pouvoir le prouver un jour. Il ne cherchait pas plus que Monk à assouvir une vengeance personnelle : il voulait simplement que justice soit faite. Orme était non seulement quelqu'un de bien, mais c'était aussi un homme qui avait travaillé presque toute sa vie dans la brigade fluviale. Il y avait une loyauté à respecter, dans l'intérêt de l'avenir autant que du passé.

— Non, admit Monk d'un ton ironique. Mais au moins il a fait appeler le médecin de la police. On dirait que c'est lui qui arrive sur le quai, là-bas.

Il désigna de la tête l'homme qui approchait.

— Je vais lui parler. Allez voir si les passeurs d'à côté peuvent vous apprendre quelque chose.

— Bien, monsieur.

Il partit, d'un pas tranquille mais étonnamment rapide. Il avait rejoint un groupe de débardeurs et de mariniers avant que Monk ait salué Hyde.

— Qu'est-ce que vous avez ? demanda le médecin, jetant un coup d'œil blasé au cadavre.

La soixantaine, plutôt corpulent, le légiste avait des cheveux blonds qui commençaient à se clairsemer à l'avant du crâne et un visage éveillé. Monk avait collaboré plusieurs fois avec lui par le passé et appréciait son humour macabre.

— Un homme aux mains lisses, asphyxié, qui a reçu une balle dans le dos, expliqua Monk avec un sourire en biais.

Hyde arqua les sourcils et hocha la tête.

— C'est ce qu'on appelle être concis. Vous savez qui il est ?

— Absolument pas. Il a été repêché à marée montante. Hooper est allé voir s'il peut trouver des informations plus précises.

Hyde s'agenouilla à côté du cadavre et l'examina avec délicatesse et attention. Il observa la tête, la nuque, les pieds et les mains, les poignets, puis le retourna pour voir le dos, exactement comme Monk l'avait fait.

— C'est McNab, du bureau des douanes, qui m'a appelé, dit enfin Hyde en se redressant avec une petite grimace de douleur, comme si son arthrose le rappelait à l'ordre. Je suppose qu'il ne vous a rien appris d'utile ?

Apparemment, Hyde était au courant de la froideur de leurs relations.

— Peut-être qu'il ne savait rien, suggéra Monk d'un ton neutre.

Hyde lui décocha un regard perçant.

— C'est ça. Et peut-être qu'il y aura trois marées demain au lieu de deux.

Ainsi, Hyde ne portait pas McNab dans son cœur, lui non plus.

— Je peux vous dire une chose, ajouta-t-il. Les douanes ne connaissent pas cet homme, sinon McNab ne vous aurait pas prévenu. Et ce n'est pas un marinier, il a des mains d'artiste. Mais je parierais une bouteille du meilleur whisky que l'art qu'il exerce, quel qu'il soit, est illégal.

— A-t-il reçu la balle avant ou après son séjour dans l'eau ?

— Aucune idée. Je vous dirai ce que j'ai appris quand je l'aurai appris, lança Hyde gaiement.

Il s'avança vers les marches et fit signe à ses hommes d'apporter la civière. La morgue était située sur la rive opposée, et le bateau était le meilleur moyen d'y accéder.

Monk attendit qu'ils soient partis, puis alla rejoindre Hooper, curieux de savoir ce qu'il avait découvert. Le vent se levait. Il avait froid.

Il leur fallut plusieurs heures pour glaner les renseignements qu'ils cherchaient, mais l'histoire n'était guère compliquée. Un marinier qui remontait le fleuve de bon matin avait trouvé le corps prisonnier d'un enchevêtrement de cordages et de débris d'épave près d'un des escaliers servant d'embarcadère aux bacs qui faisaient la navette entre les deux rives.

L'homme avait attendu quelques minutes, le temps qu'un bac se présente. Ne pouvant quitter son chapelet de péniches, il avait dit au passeur d'alerter les autorités. En l'occurrence, deux douaniers qui étaient occupés à inspecter des denrées qu'on venait de décharger d'une goélette voisine. À cette époque de l'année, on profitait de chaque heure de jour. Ils avaient envoyé chercher McNab, qui occupait un rang suffisamment élevé pour prendre l'affaire en main.

Monk et Hooper eurent beau interroger d'autres gens, personne ne connaissait le mort. Apparemment, il n'était ni marinier, ni passeur, ni débardeur. Monk n'en fut pas surpris. Il était arrivé à la même conclusion en l'observant.

Vers quatre heures et demie de l'après-midi, ils étaient de retour au commissariat de Wapping, leur quartier général, et le jour commençait à baisser quand on vint leur signaler le vol d'une embarcation sur la rive sud, à deux ou trois kilomètres de là. D'après la police locale, il s'agissait d'un petit canot à rames, aisément manœuvrable par un homme seul. Au cours de ses investigations, Hooper apprit qu'un détenu s'était échappé alors qu'il était questionné par des douaniers. C'était un faussaire réputé, un certain Blount, qui répondait parfaitement à la description du cadavre.

— Et McNab ne le savait pas ? lâcha Hooper d'un ton sarcastique alors que Monk et lui se tenaient sur le quai à Wapping.

Une bise aigre soufflait, venant du fleuve. À la faible lueur des réverbères qui longeaient la rive, les eaux agitées se couronnaient de crêtes blanches. La plupart des péniches étaient amarrées pour la nuit. Les docks étaient calmes. Il faisait trop sombre pour continuer à décharger. Seuls les bacs continuaient leur va-et-vient, ainsi que les barques de la brigade fluviale.

— J'imagine que c'est ce qu'il prétendra, répliqua Monk. Blount s'est enfui hier, paraît-il.

Hooper se tourna vers lui, mais son expression était indéchiffrable dans la pénombre.

— Je ne croirais même pas McNab s'il me donnait l'heure.

— J'irai à la prison demain matin pour me renseigner au sujet de ce Blount.

— Voulez-vous que j'interroge les douaniers qui l'ont laissé filer ?

Monk y réfléchit brièvement.

— Non, je m'en chargerai. Ce sera plus facile quand j'en saurai davantage sur son compte. Je me demande qui a tiré sur lui…

Pour toute réponse, Hooper se contenta d'émettre un grognement.

Ils regagnèrent le commissariat. Le poêle rond diffusait une chaleur bienfaisante et il y avait toujours une bouilloire sur le fourneau.

Devant une tasse de thé brûlant agrémenté d'une cuillerée de whisky, Monk rédigea son rapport de la journée, mentionnant le cadavre signalé par McNab, divers petits vols et une affaire de contrebande. C'était la partie de son travail qu'il aimait le moins ; l'expérience, toutefois, lui avait appris que, plus il tardait à s'en acquitter, plus il lui était difficile de se souvenir de détails qui pourraient avoir une importance considérable par la suite. Plus d'un procès avait été gâché par des notes faites à la va-vite ou une écriture inintelligible.

Deux heures plus tard, il souhaita bonne nuit à l'agent de garde et traversa le quai obscur et venteux pour prendre le bac qui le ramènerait chez lui.

La prison de Plaistow était située en bordure de la cité, au nord d'Albert Dock. Elle était proche de la ligne de chemin de fer, aussi Monk mit-il moins d'une heure à s'y rendre le lendemain matin.

Le gouverneur, Elias Stockwell, était de méchante humeur à cause de l'évasion. Apprendre que le corps de Blount avait été repêché l'avait quelque peu rasséréné.

— Je ne suis pas mécontent que ce vaurien soit mort, dit-il avec franchise lorsqu'il reçut Monk dans son petit bureau où régnait un ordre méticuleux. C'était un excellent faussaire, mais il était mauvais comme une teigne. Bien trop malin.

Monk se cala dans son fauteuil, laissant entendre qu'il comptait rester le temps qu'il faudrait pour obtenir les réponses qu'il désirait.

— Seulement pour les faux, ou en général ? demanda-t-il avec curiosité.

Le meurtre de Blount pouvait être dû à diverses raisons : vengeance personnelle, querelle à propos d'un coup en préparation ou partage du butin d'une escroquerie déjà commise.

Stockwell poussa un soupir.

— Les deux. C'était un des meilleurs faussaires que j'aie vus, et pas uniquement pour ce qui est des documents. Il était capable de fabriquer un billet de cinq livres qui aurait trompé la plupart des gens.

— La plupart des gens ne savent pas à quoi ressemble un vrai billet de cinq livres, lui fit remarquer Monk.

La somme représentait plus d'un mois de salaire pour un individu moyen.

— Certes, admit Stockwell. Il s'y entendait aussi pour contrefaire des connaissements maritimes, des formulaires de douane, des manifestes de cargaison. C'est la raison pour laquelle les douanes s'intéressaient tant à lui.

— Avait-il des complices ?

— Vraisemblablement. Cela dit, aucun n'a jamais été pris. Il savait tenir sa langue.

Il arqua légèrement les sourcils.

— Pensez-vous que l'un d'eux l'ait tué pour s'assurer de son silence ? Cela me paraît probable.

— Pourquoi a-t-il été condamné ? insista Monk.

Stockwell lui livra les détails de la fraude. Blount avait falsifié des documents ayant trait à la quantité de marchandises transportées, escroquant ainsi les douanes.

Monk écouta avec intérêt.

— Le commandant du navire était donc presque nécessairement au courant ?

— En effet, acquiesça Stockwell. Mais il avait disparu depuis belle lurette quand on a mis le grappin sur Blount. D'ailleurs, c'était un étranger, un Espagnol ou un Corse.

— Et l'importateur ?

— Il a fait celui qui ne savait rien et suggéré que Blount lui-même empochait les profits. Un fieffé menteur. Malheureusement, on n'a pas pu le coincer. Il avait couvert ses traces avec beaucoup de soin.

— Cependant, Blount savait qu'il était complice et qu'il aurait pu le trahir ?

— Il devait le savoir, mais il n'a rien dit. J'imagine qu'il escomptait une coquette récompense pour son silence à sa sortie de prison. Il n'avait que cinq ans à faire.

— Quand a-t-il été condamné ?

— En septembre.

— Comment s'appelle l'importateur ?

— Haskell et Fils. Les douaniers sont sur son dos depuis des années. C'est pour cela qu'ils sont venus interroger Blount. Pour le convaincre de le dénoncer. Ils n'ont rien pu tirer de lui, à ce qu'ils m'ont dit.

— Parlez-moi de ce Blount. Lui connaissez-vous des amis, des ennemis, des gens qui auraient pu souhaiter sa mort ? Ou avoir peur de lui ?

— Il était malin, répéta Stockwell d'un air songeur. Dans la prison, le bruit court qu'il rendait pas mal de services. Non sans attendre des faveurs en retour, évidemment. Si quelqu'un avait besoin d'une lettre, d'un faux quelconque qui puisse être sorti par un avocat ou par un gardien…

Son expression était devenue amère.

— … il suffisait de lui procurer du papier, et il pouvait produire un document susceptible de tromper n'importe qui. Il s'est constitué tout un réseau comme ça, de gens qui avaient une dette envers lui, ou qui auraient peut-être de nouveau besoin de ses services à l'avenir. Rusé, qu'il était. Il ne faisait jamais rien sans réfléchir, sans peser les bénéfices que cela pourrait lui rapporter.

Monk songea à son visage rude et à ses mains lisses, et n'eut aucun mal à le croire.

— Il travaillait surtout dans la contrebande ?

— Que je sache, oui. Mais il y avait peut-être toutes sortes d'autres choses : des actes de vente, des déclarations sous serment, que sais-je ?

— Qui l'a emmené au bureau de la douane ? Et pourquoi ne pas être venu l'interroger ici ? Il y avait moins de risque qu'il s'échappe.

— Nous ne pensions pas qu'il y avait de risque ! riposta Stockwell. Il était menotté et escorté par deux gardes.

— Mais pourquoi ce déplacement ? insista Monk. Pourquoi les douaniers ne pouvaient-ils pas venir ici ?

— Parce qu'ils avaient une grosse malle pleine de documents et d'autres objets difficiles à transporter. Des instruments qu'ils ne pouvaient pas identifier.

— Qui étaient les gardes ?

— Clerk et Tucker. Ce dernier ne pourra pas travailler pendant un certain temps. Un homme qui a le bras cassé ne sert pas à grand-chose par ici.

— Eh bien, ce n'est pas Blount qui va les remercier, ironisa Monk. Lui a été abattu et s'est noyé. Vous avez des idées là-dessus ?

Stockwell parut à la fois las et dégoûté.

— On aura voulu s'assurer qu'il n'en réchapperait pas !

— Ce déplacement a été arrangé combien de temps à l'avance ?

Stockwell se redressa.

— La veille. Intéressant. Croyez-vous que le meurtrier a entrevu une occasion et l'a saisie ?

— Ou bien il savait que la permission allait être demandée et il en a profité.

— Vous pensez aux douanes ? Ou à Haskell lui-même ? Vous voulez savoir s'il y a un lien avec quelqu'un ici ?

— Oui. Et je ne manquerai pas d'aller voir les douaniers concernés. Je veux découvrir exactement ce qui s'est passé, qui a envoyé chercher Blount et qui était au courant.

— Bien. Je vais voir ce que nous avons, répondit Stockwell en se levant. Ce Blount était une ordure, mais nous ne pouvons pas laisser éliminer des témoins. Et je n'aime pas que des prisonniers s'évadent.

— Il ne s'est pas échappé d'ici !

Stockwell le toisa avec indignation.

— Il a échappé à mes hommes, monsieur !

Monk en convint, avec autant de tact qu'il en était capable.

Il était quatre heures passées et le soleil baissait à l'horizon, projetant des ombres sur l'eau, quand Monk quitta de nouveau Wapping pour faire à pied le trajet relativement court qui le séparait de la direction des douanes sur Thames Street. Il avait besoin d'air, fût-il froid, et de solitude, pour mettre de l'ordre dans ses pensées. Ce qu'il apprendrait allait dépendre de la manière dont il abordait son interlocuteur.

Monk désirait des informations. Ce n'était pas à lui de distribuer des blâmes.

La circulation était dense et les trottoirs encombrés, aussi lui fallut-il un peu plus longtemps qu'il ne l'avait escompté. Néanmoins, lorsqu'il atteignit le splendide édifice qui, entièrement restauré après l'effondrement de 1825, se dressait face au fleuve, il était prêt à faire preuve de patience pour obtenir des réponses à ses questions.

Il fut reçu avec circonspection. On le conduisit dans une petite pièce qu'on avait obligeamment mise à sa disposition. Elle ne donnait pas sur la Tamise.

Le jeune homme fut amené presque aussitôt.

— Asseyez-vous, Worth, dit Monk en désignant la chaise en face de lui. Blount est mort, et ce n'est pas une grande perte, sauf s'il s'apprêtait à témoigner contre Haskell. Était-ce le cas ?

Worth s'assit au bord de sa chaise. Âgé de vingt-cinq ans tout au plus, il semblait très gêné par le fait que son collègue et lui avaient laissé un prisonnier leur fausser compagnie, et pire, se faire tuer. À l'évidence, il était encore sous le choc.

Monk ne se souvenait pas d'avoir été aussi jeune. Cela faisait partie des années qu'il avait perdues. Avait-il jamais paru aussi vulnérable à ses aînés ? D'après les impressions qu'il avait recueillies, il avait toujours eu l'air un peu arrogant, plus sûr de lui, peut-être, qu'il ne l'était réellement.

— À mon avis, non, monsieur. Toute cette histoire a été une perte de temps, en fait.

Puis il rougit d'embarras.

— Excusez-moi, monsieur.

— Qui vous a dit de l'interroger ?

— Nous en avons reçu l'ordre, monsieur.

— Je n'en doute pas, Worth. Qui vous l'a donné ?

— Mr. Gillies, monsieur.

Il avait l'air contrarié d'un écolier qu'on a forcé à dénoncer un de ses camarades.

— Je vois. Dans le but précis de faire parler Blount sur Haskell ou pour aller à la pêche aux renseignements en général ?

— Pour savoir qui l'avait payé, monsieur. Et il y avait une malle pleine de matériel de contrefaçons et de documents spéciaux qu'il aurait pu identifier s'il l'avait voulu.

— Il s'y est refusé ?

— Plus ou moins… Il a seulement dit que c'était du matériel qu'on utilisait pour contrefaire des actes de vente, même certains de l'étranger, ce genre de choses.

Monk savait que, s'il mettait Worth dans l'embarras ou qu'il donnait l'impression de critiquer le service des douanes dans son ensemble, il n'obtiendrait rien du jeune homme. Non seulement ce serait sévère, mais surtout, cela ne servirait à rien. À supposer que Worth eût commis des erreurs ou pu mieux faire, il serait plus que personne désireux de se racheter. Un chef compétent le lui permettrait. Monk apprenait ces leçons petit à petit. Ce faisant, il ressentait une compassion croissante envers les officiers qui avaient eu affaire au jeune homme impertinent qu'il avait été. De tels jeunes gens étaient un fléau pour leurs supérieurs. Si on les formait correctement et qu'on s'attirait leur respect, ils devenaient des atouts pour le service. À l'inverse, s'ils étaient victimes des insuffisances de la hiérarchie, leur amertume faisait d'eux de dangereux ennemis.

— Décrivez-moi comment les choses se sont passées, dans votre souvenir.

Docilement, Worth lui relata l'arrivée de Blount et des deux gardes.

— Sont-ils entrés dans la salle d'interrogatoire avec lui ? s'enquit Monk.

— Non, monsieur. Ils ont attendu dehors. Il n'y avait qu'une porte. Nous étions deux à l'intérieur, plus eux deux dans la pièce voisine.

— Cela paraît raisonnable, convint Monk. Blount était menotté ?

— Il était attaché à sa chaise par le poignet gauche. La journée était plutôt froide, alors je lui ai offert un thé bien chaud, ajouta Worth avec gêne, comme si ce petit acte de gentillesse était un signe de faiblesse.

— Et ensuite, vous l'avez interrogé ?

— Oui, monsieur.

Monk choisit ses mots avec soin.

— Rapportez-moi votre entretien. Avez-vous eu l'impression qu'il s'attendait à ces questions ? Y était-il préparé ?

Worth réfléchit un moment.

— Non, monsieur, répondit-il enfin en regardant Monk droit dans les yeux. Je crois qu'il se demandait pourquoi il était là. Il paraissait tout étonné. Sur le moment, j'ai cru qu'il jouait la comédie. Maintenant, je pense qu'il n'en avait aucune idée.

— Intéressant. Poursuivez.

— Au bout d'une demi-heure, alors que nous n'avions rien appris de nouveau, nous avons été interrompus. Un homme est arrivé en déclarant qu'il était l'avocat de Mr. Blount, et que nous ne pouvions pas continuer sans lui. Nous n'avions guère le choix, alors nous avons fait entrer l'avocat… si c'en était bel et bien un…

— Pourquoi en doutez-vous ?

Le visage de Worth refléta son embarras.

— Parce que c'est là que tout a commencé. On a entendu tout un remue-ménage dehors. Deux hommes ont attaqué le gardien de prison qui attendait à côté…

— Un seul ?

Monk se pencha en avant.

— Vous aviez dit qu'ils étaient deux !

— L'un d'eux était parti aux cabinets, monsieur, admit Worth, l'air contrarié.

— Et les deux autres ont profité de son absence ?

Il imaginait la scène sans difficulté. Tout donnait à penser qu'il y avait eu un mélange de préparation et d'opportunisme.

— Oui, monsieur. En effet.

— Étaient-ils armés ?

— Oui, monsieur. Ils avaient de gros coutelas. Ils ont cassé le bras du gardien.

— Ils l'ont frappé tous les deux ?

— Oui, monsieur. Ils m'ont assommé et Logan aussi. Quand j'ai repris connaissance, il était étendu par terre et la chaise de Blount était réduite en miettes, comme si on l'avait fracassée à coups de hache.

— Et Blount avait disparu ?

— Oui, monsieur.

— Quelqu'un d'autre a-t-il été témoin d'une partie de l'incident ? Soit de l'arrivée des deux hommes, soit de leur départ avec Blount ?

— Oui, monsieur. On a vu Blount partir avec l'un d'eux. Comme ils étaient à peu près de la même taille et de la même corpulence que les gardiens, et sous la pluie, tout emmitouflés, on a cru que c'étaient eux qui repartaient.

Il changea gauchement de position sur sa chaise.

— Et l'homme qui avait affirmé être avocat ?

— Il a prétendu qu'il avait été assommé aussi, monsieur !

— Prétendu ? Vous en doutez donc ?

— Avec le recul, oui, monsieur. J'étais complètement sonné, mais il n'avait pas l'air plus secoué que ça.

Monk hocha la tête.

— Je voudrais que vous réfléchissiez avec attention. Je ne demande que vos impressions. Croyez-vous que Blount s'attendait à être sauvé ? A-t-il essayé de gagner du temps ? Semblait-il nerveux, comme s'il guettait une interruption ? Était-il le moins du monde effrayé ?

Worth cilla. Il avait du mal à fournir à Monk les réponses qu'il cherchait.

— Il était déjà en prison, reprit ce dernier. L'avez-vous menacé de quoi que ce soit ? J'ai besoin de savoir l'exacte vérité, Mr. Worth. Était-il agité ?

— Non. En fait, il a été plutôt insolent, répondit Worth prudemment. Comme s'il savait que nous ne pouvions rien lui faire. En réalité, monsieur, cet entretien ne nous a rien appris du tout. C'était vraiment un malin, Blount. Je ne m'étais jamais imaginé qu'il se mettrait à table.

— Pas assez malin pour éviter de se faire tirer dessus et de finir noyé dans la Tamise ! commenta Monk d'un ton sombre. Merci, Mr. Worth. Vous m'avez apporté une aide considérable. Je suppose que vous ne savez pas lequel de vos supérieurs pensait que Blount allait dénoncer Haskell ? Ou celui qui l'avait payé, qui qu'il soit ?

— Non, monsieur. Je suis désolé, monsieur.

— Je pensais bien que non, dit Monk en se levant. Ce sera tout. Merci.

— Bien, monsieur.

Worth s'était levé et le salua.

— Merci, monsieur.

Worth était un bon agent, songea Monk. Il serait une bonne recrue pour la brigade fluviale. Peut-être qu'un jour il pourrait le persuader de quitter le service de McNab pour le sien. Il avait besoin de renforcer ses effectifs.

En rentrant chez lui dans le jour déclinant, il pesa les paroles de Worth. Lorsqu'il accosta aux marches de Greenwich et s'engagea dans la côte éclairée qui menait à Paradise Place, il était parvenu à plusieurs ébauches de conclusions. Blount était un individu qui faisait toujours passer son intérêt avant tout, il en savait trop et il représentait un danger pour quelqu'un : sans doute celui qui l'avait employé, autrement dit Haskell.

Son assassinat avait été préparé avec habileté : on s'était servi des douaniers et de l'avocat. L'un d'entre eux était complice ; peut-être l'homme était-il à la solde d'Haskell depuis un certain temps, voire des années.

L'affaire Blount avait d'abord été prise en main par McNab. C'était lui qui avait fait amener le faussaire à la direction des douanes. C'était lui qui avait été averti de sa mort, encore lui qui avait sollicité Monk. Avait-il manigancé l'évasion de Blount ? Voilà ce que Monk désirait savoir. McNab était dangereux. Monk avait vu l'expression de son regard lorsqu'il baissait sa garde. L'hostilité qu'il lui manifestait tenait moins à une rivalité professionnelle qu'à un grief personnel. À une haine profonde et empoisonnée.

La seule chose à faire était d'affronter McNab, ce qu'il ferait le lendemain. Il n'en avait guère envie, en partie parce qu'il savait que l'homme serait agressif, comme chaque fois qu'ils se croisaient. Mais surtout, Monk était réticent parce qu'il ignorait la cause du différend qui les opposait. Il était tout à fait certain que McNab, lui, le savait, ce qui lui donnait toujours une longueur d'avance. McNab agissait, Monk réagissait. Et il détestait cela.

Et pourtant, s'il n'allait pas le voir avec les renseignements qu'il avait obtenus de Worth, il lui aurait tacitement donné un avantage en lui montrant qu'il n'osait pas se confronter à lui. Ce serait intolérable.

Le lendemain, lorsqu'il retourna au bureau des douanes, il dut attendre McNab occupé sur l'un des docks. Néanmoins, ce fut une demi-heure qu'il mit à profit. Il lut plusieurs notes concernant Haskell et Fils, et compléta les informations dont il disposait déjà sur la société et son passé.

Il se trouvait dans une petite salle d'attente aux murs nus quand McNab fit son entrée. Visiblement agacé de le voir là, ce dernier rougit de contrariété. Il resta immobile un instant, dominant ses sentiments avant de prendre la parole, presque avec indifférence.

— Qu'y a-t-il, Monk ? Vous ne pouvez pas nous rendre l'affaire sous prétexte qu'elle est déplaisante ! Ou est-ce une visite de courtoisie, pour nous dire que vous savez ce qui s'est passé ? Qui a tué Blount, dans ce cas ?

Monk dissimula la surprise que lui causait le franc-parler de McNab, si toutefois c'en était. Il ne se leva pas et McNab prit place en face de lui, pinçant les jambes de son pantalon à hauteur des genoux pour se mettre plus à l'aise. Il ne quittait pas Monk des yeux.

Celui-ci changea du tout au tout ce qu'il s'apprêtait à dire.

— Sans doute pas Haskell lui-même, répondit-il. Mais très probablement quelqu'un qui est à sa solde.

Il fut content d'avoir désarçonné McNab, même si ce dernier se ressaisit presque aussitôt.

— Vous avez peut-être bien raison, concéda-t-il. Nous n'avons jamais pu trouver de preuves qu'il ait été impliqué dans des activités illégales, et il a des amis.

Il laissa flotter sa phrase dans l'air.

— Des appuis, peut-être, corrigea Monk. Des alliés, certainement, et des employés. Ce ne sont pas des amis.

— Oh ! La loyauté qu'on achète est la plus faible de toutes, convint McNab.

Il tendit la main, le poing serré.

— On sait qui tient les rênes.

— Haskell ?

McNab haussa les sourcils.

— À vous de le déterminer, Monk. Blount a été abattu, assassiné. Il est hors de question qu'il s'agisse d'un suicide, et très peu probable qu'il s'agisse d'un accident. Qui tire dans le dos d'un homme par accident, hein ?

Son visage demeura grave, mais une lueur de satisfaction brillait dans son regard.

— Quelqu'un qui veut le faire taire. Qui a besoin de lui imposer le silence pour sa propre sécurité, peut-être.

— C'est possible.

— Envisagiez-vous d'arrêter Haskell ? insista Monk.

— Pour le meurtre de Blount ? se récria McNab, stupéfait. Pas du tout. Comme je vous l'ai dit, c'est votre enquête, commissaire !

— Je suis sûr que vous ne viendriez pas marcher sur mes plates-bandes, Mr. McNab, répondit Monk, sarcastique. Je voulais dire pour contrebande, ou usage de faux. C'est pour ça que vous voulez le coincer, non ?

McNab mûrit sa réponse en silence.

Monk comprit brusquement que son interlocuteur ignorait ce que Worth lui avait révélé la veille au soir. Cependant, l'ironie marchait dans les deux sens. Monk se refusait à attirer des ennuis à Worth en répétant ses propos. Il regarda McNab et attendit patiemment.

— La mort de Blount est un pas en arrière pour nous, dit enfin celui-ci. À moins, évidemment que vous ne puissiez imputer le meurtre à un des hommes d'Haskell et qu'il parle… Ce qui m'étonnerait.

Il eut un très léger sourire, prit une inspiration et planta son regard dans celui de Monk.

— Je crois que vous pouvez toujours courir, Monk. Ce gars-là serait condamné à être tué par Haskell ou torturé lentement par vous. Pauvre diable !

Monk se leva et se redressa.

— Dans ce cas, c'est dommage que vous ayez laissé Blount s'enfuir. La tâche nous aurait été facilitée si votre homme lui avait tiré les vers du nez. Enfin, il est trop tard à présent, conclut-il en lui rendant son sourire.

Puis, savourant la colère de McNab, il sortit et referma la porte bien que ce dernier fût déjà debout, lui aussi.

2

Beata York remercia sa femme de chambre et inspecta gravement son reflet dans la glace. Elle vit une femme d'une cinquantaine d'années qui avait été belle dans sa jeunesse, et dont les traits s'étaient affirmés avec les épreuves du temps. Il lui avait fallu chercher et trouver une paix intérieure pour combattre le tumulte extérieur.

Certes, personne ne le savait, et il ne devait jamais en être autrement. On la percevait comme sereine, toujours maîtresse d'elle-même. Son teint de porcelaine était immaculé. Les fils argentés dans ses cheveux étaient invisibles parmi les épaisses boucles d'or pâle et brillant de son impeccable chignon.

Elle portait une tenue vert foncé que n'agrémentait aucun bijou, aucune fourrure. Elle s'acquittait d'une visite que le devoir lui imposait et qu'elle redoutait. C'était sot de sa part. Il n'y avait jamais eu la moindre possibilité de s'y soustraire, et la remettre à plus tard ne faisait qu'aggraver les choses. Cependant, ce jour-là, on l'avait envoyé chercher.

Beata se détourna, et après avoir de nouveau remercié sa femme de chambre, sortit du boudoir et traversa le palier pour descendre l'élégant escalier en acajou. Le valet de pied attendait dans le vestibule, se tenant très droit, respectueusement. Elle voyait luire ses bottes cirées. L'équipage serait à la porte, prêt. Elle n'aurait pas besoin d'indiquer sa destination.

Elle avait informé le majordome qu'elle allait visiter son mari. Ingram York se trouvait dans un hôpital pour les fous. Peut-être la reconnaîtrait-il lorsqu'elle entrerait dans sa chambre, mais rien n'était moins sûr. Apparemment, ses médecins étaient d'avis qu'il s'affaiblissait et qu'elle devrait aller le voir avant qu'il sombre dans un coma quasi permanent et ne sache plus qui elle était.

Lors de sa dernière visite, deux semaines plus tôt, il ne l'avait pas reconnue au début, et puis soudain, la mémoire lui était revenue. Ç'avait été affreux, et terriblement gênant. Le feu lui monta aux joues alors qu'elle revivait la scène.

Ingram était étendu sur le lit, adossé aux oreillers. Tout à coup, l'expression absente de son visage replet s'était évanouie, remplacée par une bouffée de haine.

— Putain ! avait-il crié avec hargne. Tu es venue me narguer, hein ? Eh bien, je ne suis pas encore mort… malgré tes efforts !

Il était d'une pâleur de cendre, la peau pendait sur ses bajoues, ses yeux étaient enfoncés dans leurs orbites, ses cheveux blancs encore absurdement épais au-dessus de ses traits en furie.

Ce moment de lucidité avait pris fin aussi brusquement qu'il était venu. Le médecin, qui avait fait entrer Beata et qui était resté avec elle, était dans ses petits souliers.

— Il ne le pense pas ! s'était-il hâté de dire. Il… souffre d'hallucinations. Je vous assure, Mrs. York…

Mais elle n'écoutait pas. Ingram pensait ce qu'il disait. Elle était sa femme depuis plus de vingt ans. Contrairement à ce qu'imaginait le médecin, son attitude ne tranchait pas avec son comportement habituel.

Elle frissonna en sortant de la maison, moins à cause du froid mordant qui promettait du verglas avant la tombée de la nuit que des souvenirs qui la hantaient et de l'épreuve qui l'attendait.

Encore maintenant, elle imagina une manière de l'éviter – ce n'était qu'une chimère, une façon d'occuper ses pensées. Une promenade au parc ? Une visite chez une amie, du thé et des *crumpets* au coin du feu, quelques confidences et quelques rires ? Bien sûr que non ! Elle était restée avec Ingram durant toutes ces années, elle ne se déroberait pas lors de ses derniers jours. Elle s'acquitterait de son devoir.

Le valet ouvrit la portière de la voiture. Elle accepta la main qu'il lui tendait pour monter.

Combien de domestiques étaient au courant des accès de rage de Mr. le juge York ? Combien connaissaient les insultes épouvantables dont il l'accablait parfois ? Peut-être avaient-ils vu du sang sur les draps, et même sur les serviettes. Certaines choses, quand elle y repensait, la bouleversaient. Comment pourrait-elle rester calmement assise à la table du dîner pendant que le majordome lui servait son potage si elle imaginait un instant qu'il savait comment York se servait d'elle pour satisfaire ses appétits sexuels derrière la porte close de la chambre à coucher ?

Cela avait commencé quelques semaines après leur mariage. D'abord, ce n'avait été qu'une insistance, une certaine rudesse qui lui avait fait mal. Peu à peu, les gestes étaient devenus plus crus, plus humiliants, et les injures plus grossières, les actes de violence plus imprévisibles.

Cela avait continué, à des degrés divers, pendant des années. Il y avait eu des moments où, pendant des mois, il ne s'était rien passé. Stupidement, ces périodes de répit lui faisaient toujours espérer que c'était la fin, qu'il ne la toucherait plus jamais. Il pouvait se montrer si spirituel, si intelligent, et, en public du moins, la traiter avec respect, comme si la cruauté était une aberration. Alors la noirceur revenait avec plus de force encore.

Oliver Rathbone était présent le jour où tout s'était terminé. Ingram avait complètement perdu le contrôle de lui-même et agressé ce dernier à coups de canne. S'il l'avait atteint, il aurait pu le blesser gravement, voire le tuer. Grâce au ciel, à cet instant de rage, Ingram avait été terrassé par une attaque et s'était effondré, l'écume aux lèvres.

Il était toujours sans connaissance lorsque l'ambulance était arrivée. On l'avait transporté dans un hôpital traitant les maladies du système nerveux. Il aurait connu une fin plus douce s'il avait sombré dans le coma et qu'il fût mort. Malheureusement, le destin en avait décidé autrement. Depuis lors, il errait au bord de la conscience, avec de brefs éclairs de lucidité. Des mois avaient passé. L'incident remontait à plus d'un an.

Beata était veuve à tout point de vue à la seule différence qu'elle ne pouvait pas se remarier. Elle portait toujours le nom de York, vivait dans sa maison et s'obligeait à lui rendre visite quand sa conscience l'exigeait ou que le médecin le demandait.

Elle regarda derrière la vitre les équipages qu'ils croisaient, les dames vêtues de capes et arborant des cols en fourrure. Le trajet longeait Regent's Park, où les branches des arbres dénudés évoquaient un lacis de dentelle noire. Ç'aurait été une belle journée pour se promener à pied.

Comme elle détournait les yeux, une voiture passa dans l'autre sens et son regard rencontra brièvement celui de la passagère. Elle y lut de la chaleur, et vit le geste amical qui lui était adressé. Elle n'eut que le temps de lui rendre son sourire et d'acquiescer. Oui, elle acceptait l'invitation. Ce serait simple, et plaisant.

Bien trop vite, elle fut à l'hôpital. Le valet descendit lestement et lui tint la porte. Le froid de l'air lui fit regretter de ne pas avoir pris son étole. Puis elle se rappela qu'Ingram la lui avait offerte un Noël, alors elle traversa le trottoir et gravit les larges marches, préférant le froid.

Elle avait répondu qu'elle viendrait, bien entendu, en précisant à quelle heure. Le médecin en chef l'attendait. Elle était connue pour sa ponctualité. Il s'avança et lui adressa un sourire empreint de gravité, inclinant légèrement la tête pour la saluer. Elle y était habituée. Elle était l'épouse d'un des juges les plus respectés de la Haute Cour. Les conventions exigeaient que ni l'un ni l'autre n'admette que son état de santé était irréversible.

— Bonjour, madame, dit-il avec solennité. On dirait que le temps s'est mis au froid.

— En effet.

Ni lui ni elle ne s'en souciait le moins du monde. Simplement, il était plus facile de se plier au rituel que d'avoir à trouver un autre sujet de conversation.

— Comment va mon mari ? ajouta-t-elle pour la forme.

— Je crains que son état n'ait un peu empiré, admit-il en pivotant pour la conduire à la pièce désormais familière qu'Ingram, pour autant qu'elle le sût, n'avait pas quittée depuis son admission. Je suis vraiment désolé… peut-être souffrira-t-il moins.

Il se forçait à adopter un ton léger, comme s'il y avait matière à se réjouir.

Se doutait-il combien elle souhaitait la mort d'Ingram ? Non seulement pour elle-même, mais pour lui ! Elle ne l'avait jamais vraiment aimé, bien que, des années plus tôt, elle eût imaginé le contraire. À l'époque, il possédait une certaine prestance et une intelligence remarquable. Elle n'aurait souhaité à personne de connaître le sort qu'il subissait à présent, oscillant entre lucidité et égarement. C'était affreux à voir. Aucune soif de vengeance ne pouvait pousser Beata à désirer cela.

Ils étaient arrivés à sa chambre, sans échanger d'autres paroles dépourvues de sens, Dieu merci. Le médecin ouvrit la porte et s'effaça pour la laisser entrer.

Elle prit une profonde inspiration et franchit le seuil.

Ainsi qu'à l'accoutumée, l'odeur la frappa aussitôt. Les relents corporels se mêlaient à l'âcreté artificielle de la soude et de l'antiseptique. Tout était trop blanc, trop utilitaire.

Ingram était adossé aux oreillers. À première vue, rien n'avait changé. Elle aurait pu penser qu'elle était venue la veille alors qu'en réalité deux semaines s'étaient écoulées.

Puis, en s'approchant du lit, elle vit que ses yeux étaient plus profondément enfoncés dans leurs orbites, et vitreux, comme s'il n'y voyait plus.

— Bonjour, Ingram, dit-elle doucement. Comment allez-vous ?

Il ne répondit pas. Ne l'avait-il pas entendue ? Elle le regarda, presque certaine qu'il était conscient. La voyait-il ?

Elle effleura la main blanche, aux doigts épais, qui reposait sur la couverture. Elle s'attendait presque à la trouver froide ; elle était plus chaude que la sienne.

— Comment allez-vous ? répéta-t-elle, un peu plus fort.

Soudain la main de son mari se referma sur la sienne et la serra. Elle retint un cri, et, l'espace d'un instant, songea à se dégager. Au prix d'un immense effort, elle détendit son bras et se laissa faire.

— Vous semblez un peu mieux, mentit-elle.

Il avait une mine épouvantable. On aurait dit que quelque chose en lui était mort.

Il la fixait toujours de ses yeux opaques. Comme s'il y avait une vitre entre eux, du verre dépoli à travers lequel on ne pouvait rien voir.

— Tu es revenue, hein, Beata ?

Bien que sa voix ne fût qu'un murmure, la colère y perçait, presque narquoise.

— Tu y es bien obligée, hein, tant que je suis encore vivant. Et je le suis ! Tu n'es pas encore libre…

— Je sais, Ingram, rétorqua-t-elle en le fixant. Et vous non plus !

Ses paroles avaient à peine franchi ses lèvres qu'elle les regretta. Elle était autant coupable que lui. Comment avait-elle pu être assez aveugle pour l'épouser, toutes ces années plus tôt ? Personne ne l'y avait forcée. Elle avait été mariée auparavant, et son premier mari était mort. Il était temps qu'elle choisisse un nouvel époux. Elle avait vu ce qu'elle avait désiré voir, et lui aussi, probablement. Ils n'étaient plus jeunes ni l'un ni l'autre. La différence, c'était qu'elle avait eu de l'affection pour lui, et que la réciproque n'était pas vraie. Peut-être n'avait-il jamais aimé personne. Il était souhaitable pour sa carrière qu'il soit marié. Et elle apportait une dot, rassemblée pour elle par ses amis, après la disgrâce de son père. San Francisco était assez éloigné pour que la rumeur ne se soit pas répandue jusqu'ici.

Le visage d'Ingram se tordit imperceptiblement. S'efforçait-il de sourire ? Était-ce un moment de chaleur, voire de regret ? Ou un rictus cruel parce qu'elle était aussi prisonnière que lui, du moins dans l'immédiat ? Était-ce pour cela qu'il se cramponnait à la vie – pour la garder prisonnière ?

Elle devait se rattraper. Elle lui accorderait le bénéfice du doute, si ténu fût-il. Elle lui rendit son sourire, accentua légèrement la pression de ses doigts.

La main de son mari se referma autour de la sienne, au point de lui faire mal.

— Garce ! dit-il d'une voix distincte, avant de s'étrangler.

Il avala une goulée d'air, qui pénétra dans sa gorge avec un bruit rauque et saccadé. Puis il desserra un peu sa prise, sans pour autant la lâcher complètement.

Elle fit mine de s'écarter et renonça. Elle n'était pas assez forte, et elle avait une conscience aiguë du regard du médecin sur elle. Sans doute imaginait-il un élan de dévotion, de chagrin. Elle devait se conduire avec dignité ! Elle ne tenta pas d'enlever sa main.

Les ongles d'Ingram s'enfoncèrent dans sa chair. Lui était encore assez fort pour lui faire mal.

Il ouvrit les yeux et la scruta, brusquement lucide.

— Tu aimais ça, hein ? siffla-t-il. Je sais que tu aimais ça malgré tes simagrées. Putain ! Sale putain !

Elle brûlait de riposter, de l'injurier en retour, mais elle s'y refusait en présence du médecin. Sa pitié était terrible, son dégoût serait pire. Gardant le dos tourné à ce dernier, elle se força à sourire à Ingram.

Elle pesa chacun de ses mots.

— Apparemment, vous ne pouviez pas faire mieux, dit-elle délibérément.

Elle pouvait lui tenir tête, enfin. Il n'était plus en mesure de la brutaliser.

Il comprit – parfaitement. La rage se lut sur ses traits, il tenta de l'agripper. Les yeux exorbités, il s'étrangla, chercha à avaler de l'air et s'étrangla de nouveau, plus violemment. Il voulut agiter les bras, son corps se raidit et fut secoué de soubresauts. Il se mordit la langue, un mélange de sang et d'écume s'échappa de sa bouche.

Puis, tout aussi brusquement, ce fut terminé. Il resta immobile. Sa main avait enfin lâché celle de Beata.

Elle poussa un soupir de soulagement et l'éloigna, avec douceur, en se forçant à rester impassible.

Le médecin s'approcha. Il tendit la main et toucha le cou de York.

Beata regarda les yeux opaques qui ne voyaient plus rien, ni la chambre ni elle. Ils étaient aveugles à jamais.

— Mrs. York, murmura le médecin. C'est fini. Je… je suis désolé.

— Merci, dit-elle doucement. Vous avez été… très bien.

— Je suis désolé, répéta-t-il. Ce doit être affreux pour vous. C'était un homme remarquable.

Il la fixait, redoutant une crise d'hystérie. Elle aurait pu y céder. Il se trompait tellement qu'elle avait envie de rire, longuement, follement, et de rire encore. Ingram était mort ! Elle était libre !

Elle devait se ressaisir. C'était honteux de penser cela ! Rire au chevet d'un mort !

Elle se couvrit le visage de ses mains. Elle devait laisser penser au médecin qu'elle était choquée, anéantie, tout sauf immensément soulagée. Elle cacha ses yeux sous ses doigts, et sentit l'odeur des mains de son mari sur les siennes. Cette odeur, antiseptique, médicale, lui noua l'estomac ; elle crut qu'elle allait vomir.

Elle laissa retomber ses mains et s'obligea à respirer à fond.

— Merci, docteur, dit-elle avec calme, sa voix ne frémissant que légèrement. Je suis… Je vais bien, merci. Si vous ne désirez rien de moi, j'aimerais rentrer. Naturellement, je serai à votre disposition si vous…

Beata ne sut comment terminer. Elle se préparait à ce jour depuis des mois, et maintenant qu'il était arrivé, toutes les paroles qu'elle avait projeté de dire lui échappaient.

— Bien sûr, répondit-il gentiment. Si préparé soit-on, la mort est toujours un grand choc. Voudriez-vous vous asseoir dans mon bureau un petit moment ? Je peux envoyer une infirmière qui…

— Non, merci, coupa-t-elle. J'ai un grand nombre de personnes à prévenir… et je dois songer aux obsèques. Il y aura… Je dois informer le notaire… le barreau… ses confrères.

— Je comprends.

Elle perçut une pointe de satisfaction dans sa voix. Sans doute était-il très occupé lui-même. Il ne pouvait plus rien faire pour Ingram York. Il devait reporter son attention sur ses autres patients.

Elle sortit de l'hôpital. Le valet l'attendait sur le trottoir, à côté de son équipage.

Elle ne croisa pas son regard ; elle ne voulait pas qu'il voie son expression lorsqu'elle lui annoncerait la nouvelle. Peut-être était-ce lâche, mais elle était déchirée entre le soulagement et la pitié. Il avait été pathétique à la fin, en dépit de ses dernières paroles ! Il était pathétique que la dernière chose qu'on dise sur terre soit grossière et dégradante. Elle ressentait aussi de la colère pour toutes ces années, et un profond sentiment de délivrance, comme si enfin elle avait pu retirer un lourd manteau qui l'écrasait, qui parfois la paralysait presque.

Une liberté nouvelle l'attendait, entière et belle… effrayante ! Qu'en ferait-elle, maintenant qu'elle n'avait plus d'excuses pour ne pas essayer… tout ce qu'elle voulait ? Il n'y avait personne pour l'en empêcher. Pas d'excuses… Toutes ses erreurs seraient siennes… Ingram n'était plus.

Le valet avait ouvert la portière.

— Mr. York est décédé, annonça-t-elle. Très paisiblement.

C'était un mensonge. Elle entendait encore la haine dans sa voix.

Il y eut un bref silence.

Elle n'avait pas voulu regarder le valet. Elle le fit pourtant, juste avant que le soulagement cède la place à la compassion sur ses traits.

— Toutes mes condoléances, madame. Puis-je faire quelque chose pour vous ? s'enquit-il avec sollicitude.

— Non, merci, John, répondit-elle avec un mince sourire. Il y aura des gens à prévenir, des lettres à écrire… Je dois commencer à m'en occuper.

— Oui, madame.

Il lui offrit son bras pour l'aider à monter en voiture.

Elle passa le trajet de retour à réfléchir à la cérémonie qu'elle allait demander en sa mémoire. La décision lui appartenait. Il était mort dans des circonstances qu'il serait préférable de ne pas divulguer. À ceux qui lui avaient posé la question, elle avait déclaré qu'il était à l'hôpital. Les gens avaient conclu à une attaque d'apoplexie, et elle ne les avait pas détrompés. Personne de sa connaissance n'avait fait allusion au fait qu'il avait perdu l'esprit. Ce qui était sûr, c'était qu'Oliver Rathbone n'avait révélé à personne que York l'avait agressé, sauf peut-être à Monk.

Les gens mentaient-ils souvent quant à la cause du décès d'un individu en vue ? Ou se contentaient-ils de laisser chacun tirer des conclusions erronées ? Il arrivait que certains meurent dans des circonstances gênantes, comme dans le lit d'autrui, par exemple ! Au moins, son mari était décédé à l'hôpital.

Si elle optait pour une cérémonie intime, chacun s'interrogerait. Il avait été un homme très connu, un juge respecté. Tout le monde attendrait des funérailles en rapport avec sa position. Elle n'avait pas le choix.

Quelqu'un d'autre savait-il comment il se conduisait sous son propre toit, derrière les portes closes, lorsque les domestiques s'étaient retirés pour la nuit ? Comment l'aurait-on su ? Comment aurait-on même pu l'imaginer ? Les pensées d'une personne respectable se portaient-elles jamais sur ces choses-là ? Pas les siennes, en tout cas.

Combien d'autres femmes avaient éprouvé la même peur, la même humiliation, la même douleur qu'elle – sans rien dire à personne ?

Elle s'imagina vêtue de noir, belle et réservée, ses cheveux clairs reflétant la lumière : la veuve modèle, recevant des condoléances attristées tout en regardant droit dans les yeux quelqu'un qui savait exactement ce que son mari lui avait fait subir – et aussi qu'elle ne s'était pas révoltée !

L'espace d'une seconde, alors que la voiture amorçait un tournant et dérapait légèrement sur le verglas, elle crut de nouveau qu'elle allait vomir.

En fin de compte, ce furent des funérailles très solennelles, très sombres. Ingram York avait été élevé sur la rive sud de la Tamise et avait exprimé dans son testament le souhait d'être enterré dans l'église de St. Margaret, à

Lee, en bordure de Blackheath. Halley, l'astronome qui était célèbre pour avoir observé la comète qui portait désormais son nom, reposait dans le même cimetière. Son mari en avait souvent parlé. Elle prit des dispositions pour exaucer son vœu, c'était la seule attitude honorable à avoir. Ce fut un soulagement que d'en finir le plus vite possible, en une semaine à peine.

Elle avait bien entendu averti les rares membres de la famille d'Ingram encore en vie, par pure courtoisie. Il n'était pas resté en relation avec eux, ni eux avec lui. Néanmoins, elle s'attendait à en voir un ou deux, venus ne fût-ce que par respect ou par souci du qu'en-dira-t-on.

La journée était agréable. Elle arriva de bonne heure à la vieille église, un magnifique bâtiment en style néogothique, au clocher imposant, dont les tours élancées se dressaient majestueusement vers le ciel. Quelques arbres centenaires adoucissaient les contours de l'édifice, ajoutant à sa beauté.

Elle fut accueillie par le révérend, qui la conduisit à l'intérieur. Dans d'autres circonstances, elle aurait accordé plus d'attention aux voûtes du plafond, aux grandes arches de pierre qui abritaient les portes, à la splendeur des vitraux. Tout respirait l'âge et le respect, comme si l'odeur de la prière était aussi tangible que celle de fleurs depuis longtemps fanées. Ç'aurait dû être un réconfort, et pourtant, elle avait du mal à voir les choses sous cet angle.

Elle fut saluée avec froideur par l'unique parent d'Ingram présent, un beau-frère, veuf lui aussi. Il se contenta des banalités exigées par le savoir-vivre.

La plupart des confrères d'Ingram, connus au fil de sa longue carrière, vinrent en personne ou envoyèrent de superbes couronnes. En les saluant, en échangeant avec eux de graves et courtoises paroles, elle eut l'impression que les longs mois qui s'étaient écoulés depuis sa chute s'étaient évanouis. Sa perte de contrôle avait eu lieu en privé. La plupart des gens qui se trouvaient là ignoraient totalement que son déclin avait été mental autant que physique. Ils se souvenaient de l'époque où il présidait la cour. Comme si cela s'était déroulé la veille.

Elle offrait sa main gantée de noir à un couple digne, puis à d'autres, les Lords juges de la Haute Cour, de la chancellerie, de toutes les institutions auxquelles Ingram avait appartenu. Elle les avait rencontrés lors de dîners formels, avait échangé avec eux des propos anodins, se contentant pour l'essentiel d'écouter.

— Un excellent homme. Une grande perte pour le système judiciaire, commenta Sir James Farquhar à voix basse.

— Merci.

— Mes sincères condoléances. Un homme de qualité. Il faisait honneur à la profession, déclara un autre juge en lui prenant la main.

— Merci, répéta-t-elle. Vous êtes très aimable.

Elle remarqua que le Lord Chancelier n'était pas présent, pas plus que quelques autres juges qu'elle appréciait.

Chaque fois qu'on venait à elle, elle hochait la tête avec un sourire plein de retenue, comme si son chagrin l'empêchait de faire davantage que de recueillir leurs hommages. En réalité, elle était au comble de la nervosité, n'osant fouiller leurs visages pour voir s'ils pensaient ce qu'ils disaient.

Car ils disaient tous ce qu'il fallait dire, prononçaient les politesses attendues d'eux avant de s'éloigner en silence retrouver leurs pairs. Combien d'entre eux croyaient ce qu'ils voulaient croire ? C'était beaucoup plus facile que de chercher la vérité. Si on acceptait qu'Ingram York était exactement le juge intelligent, éloquent, parfois irascible qu'il paraissait être, cela vous dispensait d'agir ! Sa vie privée ne soulevait pas de questions. Bien sûr que non ! Son épouse était irréprochable. Pourquoi diable quelqu'un se serait-il interrogé outre mesure ?

Personne n'essayait de faire la conversation. Elle était censée être terrassée par le chagrin. Les gens ne voyaient-ils ce qu'ils s'attendaient à voir ?

Ils se succédèrent au lutrin pour rendre de généreux hommages à son mari. C'était un homme de valeur, un pilier de la société, un intellectuel, un gentleman, un défenseur de la justice pour tous.

Beata écouta leurs propos solennels. Qu'auraient-ils dit s'ils avaient été libres de parler ? Certains d'entre eux le connaissaient-ils mieux qu'ils ne l'avouaient ? Était-ce seulement à la maison qu'il se mettait en colère, avec elle ? Choisissaient-ils de voir ce qui leur convenait ? Par charité ? Par aveuglement ? Ou lui ressemblaient-ils ? Étaient-ils eux aussi des êtres déformés par la cruauté ? Avaient-ils des appétits aussi pervers, avaient-ils besoin d'exercer sur autrui un pouvoir physique, intime, humiliant ?

Après l'office et la musique exquise, poignante, qui accompagna les paroles de réconfort familières à chacun, même à ceux qui ne fréquentaient l'église que pour y être vus, elle se tint sous l'arche en pierre sculptée, acceptant encore des hommages et des condoléances, touchée que des hommes plus âgés qu'Ingram, qui avaient parfois du mal à tenir debout, eussent fait l'effort de se déplacer. Elle se demanda si leur chagrin venait de la mort en soi ou s'ils songeaient aux parents et aux amis qu'ils avaient perdus. Leur gentillesse lui fit monter les larmes aux yeux.

Ce fut alors qu'elle remarqua pour la première fois un homme et une femme, un couple marié, à l'évidence, qu'elle reconnut avec un choc. Elle fut stupéfaite de ne pas les avoir vus avant. Il était de taille bien supérieure à la moyenne, et c'était un des hommes les plus séduisants qu'elle eût connus. Il l'avait toujours été, même vingt ans plus tôt lorsqu'ils s'étaient rencontrés, à des milliers de kilomètres de là, à San Francisco, au début de la ruée vers l'or. Ç'avait été un autre monde : primitif, violent, excitant, avec pour décor une côte qui devait compter parmi les plus belles au monde.

À l'époque, Aaron Clive, avec ses traits fins et aquilins, ses yeux sombres, attirait les regards de toutes les femmes. Il ne semblait guère différent, même si on devinait un soupçon de gris à ses tempes et que, sur son visage, la douceur de la jeunesse avait cédé la place à une fermeté nouvelle. Autrefois, il avait possédé certains des plus riches gisements de la côte, quasiment un petit empire.

Miriam, à ses côtés, était toujours belle, d'une beauté que peu d'autres femmes possèdent. Ses pommettes hautes, sa bouche voluptueuse, la passion et la turbulence qui émanaient d'elle captivaient l'attention. Sous son chapeau, ses cheveux avaient gardé la même nuance châtaine, traversée de mèches brillantes.

Pour autant que Beata le sût, ils n'avaient pas connu Ingram. Pourtant, ils s'approchèrent pour lui offrir leur réconfort dans sa supposée douleur, comme si les années écoulées s'étaient muées en semaines.

— Beata, dit Miriam avec chaleur. Je suis tellement désolée. Il doit terriblement vous manquer.

Elle regarda Beata dans les yeux, plus directement que quiconque l'avait fait, mais elle avait toujours été ainsi. Ses yeux étaient gris foncé, si foncés que les gens les croyaient parfois marron.

— Comme c'est gentil à vous d'être venus, répondit Beata en souriant. Je savais que vous étiez à Londres et j'avais espéré vous rencontrer dans de meilleures circonstances.

C'était la vérité, et non une simple politesse. Miriam s'était trouvée dans cette situation. Lorsqu'ils s'étaient connus tous les trois, dans ce qui semblait désormais une autre vie, Miriam était mariée à Piers Astley. Il était mort tragiquement au service d'Aaron Clive, dont il était le régisseur. C'était une époque folle. La fièvre de l'or régnait dans cette petite ville primitive, pleine d'aventuriers. Des hommes venaient des quatre coins de la terre, des bons comme des mauvais, attirés par la magie d'une richesse inimaginable, instantanée.

Beata avait très peu connu Piers Astley, n'ayant eu que de rares occasions de lui parler. Mais Miriam avait perdu un mari, et ses souvenirs devaient être douloureux.

L'instant d'après, elle se tourna vers Aaron. À Londres, il était moins puissant qu'à San Francisco. Là-bas, il avait été une exception tandis qu'ici il était comme beaucoup d'autres. Elle fut néanmoins frappée par le magnétisme qu'il irradiait. Elle se rendit compte que d'autres personnes l'observaient, se demandant peut-être qui il était, tentant de le jauger, d'estimer son pouvoir ou sa situation. Leurs efforts seraient vains. Beata savait qu'il n'avait aucun lien avec l'univers judiciaire. Le formalisme de ce milieu, son attachement à la tradition, le fait que tout y reposait sur les précédents déplairaient à sa nature aventureuse. Certains traits de caractère ne changent pas.

Naturellement, les femmes le regardaient pour des raisons différentes : des raisons qui n'avaient pas besoin d'être expliquées et qui étaient aussi vieilles que l'humanité.

Beata lui sourit, en veillant à garder une expression appropriée à une femme qui recevait des condoléances aux obsèques de son mari. Elle ne devait pas oublier qu'il y aurait toujours quelqu'un pour l'épier.

— Cela me fait plaisir de vous revoir après toutes ces années, même à cette occasion, dit-elle avec grâce. J'apprécie sincèrement que vous soyez venus. Je crois qu'Ingram aurait été surpris que tant de ses confrères aient parlé de lui en termes si élogieux.

C'était là pure fiction. Il se serait attendu à tout cela. Pas à la présence d'Aaron Clive, évidemment. Il ne l'avait jamais rencontré car il ne s'était jamais rendu à San Francisco, ni ailleurs en Amérique. À sa connaissance, il n'était jamais sorti de Grande-Bretagne. Il aimait être là où il s'était fait sa place, acquis le respect, où il était connu des puissants et craint par les autres.

Était-ce vraiment là l'opinion qu'elle avait de lui ? Elle devait avoir de meilleurs souvenirs que ceux-là ! La laideur du présent avait effacé ce qu'il y avait eu de bon.

— J'espère qu'il aurait été content, répondit Aaron.

Il ne regardait pas autour de lui. Connaissait-il déjà la plupart de ces gens ? Sans doute que non. Il était tout simplement trop sophistiqué pour manifester son intérêt, ou peut-être pour en éprouver.

— Et touché, j'en suis sûre, compléta Beata, sachant que c'était cela qu'il fallait dire.

Ingram l'aurait-il été ? Elle se rendit compte avec tristesse qu'elle n'avait pas la moindre idée de ce qu'il croyait ou ressentait derrière le rempart de colère et d'autodéfense qu'il avait érigé autour de lui. Ces dernières années, elle avait peu à peu cessé de s'en soucier. Elle s'était efforcée de maintenir l'amertume à un minimum, dans des conversations courtoises à l'excès, la barbarie rôdant juste sous la surface.

Aaron lui souriait, la main tendrement posée sur le bras de Miriam en un geste affectueux, presque protecteur. Un bref instant, Beata envia Miriam. Comment celle-ci pouvait-elle imaginer ce qu'on ressentait lorsqu'on était mariée à un homme qui vous révoltait, et dont on avait peur et pitié à la fois ? Elle croyait Beata plongée dans les affres du chagrin, presque terrassée par le deuil, comme elle l'aurait été si elle avait perdu Aaron. Alors que Beata était subitement libre, même si la liberté était aussi intimidante. Ou plutôt non, c'était un défi.

— J'espère que nous vous reverrons, disait Aaron. Après la fin de votre deuil, naturellement.

— Ou même avant, dans un endroit approprié ? suggéra Miriam. Pour faire une promenade au parc ? Ou aller voir une exposition de tableaux ou de photographies ? La solitude est… dure à supporter.

La sollicitude se lisait dans son regard. Des souvenirs affluèrent à l'esprit de Beata : un soleil plus vif, une chaleur sèche qui brûlait la peau, le bruit des chevaux, des roues qui cahotaient sur des pistes rudes, inégales, l'odeur du sel dans le vent.

La vision s'estompa. Elle se retrouva seule à l'entrée de l'église. Aaron et Miriam s'étaient éloignés et conversaient avec d'autres gens. Tous se dirigeaient lentement vers la tombe. Certaines des femmes avaient choisi de rester à l'écart. La mise en terre serait brève et, au sens physique, terriblement définitive. Curieux. Les femmes donnaient la vie, soignaient les malades, faisaient la toilette des morts et les préparaient pour l'enterrement : pourtant, souvent, il n'était pas tenu pour convenable qu'elles se tiennent devant la tombe, comme si elles étaient trop fragiles pour se conduire avec la dignité nécessaire.

Elle attendrait ici, à la porte de l'église, au lieu de se frayer un chemin dans la beauté lugubre du cimetière, avec ses croix et ses stèles.

Plusieurs personnes la dépassèrent, les femmes se dirigeant vers leurs voitures pour attendre assises et au chaud. Beata les envia elles aussi ; les conventions exigeaient qu'elle reste là et parle à tous ceux qui viendraient.

Soudain, elle vit Oliver Rathbone à quelques mètres du porche. Ce fut le reflet du soleil d'hiver sur ses cheveux qu'elle remarqua, et lorsqu'il se retourna, elle le reconnut. Elle avait songé qu'il viendrait, mais ne l'avait pas cherché. Il prit congé de son interlocuteur et s'avança vers elle, et elle eut brusquement du mal à respirer. Ils se connaissaient si bien – à certains égards, du moins. C'était Ingram qui avait confié à Rathbone l'affaire qui avait provoqué sa chute, très peu de temps après sa nomination au poste de juge. Ingram avait-il pressenti que les circonstances inciteraient Oliver à rendre justice lui-même, et ainsi, à causer sa propre radiation ?

Elle se remémora des bribes de conversation, et surtout l'expression du regard d'Ingram. Oui… oui, il avait su ce qu'il faisait, et les choses s'étaient déroulées exactement comme il l'avait espéré.

Rathbone avait été l'avocat le plus brillant de Londres, voire d'Angleterre. Il était éloquent, spirituel, original. Il osait défendre des causes que certains auraient évitées. Il gagnait même lorsque la victoire semblait impossible. Il avait été nommé juge. Et il était amoureux de l'épouse d'Ingram York. Rien n'avait jamais été dit, mais elle le savait.

Et Ingram aussi ! C'était probablement cette certitude qui avait déclenché son incontrôlable accès de rage et la crise d'apoplexie qui avait abouti à son hospitalisation, paralysé et l'esprit dérangé. Depuis lors, la vie de Beata était en suspens. La mort d'Ingram changeait tout. Après une période de deuil convenable, Rathbone et elle seraient libres de… quoi ? Se marier ! Bien sûr ! Il la demanderait en mariage. Il l'avait laissé entendre. Du moins le pensait-elle !

Pourtant, à présent qu'ils étaient libres tous les deux, la réalité de la situation allait peut-être altérer leurs sentiments. Lorsqu'elles appartenaient au domaine du rêve, les choses étaient beaucoup moins dangereuses.

Rathbone avait eu un mariage malheureux. Au moins Ingram avait-il – sans le faire exprès, naturellement – précipité la fin de cette union. Margaret avait quitté Oliver quelque temps auparavant, lorsque son père avait été reconnu coupable de meurtre. Convaincue de son innocence en dépit de preuves accablantes, Margaret avait jugé son mari responsable de sa mort, bien qu'il eût fait de son mieux pour le défendre. La disgrâce publique de Rathbone et sa radiation du barreau avaient servi de prétexte à sa femme pour demander le divorce, qu'il n'avait pas contesté.

Il se tenait devant Beata. Mince, élégant comme à son habitude, vêtu du noir de rigueur aux obsèques d'un juge éminent. Peut-être était-il le seul à savoir comment Ingram était réellement mort, isolé dans l'horreur de son propre esprit.

— Je vous prie d'accepter mes condoléances, Mrs. York, dit-il avec gravité.

Ses yeux rencontrèrent les siens, cherchant à savoir comment elle allait, offrant un soutien et une chaleur qu'il ne pouvait pas montrer autrement.

— Ce doit être une journée éprouvante pour vous.

— Merci, Sir Oliver. Tout le monde a été très gentil. Comment ne pas en être reconnaissante ?

Elle avait imaginé cette rencontre, après le départ d'Ingram, comme le début de leur avenir. Elle avait cru que ce serait plus facile. Elle était une femme accomplie, gracieuse avec chacun, capable d'arborer un masque de dignité – et même de charme – quoi qu'elle éprouvât. De fait, elle était certaine de ne jamais s'être trahie. Si elle l'avait fait, il y aurait eu des commentaires, et tôt ou tard, ceux-ci seraient parvenus à ses oreilles.

Avec Rathbone, elle était toujours restée maîtresse de ses émotions, belle et inatteignable. Pourquoi diable trébuchait-elle intérieurement, pourquoi était-elle si effrayée ? Pourvu que les gens attribuent sa gêne à la situation ! Alors que la mort d'Ingram était attendue depuis plus d'un an, la réalité demeurait un choc, une sorte d'engourdissement.

— Il était hautement respecté, ajouta Rathbone.

L'était-il ? Certains de ses collègues connaissaient-ils l'homme qu'il était vraiment ? Se vantait-il de ce qu'il lui faisait subir ? Les hommes faisaient cela – parfois. Elle n'était pas complètement naïve.

Rathbone la regardait, attendant sa réponse, si dénuée de sens fût-elle. Avait-il entendu des rumeurs ? Le sang lui monta aux joues, aussi brûlant qu'une flamme.

— Je… je le crois, dit-elle d'un ton abrupt. Toutefois, les gens sont généreux dans de tels moments…

Rathbone sourit.

— Bien entendu, acquiesça-t-il avec ironie. Soit ils avaient une bonne opinion de lui, soit ils sont secrètement soulagés qu'il ne soit plus là.

Il eut un imperceptible haussement d'épaules.

— Ou alors, ils ont le plus grand respect pour vous et se donneraient un mal considérable pour vous offrir leur réconfort et leur soutien. Pourquoi quiconque irait-il le critiquer désormais ? Cela ne peut plus lui nuire et ce serait une grossièreté impardonnable envers vous.

— Est-ce pour cette raison que vous êtes venu, Oliver ? Pour m'offrir votre réconfort… ?

Elle était sur le point d'ajouter « pour la perte d'un homme que vous méprisez », mais ç'aurait été abominable et… pathétique ! Des larmes lui picotèrent les yeux. Elle se conduisait comme une sotte. Était-elle amoureuse d'Oliver Rathbone ? Oui. Oui, sans l'ombre d'un doute. Cette attente, ces faux-semblants étaient ridicules, et pourtant, maintenant que le moment était arrivé ou presque, son cœur cognait à tout rompre et elle avait la bouche sèche. Elle devait se taire, sinon elle finirait par les mettre tous les deux dans l'embarras. Elle avait tant de choses à dissimuler, pour l'instant du moins.

— Bien sûr. Ce doit être épouvantable pour vous, bien que vous paraissiez tout à fait maîtresse de vous-même.

Elle esquissa un petit geste de ses mains gantées.

— C'est nécessaire.

Lord Justice Savidge s'approchait. Elle se rappela qu'il était veuf depuis quelques années.

— Toutes mes condoléances, Mrs. York, dit-il gravement. Bonjour, Sir Oliver, ajouta-t-il, sans accorder à ce dernier plus qu'un regard.

Il devait être au courant d'une partie au moins des différends passés entre York et lui, mais s'il était intrigué, il n'en montra rien.

— Merci, Votre Honneur. Je suis heureuse qu'il ait cessé de souffrir.

Peut-être aurait-elle dû dire qu'il lui manquait, cependant c'était un mensonge auquel elle ne pouvait se résoudre.

Une lueur perspicace traversa le visage de Savidge, et elle comprit que Rathbone l'avait remarquée, lui aussi. Savaient-ils comment Ingram s'était conduit ? Avaient-ils échangé des confidences autour d'un cognac dans l'un de leurs clubs ? Cette pensée était insupportable.

Elle redressa légèrement le menton.

— Si j'avais été à sa place, c'est ce que j'aurais souhaité.

— Vous n'auriez jamais pu être à sa place, dit aussitôt Rathbone.

Il parlait rarement sans réfléchir, or il venait de le faire, et elle vit à son regard qu'il s'en rendait compte.

Savidge les dévisagea tour à tour, haussant les sourcils un soupçon plus haut.

— Je pense que nous préférerions tous nous éteindre vite, dit-elle pour combler le silence.

— J'espère que cela ne vous arrivera pas avant de nombreuses années, Mrs. York, répondit Savidge. Mais Ingram nous manquera, à la fois personnellement et sur le plan professionnel.

— Je vous remercie, Votre Honneur.

Le ton de Beata laissait entendre que la conversation pouvait être close.

— Je suis navré, s'excusa Rathbone dès que le juge fut hors de portée de voix. Je suis si las de ces politesses dénuées de sens que j'en oublie parfois de me demander qui sait quelque chose approchant de la vérité.

— En ce qui concerne Lord Savidge, même en le regardant droit dans les yeux, je serais bien incapable de déchiffrer ses pensées. Croyez-vous que quiconque…

Elle se ravisa. Il était injuste de lui poser la question. Que dirait-il si Ingram avait parlé d'elle en termes méprisants ? Se serait-il abaissé à cela ? Il n'aurait sûrement pas voulu que ses collègues entendent le genre de langage dont il usait avec elle dans ses pires moments ? La vulgarité explicite de ses paroles l'emplissait de honte. Pourquoi n'avait-elle jamais trouvé le courage de se révolter, de menacer de le dénoncer, voire de le quitter ? Aurait-elle donc été prête à tout endurer ?

Qui l'aurait cru capable de cette dépravation ? C'était ce qu'il lui avait dit. Il l'avait narguée. Un langage aussi ordurier, des idées pareilles ! Qui aurait cru qu'une femme superbe, si calme et si digne en apparence se soumettait à des pratiques de bordel ?

— Beata ?

L'air anxieux, Rathbone lui prit le bras pour la soutenir.

— Vous allez bien ? Vous êtes toute pâle. Peut-être avez-vous abusé de vos forces. Il doit être tout à fait acceptable pour vous de rentrer à présent. Cet après-midi a dû être une rude épreuve…

Pas au sens où il l'imaginait.

— Non, merci, Oliver, dit-elle doucement, sans toutefois se dégager.

Elle appréciait la chaleur de sa main, sa force.

— C'est mon devoir, et je me sentirai mieux si je le termine. Cela ne durera pas plus de quelques minutes.

Elle jeta un coup d'œil derrière lui. Elle apercevait juste au-delà des arbres le groupe de silhouettes solennelles debout à côté de la tombe, têtes penchées, le chapeau à la main, le vent ébouriffant leurs cheveux.

— Je crois qu'ils ont presque fini.

— Dans ce cas, vous vous êtes acquittée de vos obligations, assura-t-il. Je vais vous raccompagner à votre voiture. Venez.

Il couvrit son autre main de la sienne et elle n'eut guère d'autre choix que de le suivre si elle voulait rester courtoise. De fait, elle était contente qu'il s'occupe d'elle, et elle se rendit compte qu'elle était transie après être restée si longtemps immobile.

— Y a-t-il quelqu'un qui puisse vous tenir compagnie un moment ? demanda-t-il avec sollicitude. Une parente ou une amie ?

— Je vous remercie, mais la solitude m'ira très bien. Le plus pénible a été d'écouter tous ces hommages et de me demander ce que ces hommes auraient dit s'ils avaient été honnêtes, avoua-t-elle, évitant son regard.

— Ce sont principalement des hommes de loi, ma chère, répondit-il en tournant dans une allée. Ils ont l'habitude de présenter un argument convaincant pour ceux qu'ils défendent.

Elle eut envie de rire, se retint. Quelqu'un aurait pu la voir, et aucune femme respectable ne rit aux obsèques de son mari, quels que soient ses sentiments. Sans compter qu'elle risquait de paraître hystérique.

Ils croisèrent Aaron et Miriam Clive qui suivaient un chemin presque parallèle au leur. Ils marchaient tout près l'un de l'autre ; il se penchait vers elle, écoutant ce qu'elle disait. Une fois de plus, Beata ressentit une pointe de jalousie. Miriam avait passé le plus clair de sa vie d'adulte avec Aaron. À l'évidence, il était amoureux d'elle comme au premier jour. Qu'éprouvait-on en se sentant si aimée, si admirée ? Si... protégée !

Elle voulait connaître tout cela avec Oliver Rathbone. Mais voyait-il en elle une femme plus discrète, plus tendre, plus loyale que Margaret ne l'avait été ? Soupçonnait-il le moins du monde le trouble qui l'habitait, la femme qu'elle était, celle qu'elle voulait être ? La mépriserait-il s'il savait ce qu'elle avait permis à Ingram York de lui faire subir sans se battre bec et ongles pour l'en empêcher ? Était-elle sage, soumise, loyale… ou lâche, tout simplement ? Peut-être Oliver comprendrait-il et aurait-il de la compassion pour elle. Néanmoins, ne serait-il pas malgré lui révolté par le tableau que ses paroles auraient peint dans son imagination ? Laisseraient-elles une tache indélébile dans son esprit ? Dans la réalité ? Cette pensée était insupportable à Beata.

Rathbone était intervenu dans des affaires viles. Il devait être accoutumé à la lie de l'humanité, à la laideur et à la brutalité. Cependant, les mots que l'on mettait sur des crimes dans ses activités professionnelles n'avaient rien à voir avec la réalité, avec le fait de laisser entrer tout cela chez soi.

De nombreux hommes étaient indignés qu'on puisse violer une femme. Ils éprouvaient de la fureur envers l'agresseur, de la pitié envers la victime. Toutefois, si leur propre épouse était attaquée, ils se sentaient souillés, voire déshonorés. C'était une réaction étrange, complexe, et pourtant viscérale.

Bien sûr, comme Ingram le lui avait rappelé maintes fois, le viol n'existait pas au sein du mariage. Une épouse vous appartenait, on pouvait faire d'elle ce qu'on désirait. On pouvait assassiner son âme, du moment que son corps respirait. Les blessures qu'il lui avait laissées étaient invisibles.

Oliver n'aurait jamais besoin de savoir. Elle était sotte de ressasser tout cela. Ingram était mort. Il reposait dans un cercueil cloué sous la terre, à deux cents mètres de là, sous les ifs.

— Désirez-vous que je vous raccompagne ?

— Merci, dit-elle à Rathbone avec douceur. Ce serait jugé sévèrement par certains, même si ceux dont nous nous soucions savent que vous faites seulement preuve de courtoisie. Je suis tout à fait capable de rentrer seule.

Ma femme de chambre veillera sur moi. Les cheminées seront allumées et je serai au chaud. Je doute qu'on vienne me déranger pour me présenter d'autres condoléances pendant quelques jours.

Elle lui sourit, sincère. Elle s'était ressaisie, pour le moment du moins.

— En êtes-vous sûre ?

Ils s'étaient arrêtés au bord de la route, à côté de son équipage. Le valet lui ouvrit la portière.

— Oui, merci. J'espère que vous n'hésiterez pas à me rendre visite plus tard, lorsque cela ne portera pas préjudice à votre réputation.

— Bien entendu, acquiesça-t-il. J'ai l'intention de me conduire comme il se doit.

Son regard s'attarda sur elle. Beata y lut la chaleur et comprit précisément le sens de ses paroles.

Elle déglutit avec peine.

— Merci, Oliver.

Elle aurait voulu ajouter autre chose, ne trouva rien qui ne puisse être mal interprété.

Une voiture les croisa. Derrière la vitre, elle aperçut Miriam Clive, et leurs yeux se rencontrèrent un instant. Puis Beata accepta la main du valet et monta dans la sienne.

Rathbone demeura debout dans l'allée jusqu'à ce qu'elle eût disparu.

3

C'était une de ces rares journées de novembre où le ciel est presque sans nuages et où, par moments, le fleuve semble fait de verre gris. Pas un souffle de vent ne ridait la surface de l'eau. Le seul mouvement était causé par le sillage des embarcations qui remontaient ou descendaient le courant. On n'entendait que les voix des mariniers qui résonnaient dans l'air, ou le clapotis causé par une rame qui plongeait dans les flots.

De temps à autre, un oiseau faisait un piqué, brisait la surface lisse presque sans un bruit et puis émergeait, victorieux. La marée serait haute dans une heure. Bientôt l'eau arriverait au ras des berges. Une heure après, elle commencerait à redescendre.

Assis l'un derrière l'autre, Monk et Hoover maniaient chacun un seul aviron. C'était une technique efficace, rapide, et quand les deux rameurs s'accordaient bien, ils pouvaient maintenir un bon rythme des heures durant.

Hooper était un équipier compétent, et maintenant que les blessures qu'il avait subies sur le navire des trafiquants étaient presque guéries, sa force était étonnante. Monk avait du mal à le suivre, mais c'était un défi qui lui plaisait. Ils rentraient au commissariat après avoir élucidé une affaire de vol.

— Rien de nouveau concernant le noyé ? s'enquit Hooper avec curiosité. Celui qui a été abattu ?

— Non. J'ai mis Laker sur le dossier, répondit Monk. Quoi qu'il soit arrivé à Blount, c'est sans doute lié à la contrebande. Je suppose qu'on l'a éliminé pour l'empêcher de parler aux douaniers.

Il esquissa un sourire sombre.

— C'est à McNab de régler ça, pas à moi. Il essaie juste de s'en débarrasser pour cacher le fait qu'ils l'ont laissé filer.

— Sûr, acquiesça Hooper.

Monk ne pouvait pas voir son expression, car Hoover lui tournait le dos. Cependant, il perçut le plaisir dans sa voix et songea qu'il le partageait.

Cinq minutes plus tard, en arrivant à Wapping, ils virent Laker debout sur le quai. L'agent les attendait. Il descendit les marches d'un pas fluide, ses cheveux blonds brillant au soleil. Âgé d'à peine une trentaine d'années, il possédait un esprit vif et une bonne dose de charme, même s'il était excessivement sûr de lui et non dépourvu d'une certaine arrogance.

Monk n'avait vu son côté vulnérable qu'une fois, lors de la fusillade qui avait eu lieu sur le navire des contrebandiers. Néanmoins, c'était une facette de lui qu'il n'oublierait pas et qui le poussait à faire preuve d'indulgence envers lui.

— Monsieur ! appela-t-il alors que Monk rangeait son aviron.

— Qu'y a-t-il ?

— Un autre détenu échappé, monsieur.

Le visage séduisant de Laker s'éclaira d'un sourire ravi.

— Encore les douanes. Celui-ci venait d'être condamné, ce matin même. Il s'est enfui pendant qu'on le faisait monter dans le fourgon qui devait le ramener en prison.

— Quel rapport avec les douanes ?

Monk s'engagea dans les marches tandis qu'Hooper amarrait la barque.

— Ce sont les douaniers qui l'ont fait condamner, monsieur. Une vraie ordure, un certain Silas Owen.

— Owen ? répéta Monk, son attention éveillée. Le spécialiste en explosifs ? Celui qu'on a appréhendé en possession de gélignite ?

Ils étaient arrivés en haut des marches et se tenaient sur le quai, au soleil.

— Oui, monsieur. Ils ont eu de la chance d'obtenir une condamnation. C'est un expert en démolition. Il a fait pas mal de travail légal, dans des tunnels ou pour abattre de vieux bâtiments, ce genre de choses. Mais cette fois, il a pris la poudre d'escampette.

— Des raisons de penser qu'il est dans les environs ?

Monk n'était que vaguement intéressé. Il était beaucoup plus probable que l'homme soit interpellé par la police métropolitaine. Il partirait dans l'intérieur des terres ou peut-être dans le plat pays qui entourait l'estuaire, dans l'espoir de trouver un passage sur une péniche ou un charbonnier en route vers le Nord.

Le jeune agent parut content de lui.

— Eh bien, oui, monsieur. J'ai eu un tuyau. D'après ce que j'ai entendu dire, Owen pourrait filer en France, mais pas comme on s'y attendrait, c'est-à-dire par le premier bateau qui descend l'estuaire, et puis un autre pour traverser la Manche. C'est là que tout le monde va le chercher, j'imagine. Apparemment, il y a une goélette amarrée assez loin en amont, monsieur. Une rapide, à deux mâts, capable d'aller en mer. Nous n'avons pas grand-chose qui puisse rivaliser avec un bateau comme ça, surtout s'il est entre les mains d'un bon marin.

— Et où se trouve cette goélette ?

— Je pensais bien que vous voudriez le savoir.

Laker eut un sourire de satisfaction.

— Juste après Hammersmith, monsieur. Côté sud, à peu près sous le Vauxhall Bridge.

— Sur le quai Skelmer, conclut Monk.

Il voyait l'endroit. Pour une petite somme, une goélette à deux mâts pouvait s'y amarrer sans attirer l'attention. Et personne n'irait la chercher là. Futé.

— Des raisons de penser que c'est celle-là, Laker ?

Le jeune homme se mordit la lèvre.

— Mon informateur. Le hic, c'est que les douaniers aussi sont au courant. Ce n'est pas sûr, mais en partant tout de suite, vous pourriez y être avant eux. Ils ne connaissent pas ce coin-là. C'est trop loin au nord pour qu'ils y aillent régulièrement. En passant par London Bridge, monsieur...

— Bien ! Allez nous chercher un fiacre...

— J'en ai un, monsieur. Il nous attend.

Laker les précéda à vive allure sur l'espace dégagé du quai. Au lieu d'entrer dans le commissariat, ils continuèrent à grandes enjambées jusqu'au fiacre qui stationnait le long du trottoir, les chevaux piaffant fébrilement d'excitation.

Hooper grimpa à l'intérieur et se hâta de faire de la place pour Monk.

— Merci, Laker. Beau travail, le complimenta Monk.

Il ordonna au cocher de prendre le chemin le plus rapide et lui offrit deux shillings en prime – une coquette somme – s'il arrivait à destination en moins d'une demi-heure.

— Faut compter quarante minutes à condition qu'il n'y ait pas trop de circulation, avertit ce dernier. En passant par London Bridge, ça devrait aller à cette heure-ci. Accrochez-vous, messieurs !

Ils se calèrent contre la banquette, se préparant à un trajet long et inconfortable. C'était leur seule chance de capturer Owen, même si Laker avait raison et qu'ils eussent réellement autant d'avance qu'ils le pensaient. Le quai Skelmer était une hypothèse plausible. C'était un amarrage abrité, où même une grosse goélette ne se ferait pas remarquer. À cette heure-ci, il n'y aurait pas grand monde : surtout des ouvriers, des menuisiers, des charpentiers, une poignée de débardeurs, qui seraient tous absorbés par leurs propres tâches.

Un homme allant et venant, muni d'une canne à pêche et d'une musette pleine de sandwichs, n'éveillerait pas l'attention. Qu'un de ses amis arrive à bord d'une barque n'aurait rien d'étonnant. Ce serait une belle journée sur le fleuve, même si le poisson ne mordait pas. La pêche, une conversation agréable, deux pâtés à la viande et quelques bouteilles de bière, quand on est bien emmitouflé, c'est un plaisir, même par temps froid. Rien d'anormal là-dedans.

Ils avaient arrêté des hommes qui se terraient là-bas par le passé, moins parce qu'ils fuyaient la police que parce qu'ils craignaient les questions dérangeantes.

Ni Hooper ni lui ne parlaient. Monk songeait que ce serait un bon point marqué contre McNab s'ils parvenaient à capturer cet homme avant lui. Deux détenus échappés en une semaine. Il n'oublierait pas l'expression mauvaise de McNab lorsqu'il avait examiné le cadavre de Blount. Avait-il voulu se décharger de la responsabilité d'avoir perdu un prisonnier et la faire endosser à la brigade fluviale ? Ce serait bien son genre.

Ils traversèrent la Tamise à London Bridge et le fiacre gagna de la vitesse, profitant du peu de circulation. Le cocher avait pris Monk au mot. Ils coupèrent par l'intérieur, puis rejoignirent le fleuve le long d'Albert Embankment.

Peu après, ils empruntaient Vauxhall Bridge et tournaient en direction des quais. Un vieil homme était assis sur la rive, une canne à pêche à côté de lui, apparemment endormi. La journée était ensoleillée, aucun souffle de vent ne venait troubler la surface étale du fleuve. Telle une forteresse, la masse lugubre de la prison projetait son ombre sur les lieux. Rien ne bougeait.

La goélette à deux mâts ancrée sous le vent se reflétait dans l'eau. Elle semblait rapide, légère, parfaitement équilibrée pour l'océan. Monk l'admira brièvement avant de descendre et de payer le cocher, lui remettant le supplément promis.

L'homme jeta un coup d'œil à l'argent, jugea qu'il y en avait assez et le fourra dans sa poche.

— Vous voulez que je vous attende, monsieur ? demanda-t-il avec espoir.

— Non, merci, répondit Monk, tout en craignant de regretter sa décision.

Cependant, s'il avait tiré des déductions correctes de ce que Laker lui avait appris, c'était là qu'Owen se dirigerait. Il suffirait d'une péniche lourdement chargée, recouverte d'une bâche en toile, pour lui servir de cachette. Ou bien il pouvait disparaître dans un dock où on déchargeait les marchandises plus en aval. En changeant de vêtements, il ressemblerait à n'importe quel marinier ou débardeur. Cependant, il était plus vraisemblable qu'il vise cette belle goélette et le grand large. Dans un cas comme dans l'autre, la présence d'un fiacre risquait de lui mettre la puce à l'oreille.

— Vous êtes sûr ? insista le cocher.

— Tout à fait sûr. Ça pourrait mal tourner. Vous avez une bonne jument. Partez avant que les ennuis commencent…

Le visage de l'homme s'altéra.

— Vous avez raison, monsieur.

Sans ajouter mot, il pressa son cheval et ne tarda pas à disparaître.

Monk promena un regard alentour. Le quai proprement dit était dégagé. Il remarqua deux vieilles bittes d'amarrage, des marches branlantes qui menaient au fleuve, déjà à moitié submergées. Ce serait bientôt marée haute.

Sur la rive, des hangars à bateaux désertés. Un atelier à la porte en mauvais état, fermée par un cadenas cassé, jouxtait le plus proche. Plus loin, deux bancs, des entrepôts, une chaussée qui permettait de haler les bateaux jusqu'au bord de l'eau. À une centaine de mètres, l'énorme bâtiment de la brasserie, d'autres ateliers. Ce quai était le seul sur une distance de huit cents mètres au moins.

Monk se tourna vers Hooper. À première vue, on l'eût pris pour un travailleur ordinaire. Son pantalon était usagé, son lourd caban ne tranchait pas sur les autres, et il était coiffé d'une vieille casquette bleue. C'était Monk qui détonnait, avec son pantalon élégant et sa veste neuve. De plus, il était nu-tête et ses cheveux étaient coupés avec soin.

Il ne pouvait pas retirer sa veste ; par un matin de novembre, un homme en manches de chemise, blanche et amidonnée de surcroît, attirerait le regard.

— Restez ici, ordonna-t-il. Je vais entrer dans cet atelier ; la porte tient à peine sur ses gonds et ne sera pas difficile à forcer. Soyez discret, c'est tout.

Aucune explication n'était nécessaire. Hooper acquiesça, puis gagna lentement le bord de l'eau, comme s'il réfléchissait à quelque chose.

Monk s'approcha de la porte endommagée et donna un coup sec au cadenas qui tomba aussitôt. Il entra et resta derrière le battant entrouvert, de façon à pouvoir observer les lieux sans être vu.

Le pêcheur ne prêta pas la moindre attention à eux. Peut-être s'était-il bel et bien assoupi.

Dix minutes s'écoulèrent. Deux péniches remontèrent le courant, leur passage à peine marqué par le clapotement de l'eau contre les piliers du quai, suivi d'une minuscule vaguelette sur la rive. Une barque passa dans l'autre sens, un jeune homme tirant dur sur les rames, savourant la vitesse et la sensation de puissance que lui procurait son mouvement. C'était l'étale, mais la marée allait tourner d'une minute à l'autre.

Le pêcheur se leva et s'éloigna.

Les minutes s'étirèrent.

Gagné par l'impatience, Monk changea de position. Hooper avait disparu le long de la rive.

Soudain, un petit homme mince surgit, accourant de la route en direction du quai.

Tandis que Monk sortait de l'atelier, un deuxième homme apparut, venant du côté opposé. Il était plus grand, barbu et corpulent.

Hooper remonta la berge au moment où les deux hommes se percutaient. Titubant l'un et l'autre, ils s'évertuèrent à rester debout.

Une péniche arrivait de l'ouest, lourdement chargée, la ligne de flottaison très basse, sa cargaison dissimulée sous une bâche.

Le petit homme, déchaîné, décocha à son adversaire un violent uppercut à la mâchoire. Le grand vacilla, recouvra l'équilibre, prit son élan pour riposter et manqua complètement sa cible.

Hooper s'avança vers eux alors que le petit repartait à l'attaque. Cette fois, il frappa l'autre à l'épaule. Celui-ci se défendit. Une volée de coups de poing et de coups de pied fut échangée.

La péniche s'approchait, le batelier debout, immobile.

Monk atteignit les bagarreurs et attrapa le plus grand qui reculait en chancelant. Il le prit par le bras et le fit pivoter vers lui ; Hooper, pour sa part, rejoignit le plus petit et lui maintint les bras dans le dos.

Avec un grognement furieux, le grand lança la jambe en avant. Monk esquiva de justesse, et l'homme, emporté par son élan, perdit l'équilibre. Ils titubèrent tous les deux. Monk reçut quelques coups, aux bras et sur les épaules. Il aurait des bleus. Il parvint à en placer aussi, mais son adversaire était aussi solide qu'un roc.

L'autre assena un coup à Hooper, à l'endroit précis où il avait été blessé précédemment, et, profitant de son mouvement de recul, lui fila entre les mains telle une anguille. Hooper se rua à ses trousses, le bras pendant mollement le long du corps.

La distraction momentanée de Monk lui valut un rude coup de poing en pleine poitrine, qui lui coupa le souffle. S'il n'était pas plus vigilant, son homme allait s'enfuir. Seuls quelques mètres le séparaient de la péniche.

Cependant, comme il s'apprêtait à riposter, il vit que l'embarcation commençait à s'éloigner, le marinier pesant sur sa rame avec la grâce habituelle de ses pareils.

Un éclaboussement se fit entendre. Le petit homme avait sauté à l'eau. Monk scruta la scène. Hooper avait disparu.

Le grand cracha un chapelet d'injures et se dégagea, fonçant vers l'extrémité du quai. Monk s'élança derrière lui et se jeta sur son dos. Ils tombèrent de tout leur poids sur les planches en bois et roulèrent sur eux-mêmes, luttant corps à corps.

Monk entendait, par-dessus leur respiration saccadée et les jurons de son adversaire, Hooper et l'autre en découdre dans l'eau. Il se concentra sur sa tâche. Son second savait nager, mais serait désavantagé par son bras blessé.

Monk fit une feinte, pivota à demi et frappa du coude le grand à la tempe. L'espace d'un instant, celui-ci parut sonné. Monk en profita pour se remettre debout tant bien que mal et se hâter vers Hooper. Le petit homme apparut à la surface, l'air étourdi, haletant.

Soudain, le grand se releva et, dans un rugissement de fureur, chargea Monk qui, au dernier moment, fit un pas de côté. Il sentit le déplacement d'air quand l'homme passa à côté de lui. Celui-ci trébucha et, entraîné par son élan, tomba à l'eau, provoquant une gerbe qui éclaboussa le visage d'Hooper. Son adversaire disparut sous la surface.

La péniche, à plus de cent mètres, continuait à s'éloigner.

Le grand reparut, moulinant follement des bras. À l'évidence, il ne savait pas nager et il n'avait pas pied. De toute manière, le fond était sûrement plein de vase.

Hooper se dirigeait lentement vers le petit homme, qui semblait lui aussi en difficulté. Il toussait et crachait, visiblement incapable de remplir ses poumons d'air. À en juger par la manière dont il avait agressé l'autre, c'était lui le policier et l'autre le fugitif.

— Aidez-le ! cria Monk à Hooper en le désignant d'un geste.

Il ne devait pas laisser le policier se noyer. Et il ne pouvait pas envoyer Hooper blessé au secours du grand qui sombrait maintenant pour la deuxième fois, les traits déformés par la terreur.

Monk retira sa veste et plongea. L'eau le percuta tel un mur de glace, et il fut saisi d'effroi en la sentant se refermer au-dessus de lui, le paralysant.

Il remonta à la surface, happa une goulée d'air et se mit à nager vers l'homme qui, à deux mètres de lui, s'agitait toujours désespérément. Quelques secondes plus tard, il avait coulé. Monk réussit à lui attraper le bras et, à bout de souffle, s'efforça de le soutenir de son mieux bien qu'il fût affreusement lourd.

Il vit Hooper non loin de lui, mais soudain, l'homme qu'il avait secouru passa le bras autour de son cou, le serrant étroitement. Monk crut tout d'abord qu'il essayait de l'étrangler, puis se rendit compte qu'il était en proie à la panique.

— Lâchez-moi ! cria-t-il. Lâchez-moi donc, espèce d'idiot ! Je vais vous aider !

L'homme relâcha sa prise un instant, voulut respirer et but la tasse. Suffoquant, il se cramponna à Monk, son bras lui broyant la gorge comme un étau. D'une seconde à l'autre, il allait le faire couler avec lui.

Monk se servit de son coude une fois de plus et, dès que l'homme eut desserré son étreinte, lui décocha un bon coup de poing. L'inconnu perdit connaissance aussitôt. Monk fit de son mieux pour lui garder la tête hors de l'eau tandis qu'il retournait vers les marches à grand-peine.

Cependant, l'homme était un poids mort et ne cessait de glisser. Transi, Monk faiblissait à vue d'œil. Il avait de plus en plus de mal à se maintenir à la surface avec son fardeau. Il avait vaguement conscience d'un bruit de voix venant de la berge, mais il était encore à six ou sept mètres, et il lui semblait ne pas progresser.

Soudain, Hooper fut là. Il l'aida, soutenant l'homme par son autre bras.

Il leur fallut encore plusieurs minutes pour amener le corps inerte de l'inconnu sur les marches. Là, des mains se tendirent pour les tirer sur le quai.

Monk titubait tant il avait froid. Hooper émergea à sa suite, blême et grelottant.

L'homme qui était venu à la rescousse devait être un débardeur, tout comme son compagnon. D'où sortaient-ils donc ?

— Comment…

Le premier sourit et eut un geste de la tête.

— Le batelier nous a prévenus. Et heureusement. Mieux vaudrait qu'on vous réchauffe.

Il fit signe à son camarade.

— Bert, passe-moi cette veste, hein ?

Bert s'exécuta avec obligeance, tendit sa veste à Monk et une autre en tissu grossier pour Hooper, dont le caban était trempé. Il n'avait pas eu le temps de le retirer avant de se jeter à l'eau.

Monk chercha des yeux le petit homme. Il n'était pas sur les marches. Où était-il passé ?

Hooper dut se faire la même réflexion, car il pivota et retourna vers l'escalier.

Tout à coup, ils le virent, à cinquante mètres de là, qu: nageait vers la goélette. Ils apercevaient clairement une silhouette debout sur le pont, en train de dérouler une corde à nœuds à son intention.

Le policier était sans doute épuisé et à demi paralysé par le froid. Si ce n'avait pas été l'étale de marée, il n'aurait eu aucune chance.

Monk poussa un soupir de soulagement en le voyant agripper la corde. L'homme sur le pont se mit à le hisser à bord. Il n'attendit pas pour voir la suite. De son côté, Hooper était retourné près du rescapé étendu sur le quai. Un des débardeurs tentait de le ranimer, sans grand succès. Son camarade avait disparu.

— Y a un docteur pas loin d'ici, expliqua Bert. Un brave type. Il ne demande pas d'argent à ceux qui n'en ont pas. Ce gars-là a l'air en piteux état. Il a dû avaler sa dose de flotte. L'idiot, ajouta-t-il avec un mélange de dégoût et de pitié.

Monk éprouvait aussi de la pitié en songeant à cette vie gâchée, cet homme qui s'était lancé dans la contrebande, avait été condamné et s'était échappé pour mourir de panique dans l'eau. Il était solidement bâti. Monk avait senti sa force lorsqu'il l'avait secouru. S'il n'avait pas réussi à l'assommer, le malheureux les aurait noyés tous les deux. Curieusement, très peu d'hommes qui travaillaient sur l'eau, que ce fût le fleuve ou l'océan, savaient nager. Ni les marins, qui passaient leur vie entière en mer, ni les débardeurs, les mariniers, les passeurs, ou d'ailleurs la plupart des membres de la brigade fluviale. L'eau était à la fois la vie et la mort.

Était-ce le courage ou l'ignorance qui les soutenait ? Ou une foi aveugle en leur propre immortalité ?

Monk s'approcha de l'homme immobile sur les planches en bois. Son visage était livide.

— Respire-t-il ? demanda-t-il à Bert.

Celui-ci hocha imperceptiblement la tête.

— Je crois. Difficile à dire. Peut-être qu'il fait le mort et que, d'une seconde à l'autre, il va se relever, cogner quelqu'un et se sauver.

Monk s'agenouilla et toucha la peau froide, mouillée.

— J'en doute, dit-il d'un ton sombre.

Il porta la main au cou de l'homme et crut sentir un faible pouls.

— J'espère que ce docteur ne va pas tarder…

Une ombre tomba sur lui. Soudain conscient d'une présence, il leva les yeux.

— Puis-je vous aider ? demanda l'inconnu à mi-voix.

Il était grand, remarquablement séduisant, doté d'un visage aux yeux foncés et aux traits raffinés.

— Je m'appelle Aaron Clive. C'est mon entrepôt qui est juste derrière vous, en aval.

Il regarda le débardeur.

— Bert, avez-vous envoyé chercher un médecin ?

— Oui, Mr. Clive. Celui du quartier.

Clive acquiesça et se retourna vers Monk, attendant visiblement que celui-ci se présente. Il émanait de lui un calme et une autorité qui paraissaient très naturels.

Monk se leva. Il était encore glacé sous son caban sec.

— Monk, dit-il. Commissaire de la brigade fluviale. Enchanté, Mr. Clive.

Ce dernier baissa les yeux.

— Qui est-ce ?

— Un détenu qui s'est échappé alors qu'on le ramenait en prison. Le douanier qui le poursuivait a réussi à atteindre la goélette, là-bas.

— Diable d'idiot, commenta Clive. Enfin, je suppose que nous devons faire ce que nous pouvons pour lui.

Il se tourna vers l'aval en direction de son entrepôt. Monk suivit son regard. Un homme et un adolescent dégingandé, âgé de quinze ou seize ans, accouraient sur la rive. L'homme portait une sacoche noire de médecin. Quant au garçon, Monk l'aurait reconnu n'importe où. C'était Scuff, le jeune orphelin qui les avait adoptés, Hester et lui, quelques années plus tôt, alors qu'il était chétif et malingre, perpétuellement affamé mais débrouillard comme pas deux. À l'époque, il prétendait avoir onze ans, ce qui était sans doute exagéré. Le médecin aux longues jambes qui l'accompagnait n'était autre que Crow, dont Scuff, sur sa propre insistance, était devenu l'apprenti. Son visage maigre était encadré de longs cheveux couleur charbon et il semblait toujours vêtu de noir.

Ils arrivèrent hors d'haleine. Crow se contenta de leur accorder un bref regard pour s'assurer qu'ils n'étaient pas blessés et s'agenouilla aussitôt au chevet de l'homme évanoui. Avec des gestes experts, il lui tâta le cou, puis passa l'index sous ses narines afin de vérifier s'il respirait.

Ensuite, avec l'aide de Scuff, qui était mieux entraîné que Monk ne s'y attendait, il retourna la victime sur le ventre, la tête sur le côté, et, exerçant une pression considérable, tenta d'expulser l'eau de ses poumons. Les massages étaient égaux et réguliers. Un peu d'eau coula de la bouche. Crow s'interrompit un instant et regarda l'homme avec espoir. Les paupières frémirent. Il recommença, avec des gestes fluides, en appuyant de tout son poids. C'était un homme élancé, aussi grand que Monk, et son visage reflétait ses émotions tel un miroir.

Scuff se mit à genoux près de lui, l'observant avec intensité, prêt à lui venir en aide dès qu'il serait sollicité.

Personne ne parla.

Enfin, Crow renonça et s'assit sur ses talons.

— Je suis désolé, dit-il à voix basse. C'est fini. Trop de froid, trop d'eau. Que s'est-il passé ?

Monk n'aurait pas dû être surpris, et pourtant sa lutte acharnée pour sauver cet homme et l'élan violent de vie qu'il avait senti en lui rendaient cette mort choquante.

Il s'éclaircit la voix.

— C'est un prisonnier échappé. Le policier qui le poursuivait l'a rattrapé ici sur les quais et a essayé de le capturer. Hooper et moi avons tenté de les séparer, mais ils ont tous les deux plongé dans l'eau. Je me suis élancé après celui-ci, et Hooper après le policier. Cet homme s'est affolé. Il s'agitait dans tous les sens.

Monk se rendait compte à présent que l'homme l'avait frappé avec une force étonnante. Il avait la tête qui résonnait encore de ses coups.

— Avez-vous dû l'assommer ? demanda Crow, comme si c'était la question la plus ordinaire qui fût.

Peut-être l'était-ce.

— Oui. À deux reprises. Sinon, il nous aurait noyés tous les deux…

— Cela arrive assez souvent, commenta Crow d'un ton sombre. L'homme est son propre ennemi.

— Êtes-vous sûr qu'il soit mort ?

— J'en ai peur. Je suis navré. Il s'est noyé, mais c'est la panique qui l'a tué.

Il se releva et regarda Monk avec une certaine compassion. Ils se connaissaient depuis de nombreuses années et avaient plus d'une fois fait face ensemble à de terribles situations.

— Je suis désolé, répéta-t-il.

Puis il se tourna vers Scuff et passa un bras autour de son épaule sans rien dire. Scuff voulait être médecin. Il devrait s'habituer à côtoyer la mort, et Crow n'allait pas l'embarrasser en le traitant comme un enfant.

Scuff se tint un peu plus droit, redressa le menton et fixa Monk longuement, puis esquissa un demi-sourire.

— Désolé, dit-il à son tour, d'une voix qui tremblait à peine. On peut plus rien faire pour lui.

Dans les moments de tension, il recommençait à s'exprimer comme lorsqu'il était un gamin des rues. L'enseignement d'Hester se volatilisait.

Monk aurait aimé le protéger ; mais il savait que c'était impossible.

— Il fallait essayer, dit-il avec gravité. Merci d'être venu.

— Et l'autre homme, le policier ? s'enquit Crow.

— Hooper est resté à sa hauteur un bon moment. Apparemment, il nageait plutôt bien, et il n'y avait pas de courant. Il est arrivé à la goélette ancrée en face, répondit Monk. Il a grimpé à bord, alors j'imagine que le capitaine, si c'est lui qui était sur le pont, va lui donner une bonne rasade de rhum, des vêtements secs et le déposer quelque part.

Crow parut perplexe.

— Quelle goélette ?

Monk se tourna pour la lui montrer et ne vit que le fleuve désert. La marée avait tourné et commençait à descendre. Le départ du navire avait été rapide et silencieux. À moins qu'ils n'eussent été trop absorbés par la tentative de sauvetage du noyé pour entendre quoi que ce fût.

— Peut-être l'a-t-il emmené en aval, au prochain médecin ? suggéra Clive. Ou, s'il allait bien, il a pu débarquer n'importe où pour rejoindre son poste. Il sera furieux d'avoir perdu son homme. Il vous faudra dire à la police qu'il est mort. Ce sera une consolation.

Il sourit et offrit sa main à Monk. Il y avait une chaleur dans ce geste, en dépit de ces tristes circonstances.

Monk lui serra longuement la main, avec fermeté, avant de le remercier.

Hooper et lui retournèrent vers la route. Ils devraient informer celui qui avait poursuivi le fugitif qu'il était mort. Quelqu'un devrait l'enterrer. Ce n'était ni la responsabilité de Crow ni celle de Clive.

— Il va falloir qu'on trouve les gars des douanes, observa Hooper. Ils ne sont même pas venus au bon endroit. Bon sang ! Ils pourraient être n'importe où.

En approchant de la rue, ils virent un fiacre qui se dirigeait vers eux à vive allure. Il s'arrêta, deux policiers en uniforme en descendirent et vinrent à leur rencontre. Ils s'immobilisèrent brusquement en voyant que Monk et

Hooper étaient tout mouillés. Le plus âgé détailla Monk de la tête aux pieds.

— Vous avez vu deux hommes venir par ici ? Un grand barbu qui suivait un homme plus petit, plus âgé ?

— Vous êtes à la recherche du prisonnier échappé, devina Monk. Brigade fluviale. Nous étions là quand ils sont arrivés. Le prisonnier est mort. Je suis désolé. Ils ont sauté à l'eau tous les deux, en se battant. Nous avons essayé de les ramener, mais le prisonnier s'est affolé. Nous n'avons pas pu le sauver. Votre homme s'en est tiré. C'est un sacré survivant. Il a réussi à traverser, et quelqu'un l'a hissé à bord d'une goélette.

Monk désigna l'amarrage désormais déserté.

— Elle a levé l'ancre et elle est partie. La marée venait de tourner, alors je suppose qu'elle est partie vers l'aval. Il sera sûrement descendu au premier quai.

L'homme le dévisagea, livide.

— Bon Dieu ! Pettifer est incapable de nager ! Il a une peur bleue de l'eau !

Monk eut soudain l'estomac noué.

— Pettifer ? Un petit homme mince, mais costaud ?

— Sûrement pas ! Un grand gars, fort comme un bœuf, barbu…

L'homme ferma les yeux.

— Ne me dites pas qu'il est mort et que cette ordure d'Owen a filé. Ne me dites pas ça !

Son camarade lâcha un juron.

— McNab va nous tuer ! Pettifer était un de ses hommes !

— Ce n'est pas ça qui m'inquiète, rétorqua le plus âgé en le fusillant du regard. Owen a filé. Il ne s'arrêtera plus, maintenant. Il va trouver un autre navire et il sera en France d'ici demain. C'est le deuxième gars qu'on perd en l'espace d'une semaine. D'abord Blount, maintenant Owen. Il ne va pas endosser le blâme pour les deux.

— Tel que je le connais, opina son compagnon, il n'endossera le blâme ni pour l'un ni pour l'autre !

Il regarda Monk.

— Le premier, il dira que c'était un accident. Et celui-ci, ce sera votre faute !

4

Monk était atterré. Il était parti dans l'intention de capturer Owen avant que McNab le trouve, peut-être pas cependant pour les meilleures raisons. Il avait espéré établir un lien entre les événements qui s'étaient déroulés récemment. D'abord, il y avait eu l'évasion et le meurtre de Blount, puis l'évasion d'Owen, le tout à quelques jours d'intervalle. Cela faisait-il partie d'un ensemble ? Au premier abord, on pouvait penser à une coïncidence, mais était-ce bien le cas ?

Les deux incidents étaient liés à l'administration des douanes. Monk avait toujours la certitude que les pirates qui avaient déclenché la fusillade où Orme avait trouvé la mort avaient été avertis de l'opération par McNab. Que c'eût été pour de l'argent, pour acquérir du prestige ou par simple inimitié à son égard, il l'ignorait. Tout comme il ignorait d'où venait cette inimitié. Il fallait qu'il le découvre et puis qu'il prouve cela, qu'il prouve tout. Il n'avait que trop attendu. McNab en avait-il conscience ? Monk avait-il sauté à pieds joints dans un piège que ce dernier lui avait tendu ? C'était une pensée glaçante. McNab, entre tous ! Monk avait-il laissé une certaine arrogance influer sur son bon sens, et le mener à cette débâcle ?

L'estomac toujours noué, il se remémora l'instant où McNab avait décelé une vulnérabilité chez lui. La scène avait eu lieu deux semaines auparavant. Ils étaient dans le bureau de McNab, évoquant une affaire sans importance – quelques fûts de cognac manquant à l'appel, probablement à cause d'une erreur de calcul.

McNab s'était interrompu au milieu d'une phrase et l'avait regardé droit dans les yeux.

— Vous souvenez-vous de Rob Nairn ? avait-il demandé en articulant avec soin.

Monk n'avait pas la moindre idée de qui était cet homme. Le silence était devenu intense dans la pièce tandis que McNab l'observait, s'efforçant en vain de masquer ses émotions. À l'évidence, cette question avait une énorme importance, et Monk aurait dû savoir de quoi il retournait, ce qui signifiait que l'affaire remontait loin dans le passé, à la période précédant son accident.

— Il n'a rien à voir avec cette histoire, avait enfin répondu Monk, parce qu'il devait bien dire quelque chose.

Cependant, il s'était rendu compte qu'il avait réagi trop tard. McNab avait vu le vide dans son regard, et alors il avait su.

Hooper et lui s'éloignèrent du quai. Ils avaient un long trajet devant eux pour regagner le centre. Durant ce temps, il devrait trouver comment expliquer à McNab qu'un de ses hommes s'était noyé au cours d'un incident auquel, lui, Monk, n'avait aucune raison d'être mêlé.

McNab le connaissait beaucoup mieux qu'il ne connaissait McNab, c'était désormais une certitude. Au début, cet homme lui avait paru quelconque. On oubliait ses traits quelques heures ou quelques jours après l'avoir rencontré. Apparemment, il était méticuleux dans son travail, mais ce n'était pas un personnage flamboyant, il n'avait rien de spectaculaire, il n'avait jamais élucidé d'affaire ayant marqué les esprits.

Monk, en revanche, faisait figure de légende, malgré quelques points noirs au tableau. Il était intelligent, courageux, et il lui était arrivé autrefois de se montrer impitoyable.

L'horreur et la terreur qu'il avait ressenties lorsqu'il s'était cru coupable d'avoir tué Joscelyn Grey[1] l'avaient changé. En réalité, il était innocent, mais il avait vu son reflet dans les yeux d'autrui, et il lui avait déplu. Le soulagement lui donnait encore des sueurs froides parfois, quand le passé s'immisçait dans ses rêves pour assombrir le présent.

Il était devenu un autre homme, même s'il apportait toujours à son apparence un soin particulier qui le distinguait de ses collègues. Il avait trouvé le bonheur. Il connaissait un contentement auquel il n'avait jamais goûté auparavant, et qui faisait un monde de différence. Néanmoins, un homme capable de compassion lorsqu'il était heureux n'avait guère de mérite. L'exploit aurait été d'être généreux quand peu de choses comptaient à ses yeux. Il était trop tard pour réparer cette faute. Il avait Hester – et Scuff. Et il avait des amis : Rathbone, Crow, Hooper et même Runcorn, qu'il avait connu autrefois et qui était si différent de l'homme qu'il méprisait alors.

Et bien sûr, il y avait eu Orme ! Si McNab était responsable de sa mort, était-ce à cause de Monk, et d'un événement dont il était incapable de se souvenir ?

Ce qui était sûr, c'était que rien au cours des treize années écoulées ne pouvait justifier l'expression qu'il avait entraperçue sur le visage de McNab, brièvement, avant que celui-ci la masque de nouveau.

Tandis qu'ils rentraient par les rues grises et mouillées dans le centre de Londres, il passa et repassa dans sa tête l'incident qui avait débuté sur le quai et s'était poursuivi dans le fleuve. Il avait terriblement froid, ses pieds étaient engourdis dans ses bottes. Hooper devait être dans la même situation.

Il tenta de se souvenir précisément de la scène. Ils attendaient l'arrivée du détenu en fuite poursuivi par les hommes de McNab. Les deux hommes étaient arrivés

1. Voir *Un étranger dans le miroir*, 10/18, n° 2978. *(N.d.T.)*

chacun d'un côté des bâtiments. Le grand, Pettifer, était devant. Owen, petit et rapide, était venu d'en face. Ils s'étaient percutés, mais était-ce Owen qui avait attaqué Pettifer ou l'inverse ?

Quoi qu'il en soit, ils s'étaient battus comme des chiffonniers en s'approchant de plus en plus de la rive. Monk avait cru que Pettifer était le fugitif, Owen le poursuivant. Avec le recul, il comprenait que ç'avait facilement pu être l'inverse.

Seigneur ! Quel gâchis !

Pettifer était grand, les épaules carrées, doté d'une force hors du commun. Lorsqu'il s'était affolé, il avait failli noyer Monk avec lui. Si celui-ci l'avait laissé faire, ils seraient morts tous les deux et Owen se serait échappé quand même. Qui diable aurait pu supposer qu'il nageait comme un poisson ?

Le capitaine de la goélette, peut-être ? Il se trouvait sur le pont. Par hasard ou exprès ? Son attention avait-elle été attirée par les cris ? Combien d'hommes d'équipage y avait-il sur un bateau de cette taille ? Pas forcément plus de deux ou trois.

Comment Monk savait-il cela ? Avait-il navigué autrefois ? Il avait grandi sur la côte du Northumberland. De vieilles lettres qu'il avait conservées de sa sœur le lui avaient appris. La mer et son odeur lui étaient familières, comme le balancement et l'équilibre nécessaires lorsqu'on était debout dans une petite barque sur l'eau, le rythme des avirons. Il s'était vite habitué à être sur la Tamise, en dépit du courant rapide et des marées.

Où était passée la goélette ? Quelqu'un connaissait-il son nom ? Il aurait dû interroger les policiers sur le quai. À moins qu'Aaron Clive ne l'eût remarquée. C'était un navire magnifique, ancré non loin de ses entrepôts. Il avait dû passer devant en remontant le fleuve et en repartant.

Tout marin porte secours à un homme tombé à l'eau. Monk devrait trouver le bateau et poursuivre les recherches, même si cela ne menait à rien. Owen, l'expert en explosifs, allait être traqué de toutes parts.

Cependant, la mort de Pettifer ne lui était pas imputable, sauf de manière très indirecte. C'était Monk qui avait frappé ce dernier afin de les sauver tous les deux. Le coup avait-il été violent au point de le tuer ? Il ne pensait pas avoir eu la force ou le poids nécessaire, surtout dans l'eau, sans appui. Il avait seulement voulu l'assommer temporairement. Et ensuite Pettifer s'était noyé, ce qui n'avait pas du tout été l'intention de Monk.

Seule l'autopsie le confirmerait.

Monk se promit d'aller voir le médecin de la police pour le prier d'être très précis. Il était impératif qu'il soit sûr de lui.

S'il était directement responsable de la mort de l'agent, McNab aurait beau jeu de l'accuser d'avoir voulu venger Orme. Monk sentait encore le poids d'Orme dans ses bras, revoyait le sang dont il était couvert, rouge foncé et poisseux là où il avait séché, rouge vif là où il coulait encore à flots sans qu'ils puissent l'arrêter.

Il se remémorait les battements affolés de son cœur lorsqu'ils avaient déposé Orme sur la rive, les hommes dans l'eau jusqu'à la poitrine, les mains tendues, les visages défaits, empreints de pitié. Puis la longue attente à l'hôpital. Monk était resté à son chevet toute la journée et une bonne partie de la nuit, espérant, priant. Il était exténué, comme engourdi, quand Orme était mort. McNab affirmerait que Monk était hors de lui après la fusillade et désireux de blâmer n'importe qui pour ce fiasco.

Lorsqu'ils eurent réglé la course, Hooper prit l'omnibus pour regagner le commissariat tandis que Monk se rendait à la morgue. Il trouva Hyde qui sortait de la salle où il pratiquait les autopsies. Il s'essuyait les mains sur une serviette blanche et rêche et semblait avoir froid.

— Ah ! J'allais justement vous envoyer chercher, dit-il avec satisfaction. Votre type – Blount ? Que se passe-t-il donc ?

— Pas grand-chose.

Il voulait surtout demander à Hyde de s'occuper de Pettifer immédiatement, et si possible de l'informer au plus vite de ce qu'il aurait découvert. Il avait besoin d'être sûr que la cause de la mort était la noyade et non le résultat du coup qu'il lui avait assené. Il ne pouvait tout de même pas avoir frappé assez fort pour endommager le crâne ! À moins d'avoir lui-même été en proie à la panique ?

Il avait perdu le fil de ce que racontait Hyde.

— Pardon ? Que disiez-vous ?

Le médecin le regarda avec plus d'attention.

— Bon sang, mon brave ! Vous avez une mine épouvantable. Et votre pantalon et vos bottes sont trempés. D'où diable sortez-vous ? Il ne pleut pas à ce point.

Il précéda Monk dans le couloir et s'effaça pour le laisser entrer dans son bureau. Comme toujours, chaque étagère était encombrée de livres, et des piles de papiers s'amoncelaient partout. Un feu vif pétillait dans l'âtre, et il faisait une chaleur agréable.

— Asseyez-vous, ordonna Hyde. Vous avez une tête pire que certains de mes cadavres. Que vous est-il arrivé ?

— Un détenu échappé et le douanier qui le poursuivait sont tombés à l'eau, marmonna Monk, accablé, en déplaçant des paperasses pour s'asseoir.

— Et naturellement, vous avez sauté dans l'eau aussi, conclut Hyde avec un sourire de guingois. J'espère qu'ils vous en ont été reconnaissants.

Il se dirigea vers un petit placard mural et l'ouvrit à l'aide d'une clé accrochée à sa chaîne de montre.

Il en sortit deux verres et une bouteille d'excellent cognac. Il versa une bonne rasade dans chaque verre et en tendit un à Monk, qui l'accepta avec gratitude. Il commençait à se sentir un peu nauséeux.

L'alcool lui brûla la gorge, puis sembla se dissoudre dans son sang.

— Reconnaissants ? répéta-t-il. Eh bien, le prisonnier l'est sûrement. Il s'est sauvé. Le douanier, moins. J'ai bien peur qu'il ne soit mort. Dans l'immédiat, il est votre problème.

Hyde prit une profonde inspiration.

— Vraiment ? Que s'est-il passé ? Le prisonnier l'a tué ?

— Non. Soit le fleuve l'a tué, soit c'est moi.

Hyde prit une longue lampée de cognac, la fit tourner dans sa bouche et l'avala.

— Cessez de parler par énigmes et expliquez-vous.

— Il est tombé à l'eau et s'est affolé. J'ai dû l'assommer pour l'empêcher de nous noyer tous les deux. Nous l'avons ramené sur la rive, malheureusement il est mort. Vous connaissez Crow ?

Hyde haussa les sourcils.

— Évidemment. C'est un fou, mais un bon médecin. Votre fiston est avec lui, non ?

— Oui…

— Vous avez fait ce qu'il fallait. Pourquoi me parlez-vous de Crow ? A-t-il examiné ce douanier affolé ?

— Oui. Il est arrivé alors qu'on venait de le haler sur la berge.

— Qu'a-t-il dit ?

— Pas grand-chose. Seulement qu'il ne pouvait pas le sauver.

— Était-il mort quand vous l'avez sorti de l'eau ?

— Je ne crois pas. J'ai vu frémir ses paupières et eu l'impression qu'il recrachait un peu d'eau. Peut-être que je voulais qu'il vive, voilà tout.

— Il avait des informations qui auraient pu vous être utiles ? s'enquit Hyde, intrigué.

— Non ! Je ne voulais pas être responsable de sa mort, c'est tout !

Monk but une autre gorgée de cognac, s'efforçant de se ressaisir.

— Excusez-moi. Je pensais que c'était lui le prisonnier, mais j'ai quand même fait tout ce que je pouvais pour lui.

— Et il s'est révélé que c'était le douanier ?

Hyde secoua la tête.

— Ce n'était pas votre jour, hein ! Je l'examinerai avec attention. C'est un des hommes de McNab, je suppose ?

— Bien entendu.

— Il ne se débrouille pas très bien, notre McNab, dites ! commenta Hyde avec satisfaction. Ce sont ses hommes qui ont perdu Blount, n'est-ce pas ? Eh bien, j'ai d'autres nouvelles à vous apporter à son sujet. Le malheureux était bien mort quand on a tiré sur lui. Depuis une heure ou deux au moins. Maintenant, dites-moi pourquoi quelqu'un irait tirer dans le dos d'un pauvre diable déjà complètement mort ? C'est un petit exercice pour vous, Monk.

Monk se rendit compte que le médecin le dévisageait avec beaucoup plus d'intérêt que ne le suggérait son air désinvolte. Que cherchait-il donc ?

— Mort ? Vous en êtes sûr, j'imagine ? Il n'aurait pas pu tomber inconscient dans l'eau à cause de la balle et se noyer ?

— Combien de temps croyez-vous qu'il faille à un individu inconscient pour se noyer, Monk ? Quelques minutes. Trois à quatre au plus. Il a été abattu bien après.

— Comment pouvez-vous en être certain ?

— S'il était tombé à l'eau après avoir reçu une balle dans le dos, il se serait débattu et il aurait saigné comme un porc avec une plaie pareille, rétorqua Hyde avec impatience. La balle a sectionné des artères principales, or il a perdu très peu de sang. Je ne vois pas d'inconvénient à ce que vous doutiez de moi, Monk, mais, que la réponse vous plaise ou non, c'est la bonne ! Il était mort quand on a tiré sur lui. Le cœur ne battait plus, et le corps était déjà gorgé d'eau. En fait, à en juger par l'état de la plaie, je dirais qu'il a passé trois à quatre heures dans l'eau, qu'il était clairement mort quand on l'en a sorti, après quoi quelqu'un lui a tiré dans le dos.

Monk garda le silence, perdu dans l'enchevêtrement de ses pensées. Pourquoi McNab l'avait-il envoyé chercher plutôt que de garder pour lui le fait que Blount leur avait échappé, qu'il s'était noyé et qu'on lui avait tiré dessus ensuite ? Il n'aurait pas exposé les erreurs de ses hommes, à Monk moins qu'à tout autre, sans avoir une bonne raison de le faire.

Un souvenir lui revint soudain en mémoire. Il revit la brève lueur de satisfaction dans les yeux de McNab lorsqu'il avait exposé la plaie. « C'est vous que ça regarde », avait-il lancé. Il voulait que ce soit lui qui s'en occupe. Pourquoi ?

Et maintenant, Pettifer, l'homme de McNab, était mort, et il était très possible que son décès fût dû aux efforts de Monk pour le sauver. Pourtant, évidemment, si Monk était resté sur le quai et l'avait laissé se noyer, il aurait aussi été responsable de sa mort.

Tout cela était-il accidentel ? Ou intentionnel ?

Non, c'était absurde. Hooper aurait facilement pu être à sa place. Mais si Hooper avait été blâmé, Monk aurait tout de même été impliqué. Hooper était son agent, son second maintenant qu'Orme n'était plus là. Et c'était quelqu'un envers qui Monk se devait d'être loyal.

Néanmoins, McNab n'aurait tout de même pas sacrifié délibérément un de ses hommes ! Monk laissait son obsession affecter son équilibre et son jugement.

— Merci, dit-il à Hyde. Quand on amènera Pettifer, ce qui ne va pas tarder, je vous serais reconnaissant de déterminer si le décès a été causé par la noyade ou par le coup que je lui ai porté. S'il y a le moindre doute à ce sujet, McNab s'en servira pour rejeter le blâme sur autrui, à commencer par moi.

Hyde acquiesça avec une moue.

— Méfiez-vous de lui, conseilla-t-il. Il est constamment en train de fouiner, de se renseigner, de poser des questions. J'ignore de quoi il s'agit, mais il nourrit envers vous une rancune profonde et tenace. Je suppose que vous le savez ?

— Oui…

Monk laissa le mot en suspens. Il le savait, bien qu'il ignorât pourquoi. Au début, il avait pensé que c'était une affaire de rivalité entre services… la brigade fluviale contre les douanes. Ces derniers temps, il avait été contraint d'admettre que l'hostilité de McNab avait une origine plus ancienne et nettement plus personnelle. Il avait essayé d'en trouver la cause ; rien, dans ses souvenirs, ne lui paraissait assez important. Datait-elle de plus loin ? D'avant 1856 et son accident ? Le nom de Rob Nairn aurait-il dû lui évoquer quelque chose ?

Dans ce cas, pourquoi McNab avait-il attendu si longtemps pour se venger ? Cela n'avait aucun sens – à moins qu'il n'ait plus peur de Monk parce qu'il avait appris qu'il avait perdu une partie de sa mémoire ? Soudain, il était vulnérable… un homme sans souvenirs n'avait pas sa place à la tête de la brigade fluviale. Il pouvait être manipulé, on pouvait se servir de lui trop facilement.

Il remercia Hyde et quitta la morgue, avec sa propreté excessive, ses effluves qui masquaient celle de la mort, et qui, bizarrement, la rendaient encore pire.

Un froid âpre régnait au-dehors. Les effluves de soude et de phénol furent remplacés par ceux de la suie et du crottin de cheval, et de temps à autre des relents d'égouts.

Il traversa la route, évitant un fiacre et un haquet de brasseur. Il avait suffi à McNab de se renseigner sur quelques événements de son passé, autour de l'époque de l'accident, pour en déduire qu'il avait oublié certaines choses. Tel un requin attiré par l'odeur du sang, sachant sa proie blessée, McNab décrivait des cercles autour de lui.

Cette hypothèse était-elle absurde ? Monk se laissait-il abuser par son imagination ? Ou celle-ci le mettait-elle en garde, justement ?

Il n'avait pas d'autre choix que d'affronter McNab au sujet d'Owen et de la mort de Pettifer. Le plus tôt serait le mieux. Il aurait aimé connaître la cause exacte du décès de Pettifer, mais Hyde ne pourrait peut-être pas la lui révéler avant un jour ou deux, et il fallait capturer Owen de toute urgence. Ou du moins trouver le capitaine de la goélette. À supposer, évidemment, qu'ils ne soient pas déjà au beau milieu de l'Atlantique.

McNab était dans son bureau quand Monk arriva. Il y avait toujours des questions administratives à régler. Les papiers s'accumulaient plus vite que la poussière si on ne s'en occupait pas.

Il leva la tête. Il disposait d'une pièce très agréable qui avait vue sur le port de Londres. Même à cette époque de l'année, le soleil donnait au fleuve un éclat lumineux, et les mâts noirs d'une centaine de navires se détachaient sur l'horizon.

McNab demeura assis, ce qu'il n'aurait pas fait six mois plus tôt. Son visage carré, massif, était aussi impassible qu'il pouvait le rendre, mais ses yeux brillaient.

Il posa son stylo, avec soin, afin de ne pas faire une tache d'encre sur sa belle écritoire en cuir toute neuve.

— Vous êtes venu vous excuser, c'est ça ? lança-t-il à Monk, sans l'inviter à s'asseoir.

Monk tira la chaise en cuir capitonné placée en face de lui et le fit néanmoins. Même s'il n'était pas à l'aise intérieurement, il tenait à donner l'impression contraire.

— Non, répondit-il, dominant parfaitement son irritation. Cet homme a été pris de panique. Il nous aurait noyés tous les deux. C'est assez fréquent, malheureusement. Mais toutes mes condoléances. C'est dur de perdre un de ses hommes.

— Suis-je censé vous être reconnaissant ? demanda McNab, arquant ses sourcils dégarnis.

— Vous êtes censé être civil, rétorqua Monk. Comme je le suis. Avez-vous du nouveau au sujet d'Owen ? Je suppose que vous faites de votre mieux pour le trouver ? Il devait avoir un certain intérêt pour vous, sinon vous ne l'auriez pas interrogé. Avait-il des liens avec Blount ?

— Grâce à vous qui avez noyé ce pauvre Pettifer, riposta McNab, Owen a filé. Ce maudit capitaine de goélette l'a emmené en aval. Il prétend l'avoir déposé au quai suivant. Rien ne prouve que c'est vrai.

— Vous lui avez parlé ? s'écria Monk, se concentrant sur le seul point qui comptait et qui contredisait au moins une partie de ce que McNab laissait entendre.

— Bien sûr que oui ! aboya McNab.

Il parut sur le point de dire autre chose, puis se ravisa.

Monk sourit.

— Dans ce cas, il n'est pas au milieu de l'Atlantique. Ni en France. Et vous avez fouillé la goélette, je suppose ?

— Naturellement !

— Il semble alors qu'il ait bel et bien déposé Owen quelque part, conclut Monk. Certes, il pourrait tout de même être en France à l'heure qu'il est. Que savez-vous de lui ?

Une infime lueur de satisfaction traversa le regard de McNab. On eût dit qu'il savourait quelque chose en son for intérieur.

— Vous avez oublié, hein ?

Monk ressentit une pointe d'angoisse et fut subitement transporté en arrière, durant les jours qui avaient suivi son accident, lorsqu'il se sentait entouré d'une atmosphère hostile, d'une tension dont la raison lui échappait. Il refoula cette sensation. McNab jouait à un petit jeu, peut-être pour se venger de la mort de Pettifer, et lui rappelait qu'il était au courant de sa faiblesse.

Il regarda McNab droit dans les yeux et vit la petite lueur s'éteindre.

— Je connais ses antécédents, mentit-il. Ce que je veux savoir, c'est ce que vous avez observé chez lui. Vous en savez tout de même plus long que la liste de ses condamnations ?

Il se pencha en avant.

— Est-il brillant ou chanceux ? Est-ce un opportuniste ou un faiseur de plans ? A-t-il des amis ou est-ce un solitaire ? Quels sont ses points faibles ? Est-il négligent ? Déloyal ? S'est-il fait des ennemis ? Est-il cupide au point de ne pas savoir quand s'arrêter et empocher ses gains ? A-t-il peur de quelque chose en particulier, comme Pettifer de la noyade, par exemple ?

La fureur déforma momentanément les traits de McNab, le rendant laid plutôt que quelconque.

— Comme ça vous ressemble de poser cette question, dit-il tout bas. Il n'a pas le vertige, il n'a pas peur de tomber, si c'est ce que vous voulez dire.

Il fixait Monk avec une intensité incroyable, comme s'il le mettait au défi de détourner les yeux. Il était en proie à une émotion qu'on n'aurait su déchiffrer, mais qui le faisait souffrir. Sa douleur transparaissait à travers tout le reste.

Monk ne trouva pas de réponse immédiatement.

McNab attendit.

Que pouvait dire Monk sans révéler le trouble qu'avait éveillé en lui la brutalité de cette scène, quelle que fût sa signification ? Il était certain d'une chose : quoi qu'il y eût entre McNab et lui, McNab s'en souvenait très clairement et lui non. Il perdait l'équilibre au bord de l'inconnu.

— Je veux l'arrêter, déclara-t-il calmement. Plus j'en sais à son sujet, meilleures seront mes chances. Qui est le capitaine de la goélette ? Que savez-vous de lui ?

— Il s'appelle Fin Gillander.

La voix de McNab était encore rauque de tension. Le seul fait de répondre à une question ordinaire semblait exiger de lui un violent effort.

— Il est américain, je crois, du moins il parle avec un accent de là-bas. Un bel homme, arrogant. Il s'imagine que la mer lui appartient parce qu'il a un bateau rapide. Un imbécile, si vous voulez mon avis. Owen lui a dit qu'il était policier et que Pettifer était un malfaiteur. Enfin, c'est ce qu'il prétend. Je crois que c'est un type prêt à tenter sa chance. J'imagine qu'Owen lui a donné quelques guinées pour qu'il le dépose en aval.

Monk ne put s'empêcher d'être sarcastique.

— Vraiment ? Et où Owen a-t-il pris ces quelques guinées, étant donné qu'il venait d'être condamné et qu'il s'est échappé lors de son transfert en prison ? Ou cette histoire est-elle aussi une invention ?

McNab hésita. Il avait été pris de court, et ils le savaient tous les deux. L'espace d'un instant, cela se lut dans son regard, et Monk eut soudain l'impression glaçante d'être allé trop loin. Il devait combler le silence.

— Vous n'avez pas confiance en Gillander ? Peut-être l'a-t-il débarqué quelque part, que ç'ait été un arrangement ou pas. Quelqu'un a-t-il aidé Owen à s'échapper ?

McNab sourit lentement. La tension se dissipa.

— Je croyais que ça n'allait jamais vous venir à l'esprit ! On dirait bien que oui. Il n'a pas d'amis, à ce qu'on sache, mais il se vend au plus offrant, alors il a des alliés.

Il inspira profondément, hésita une seconde et reprit la parole, avec plus de circonspection cette fois.

— Il a travaillé un temps pour Aaron Clive. Vous le connaissez ? Grosse société d'import-export. Il a des entrepôts sur les bords de la Tamise, dans le coin où Owen se dirigeait. Et où Gillander était amarré. Maintenant que vous avez une bonne raison, vous pourriez demander à Clive – poliment, bien entendu – ce qu'il peut vous dire sur Owen. Il en sait sans doute pas mal sur lui. C'est un homme très puissant – en fait, très, très riche. J'imagine qu'avant d'engager quelqu'un il se débrouille toujours pour savoir à qui il a affaire. Lui qui a fait fortune dans un seul endroit, hein !

Le sourire était de retour dans son regard.

— Mais vous le savez… mieux que moi.

Monk n'avait pas la moindre idée de ce à quoi il faisait allusion.

— J'ai entendu parler de lui, dit-il lentement. Je l'ai rencontré quand Owen s'est enfui…

McNab écarquilla les yeux. Il souriait.

— Pour la première fois ? Vraiment ?

C'était un piège, et pourtant Monk ne pouvait pas feindre de connaître cet homme. Aaron Clive n'était pas une personne que l'on oubliait.

— Il ne croise jamais le chemin de la police.

— Oh !... sur le fleuve…

Le sourire de McNab s'était encore accentué.

— Non, je suppose que non. Je parlais du passé. Il y a des années.

— Je pensais qu'il n'était ici que depuis peu.

Monk savait qu'il avait raison sur ce point. Il connaissait les principaux propriétaires de terres et de compagnies sur les deux rives. Cela faisait partie de son travail.

— En effet, admit McNab. Je songeais à une période plus ancienne. À la Californie, peut-être ? J'ai entendu dire que San Francisco était une petite ville de quelques centaines d'habitants, tout au plus, avant la ruée vers l'or.

Monk se sentit aussi glacé que si on venait de le ressortir des flots. McNab jouait un jeu absurde avec lui. Son visage exprimait à la fois la jubilation et l'intrépidité insensée d'un homme, qui, les yeux enfiévrés, place une mise sur la table en sachant qu'il ne pourra pas payer… s'il perd ! Monk avait déjà vu cette expression.

Comment répondre ? Que pouvait-il dire sans trahir sa vulnérabilité ? La ruée vers l'or en Californie avait commencé en 1848 mais c'était en 1849 qu'elle avait atteint son apogée. Il le savait parce que c'était un fait connu de tous. Était-il censé en savoir davantage ? Cela datait d'avant son accident.

McNab le regardait. Il devait parler.

— Que diable Owen a-t-il à voir avec la ruée vers l'or ? lâcha-t-il, avec autant d'incrédulité qu'il en était capable. La plupart du temps, les gens tamisaient pour trouver de l'or. En tout cas, ils ne se servaient pas d'explosifs.

Il avait dit cela d'un ton sûr de lui. Le savait-il ou le devinait-il ?

McNab parut légèrement surpris.

— Ah ?

— De toute façon, reprit Monk, on creuse des mines, on ne les fait pas sauter. Vous pensez à des carrières.

McNab ne s'en émut pas le moins du monde.

— Bien, dit-il en se calant dans sa chaise. Et les explosifs sont aussi utilisés dans la démolition. Parfois. Je suppose que c'est pour cela que Clive l'employait. Enfin, vous pourriez aller le voir. S'il n'est là que depuis peu, alors il doit avoir fait travailler Owen assez récemment, non ?

— Merci, dit Monk en se levant. Peut-être vais-je pouvoir le retrouver pour vous…

— Peut-être, répondit McNab, sans se départir de son sourire.

Ce soir-là, Monk alla voir Aaron Clive chez lui. Il habitait dans le quartier de Mayfair, une splendide demeure qui occupait le coin d'une rue, non loin de Berkeley Square. Monk se présenta de bonne heure, avant le dîner, et demanda à s'entretenir avec Mr. Clive au sujet du malheureux incident de la veille. Il comptait solliciter son aide et lui exprimer ses remerciements.

Il dut patienter une demi-heure, dans un petit salon très confortable. Le feu avait à l'évidence été allumé une grande partie de la journée et il y régnait une chaleur agréable. On lui offrit même un choix de boissons. Il aurait aimé en accepter une mais ç'aurait été peu sage, même si son service touchait à sa fin. Il occupa son temps à regarder les livres sur les étagères de part et d'autre de la cheminée en marbre poli, ainsi que les bibelots disposés sur le manteau et dans les alcôves. Ainsi qu'il s'y attendait, la sélection de livres était à la fois éclectique et banale, en revanche son intérêt fut éveillé par plusieurs ornements d'origine indigène, des sculptures qui représentaient un ours et une espèce de chien. Monk fut troublé par leur beauté et par les images et sensations qu'elles faisaient surgir en lui : un soleil ardent, une chaleur dans l'air, de grands espaces qu'il n'aurait su nommer. Était-ce un effet de son imagination ou un produit de sa mémoire ?

Le majordome entra après avoir frappé un coup discret à la porte et invita Monk à le suivre.

Clive était dans son bureau, devant une grande bibliothèque remplie d'ouvrages dont beaucoup à reliure de cuir, rangés par thèmes plutôt que par taille. Monk comprit immédiatement qu'ils étaient là parce qu'on les consultait, et non comme simple décor. Clive les aimait et peu lui importait l'opinion d'autrui. Monk éprouva un élan de sympathie à son égard. Le souci des apparences avait un côté froid et déplaisant ; en revanche, il décelait là une certaine honnêteté. Dans cette pièce, les seuls bibelots étaient une pépite d'or et quelques petites figurines d'animaux en turquoise, en malachite ou en cristal de roche.

— Je suis navré de vous avoir fait attendre, commissaire Monk, s'excusa Clive en faisant un pas vers lui.

Ils échangèrent une poignée de main légère mais ferme.

— J'apprécie que vous ayez accepté de me recevoir sans rendez-vous, répondit-il. Les deux derniers jours ont été un peu… regrettables.

Clive lui adressa un grand sourire.

— Un peu, acquiesça-t-il en faisant signe à Monk de s'asseoir. J'espère que vous ne vous êtes pas enrhumé après votre séjour dans l'eau. Elle devait être abominablement froide.

— Glaciale, confirma Monk avec conviction. Mais je ne pense pas en avoir souffert. Contrairement à ce pauvre Pettifer.

— Pettifer ?

Clive écarquilla les yeux un instant.

— C'est le nom de l'homme qui s'est noyé ? C'est fort triste. Beaucoup de gens sont pris de panique dans l'eau… ou face au feu. C'est l'aspect le plus dangereux de bien des désastres. Mais c'est naturel, je suppose. Quelle ironie d'avoir manigancé une brillante évasion pour se noyer pratiquement par sa propre faute !

— C'est ce que je me suis dit, admit Monk. Toutefois, en dépit des apparences, Pettifer était en fait le douanier…

Clive lâcha un grognement.

— C'est affreux. Je suis sincèrement désolé. Par conséquent, l'homme qui a rallié la goélette à la nage était le détenu évadé ?

— Oui. Un certain Silas Owen. Un expert en explosifs que les douanes avaient arrêté dans le cadre d'une affaire grave. J'ignore les détails.

Clive parut surpris.

— Que faisait-il ici ? J'ai eu recours à lui par le passé, mais pas depuis… oh… un an ou davantage. Pour dégager une épave en aval, dans l'estuaire. Les explosifs étaient la seule solution pour pratiquer une brèche dans la cale du navire échoué. Il fallait un spécialiste. C'est dangereux de faire exploser la moitié d'un navire sous l'eau. Il était doué… très doué. Mais en quoi puis-je vous aider ?

Il désigna la carafe de xérès sur le rayonnage et la rangée de verres en cristal taillé.

— J'ai du cognac, si vous préférez ?

— Non, merci…

— Allons, mon cher ! Il fait un temps épouvantable et je suis sûr que votre journée a été longue. Je sais que la mienne l'a été.

Monk se persuada qu'un refus serait impoli et accepta.

Clive remplit deux verres de xérès et lui en tendit un.

Monk en but une gorgée et le trouva incroyablement onctueux. C'était une curieuse chose que le goût. Il pouvait réveiller des souvenirs depuis longtemps enfouis. Combiné au riche arôme du vin, il donna à Monk l'impression d'être remonté dans le passé, sans savoir jusqu'où.

— Peut-être vous remémorez-vous certains détails à son sujet, dit-il, retournant à la question de Clive. Par exemple, savez-vous qui est le propriétaire de la goélette qui mouillait en face de nous ? Depuis combien de temps elle était ancrée là ? Est-il possible qu'elle soit venue à la suite d'un arrangement ? Vous dites qu'Owen est un spécialiste dans son domaine. Sortait-il parfois de la légalité ? A-t-il mentionné des relations ? Et puis-je avoir votre permission de parler à ceux de vos employés qui ont travaillé avec lui ?

Clive sourit, une expression amusée éclairant son visage et en adoucissant les contours.

— Par quoi désirez-vous que je commence ? Je doute que la goélette se soit trouvée là autrement qu'à la suite d'un hasard. Elle s'appelle *Summer Wind*, et elle appartient à un nommé Fin Gillander, une sorte d'aventurier. Je le connais depuis plusieurs années. Je ne crois pas qu'il aurait accepté de venir repêcher un détenu évadé, à moins qu'il ne l'ait cru innocent. D'après ce que je sais au sujet d'Owen et de la loi britannique, cela paraît fort peu probable.

— Même pour de l'argent ? insista Monk.

— J'en doute. D'ailleurs, Owen avait-il de l'argent ? Je croyais qu'il s'était échappé du fourgon qui le conduisait en prison. Du moins, c'est ce que les journaux ont affirmé.

Il arborait un air perplexe.

— Si c'était pour de l'argent, quelqu'un d'autre qu'Owen aura payé, admit Monk. C'est possible, mais peu probable. On dirait bien qu'il a eu un sacré coup de chance. Son évasion, la noyade de Pettifer, Gillander qui se trouvait pile au bon endroit au bon moment…

Clive se mordit la lèvre.

— Vous ne croyez pas à tant de coïncidences et moi non plus. J'ignore quel est le lien, pourtant il doit y en avoir un.

— McNab, du service des douanes, a perdu un autre détenu qu'il interrogeait. Un condamné qu'on avait sorti de prison pour l'emmener au siège des douanes, afin qu'il identifie quelques objets, me semble-t-il. Un certain Blount. Cela s'est passé il y a juste un peu plus d'une semaine.

Clive parut stupéfait.

— Il s'est enfui aussi ?

— Oui… et non, répondit Monk. Si McNab l'a retrouvé, c'est seulement parce qu'on l'a repêché dans la Tamise et qu'on l'a averti. Blount a été noyé, et s'est fait tirer dessus par la suite.

Il se tut, observant la réaction de Clive.

Ce dernier cilla.

— On l'a noyé puis on lui a tiré dessus ? N'est-ce pas… excessif ? Et maintenant Owen qui s'est échappé !

La douceur de sa voix la dépouillait de toute malice.

— Si ! Moi non plus, je ne crois pas à toutes ces coïncidences. Blount était un maître faussaire, Owen un spécialiste en explosifs. Tous les deux étaient sous la responsabilité des douanes, du moins au moment de leur évasion. Bien que les douaniers ne semblent en rien responsables de leur mort. Nous ne savons pas du tout qui a noyé Blount, ni qui l'a tué ! Ç'aurait pu être un accident. En ce qui concerne Owen, c'est Pettifer qui est mort et Owen est… Dieu sait où. Mais la question se pose de savoir si on voulait tuer ce dernier. Savez-vous autre chose au sujet de la goélette ou de Gillander ? Depuis combien de temps était-il amarré en face de vos entrepôts ?

Clive sourit.

— Je connais Gillander depuis une vingtaine d'années.

Il but une gorgée de xérès et se laissa aller en arrière dans son fauteuil.

— Nos chemins se sont croisés de temps à autre. Il a autour de quarante ans. Comme je vous le disais, c'est une espèce d'aventurier. Personne ne sait au juste d'où il vient, il est arrivé un jour à San Francisco, au moment de la ruée vers l'or, en 1849. À l'époque, il se faisait embaucher comme matelot, il travaillait ici et là. Un gars sûr de lui. Il n'avait peur de rien. Gros joueur, grand buveur, du succès avec les femmes. Remarquez, il était extraordinairement séduisant, il le savait et en usait. Mais c'était un bon marin. Il ne s'intéressait pas encore aux goélettes, peut-être parce qu'il n'aimait pas qu'on lui donne des ordres.

Il étrécit légèrement les yeux.

— Vous ne savez pas déjà tout cela ?

Monk sentit un frisson le parcourir. Il ne pouvait se permettre d'en convenir.

— Il travaillait le long de la côte, observa-t-il, comme s'il le savait.

— Ou sur l'océan. Il a traversé le Pacifique jusqu'en mer de Chine au moins une fois, d'après ce qu'on m'a dit. Il a doublé le cap Horn pour venir en Angleterre plusieurs fois, et c'est un sacré voyage. Si vous pensez que le golfe de Gascogne est houleux, essayez donc le cap Horn.

Il sourit. Son expression était aimable, plaisante, apparemment tout à fait naturelle.

— J'y songeais justement, se hâta de dire Monk, revenant au présent et à la chaleur de la pièce. Enfin, j'essayais, rectifia-t-il.

Une sensation de violence l'avait submergé. Il se demanda s'il avait essuyé une tempête en mer, sur la côte du Northumberland, dans cette partie de sa vie qui s'était évanouie. Sans doute les mers se ressemblaient-elles toutes.

Il se souvint de Gillander et de sa conversation avec Clive.

— Si je comprends bien, c'est un homme qui ne respecte pas forcément la loi ?

Clive eut un brusque rire, où perçait un humour sincère.

— La loi n'était pas très présente à San Francisco à l'époque de la ruée vers l'or, Mr. Monk. Certaines des histoires à dormir debout qui circulent ont une part de vérité. Quand on a découvert de l'or, en 1848, la Californie ne faisait pas encore partie du territoire des États-Unis. Elle n'est devenue un État que dans le cadre du Compromis de 1850. Pendant une période, nous avons été littéralement sans loi d'aucune sorte. La ville est passée d'environ deux cents habitants en 1846 à trente-six mille en 1852. Personne n'aurait pu contrôler cela.

Monk fit un effort pour se représenter une colonie plus petite qu'un village anglais, soudain envahie par un afflux d'aventuriers, commerçants, prospecteurs, maçons, de gens à la dérive ou en quête de richesse, toute l'humanité grouillant dans un port. Des fortunes se faisaient et se défaisaient. On ramassait de l'or sur les bords des rivières en tamisant le sable et l'argile. Il y avait des fusillades, des bagarres entre ivrognes, entre joueurs, des vols, des prêcheurs itinérants, des marchands de tout, des charlatans et de vrais médecins. Et des banques avaient jailli de terre pour accueillir l'argent neuf, des fonctionnaires pour peser l'or véritable et le différencier du faux.

Il voyait presque tout cela, la lumière éclatante, l'eau bleue des criques et des baies. Bien sûr que ç'avait été un lieu sans loi pendant un certain temps. Celui où Gillander était un très jeune homme. Monk aurait peut-être fait comme lui s'il en avait eu l'occasion. La ruée vers l'or en Californie au lieu de… quoi ? Pour autant qu'il le sût, la pêche au large des côtes du Northumberland. Une côte magnifique, mais une autre lumière, des marées et des courants différents, et certainement pas un pays de violence, d'aventure et d'or.

— Que fait-il ici ? demanda-t-il.

Clive haussa les épaules.

— Je n'en ai aucune idée. J'imagine qu'il essaie de gagner sa vie comme il peut. Si cette goélette lui appartient, il fera de bonnes affaires avec. Moi-même, j'ai commencé avec un seul navire. Cela dit, j'avais déjà fait fortune.

— Vous êtes américain ?

— Mes parents sont respectivement français et anglais, mais oui, je suis américain.

Clive avait prononcé ces paroles avec une certaine fierté qui plut à Monk. Un homme devait être fier de son héritage culturel ; non pas tant pour en tirer un sentiment de supériorité que pour le reconnaître à sa juste valeur et se montrer à la hauteur de ses meilleures qualités.

Monk se leva.

— Merci. Je vais essayer d'en apprendre davantage. À certains égards, le fleuve est un monde bien petit. J'irai voir Gillander moi-même. Toutefois, s'il a embarqué Owen délibérément plutôt que repêché un inconnu dans l'eau, je doute qu'il parle.

— Bonne chance, répondit Clive avec ironie en se levant à son tour pour lui offrir une nouvelle poignée de main. Si je peux vous aider, n'hésitez pas.

Deux jours de recherches et de questions permirent à Monk de rassembler quelques bribes d'informations concernant Gillander, sans ajouter grand-chose à ce qu'Aaron Clive lui avait appris.

On n'avait retrouvé aucune trace d'Owen ni aucun lien avec Blount, hormis ce que les douaniers avaient déclaré au sujet des interrogatoires de l'un et de l'autre.

Ce soir-là, vers sept heures et demie, la nuit était tombée depuis longtemps, mais Monk travaillait toujours. Il avait encore une pile de papiers sur son bureau, des rapports effectués par ses hommes, diverses plaintes et attestations. Une tasse vide lui servait de presse-papier.

McNab entra d'un pas tranquille, salua d'un signe de tête l'agent posté à la porte et passa devant Hooper sans lui accorder plus qu'un rapide coup d'œil. Laker l'arrêta devant le bureau de Monk.

— Vous avez du nouveau pour nous, Mr. McNab ? demanda-t-il hardiment.

Monk posa les documents qu'il consultait et attendit.

— Non, répondit McNab, une pointe d'irritation dans la voix. C'est vous autres qui l'avez perdu. Si vous ne vous en étiez pas mêlé, nous l'aurions remis à l'abri en prison à l'heure qu'il est. Je me demande qui vous a soufflé qu'il serait dans le coin. Nous devrions nous intéresser à ces gens-là d'un peu plus près.

Il dévisagea Laker avec attention.

— Vous n'en savez rien, vous, par hasard ? À ce qu'on m'a dit, on vous a vu fouiner ici et là.

— Nous ne l'avons jamais eu entre les mains, monsieur, rétorqua Laker, accentuant ses mots plus que nécessaire. Si votre homme ne l'avait pas attaqué, ils n'auraient pas fini dans l'eau, et je suppose qu'il ne se serait pas noyé en laissant Owen filer. Je ne peux pas imaginer qu'il ait eu l'intention de faire ça. Ce n'est qu'un sale accident. Ou peut-être qu'il voulait jeter Owen à l'eau, mais qu'il ignorait que ce gars savait nager.

Monk se leva, faisant tomber une pile de papiers par terre. Il gagna la porte et l'ouvrit d'un geste sec.

McNab, tout pâle, dévisageait le jeune agent qui semblait prendre plaisir à la confrontation. C'était Laker tout craché, avec son charme insolent. Il ne s'en tirerait pas toujours à si bon compte.

— Vous n'avez guère de contrôle sur vos hommes, hein… ? lança McNab avec colère en contournant Monk pour entrer dans le bureau.

Il s'assit sans y avoir été invité. Monk rentra derrière lui et referma la porte. Il ignora la remarque, en partie parce que McNab avait raison. Il s'était acquis la crainte et le respect de ses hommes, mais pas leur obéissance, en tout cas pas celle de Laker. Cependant, ils s'étaient rapprochés depuis la mort d'Orme. La tragédie avait créé un lien que le devoir n'avait pas su établir. Cette situation n'était pas dénuée d'une certaine ironie, étant donné que Monk était toujours convaincu que McNab les avait trahis dans l'affaire des trafiquants d'armes.

— Avez-vous appris quoi que ce soit ? demanda-t-il, restant debout.

McNab inclina sa chaise en arrière et joignit les mains sur son ventre. Il leva les yeux vers Monk.

— Quelques bricoles. Pettifer était mon bras droit, vous savez. Un homme travailleur. Loyal. Les autres avaient beaucoup de respect pour lui. C'est douloureux de l'avoir perdu, surtout de cette manière.

Son visage était indéchiffrable. Ses paroles suggéraient le chagrin, pourtant un éclat dur brillait dans ses yeux, celui d'un prédateur qui flaire sa proie.

— Enfin, je suppose que vous comprenez, n'est-ce pas ? Laissez-moi vous dire que ce jeune homme blond va vous causer des ennuis. Vous ne pourrez jamais le contrôler comme Orme l'aurait fait. Il sera toujours à se mesurer à vous, à vous lancer des défis, à voir qui gagne, à chercher vos points faibles. S'il les flaire, il se jettera dessus tel un furet.

Il souriait, avec un plaisir froid et vif.

Ses paroles contenaient une part de vérité, suffisamment pour être blessantes. Le mot que McNab avait omis était celui d'affection. À leur manière silencieuse, les hommes avaient aimé Orme, avaient vu en lui une sorte de père. Jamais ils ne considéreraient Monk ainsi.

— C'est gentil de votre part d'être venu me dire ça, rétorqua Monk, sarcastique. Si vous vous trouvez un remplaçant pour Pettifer, vous feriez mieux de lui apprendre à nager !

Il regretta aussitôt sa remarque. Riposter ainsi était la preuve que McNab l'avait blessé. Il lut cela sur le visage de son interlocuteur.

— J'aurai plusieurs choses à lui apprendre, admit McNab doucement. En fait, si je suis venu jusqu'ici, c'est pour vous dire que nous sommes presque sûrs que Blount se dirigeait vers la côte, et probablement la France, quand il est tombé à l'eau. Et qu'il a été abattu par la suite, à ce qu'il paraît. Si je devais deviner, je dirais qu'Owen est sans doute déjà en France à l'heure qu'il est. Il y a beaucoup de contrebande en ce moment. Je ne suis pas sûr que nos informations soient fiables, mais on parle d'or. Volé, naturellement.

Monk garda le silence. Que cherchait McNab ? Était-il réellement venu parler à Monk de cette histoire d'or volé ? Pourquoi ? Dans l'espoir que Monk se mette à sa recherche et que McNab récolte les fruits de son travail ? Ces dernières semaines, il avait changé. Par le passé, il avait été très prudent avec Monk, comme s'il se méfiait trop de lui, voire le craignait trop pour laisser paraître sa haine. Mais depuis qu'il avait compris que Monk avait perdu une partie de sa mémoire, il tâtait le terrain, tel un chirurgien à la recherche d'une balle dans une plaie. Sauf qu'il n'avait aucune envie de la retirer ! Il voulait laisser la plaie à vif, au contraire.

Pourquoi, au juste ?

Cela devait remonter à une vieille enquête datant d'avant son accident, une affaire où McNab avait subi un revers quelconque qui continuait à lui peser.

— J'ai parlé à Aaron Clive, dit enfin Monk. Il a évoqué la ruée vers l'or en Californie, voilà vingt ans. Il a dit que l'or rendait les gens un peu fous.

McNab sourit, comme envahi par une joie soudaine.

— Il a dit ça, vraiment ? Ah, ah ! Il est bien placé pour le savoir. Il a fait fortune au cours de la ruée vers l'or de 1849. Mais évidemment, vous savez tout ça.

Il se leva et se dirigea vers la porte.

— Voyez donc si vous pouvez retrouver ce Gillander, avec sa goélette. Il pourrait peut-être vous apprendre quelque chose. On ne sait jamais.

Sur quoi, avec un autre sourire, il quitta la pièce et, sans un regard autour de lui, sortit dans la nuit secouée par le vent.

Le lendemain matin, Monk se rendit à la goélette. Cette fois, elle était amarrée près de la rive sud et accessible. Elle était magnifique avec sa silhouette élancée, ses ponts en teck soigneusement astiqués, ses cuivres immaculés. Tout était à sa place, propre et bien entretenu. À l'évidence, le propriétaire connaissait son bateau et l'adorait.

— Permission de monter à bord ? cria Monk.

Il attendit quelques instants, puis répéta sa demande. Un homme apparut et sortit par l'écoutille. Monk se présenta.

L'homme le salua tranquillement. D'après la description qu'on avait faite à Monk, il devait s'agir de Fin Gillander. Il était gracieux, agile, peut-être un peu moins grand que Monk et, comme l'avait déclaré Aaron Clive, remarquablement beau.

— Je me demandais quand vous alliez venir, lança-t-il avec un sourire en coin.

Sa poignée de main fut brève mais ferme. Il précéda Monk dans les marches pour gagner la cabine, propre et bien rangée.

— Désolé d'avoir repêché votre gars, reprit Gillander. Il m'a raconté qu'il était policier et qu'il devait descendre le fleuve pour aller signaler que le grand gars barbu s'était noyé.

— C'est ce qu'on m'a dit, répondit Monk avec une moue. Et qui a-t-il dit que nous étions ? Je suppose qu'il n'a pas mentionné la brigade fluviale ?

Gillander haussa les épaules.

— Pas vraiment Il a prétendu que vous étiez des contrebandiers rivaux qui avaient tué le grand barbu et qu'il avait de la chance de s'en être tiré vivant.

Monk imagina la scène. Il ne trouvait rien à redire à ce récit. Les choses pouvaient en effet s'être déroulées ainsi.

— Était-il blessé ? demanda-t-il enfin.

— Il a affirmé qu'il avait mal à l'épaule, qu'il devait aller voir un médecin. Je l'ai déposé aux marches d'après.

— Et ensuite ?

Gillander sourit.

— Vous voulez vérifier mes dires, commissaire Monk ?

— Oui...

Visiblement amusé, Gillander éclata d'un rire tout à fait spontané.

— Très bien. J'imagine que je ferais pareil à votre place. J'avais besoin de fournitures. Je suis allé au magasin d'articles de marine et j'ai acheté des bougies, de l'huile de lin, un peu de térébenthine. Je peux vous offrir une goutte de whisky ? Ce vent est froid comme le cœur d'une sorcière.

L'idée parut bonne à Monk. Passer un petit moment avec cet homme lui permettrait de se faire une meilleure opinion de lui. De plus, il voulait examiner le bateau d'un peu plus près. La goélette était élégante, rapide, faite pour affronter même les mers démontées autour du cap Horn. Il était clair que Gillander éprouvait plus que de la fierté à son égard : il l'aimait comme s'il s'agissait d'un être vivant, comme un arbre majestueux.

Gillander l'observait, une lueur de curiosité dans les yeux. Il le précéda dans la cambuse, puis la cabine suivante, où se trouvait sa table à cartes. La houle était si légère qu'ils la sentaient à peine, on aurait dit un souffle doux.

La cabine contenait une bibliothèque munie de portes vitrées, que l'on pouvait fermer à clé au cas où la mer était mauvaise. Monk réprima la tentation d'aller voir les ouvrages de plus près : il ne voulait pas manifester trop de curiosité.

Il jeta un coup d'œil autour de lui, admirant la couleur riche du vieux teck régulièrement ciré et astiqué au fil des années. Pas trace de tache ou de traînée de saleté sur les cuivres étincelants. Monk le constata avec plaisir et se sentit étonnamment à son aise, comme s'il se trouvait dans un endroit familier.

Gillander ouvrit un cabinet à alcools, en sortit la carafe de whisky, les servit tous deux et tendit un verre à Monk.

Monk huma l'arôme, puis trempa ses lèvres dans la boisson. Du single malt. Excellent. Son hôte ne lésinait pas sur la qualité. Monk eut envie d'en savoir davantage sur lui.

Gillander tint son verre devant lui, l'inclina légèrement vers Monk en guise de salut avant de boire.

Un gros bateau dut passer à côté d'eux car son sillage fit osciller la goélette. Instinctivement, Monk ajusta son équilibre.

— Vous naviguez souvent ? demanda Gillander, l'air intéressé.

Monk hésita un instant. Quelle réponse ne le ferait pas trébucher ?

— J'ai navigué par le passé. Mais c'était il y a longtemps.

Gillander l'observait, attendait.

— Sur l'océan, à bord d'un bateau comme celui-ci ?

Il sourit.

— Moi, j'ai doublé le cap Horn avec lui.

Il contempla la cabine avec un intense plaisir.

— Il peut aller partout, dans le Pacifique, l'Atlantique, les mers de Chine, la mer des Caraïbes.

Monk regarda son visage séduisant et n'y lut que vitalité et intérêt. Cet homme lui posait une question toute simple à laquelle il ne pouvait pas répondre. Il mentit.

— Surtout en mer du Nord. Et elle a quantité d'humeurs différentes.

— Toutes les mers vous aiment ou vous tuent, déclara Gillander. Si on reste assez longtemps, sans doute les deux. Mais par Dieu, pendant qu'on est vivant, on est sacrément vivant ! Dites-moi, quelle est la plus belle chose que vous ayez jamais vue… femmes mises à part ?

Monk se creusa les méninges pour que sa réponse n'ait pas l'air d'un mensonge et n'en révèle pas plus qu'il ne le désirait.

— Le lever du soleil sur Holy Island en été. La mer était comme du verre, et la lumière semblait tout remplir.

— Vous avez raison, murmura Gillander. C'est toujours la lumière, n'est-ce pas ? Comme tout ce qui vaut la peine d'être possédé, on referme la main, et c'est parti. Un autre whisky ?

— Non, merci. Il faut que j'aille à la recherche d'Owen. Même si je ne me fais guère d'illusions sur mes chances de le retrouver.

5

Beata avait posé l'invitation sur le manteau de cheminée de son boudoir et réfléchi toute une journée avant de répondre. Elle n'utilisait plus le grand salon. Il était très formel, conçu pour recevoir, et tout y avait été fait selon les désirs d'Ingram – autrement dit, dans l'intention d'impressionner. De plus, il fallait que le feu soit constamment allumé pour y maintenir une température agréable. Peut-être allait-elle vendre cette maison avant même que son deuil ait pris fin. Elle n'avait aucune envie de rester ici.

Son boudoir, comme celui de beaucoup d'autres femmes fortunées, était son salon personnel, situé au même étage et dans la même aile que sa chambre, et meublé entièrement à son goût. Les couleurs étaient discrètes et simples, les fauteuils confortables. Les bibliothèques étaient remplies de livres qu'elle lisait, tels les romans de Jane Austen et des sœurs Brontë, certains récits d'aventures et beaucoup de poésie. Les tableaux, peu nombreux, lui rappelaient pour la plupart des souvenirs qu'elle chérissait ou des rêves qu'elle n'avait pas encore réalisés. Il y en avait quelques-uns qu'elle appréciait seulement pour leur beauté : un lac baigné d'une lumière douce, un vol d'oiseaux sauvages traversant le ciel, des roseaux poussant dans l'eau claire d'une source de montagne. Elle prenait plaisir à les contempler.

Elle devait répondre à cette invitation aujourd'hui, sinon cela reviendrait à l'ignorer. Il était ridicule de remettre le moment de le faire car elle connaissait la réponse. Elle devait accepter. Il aurait fallu prétexter une indisposition pour refuser, et elle ne s'abaisserait pas à pareil mensonge. Ce n'était pas ainsi qu'elle avait l'intention de vivre sa vie maintenant qu'elle était enfin libre de choisir. Ce serait une parodie de liberté !

Aaron et Miriam Clive l'avaient invitée à dîner. Il ne s'agissait pas d'une réception, à laquelle il n'aurait pas été convenable qu'elle assistât avant la fin de son deuil. Elle ne devait pas donner l'impression de s'amuser, car la rumeur se répandrait comme une traînée de poudre. On s'attendait – ou plutôt, on exigeait – que les veuves pleurent leur mari pendant une période fixée par la bienséance. La seule manière de s'y soustraire était de partir à l'étranger, ce qu'elle n'était pas prête à faire – pas encore, en tout cas. Non, cette invitation concernait un dîner très simple, où ils discuteraient de la proposition faite par Aaron de financer l'établissement d'une chaire universitaire en mémoire d'Ingram et à son nom.

Cette offre était délicate et généreuse. Aaron avait beau être très riche, ce geste serait loin d'être bon marché. Étant donné qu'il n'avait pas connu Ingram personnellement, Beata ne pouvait s'empêcher de se demander s'il faisait cela pour elle. Naturellement, c'était, sur le plan social et – s'il le désirait – politique, un acte judicieux. Cependant, Aaron n'avait pas besoin de ce genre de publicité. Il était déjà hautement respecté. Sa fortune était immense, son influence discrète mais vaste. Publiquement, il n'avait jamais commis de faux pas. Mais Ingram non plus !

Pourquoi tergiverser ? Elle n'avait aucune raison de refuser. Sa réticence émanait simplement de ses propres sentiments à l'égard d'Ingram. La pensée que de jeunes étudiants en droit puissent l'admirer lui était pénible, comme si on avait souillé l'eau dont tous devaient boire.

Non, elle devait faire taire de telles pensées et s'obliger à ne songer qu'à l'homme public, qui avait été remarquable, parfois sévère mais brillant dans l'exercice du droit, infatigable dans la poursuite et la conduite d'un procès. Jusqu'au bout, il avait œuvré pour la cause de la justice, du moins telle qu'il la voyait, même s'il la tempérait trop rarement de compassion au goût de Beata.

Elle s'assit à son bureau et composa une lettre, acceptant à la fois l'offre d'Aaron au nom de son mari défunt et l'invitation à en discuter plus précisément le lendemain soir. Lorsqu'elle fut satisfaite de sa réponse, elle sonna le valet pour qu'il la mette à la poste. Ils la recevraient en fin de journée. Mais ils devaient se douter qu'elle accepterait.

Le lendemain soir, Beata s'habilla avec beaucoup de soin. Elle n'aimait pas le noir. Elle n'en portait presque jamais par choix. En revanche, le mauve ou le gris clair, qui seraient acceptables à un stade plus avancé de son deuil, convenaient à merveille à son teint pâle et délicat. Le noir était si sévère, si… dépourvu de couleur ! Cependant, il était encore trop tôt pour le rejeter.

Et naturellement, elle devait paraître vertueuse, aucun décolleté n'était permis, et quasiment aucun ornement pour atténuer cette sévérité. Ingram aurait été amusé de la voir ! Il s'était enorgueilli de sa beauté, même s'il y faisait rarement allusion sans y ajouter une pique. Il y avait toujours un ver dans le fruit.

Quelle importance avait la beauté, d'ailleurs ? C'étaient l'âme et le cœur qui faisaient la vraie personne.

Elle avait fait confectionner quelques robes noires par sa couturière un an auparavant, lorsqu'Ingram avait été admis à l'hôpital. Elle choisit la plus flatteuse, et sa femme de chambre l'aida à la revêtir. Elle montait presque jusqu'à son menton – comme si elle était ravagée par le chagrin ! Que disait cette robe ? Qu'elle était une hypocrite.

La taille était étroite, la jupe ample. Elle serait mal à l'aise dedans. Enfin, peu importait. Elle devait se tenir droite, marcher la tête haute, sinon ce col allait l'étrangler.

Elle opta pour des boucles d'oreilles en jais. C'était l'usage pour les deuils. Des diamants auraient été trop frivoles.

Beata remercia la femme de chambre, se leva et traversa la chambre pour gagner la porte. Soudain, elle s'arrêta, stupéfaite par l'image que lui renvoyait la glace. Elle avait l'air farouche et inaccessible, mais elle était belle... tout en ombre et lumière. La veuve parfaite. Comme c'était absurde !

Elle ne jouait jamais la comédie de l'heure lorsqu'elle était invitée. Arriver en avance dérangeait les hôtes ; arriver en retard était impoli. Quant à se présenter avec un retard calculé, comme c'était la mode, pour faire une entrée remarquée des autres convives, c'était une affectation qu'elle déplorait, et qu'elle trouvait de la dernière arrogance.

Elle arriva quelques minutes après l'heure dite et fut accueillie dans le vestibule par Miriam. Si Beata incarnait l'hiver, Miriam représentait la flamboyance de l'automne. Ses cheveux avaient la couleur des dernières feuilles, sa robe était rouille, acajou et noir. Bien entendu, elle était nettement plus décolletée que celle de Beata, soulignant la chaleur de son teint et l'éclat de son collier en topaze. Son visage avait gardé la beauté et la passion d'autrefois. Le temps l'avait affiné sans laisser de marques visibles.

— Merci, dit-elle aussitôt à Beata. J'imagine que vous n'êtes guère d'humeur à sortir, mais croyez-moi, je suis vraiment très heureuse de vous voir.

Elle pivota pour se diriger vers le salon. Beata eut à peine le temps de remarquer la magnificence du vestibule, dont le splendide lustre brillait de mille feux. Le sol, non pas blanc et noir comme la plupart des sols en marbre, était d'un mélange délicat de crème et de couleurs minérales qui accentuaient subtilement les tons plus soutenus des pilastres de la cheminée et des alcôves qui la flanquaient. L'escalier, qui occupait la plus grande partie du mur central, était en marbre lui aussi, sculpté en arrondi.

— Nous n'avons invité que deux autres personnes, reprit Miriam. Giles Finch, de l'université, et Lord Justice Walbrook, que vous connaissez déjà.

— Seulement de vue, répondit Beata, qui s'efforçait de se remémorer ses traits.

— Il est veuf depuis peu.

Miriam ouvrit la porte du salon.

Celui-ci était immense, doté d'une cheminée à chaque extrémité, assez vaste pour abriter deux séries de meubles du plus grand confort. Les teintes chaleureuses de l'automne et du bois ciré se combinaient à des touches frappantes d'une couleur entre le vert et le bleu, qui rappelait la queue d'un paon ou les mers des tropiques. Elle resplendissait dans des coussins en velours ou en satin, dans des bibelots de verre aux formes exquises, globes, spirales, dans des assiettes peintes.

Cette couleur fit ressurgir dans l'esprit de Beata des souvenirs vieux de vingt ans, qui précédaient sa rencontre avec Ingram. Elle avait passé sa jeunesse en Californie, avant qu'on découvre de l'or dans les rives sableuses et caillouteuses de l'American River ; avant que la fièvre s'empare des aventuriers, des exploiteurs, des boursicotiers venus des quatre coins du monde.

Elle était née en Angleterre. À la mort de sa mère, son père avait décidé de suivre sa soif d'aventure et de l'emmener sur la côte ouest de l'Amérique, dans des terres qui, à l'époque, appartenaient au Mexique. Depuis son retour en Angleterre et son mariage avec Ingram, elle menait une vie calme, et avait presque oublié une partie des choses folles qu'elle avait faites par le passé. Certaines, dont elle ne parlait à personne, avaient été oubliées par choix, et seulement au prix d'un effort.

Elle se souvenait des missions établies par les moines franciscains après l'arrivée des explorateurs espagnols sur la côte. De ces constructions de style espagnol, pleines de colonnes ou d'arcades. Leur nom glissait sur la langue comme les mots d'une chanson.

Les prêtres de son époque, franciscains également, exerçaient leur ministère au sein de la population locale. À dix-neuf ans, elle était tombée amoureuse de l'un d'eux. Elle revoyait sa longue robe de bure, la corde nouée autour de sa taille, son sourire empreint de douceur. Peut-être était-ce absurde de sa part, il n'empêche que le dévouement du prêtre à sa religion lui avait inspiré le désir d'éprouver des sentiments aussi forts, à l'égard de quoi que ce fût.

Bien entendu, il ne s'était rien passé entre eux, mais la mélancolie ardente de ses rêves avait perduré. Elle se revoyait debout sous un soleil brûlant, en train de lui parler, d'essayer de trouver quelque chose à dire qui lui paraîtrait sage. Elle voulait tant l'impressionner ! Il lui aurait suffi de fermer les yeux pour respirer l'odeur de la poussière et de l'eau sur la pierre, et l'arôme astringent, piquant, des herbes écrasées. Elle avait fait cela exprès parfois, quand Ingram la maltraitait, essayé de retrouver l'innocence qu'elle avait éprouvée alors, les paroles rituelles sur le pardon.

Ensuite, son père et elle étaient partis pour San Francisco, où il faisait plus frais, où le soleil dardait sa lumière vive sur la mer. C'était juste après qu'on eut découvert de l'or dans la rivière. Une forêt de mâts encombrait le port, une intense excitation régnait. Son père avait installé son commerce. Avec l'afflux de nouveaux arrivants toujours plus nombreux, il travaillait toute la journée et la moitié de la nuit rien que pour satisfaire la demande. Il était devenu riche. À ce moment-là, tout allait encore bien.

Elle avait fait, sinon un beau mariage, du moins un mariage correct. Cela ne se faisait pas de rester seule si on était une femme à l'époque, à moins qu'on ne fût institutrice, ou quelque chose du même genre. Beata ne désirait pas s'engager dans cette profession, quoique avec le recul elle lui semblât admirable. Elle voulait goûter à la vie plutôt que se cloîtrer dans une salle de classe. Quelle naïveté ! Le mariage était alors une terre vierge pour elle, pleine d'espoir. Il y avait eu des bons et des mauvais moments, probablement comme dans la vie de toutes les jeunes femmes qu'elle avait connues.

Et puis son mari avait été abattu lors d'une querelle idiote à propos d'une concession d'or. Veuve respectable, elle n'avait pas éprouvé l'envie de se remarier. Son père était trop occupé pour insister, mais c'était là un sujet qu'elle n'aurait jamais envie d'aborder.

Elle conservait des souvenirs très nets de San Francisco qui s'agrandissait de jour en jour, comme un champignon dans un pré fertile. C'était alors qu'elle avait fait la connaissance de Miriam Astley. Jeune, turbulente, ravissante – elle n'allait pas tarder à être veuve, comme Beata. La différence, c'était que, en apparence en tout cas, elle avait profondément aimé son mari, tandis que le mariage de Beata n'avait été qu'un arrangement assez confortable.

Cela dit, certaines personnes pensaient que Beata avait aimé Ingram York ! Que sait-on jamais du bonheur… ou du chagrin d'autrui ?

Elle suivit Miriam dans cette pièce magnifique. Le temps écoulé semblait avoir fondu comme la neige, qui ne laisse derrière elle que de petites traces de l'hiver.

— San Juan Capistrano ! s'écria-t-elle, ravie, en remarquant un des tableaux.

Elle sentit le rouge lui monter aux joues. C'était là qu'elle était tombée amoureuse du prêtre. Cela semblait remonter à un siècle. Avait-elle réellement été aussi jeune ?

Miriam rit et vint se tenir à côté d'elle.

— C'était il y a longtemps, n'est-ce pas ? murmura-t-elle. Pensez-vous parfois à ce temps-là ?

Beata la regarda à la dérobée et vit des larmes dans ses yeux.

Puis le chagrin s'évanouit, et elles parlèrent un peu trop gaiement d'autres sujets, jusqu'au moment où elles furent rejointes par Aaron, Lord Justice Walbrook et Giles Finch. Toutes les formalités furent observées, les condoléances dûment présentées. On fit des remarques polies concernant Ingram qui serait tant regretté, lui qui avait été un fleuron du système judiciaire. Tout fut très courtois, très prévisible. Elle donna les réponses attendues et espéra l'avoir fait avec dignité.

La croyait-on ? Ou était-il plus facile d'accepter ses déclarations que d'en douter ? Peut-être, sous leurs manières accomplies, ces hommes n'étaient-ils pas si différents. Que pouvait-on remettre en question chez autrui quand on avait ses propres secrets à garder ?

Giles Finch admira le tableau de San Juan Capistrano et voulut savoir si l'endroit était près de San Francisco.

Aaron expliqua qu'il se situait également sur la côte californienne, mais à des centaines de kilomètres au sud, bien plus près du Mexique. La conversation dévia sur la ruée vers l'or, les fortunes faites et les bouleversements qui s'étaient produits. Des édifices étaient construits du jour au lendemain. Des individus autrefois pauvres étaient devenus des géants de l'industrie, d'énormes propriétaires terriens et, en fin de compte, des personnalités du gouvernement. On évoqua le contraste avec l'Angleterre, où la fortune et le privilège étaient transmis de génération en génération.

— Nous-mêmes avons connu des bouleversements, observa le Dr Finch. Mais c'était il y a longtemps.

Aaron sourit.

— La conquête normande ? ironisa-t-il.

— Oh ! Je parle d'événements plus récents, répondit Finch avec un haussement d'épaules. La Réforme. D'abord les martyrs catholiques, puis les protestants, et ainsi de suite du règne d'Henri VIII à celui de Marie la Sanglante et d'Élisabeth Ire. Et après, bien sûr, nous avons connu la guerre civile. Charles Ier, et l'argent des navires, les taxes, le droit divin, etc. Plus tard, il y a eu Oliver Cromwell et les puritains. Une époque plutôt sinistre à mon goût. Aucun sens de l'humour. Je ne sais pas comment quiconque a le courage de vivre sans cela ! Et la Restauration, Charles II, d'autres extrêmes.

— Peut-être devons-nous nous attendre à un nouveau bouleversement ? suggéra Lord Justice Walbrook avec un léger sourire. Malheureusement, je doute qu'il soit suscité par la découverte d'or.

— L'or n'a pas que des bons côtés, murmura Miriam. S'il y a beaucoup de fortunes soudaines, il y a aussi beaucoup de morts, de morts violentes d'hommes encore jeunes. Et la pauvreté côtoie la richesse.

Beata la regarda avec curiosité. Elle avait saisi de la douleur dans sa voix, un ton rauque qu'elle se hâtait de maîtriser.

Finch la dévisageait avec intérêt. Avait-il perçu son émotion, ou la contemplait-il comme la plupart des hommes contemplent une femme séduisante qui éveille en eux une pointe de passion ?

Miriam baissa les yeux et esquissa un mince sourire. Elle avait presque l'air de s'excuser.

— Aaron a perdu son cousin Zachary, avant le début de la ruée vers l'or proprement dite. Ils étaient comme des frères.

Sa voix devint plus sourde.

— Il est mort en défendant un vieil homme qu'une bande d'ivrognes voulait rouer de coups. On a lynché les ivrognes, mais cela n'a pas ramené Zachary. En fait, je ne crois même pas qu'on les ait jugés. On les a juste…

pendus à un arbre. Non qu'il y ait eu de doute sur leur culpabilité…

Tous regardaient Miriam. Beata tourna la tête vers Aaron, avant de le regretter aussitôt. Une souffrance brutale, intense, submergeait ses traits, comme si son chagrin était aussi vif qu'autrefois. Elle se sentit gênée d'être là, encore plus d'avoir été témoin de sa réaction.

Pourquoi diable Miriam avait-elle évoqué le sujet ? Et devant des gens qu'ils connaissaient à peine ? Comment pouvait-elle manquer à ce point de tact ?

— Et j'ai perdu mon premier mari, reprit Miriam, d'une voix qui était maintenant tendue par son propre chagrin. Il a été… tué aussi…

— Je suis désolé, dirent Finch et Walbrook, presque en même temps.

De nouveau, Beata jeta un coup d'œil en direction d'Aaron. Cette fois, son expression était indéfinissable. Elle se souvint du moment où elle avait appris la mort de son premier mari, du sentiment de choc et de vide que la nouvelle avait créé en elle. C'était arrivé dans les contreforts des montagnes. Là-bas, aucune sécurité ne régnait dans les concessions, il n'y avait aucune loi, et presque aucune forme de communauté. Le premier mari de Miriam, Piers Astley, avait été le plus respecté des lieutenants d'Aaron, un homme en qui il avait confiance. Peut-être était-ce cela qui lui avait valu de mourir.

Mais qui savait quel homme il était lorsque les portes étaient closes et qu'il était seul avec sa femme ? Ils étaient tous assis autour de cette riche et élégante table à Londres, superbement vêtus, savourant les meilleurs plats qu'on puisse acheter. Ils buvaient le meilleur des vins dans des verres en cristal taillé, mangeaient avec des couverts en argent dans des assiettes en porcelaine. Ils discutaient du financement d'une chaire universitaire en hommage à Ingram York – juge de la Haute Cour, un homme violent, qui battait sa femme et avait des appétits sexuels dépravés.

Un instant, Beata crut qu'elle allait être prise de nausées. Puis elle se contrôla, but une gorgée de vin et baissa les yeux sur son assiette afin d'éviter de croiser le regard de quelqu'un.

On parlait de Zachary Clive et de ses qualités. La voix d'Aaron était chaleureuse, pleine d'émotion alors qu'il évoquait l'intégrité de Zach, sa générosité d'esprit, les choses qu'il aimait et qui le faisaient rire.

Miriam avait les larmes aux yeux. Ce fut seulement après un moment de réflexion que Beata comprit que Miriam n'avait pas connu Zachary. C'était après sa mort qu'elle avait rencontré Aaron.

À moins qu'elle ne se trompât ? Qu'y avait-il de faux dans ce qu'elle entendait ? Et pourquoi tout cela avait-il la moindre importance à présent ?

En apparence, ils partageaient des souvenirs de la ruée vers l'or, parce que ç'avait été une époque unique. Dans la rue où se trouvait le commerce de son père, l'air vibrait des cris des ouvriers maçons, charpentiers, couvreurs, des hommes qui tiraient des charrettes pleines de bois. Chaque jour, de nouvelles habitations s'élevaient, et jamais ce n'était suffisant car de plus en plus de bateaux arrivaient.

Le matin, au réveil, elle tirait les rideaux pour regarder par la fenêtre de sa chambre. Son père lui avait toujours offert certains luxes, comme des rideaux, une vraie baignoire en zinc avec des pieds, des bottines en cuir souple. Dans sa mémoire, le plaisir était indissociable du chagrin, la gratitude pour toutes ces petites attentions qui comptaient tant alors se mêlait à la douleur de savoir comment il avait changé, comment il était mort.

Les gens avaient tous un peu la fièvre de l'or. La baie accueillait tant de nouveaux navires que Beata apercevait à peine l'eau étincelante entre leurs coques serrées les unes contre les autres. Des équipages venus de la terre entière amenaient des prospecteurs, des joueurs, des aventuriers, des hommes et des femmes qui cherchaient désespérément une vie nouvelle.

Elle s'était liée d'amitié avec quelques-uns d'entre eux. Elle se souvenait d'Holly, une jeune femme replète aux yeux brillants lorsqu'elle était arrivée. Quelques mois plus tard, le visage hagard, les jupons retroussés, elle passait tout son temps dans la rivière à fouiller et à remuer les galets, tamisant à la recherche d'or. Son mari et elle vivaient sur la rive, cuisinaient sur un feu de bois, dormaient à même le sol. Beata n'avait jamais su s'ils avaient trouvé quelque chose.

Trop souvent, les équipages des navires attrapaient eux aussi la fièvre de l'or et abandonnaient leur poste pour aller prospecter. Les capitaines se retrouvaient seuls, sans matelots pour manœuvrer les voiles ou quoi que ce fût d'autre. Ils débarquaient à leur tour, en emportant tout ce qu'ils pouvaient utiliser ou vendre. Certains bateaux étaient même désossés, le bois précieusement récupéré pour construire des maisons.

C'était à ce moment-là que le père de Beata avait amassé de l'argent, beaucoup d'argent. Elle avait tenté de repousser ces souvenirs, mais ils revenaient avec la force de la marée montante. Pour Aaron et Miriam, ce n'était pas si loin. Pour les invités, Finch et Walbrook, ce monde-là n'existait que dans leur imagination.

Ce fut seulement au dessert qu'on évoqua de nouveau Ingram York.

Finch se tourna vers Beata.

— Ce doit être extrêmement pénible pour vous de penser à ces choses-là si tôt, Mrs. York, dit-il avec douceur. Cependant, des dispositions doivent être prises dès à présent si nous voulons que tout soit en place l'année prochaine. Tout ce que nous désirons de vous, c'est votre permission de doter une chaire du nom de votre défunt mari. Il nous semble que ce serait un hommage approprié à sa mémoire, et beaucoup plus utile à la société qu'un buste en marbre, un mémorial ou une plaque. Nous avons beaucoup de chance que Mr. Clive ait proposé le soutien financier nécessaire.

— En effet, acquiesça-t-elle. Nous avons plus qu'assez de plaques et de statues. Je ne sais pas pourquoi Mr. Clive se montre si généreux, néanmoins je lui en suis extrêmement reconnaissante.

Elle regarda Aaron en souriant, afin qu'il ne perçoive pas de critique sous-entendue dans ses paroles.

— J'ignorais que vous connaissiez mon mari.

Aaron lui rendit un sourire candide, sincère et désarmant.

— Je ne le connaissais pas, Mrs. York, mais j'ai lu certains de ses jugements au cours de ces dernières années. Je souhaite doter une chaire car je crois à la sagesse de la loi, à sa lucidité. Lorsqu'elle s'associe à la compassion, elle possède le pouvoir de nous protéger de l'anarchie, dans la société comme dans l'industrie. Or, si j'ai une quelconque influence, c'est dans le domaine de l'immobilier, du commerce international, et non celui de la justice. Il est de loin préférable que je fasse ce geste au nom d'un juge éminent et hautement respecté, qui malheureusement vient de mourir.

Il jeta un coup d'œil à Miriam, puis reporta son attention sur Beata.

— J'aimerais que deux professeurs soient nommés. Deux individus qui voient en la loi un idéal noble, un glaive forgé dans du métal brûlant et trempé dans l'eau pure et glaciale de la logique et de l'impartialité. J'espère que vous jugerez cet hommage à la fois utile et digne de votre mari, de sorte que sa mémoire demeure et porte ses fruits dans les années à venir.

Miriam changea très légèrement de position sur sa chaise, comme si elle souffrait d'une crampe.

Beata eut envie de la regarder et n'osa pas

— Personne ne pourrait avoir de meilleur mémorial, répondit-elle.

Que dire d'autre ? Qu'Ingram en était totalement indigne ? Pour rien au monde elle ne voulait que ses obscénités en privé soient rendues publiques ! Pour garder la moindre dignité, elle devait jouer la comédie à la perfection. Elle avait droit à sa vie intime ; de fait elle en avait besoin pour survivre.

Elle s'obligea à rencontrer le regard d'Aaron Clive et à lui sourire.

— C'est un geste merveilleux. Veuillez pardonner mon émotion.

— Naturellement, dit-il avec douceur, en tendant la main sur la nappe blanche pour effleurer la sienne. Je suis désolé que tout soit si précipité. J'aurais dû vous laisser le temps de faire votre deuil avant de vous solliciter, mais je veux agir le plus vite possible. À temps pour la nouvelle année universitaire, si c'est envisageable.

Il se tourna vers Finch, quêtant son accord.

— Je ne vois pas d'obstacle à cela, répondit ce dernier. Avec la permission de Mrs. York ?

— Vous l'avez, ainsi que ma gratitude.

Miriam se leva, regardant Beata.

— Dans ce cas, si nous laissions ces messieurs à leur porto ? Nous pourrions prendre le thé dans le salon, accompagné de quelques chocolats ? Aimez-vous toujours les chocolats ? Les truffes ? J'en ai qui viennent de Belgique. Je pense que ce sont les meilleures, pas vous ?

Vingt années s'envolèrent, et Beata se revit assise avec Miriam dans la maison où elle vivait à San Francisco, contemplant la baie agitée par le vent, les ombres qui se pourchassaient sur l'eau, une boîte de chocolats entre elles deux. Tout en bavardant, en riant, en échangeant des secrets, elles avaient presque tout mangé. C'était comme si cette époque folle et pourtant curieusement innocente remontait à la semaine passée.

Elle se leva à son tour, se tenant à la table un instant pour se ressaisir avant de se tourner vers Miriam.

— Oui, je les aime toujours autant.

Il faisait agréablement chaud dans le salon, et Beata se félicita qu'elles ne soient plus que toutes les deux. Si tel n'avait pas été le cas, elle aurait jugé déplacé de venir, si tôt après la mort d'Ingram. Le deuil n'était pas vraiment un choix. Porter des couleurs sombres qui vous donnent une mine aussi lugubre que vos pensées, errer dans une maison où les miroirs ont été tournés contre le mur sans rien d'autre à faire que contempler sa solitude et rédiger des lettres superflues n'avait rien de réconfortant. Elle aurait de loin préféré s'occuper, ne fût-ce qu'à des tâches manuelles comme disposer des fleurs dans des vases ou repriser des broderies.

Oliver Rathbone lui avait souvent parlé de la clinique tenue par Hester Monk dans Portpool Lane, de sorte que, lorsque Miriam lui demanda comment elle comptait remplir ses journées, elle répondit honnêtement.

— J'aimerais mieux récurer des planchers que ne rien faire du tout ! Peut-être trouverai-je une occupation qui en vaille la peine.

Elle avait parlé avec une pointe d'autodérision, malgré sa sincérité. Qu'était-on, en effet, sans but dans la vie ?

Miriam écarquilla les yeux, son intérêt éveillé.

— Vraiment ? Vous n'allez tout de même pas récurer vos propres planchers ! Qu'aviez-vous à l'esprit ?

Une lueur d'amusement brillait dans ses yeux, bien qu'elle essayât de la cacher. Avait-elle lu en Beata ? Vingt ans plus tôt, elles se connaissaient bien, toutefois c'était dans un autre monde, à des milliers de kilomètres de là, à une autre époque.

— Une femme que je ne connais pas personnellement, mais dont j'ai beaucoup entendu parler, s'occupe d'une clinique pour les femmes des rues, qui sont blessées ou malades…

Miriam haussa les épaules et secoua la tête.

— Elle semble effroyable ! S'interrompt-elle toutes les heures pour dire des prières ou leur prêcher la vertu ?

— Doux Jésus ! s'écria Beata, réprimant un rire, je ne crois pas. Elle a été infirmière en Crimée et j'ai entendu dire qu'elle a des idées très arrêtées. Je doute que, pour elle, la vertu soit synonyme d'abstinence. Elle signifie plus probablement courage, compassion et intégrité. Être d'une honnêteté rigoureuse avec soi-même et avec les autres, et ne jamais se dérober sous prétexte qu'on est épuisé ou effrayé.

— Alors, je mérite de manger mes mots, déclara Miriam en prenant un chocolat, avant de pousser la boîte vers Beata.

Celle-ci en choisit un. Ils étaient délicieux, en effet.

La conversation se poursuivit agréablement, mêlant passé et présent. Sans vraiment savoir comment c'était arrivé, Beata se surprit à parler à Miriam d'Oliver Rathbone et de William Monk.

Miriam se montra attentive, comme si elle n'écoutait pas par simple courtoisie, comme si ce sujet avait de l'importance pour elle. Peut-être désirait-elle aider Beata à se changer les idées. Pour sa part, cette dernière était soulagée d'aborder des questions moins personnelles. Elle décrivit Monk aussi précisément qu'elle le put, répétant pour l'essentiel la description qu'Oliver avait faite de lui, peignant le tableau d'un homme au caractère résolu, d'un détective doué.

— Il m'a l'air tout à fait remarquable, commenta Miriam en souriant. Voilà quelques jours, un prisonnier échappé a été poursuivi par des policiers près de l'entrepôt d'Aaron au bord de la Tamise. Quatre hommes se sont retrouvés à l'eau, le fugitif, un douanier et deux membres de la brigade fluviale. D'après Aaron, ç'a été une scène terrible, un désastre. Le fugitif s'est enfui, le douanier s'est noyé, et les deux policiers ont dû s'expliquer. Aaron m'a dit qu'un des policiers était le chef de la brigade. Je crois qu'il a dit qu'il s'appelait Monk. Serait-ce possible ? Apparemment, c'est lui qui a sauté à l'eau pour repêcher le douanier, mais, malgré ses efforts, il n'a pas pu le sauver.

— Cela lui ressemble, en effet.

Miriam secoua la tête.

— Rares sont les gens qui seraient prêts à plonger dans la Tamise au mois de novembre pour sauver quelqu'un de la noyade. Il semble fascinant – à vrai dire, il me rappelle un jeune homme que j'ai connu à San Francisco, il y a des années. Mince et très fort, les cheveux bruns, le visage intelligent, anguleux, un humour vif et plein d'ironie. Je l'aimais bien, même s'il me faisait un peu peur.

Elle contempla les plis souples des rideaux comme si elle contemplait un autre monde.

— J'avais l'impression que, lorsqu'il avait décidé de faire quelque chose, rien sur terre ne pouvait l'arrêter. Il est parti au bout d'un an environ, et je n'ai jamais su ce qu'il était devenu. Il ne pourrait pas s'agir du même homme, si ? demanda-t-elle en pivotant brusquement vers Beata.

— J'en doute. Cette description correspond sûrement à bon nombre d'aventuriers de l'époque. Vous paraissait-il être le genre d'homme qui ferait un bon policier ?

Miriam éclata de rire.

— Pas le moins du monde ! Je le trouvais intéressant, voilà tout. J'ai toujours eu un faible pour les hommes dangereux…

— Eh bien, à ce qu'il m'en souvient, San Francisco n'en manquait pas !

Elles riaient toutes les deux quand le majordome vint annoncer à Miriam qu'un Mr. McNab était là et qu'il sollicitait quelques minutes de son temps.

Elle parut surprise et légèrement décontenancée.

— Êtes-vous sûr qu'il ne désire pas voir Mr. Clive ?

— Oui, madame. Il a été très clair. Dois-je le faire entrer dans le petit salon, madame ? J'ai peur que le feu ne soit éteint et qu'il n'y fasse un peu froid.

Miriam hésita, réfléchissant.

Beata se leva.

— Excusez-moi un petit moment, je vais aller me rafraîchir. Faites entrer Mr. McNab ici. Je reviendrai lorsqu'il sera parti.

Elle se dirigea vers la porte sans attendre la réponse de Miriam. Le majordome la lui ouvrit, et elle sortit dans le vestibule.

Elle croisa l'homme qu'elle supposa être McNab et le salua d'un signe de tête.

Après avoir rajusté sa toilette, elle regagna le vestibule et admira des objets en argent ciselé dans une niche. Elle ne savait guère à quoi occuper son temps, mais l'endroit était agréable, plein de tableaux et d'objets qui lui évoquaient des souvenirs. Au bout d'un moment, elle s'approcha d'une autre niche, plus proche de la porte du salon, laquelle était restée entrebâillée.

Elle se figea en entendant le nom de Monk et tendit l'oreille.

— J'ai besoin de plus d'information ! déclara McNab.

C'était forcément lui. Beata n'avait jamais entendu sa voix, mais elle savait qu'il était seul dans la pièce avec Miriam. Sa voix était pressante, irritée.

— Pourquoi ? demanda Miriam.

Elle avait parlé d'un ton calme quoique teinté d'impatience. À ce seul mot, Beata comprit que cet homme lui était antipathique. Elle était polie, mais pas chaleureuse. Pourtant, c'était une femme capable de charmer d'un regard et, si elle le désirait, de faire fondre des cœurs avec un rire.

— N'en avez-vous pas assez ?

— Vous avez besoin de moi autant que j'ai besoin de vous, Mrs. Clive, rétorqua Mr. McNab très posément. Je vous demande seulement de répondre à mes questions.

— J'ignore ce qu'il vous faut de plus. Je vous l'ai déjà dit, plus grand que la moyenne, mince, les cheveux bruns et des yeux gris si foncés qu'ils paraissaient noirs par moments.

— Son nom, enfin ! lança McNab d'un ton sec. La moitié des Italiens et des Espagnols répondent à cette description !

— Je vous l'ai déjà dit, répondit-elle, clairement à bout de patience. Je crois qu'il s'appelait Monk, mais je n'en suis pas sûre. Ç'aurait pu être un nom similaire. Je ne le connaissais pas. Pour l'amour du ciel, c'était un marin, le capitaine d'une petite goélette, un aventurier venu chercher fortune.

— Mais vous l'avez vu avec votre premier mari, Astley ? insista McNab.

— Oui, brièvement, et de loin.

— Combien de fois ?

— Vous outrepassez les bonnes manières, Mr. McNab !

Elle avait parlé d'une voix forte et tendue. S'il avait cru l'intimider, il s'était lourdement mépris sur son caractère. Beata avait vu Miriam affronter des hommes autrement plus impressionnants.

— N'oubliez-vous pas où est votre intérêt, Mrs. Clive ? rétorqua McNab.

Néanmoins, il y avait moins de menace dans sa voix, comme s'il avait fait un pas en arrière, au propre comme au figuré.

— S'il était là, cela vous sera utile autant qu'à moi.

— Était-il là ? demanda-t-elle aussitôt. En êtes-vous certain ?

— Pas encore, admit-il. Mais je le saurai. Croyez-moi, Mrs. Clive, je le saurai. Qui est cette femme en deuil ? Quel rôle joue-t-elle dans tout cela ?

— Beata York est une de mes amies qui vient de perdre son mari. Elle ne joue aucun rôle là-dedans. Si vous avez le moindre grain de bon sens, vous vous contenterez de la saluer poliment et de vous excuser de nous avoir dérangées. Je vous ai déjà répété ses propos. Si j'en apprends davantage, je vous le ferai savoir. Maintenant, allez-vous-en !

Il y eut un moment de silence. Beata s'éloigna rapidement, et, l'espéra-t-elle, silencieusement, de la porte du salon. Lorsqu'elle entendit les pas de l'homme résonner sur le carrelage en marbre, elle se trouvait à plusieurs mètres de là, devant un tableau qui représentait une femme, un panier de fleurs à la main, les pétales de couleurs vives reposant négligemment sur la paille tressée.

Elle se retourna, comme l'aurait fait n'importe qui en entendant quelqu'un arriver.

Il s'immobilisa, puis s'approcha.

Elle avala sa salive, et attendit. Il ne devait absolument pas deviner qu'elle avait écouté aux portes.

— Bonsoir, Mrs. York, dit-il avec une certaine raideur. Je m'appelle McNab. Je suis désolé d'avoir interrompu votre soirée. C'était pour une raison pressante, sinon, je ne l'aurais pas fait.

Elle lui sourit, comme s'ils s'étaient rencontrés dans des circonstances ordinaires.

— C'est sans conséquence, je vous assure.

— Permettez-moi de vous présenter mes condoléances pour la mort de votre mari, ajouta-t-il à voix basse. Il n'y a rien de plus dur dans la vie que de perdre un être cher.

L'émotion qui perçait dans sa voix et la peine qu'elle lisait sur ses traits touchèrent Beata, chassant la froideur avec laquelle elle s'apprêtait à répondre.

— Non, en effet, Mr. McNab, murmura-t-elle avec douceur. Je vois que votre compassion est sincère et je vous en remercie.

Il inclina brièvement la tête.

— Madame.

Puis il se dirigea vers la porte.

Beata regagna le salon à pas lents.

Le lendemain, Beata revêtit un ensemble noir tout simple et une veste bien chaude, en partie pour ne pas détonner parmi les passants de Grey's Inn Road où elle laissa son équipage afin de faire à pied le court trajet qui la séparait de Portpool Lane. Il n'y avait pas eu moyen de déterminer si Hester Monk serait là en cette fin de matinée. Envoyer un message et attendre une réponse prendrait trop de temps, et elle avait hâte de commencer. Si elle devait accomplir plusieurs trajets, peu importait. Elle n'avait rien d'autre à faire. C'était un des aspects les plus sinistres du deuil, l'ennui interminable qui emplissait les journées.

Elle s'engagea dans la petite rue, non sans avoir vérifié le nom sur la plaque. Le trottoir était si étroit qu'on ne pouvait s'y croiser, et les pavés inégaux étaient recouverts de verglas à cause des avant-toits qui dégouttaient. Des relents d'égouts et de bois pourri imprégnaient l'air.

Beata s'exhorta à continuer. Il était important qu'elle rencontre Hester. Si elle aimait Oliver, et rêvait jamais de l'épouser un jour, s'il le lui demandait, elle devait en savoir davantage sur la femme qu'il avait aimée autrefois. Elle n'avait pas peur d'être comparée à Margaret Ballinger. La désillusion avait eu raison des sentiments d'Oliver à son égard.

Hester était différente. Oliver parlait d'elle avec un respect mêlé d'admiration et une douceur dans le regard. Sa beauté était intérieure, et non extérieure, ce qui signifiait qu'elle ne se fanerait jamais. Au contraire, avec le temps, elle s'accentuerait peut-être encore.

Beata se savait belle, quoi qu'en eût dit Ingram. Mais c'était l'intérieur qui la trahissait, la tendance à céder plutôt qu'à lutter pour se défendre et risquer plus de violence, plus d'humiliation. C'était la dégradation qu'elle avait acceptée parce qu'elle ne voyait pas de moyen de s'y soustraire et de survivre. Hester, elle, avait survécu au champ de bataille ! Son courage devait être indomptable… immense. Comment aucune femme pouvait-elle se comparer à elle ?

Beata hésita un instant sur le trottoir avant de continuer. La brasserie se dressait, énorme et lugubre, devant elle. En face se trouvait l'établissement qu'elle cherchait, une ancienne maison close désormais transformée en clinique.

Elle entra et s'arrêta devant la petite table placée dans le vestibule. Allait-on la prendre pour une femme des rues qui avait des ennuis ? Cette pensée l'amusa. En dépit de la situation, elle se surprit à sourire. Ingram aurait fait une attaque s'il avait pu la voir.

Une femme d'âge moyen et d'aspect quelconque apparut et s'approcha. Son visage était calme et sa démarche très digne.

— Puis-je vous aider ? demanda-t-elle à mi-voix, sans apparemment porter de jugement sur Beata.

— Merci…

Maintenant que le moment était venu, les mots s'étranglaient dans sa gorge. C'était absurde. Elle était ici pour proposer de l'aide, non en quêter.

— Je m'appelle Beata York. Je suis venue demander à Mrs. Monk si je pouvais me rendre utile d'une manière ou d'une autre. Je suis veuve depuis peu et j'ai du temps à revendre.

La femme sourit, l'air surpris.

— Je suis Claudine Burroughs, répondit-elle avec chaleur. Je suis sûre que Mrs. Monk sera heureuse de vous voir. Voulez-vous monter avec moi dans la réserve de médicaments ? Nous sommes en train de vérifier nos stocks.

— Avec plaisir.

Beata suivit Claudine dans le dédale de couloirs qui serpentaient entre les trois logements qui constituaient la clinique. Elles gravirent un escalier, en descendirent un autre et enfin arrivèrent à la réserve, une pièce assez grande dont la porte fermait à clé.

Hester était penchée sur un document quand Claudine franchit le seuil.

— Voici Mrs. York, annonça-t-elle, comme si cette présentation suffisait.

Peut-être la tenue entièrement noire de Beata expliquait le reste.

Beata ne savait pas à quoi elle s'était attendue, en tout cas pas à la femme plutôt maigre qui se tenait devant elle, un crayon de papier dans une main et une feuille dans l'autre. Hester n'était pas belle à proprement parler, en revanche, sa grâce, sa vitalité et son énergie retenaient l'attention. En dépit de la force qui émanait d'elle, son visage était empreint de douceur, voire de vulnérabilité.

— Enchantée, Mrs. York, dit-elle avec chaleur. Sir Oliver m'a dit tant de bien de vous que j'ai l'impression de vous connaître, du moins en partie.

L'anxiété de Beata se dissipa un peu. Oliver avait parlé d'elle à Hester, et en bien !

— Je suis obligée d'être en deuil pendant la période requise, répondit Beata, je ne crois pas cependant qu'il soit interdit de se rendre utile. Cela vaut sûrement mieux que de rester chez soi à se croiser les doigts ? Je n'ai pas de compétences d'infirmière, mais je n'ai pas toujours vécu dans l'oisiveté. Autrefois, en Californie, j'ai fait toutes sortes de choses. Puis-je vous apporter une quelconque aide ici ?

Comme si elle comprenait toutes les couches de sens qui se cachaient sous ces paroles, Hester répondit sans hésitation.

— Oh ! Bien sûr ! Si cela ne vous ennuie pas de faire des corvées telles que changer des lits, balayer les planchers, porter des repas et aider certaines patientes à manger, nous vous serons reconnaissantes de toute l'aide que vous pourrez nous offrir. Si vous êtes désireuse de continuer après votre période de deuil, nous avons toujours besoin de quelqu'un qui occupe une position sociale assez élevée pour nous aider à réunir des fonds nécessaires à l'achat de médicaments, sans parler de nourriture et de charbon.

Elle esquissa un sourire de regret.

— C'est une tâche dont je m'acquitte très mal. Je n'ai pas la patience de supporter les hypocrites et je suis sarcastique. J'ai sans doute perdu plus de soutien que j'en ai obtenu.

Beata sourit.

— J'ai peur d'avoir appris à rester polie quoique j'éprouve, malheureusement. Je ne suis pas du tout certaine que ce soit une vertu…

Elle s'excusait de choses qu'Hester ne saurait jamais, ne pourrait jamais deviner.

Celle-ci secoua la tête.

— Je crois que c'est ce qu'on appelle de bonnes manières. Pour ma part, j'ai moins de bon sens que de compassion. Si vous voulez vraiment aider, nous vous en saurons gré. Je vais vous trouver un tablier et vous présenter aux gens que vous aurez besoin de connaître.

Elle s'était engagée. Beata lui sourit en retour et accepta.

Claudine remplaça Hester, et Beata redescendit avec cette dernière au rez-de-chaussée pour faire la connaissance de l'intendant, Squeaky Robinson. C'était un homme irascible qui avait passé l'âge mûr. Maigre et habillé de noir, avec des cheveux gris en bataille qu'il ne coiffait jamais, il avait des dents qui poussaient dans tous les sens, si bien qu'il était impossible de savoir s'il souriait ou grimaçait.

Il la regarda de la tête aux pieds comme si elle se présentait à son inspection.

— La femme du juge ? demanda-t-il à Hester.

— La veuve du juge, le corrigea vivement Beata.

Squeaky la foudroya du regard. Elle ne baissa pas les yeux pour autant, si bien qu'il finit par hocher la tête en faisant la moue. De son expression elle déduisit qu'il en savait long sur Ingram et, un instant, eut les joues en feu. Quelle folie l'avait amenée ici ? C'était affreux !

— Dans ce cas, dit enfin Squeaky, je suppose que vous avez la tête sur les épaules. Que vous n'allez pas vous promener la Bible dans une main et un plumeau dans l'autre.

Beata se surprit à éclater d'un rire un peu hystérique à cette vision. Un rire inégal, trop proche de la perte de contrôle. Elle se tut brusquement.

— Je suis désolée, s'excusa Hester. Vous voyez combien nous avons besoin de quelqu'un qui puisse conserver ses bonnes manières, indépendamment de ses pensées et sentiments. J'y parviens de temps à autre et puis, comme Squeaky, je trébuche.

Elle tendit la main à Beata, à la manière d'un homme.

— J'ai été infirmière dans l'armée, et par moments mon expérience de la réalité se voit un peu trop.

Son sourire et son regard franc, dépourvu de jugement, dissipèrent la gêne de Beata comme un fer efface des plis sur la soie. Elle lui rendit son sourire.

— J'imagine que seule une approche pragmatique est utile aux malades, répondit-elle en serrant la main d'Hester avec chaleur.

Elle comprit subitement ce qu'Oliver avait aimé chez cette femme et cessa d'avoir peur. Les vertus d'Hester étaient réelles, durement acquises. Beata voulait l'imiter. Elle en était capable ! Elle avait des batailles à mener. Demain, elle ne se donnerait pas la peine de mettre du noir. Le gris était plus approprié aux travaux ménagers.

6

— Noyé, déclara Hyde en grimaçant.

Monk et lui étaient debout dans son petit bureau de la morgue.

— Cela étant, je ne peux pas dire dans quelle mesure le coup que vous lui avez porté a contribué au décès. Désolé. J'aimerais pouvoir affirmer qu'il n'a pas eu d'incidence, je ne pourrais toutefois pas le jurer sous serment. Vous l'avez assommé, c'est sûr. Cela a pu être suffisant pour l'empêcher de respirer. Tout ce que je peux ajouter, si cela peut vous réconforter, c'est que, si vous ne l'aviez pas frappé, je serais sûrement en train de faire ce compte rendu à votre successeur.

— Merci, murmura Monk d'une voix blanche. Je suppose que vous avez dit cela à McNab ?

— C'est la vérité. Il n'était guère content, mais il n'y peut rien.

Monk quitta la morgue et sortit dans la rue, bien moins certain qu'Hyde de l'impuissance de McNab. Il monta dans un fiacre pour regagner Wapping, en proie à de sombres doutes. Avait-il réellement fait tout ce qu'il avait pu pour sauver Pettifer ? Ou, convaincu qu'il était l'individu recherché, avait-il été prêt à le laisser mourir pour ne pas mettre sa propre vie en péril ?

Il soupesa le tout alors que le fiacre filait dans les rues grises, animées. Sa décision était-elle excusable ? Tout le monde aurait-il fait la même chose ? Et même dû faire la même chose ? Ou s'agissait-il d'une erreur de jugement qui avait coûté la vie à un homme ? Pire encore, Monk avait-il d'une certaine manière transféré son hostilité sur lui parce qu'il était l'homme de McNab, et l'avait-il frappé plus fort que de raison ? Parce que, en réalité, c'était à McNab qu'il avait voulu s'en prendre ?

Impossible. Au moment du coup, il pensait qu'Owen était l'homme de McNab et Pettifer le fugitif.

Pourquoi donc ? Parce qu'Owen avait semblé être le poursuivant, alors qu'en réalité il venait simplement du côté opposé ? Ou parce que Pettifer était grand, barbu et qu'il avait proféré des grossièretés ? Son geste avait-il été dicté par des préjugés personnels, des apparences ?

Mais un gardien qui venait de perdre un détenu, le deuxième en une semaine, n'aurait-il pas été en droit d'être furieux ? N'importe qui jugeant Monk ferait cette observation.

N'importe qui ? Qui, par exemple ?

McNab.

Monk descendit du fiacre, paya la course et marcha le long du quai venteux. Des mouettes décrivaient des cercles au-dessus du fleuve houleux, les vagues se couronnaient d'écume ici et là. C'était une de ces journées où patrouiller sur l'eau serait difficile. Il y faudrait de la force, ainsi que de l'endurance et une solide expérience de la navigation.

Il songea à Orme avec une sensation récurrente de vide. Malgré ses soixante ans passés, il pouvait tenir toute une journée, conservant ses forces, utilisant les courants, la lourdeur de la barque, son mouvement. Monk avait appris à l'apprécier de son vivant, l'appréciait encore davantage depuis sa mort. Il se rendait compte à présent combien il lui demandait souvent son opinion, se fiait à son analyse d'une situation, à ses mises en garde de temps à autre, notamment dans ses relations avec les hommes.

Monk avait admiré son savoir, mais ce qui lui manquait le plus, c'était la sagesse d'Orme, son rire, sa fascination pour les oiseaux sauvages de l'estuaire. Il les reconnaissait tous à leur vol. Monk avait pris plaisir à découvrir ces choses-là.

Et Orme avait le don de pouvoir dire les plus sévères vérités à un homme sans jamais donner l'impression de le critiquer. Il avait appris son métier sur le tas – et volontiers transmis ses compétences. Il n'avait pas eu de fils, seulement une fille, et son héritage avait été d'enseigner son métier à deux générations de policiers. Monk en faisait partie.

À cet instant, ce dernier regrettait intensément qu'Orme ne fût pas là pour l'aider à se faire une opinion de McNab. Dans quelle mesure celui-ci se nourrissait-il de l'hostilité que Monk lui vouait, comme un combattant talentueux apprend à se servir du poids et de l'élan de son adversaire ?

Il s'immobilisa et fixa le fleuve grisâtre, essayant de réfléchir à toutes les opérations qu'il avait menées et qui auraient pu affecter les agents des douanes ou McNab en particulier. Rien ne lui vint à l'esprit. En général, les collaborations profitaient aux uns comme aux autres. Y en avait-il eu une où McNab avait eu le sentiment d'avoir fait le gros du travail alors que Monk avait reçu les éloges ? Pouvait-il s'agir d'une rancune aussi mesquine ? Cela rappelait des querelles d'écoliers !

Ou s'agissait-il d'une rivalité entre services ? La police contre la douane ? Orme l'aurait su. Lui avait-il jamais dit quoi que ce fût à ce sujet, donné le moindre avertissement, même discret ?

Monk ne trouva rien.

Pouvait-il interroger Hooper ?

Pourquoi hésitait-il ? Se souciait-il davantage de l'opinion qu'Hooper avait de lui ? Avait-il peur de son jugement parce qu'il avait moins confiance en lui qu'en Orme ? Ou était-ce tout simplement parce qu'Hooper avait environ le même âge que lui alors qu'Orme avait appartenu à une génération plus âgée et qu'il avait connu les points faibles de Monk depuis le début, à l'époque où celui-ci était entré dans la brigade fluviale à titre temporaire ? Il se remémorait avec horreur le cauchemar du navire contaminé par la peste, et Durban qui, à la barre, descendait le fleuve vers l'oubli, sacrifiant sa vie pour sauver tous les autres.[1]

Ceux qui avaient traversé ensemble de tels moments partageaient une peine, un lien à nul autre pareil.

McNab avait-il de fait assassiné Orme en avertissant les pirates de l'opération qui se préparait ? Ou Monk cherchait-il à lui faire endosser le blâme pour un échec dont, au fond, il était responsable ?

Puisque ces pensées s'imposaient constamment à son esprit, n'était-il pas grand temps de déterminer avec certitude si le désastre de ce jour-là était imputable à la malchance ou si ses soupçons étaient justifiés ?

Pourquoi n'avait-il pas affronté cette question avant ? Pourquoi n'était-il pas allé au bout de sa réflexion alors que des mois avaient passé depuis la mort d'Orme ?

Monk et ses hommes étaient venus de l'amont, aux premières lueurs de l'aube. Ils étaient arrivés par l'ouest, dans l'ombre, prenant les trafiquants complètement par surprise. La bataille avait fait rage sur le pont dans la lumière croissante et tournait à l'avantage de la police quand les pirates avaient accosté par l'aval.

Dans le chaos qui s'était ensuivi, Monk et ses hommes avaient fini par l'emporter, mais Orme y avait laissé la vie. Il avait été grièvement blessé et, en dépit de tous les efforts qu'ils avaient faits pour le sauver, il avait perdu trop de sang. Ils l'avaient ramené sur la rive, Monk l'avait porté dans ses bras. Il avait paru si léger. Monk en avait oublié son épuisement. Ils avaient fait tout ce qu'ils avaient pu, tous, las et maculés de sang, désespérément

1. Voir *Meurtres sur les docks*, 10/18, n° 3794. *(N.d.T.)*

désireux de l'aider. Mais en fin de compte, Monk avait vu la vie quitter lentement le corps d'Orme, laissant derrière elle une coquille vide et étonnamment frêle.

C'était lui qui avait dû aller annoncer à sa famille qu'Orme ne viendrait pas passer sa retraite auprès d'elle dans quelques semaines. Il revoyait l'expression choquée de sa fille et de son gendre, leurs regards absents. Ils ne lui avaient pas fait de reproches, du moins pas ouvertement. Cependant, lui s'était accablé – et il avait accablé McNab.

Il était temps qu'il prouve la culpabilité de McNab. Il était temps qu'il découvre la vérité… même s'il apparaissait qu'il était entièrement responsable.

Il entra dans le commissariat de Wapping, saluant d'un bref signe de tête les hommes qu'il croisait. Une fois dans son bureau, il se mit à éplucher tous les rapports établis avant les faits. Qui avait été le premier à apprendre qu'une cargaison d'armes arrivait ? Qu'avait-on dit, au juste ? Un douanier, un certain Makepeace, avait averti la brigade fluviale, plus précisément Laker. Qui avait mené l'enquête ? Quelles informations avait-on obtenues, et d'où émanaient-elles ? Ensuite, Laker et Hooper avaient reçu des renseignements venant de McNab lui-même. Jusqu'à quel point étaient-ils fiables ? Sur le moment, personne n'avait émis de doutes là-dessus.

Monk parcourut chaque document de nouveau, relevant avec précision tous les détails dans l'ordre chronologique. En relisant pour la troisième fois, il décela une incohérence infime concernant le déroulement des événements cette nuit-là. Certes, il pouvait s'agir d'une erreur administrative, un trois pris pour un cinq. Il avait fait ce genre d'erreur lui-même autrefois. Par chance, elle s'était révélée sans conséquence.

S'il ne s'agissait pas d'une méprise, un des hommes de McNab avait interrogé le chef des pirates deux heures plus tôt qu'il ne l'avait affirmé. Il y avait un monde entre trois et cinq heures du matin. Si les pirates avaient su dès trois heures qu'une cargaison d'armes se trouvait à bord du navire, ils avaient eu tout le temps nécessaire pour préparer leur attaque.

L'homme s'appelait Makepeace. Pour le piéger, il fallait agir avec soin, et avoir toutes les données en main.

Légèrement étourdi, Monk replia le document et le rangea dans le coffre-fort qu'il referma. Puis il fit venir Hooper.

Celui-ci entra de sa démarche tranquille et dégingandée, avec son demi-sourire.

— Oui, monsieur ?

Malgré son air détendu, ses yeux trahissaient sa tension.

— Je crois avoir découvert comment l'information est passée du bureau de McNab aux pirates, déclara Monk en lui tendant ses notes. L'original est dans le coffre-fort. Mais dites-moi ce que vous pensez de ça !

Hopper s'assit et lut les notes, puis releva la tête.

— Si c'est vrai et que nous remontons la piste, nous pourrions en avoir le cœur net, dit-il sans hésiter. Cependant, que vaut la parole d'un pirate au tribunal ?

— Je ne la veux pas pour le tribunal, je la veux pour moi-même.

Monk se tut, conscient d'avoir été plus honnête qu'il n'en avait eu l'intention.

— Elle aura peut-être plus de poids plus tard, ajouta-t-il. Si cet homme a fait cela une fois, il recommencera. Même si cette affaire ne suffit pas à l'incriminer, elle pourrait corroborer d'autres accusations. Il saura que je sais. Il ne nous aura pas une seconde fois.

Une expression étrange traversa les traits d'Hooper.

— Vous êtes sûr de vouloir faire ça, monsieur ? Quelquefois, il vaut mieux ne pas révéler son jeu. McNab est… dangereux.

Ce n'était pas de la crainte. Monk dévisagea Hooper et ne vit en lui que de la perplexité et de la prudence.

Jamais il n'avait vu Hooper se dérober à une confrontation, seulement à la sottise, à des attaques malavisées. C'était un bon second, meilleur que Monk ne pensait l'avoir été. Meilleur qu'il ne l'avait été pour Runcorn, du moins à l'époque dont il se souvenait. Mais bien sûr il avait détesté Runcorn alors, tout comme Runcorn le détestait. Hooper était moins facile à déchiffrer. Il possédait un calme intérieur, une connaissance de lui-même que Monk commençait tout juste à discerner.

— Il me faut plus d'informations, dit-il. Je veux aller voir Torrance, l'informateur de Makepeace. Vous voyez de qui il s'agit ?

Hooper esquissa un sourire amer.

— Il est pirate quand ça l'arrange, monsieur. La plupart du temps, il se contente de vendre des tuyaux, il ne prend pas de risques. Mais un bon capitaine va l'emmener, rien que pour s'assurer qu'il n'y aura pas d'entourloupe. On ne va pas tendre un piège à quelqu'un si on est là quand ça se produit. On pourrait facilement faire partie des victimes.

— Certes. Où dois-je le chercher ? Sur l'île Jacob ? Ce serait son genre d'endroit, non ?

— Oui, je crois, confirma Hooper. Je vous accompagne.

Monk avait rarement essayé de discuter avec Hooper. Ce dernier pesait ses mots. Jusqu'alors, chaque fois qu'il avait insisté sur un point, il avait eu raison, sauf à une ou deux occasions où ils s'étaient trompés tous les deux. Ni l'un ni l'autre n'y avaient fait allusion depuis. Ils se contentaient d'échanger un regard ironique de temps à autre, admettant le rôle de la chance et le risque d'erreur.

L'île Jacob n'était pas vraiment une île, au sens où le fleuve ne coulait pas tout autour. C'était un des lieux les plus épouvantables des docks, séparé de la rive par une étendue de vase profonde et vorace. S'y trouvaient des dizaines d'entrepôts à l'abandon, avec des dédales de pièces et de couloirs qui s'enfonçaient lentement dans le marécage.

L'endroit était dangereux, infesté de rats et d'individus louches. Les planchers en bois pourri risquaient à tout moment de céder sous le poids d'un homme, et un corps aspiré par la vase disparaissait à jamais. Les cadavres ne remontaient pas à la surface, ne dérivaient ni vers l'amont ni vers l'aval. La marée montait et descendait, mais ne coulait pas. Il n'y avait pas de courant. La puanteur était palpable.

Ayant amarré leur barque, Monk et Hooper parcoururent les trois cents derniers mètres à pied. Ils étaient tous les deux armés. L'endroit était une sorte de no man's land. C'était une de ces journées de novembre où la pluie menaçait mais ne venait pas, et un vent paresseux soufflait, du genre qui vous transperçait plutôt que de passer à côté de vous.

Hooper remonta le col de son caban.

— Vous pensez que McNab est derrière tout cela, monsieur ? demanda-t-il d'un ton dégagé, comme si l'idée lui venait tout juste à l'esprit.

Il était pince-sans-rire, aussi Monk attendit la suite.

— Pas vous ? lâcha-t-il enfin, comme Hooper ne répondait pas.

— Je crois que c'est un opportuniste, un homme qui se sert du travail des autres et le façonne à sa manière. Il n'entreprend rien lui-même.

Monk considéra sa réponse, fouillant sa mémoire.

— Un profiteur, murmura-t-il enfin. Ça me paraît exact.

Hooper sourit et garda le silence.

Monk frissonna en traversant un des ponts branlants qui enjambaient l'étendue de vase. Le plancher humide grinça, ployant sous son poids. L'air était putride. Hooper le suivait de près, jetant des coups d'œil à droite et à gauche, à l'affût d'un signe de vie. Le vent éparpilla quelques chiffons traînant là, des feuilles de vieux journaux. Le niveau du cloaque montait avec la marée, donnant l'illusion que le sol s'enfonçait à vue d'œil.

En pénétrant dans le premier bâtiment, ils virent un tas de sacs de jute et une vieille couverture dans un coin. Le tas bougea vaguement, assez pour montrer qu'un être humain était dessous, et qu'il ne s'agissait pas d'un cadavre.

Monk était profondément soulagé d'être venu accompagné. Un homme seul ne pouvait regarder dans toutes les directions au cas où on le prendrait par surprise. Ils ne prêtèrent pas attention aux rats. Inutile de gaspiller des munitions pour les tuer. Il y en avait des milliers, et les coups de feu avertiraient quiconque rôderait alentour.

Trente mètres plus loin, ils trouvèrent l'homme qu'ils cherchaient. Hooper le connaissait de vue. Ils s'étaient engagés dans le labyrinthe de passages et de pièces qui communiquaient entre elles. Un poêle à bois était allumé, et la chaleur rendait la puanteur plus âcre encore, elle leur brûlait la gorge et les poumons.

Torrance était un homme mince, doté d'une bouche étonnamment grande. Sa moustache et sa barbe, toutes deux noires et fournies, donnaient l'impression que sa tête était trop grosse pour le reste de son corps. Il se redressa à leur entrée. Son regard n'exprimait ni peur ni curiosité. Monk n'en fut pas surpris. L'île Jacob avait des yeux partout. Torrance avait su qu'ils étaient là dès qu'ils avaient mis le pied sur le pont.

Monk avait apporté une demi-douzaine de sandwichs au jambon qu'il avait achetés à un marchand ambulant sur le quai.

— À manger, dit-il, tenant le sac à bout de bras pour que Torrance le voie.

Ni l'un ni l'autre ne firent de commentaires. Il s'assit en tailleur sur le sol. Hooper resta debout, l'air dégagé, mais bien campé sur ses jambes, prêt à frapper ou à s'élancer à la moindre alerte.

Torrance demeura muet, attendant que Monk poursuive.

— Je voudrais quelques informations, reprit ce dernier à voix basse. Sur des faits assez anciens. Des trafiquants que nous avons arrêtés il y a trois mois. Lors d'une grosse fusillade. Je suis sûr que vous vous en souvenez…

— Tout le monde s'en souvient, répondit Torrance, prudent. Ils ont tous été condamnés. Ils ne reverront ni l'eau ni le ciel pendant des années. Dur, ça, pour un homme de la mer.

— C'est vrai, admit Monk. À moins qu'ils ne s'évadent, évidemment, ce qui est peu probable. Ils ne vont pas sortir pour être interrogés ou pour apporter des preuves.

Torrance sourit, révélant une denture pleine de trous.

— Il a quelques soucis, hein, Mr. McNab ? Ça en fait deux qu'il perd en dix jours, quoi. Et c'est pas votre copain ! Tout le monde sait ça !

Monk prit une inspiration pour demander à Torrance s'il en connaissait la raison, puis se ravisa. Un tel aveu d'ignorance donnerait à Torrance un moyen de pression dont il se servirait certainement.

— Je sais. Qui vous l'a dit ? Mad Lammond ? suggéra-t-il.

D'abord décontenancé, Torrance se ressaisit très vite, une lueur de satisfaction dans les yeux.

— Non. J'approcherais pas de Mad Lammond, même si on me payait !

— Alors qui vous l'a dit ? insista Monk, réprimant la tentation de lui mettre des mots dans la bouche.

— L'homme de McNab. Le grand avec une barbe. Aussi belle que la mienne.

Il sourit de nouveau largement.

Monk eut la désagréable impression d'être dupé, manipulé, bien qu'il ne vît pas comment.

— Son nom ?

— Je ne lui ai jamais demandé. Je peux avoir un sandwich, maintenant ?

Monk lui en tendit un. Il l'engloutit en deux bouchées, eut du mal ensuite à avaler.

— Son nom ? répéta Monk.

— Le gars qui s'est noyé, répondit Torrance en lui jetant un regard de biais, la main tendue vers un autre sandwich. Je suppose que vous savez tout ce qu'il y a à savoir là-dessus ? Vous nous avez fait une faveur, vous, alors je vais vous laisser vous en tirer pour pas grand-chose. Ces sandwichs suffiront. Je demanderai rien d'autre, pas cette fois, quoi.

Monk regarda Hooper.

Une bulle de gaz creva la surface de l'eau croupie, libérant une odeur pestilentielle. Hooper resta où il se trouvait, regardant dans toutes les directions, puis revint sur Torrance. Celui-ci gémit.

— C'est pas gentil, ça, Mr. Hooper. Vous pensez que j'aurais demandé à quelqu'un de vous sauter dessus ? Y a personne ici à part moi. Du moins, pas dans cette partie de l'île.

— Nous sommes restés assez longtemps, dit Monk tout bas.

Il tendit le reste des sandwichs à Torrance. Celui-ci les lui arracha des mains.

Hooper fit un pas vers l'homme, qui se recroquevilla sur lui-même.

— Pourquoi ? dit-il doucement. Qu'est-ce que McNab avait à gagner en donnant ce tuyau aux pirates ?

Torrance cilla.

Monk jeta un coup d'œil autour d'eux, reporta son attention sur Torrance et fit à son tour un pas en avant. S'était-il agi d'argent, après tout ?

Torrance pressa les sandwichs contre sa poitrine.

— Comment diable voulez-vous que je le sache ? Je pourrais me renseigner, mais ça va vous coûter.

Monk se pencha vers lui.

— Si vous tenez à votre peau, ne vous en mêlez pas. Vous ne voulez pas vous faire des ennemis de nous.

Torrance sourit très lentement.

— Oh, je sais de quel côté mon pain est beurré, Mr. Monk, dit-il avec un sarcasme insolent. Je sais qui va durer et qui va partir. McNab peut pas vous blairer, c'est sûr. Et je veux pas être entre deux feux. Ce qui est arrivé à Mr. Orme et à Mr. Pettifer, ça m'arrivera pas à moi.

Ils entendirent un éclaboussement. Monk songea qu'il était temps de partir. Sans doute ne s'étaient-ils que trop attardés. Il se félicita de sentir le poids du pistolet dans sa poche. Il fit signe à Hooper.

Sans un mot, ils pivotèrent et s'en allèrent, se frayant un chemin avec précaution, veillant à ne pas ressortir par là où ils étaient venus. De l'eau semblait goutter de partout. Le sol sous eux paraissait de plus en plus détrempé. S'enfonçait-il dans l'eau ou la marée montait-elle ? Ou était-ce la peur qui leur faisait imaginer cela ?

Des relents de vase et d'égouts assaillaient leurs narines, s'immisçaient dans leur bouche.

Un autre éclaboussement quelque part.

Une fois à l'air libre, ils éprouvèrent une brusque sensation de liberté. La pluie avait cessé. Des trouées de ciel bleu étaient apparues, et même la lumière du soleil se reflétait faiblement sur l'eau.

Monk avançait d'un pas vif ; il devait se faire violence pour ne pas courir. Si Torrance disait la vérité, tout commençait à prendre un sens. McNab était l'instigateur du sabotage de leur opération par les pirates, ainsi que Monk l'avait cru. Peut-être avait-il agi par cupidité ou par ambition personnelle. Cela restait à découvrir, mais Monk se sentait soulagé d'en avoir le cœur net. En dépit de la sombre crainte qui le hantait, l'opération n'avait pas mal tourné à cause d'une erreur de sa part.

Ils arrivèrent à l'endroit où ils avaient laissé leur barque et montèrent à bord, contents de peser fort sur les rames, étirant leur dos en route vers l'amont et Wapping. L'odeur de sel et de poisson était saine, de loin préférable à celle, fétide et tenace, de la vase.

Ils ramèrent en silence. La conversation était difficile lorsqu'on était assis l'un derrière l'autre.

Ils se trouvaient dans les eaux calmes proches du rivage, non loin de l'escalier de Wapping, quand Hooper parla enfin. Il se pencha sur sa rame, maintenant la barque immobile, puis pivota sur son siège et mit une jambe de chaque côté du banc pour faire face à Monk.

— Pourquoi ce McNab fait-il ça, monsieur ? S'il y tient tant que ça, il faut qu'on sache pourquoi. Ça ne ramènera pas Mr. Orme, mais ça pourrait sauver le prochain à qui il voudra s'en prendre.

Il dévisagea Monk calmement, presque sans ciller, ses yeux noirs rivés sur lui.

Monk prit une profonde inspiration. Si McNab avait agi par haine envers Monk, celui-ci n'avait pas le droit de mentir à Hooper, même par omission. Il ne pouvait exiger une loyauté aveugle d'un homme s'il ne lui faisait pas confiance. Hooper méritait mieux, et Monk ne voulait pas avoir un autre mort sur la conscience.

— Je ne sais pas, avoua-t-il.

Il lut l'incrédulité dans le regard d'Hooper, et la blessure aussi. Il pensait que Monk lui mentait.

— C'est vrai ! insista-t-il. Il pourrait s'agir de n'importe quoi. Vous… vous souvenez que je vous ai dit que j'avais eu un accident en 1856 ? Un fiacre s'est renversé sur moi. Quand je me suis réveillé à l'hôpital, je souffrais affreusement et je ne me souvenais de rien… rien du tout !

Hooper garda le silence. Lorsque Monk lui avait parlé de son amnésie, il n'était pas entré dans les détails. Cette fois, il sentait qu'une explication plus poussée s'imposait.

— J'avais oublié jusqu'à mon nom ! On m'a dit que la police voulait me voir. J'ai d'abord pensé que j'étais un fugitif.

Ce matin-là était resté d'une clarté affreusement limpide dans sa mémoire. Il avait l'esprit confus, des fragments d'ombres se combinant dans sa tête non pour former un tableau complet, mais des faits sans suite, aussi irréels qu'un cauchemar.

Hooper continuait à le dévisager. Monk ne parvenait pas à déchiffrer son expression. Il choisit ses mots avec soin, malgré le malaise qu'il ressentait.

— Quand j'ai été suffisamment rétabli pour quitter l'hôpital, on m'a rendu mes vêtements. Ils étaient de meilleure qualité que je m'y attendais, plus chers. Ils flottaient un peu, bien sûr, parce que j'avais perdu du poids.

Il se remémorait sa gêne lorsqu'il les avait enfilés : le tissu semblait trop luxueux pour lui appartenir.

Hooper n'avait pas bougé, tenant toujours les rames dans l'eau.

— J'ai découvert où j'habitais, reprit Monk, déconcerté par cette absence de réaction. C'était un logement très ordinaire, mais la propriétaire me connaissait. Je suis retourné travailler parce que je n'avais pas le choix. J'avais des factures à payer, surtout des notes de tailleur !

Il y avait pensé depuis avec un certain amusement, une sorte d'autodérision. Cependant, avouer cela à Hooper vêtu de son pantalon de travail et de son vieux caban réveillait son embarras d'alors.

Son collègue concéda un sourire mais ne pipa mot.

— On m'a confié une enquête qui n'avait pas été résolue depuis mon accident. Un gentleman, ancien officier de l'armée en Crimée, avait été battu à mort dans son appartement. Curieusement, alors que je ne savais plus mon nom, ni où j'avais vécu, qui je connaissais ou qui me détestait, mes compétences étaient restées, comme si elles faisaient partie de moi, comme savoir marcher, se raser ou tenir une conversation.

Hooper hocha la tête, les yeux toujours rivés sur lui.

Monk sentit la sueur perler sur sa peau, en dépit du vent froid qui balayait le fleuve. Cette confession était plus éprouvante qu'il ne l'avait escompté. Pourquoi se souciait-il tant de savoir ce qu'Hooper allait penser de lui, s'il allait le croire ou pas, le comprendre ou le mépriser ?

La réponse était facile : Monk n'était plus un solitaire, il faisait partie d'une équipe, il était un meneur qui avait besoin de ses hommes autant qu'ils avaient besoin de lui. Son isolement d'autrefois n'était plus. Il avait fondu, comme la glace fond petit à petit, sans qu'il s'en rende compte.

Il détourna la tête, évitant le regard d'Hooper pour replonger dans son récit.

— J'ai tout passé en revue, un détail après l'autre, et j'ai fini par éclaircir l'affaire, murmura-t-il, juste assez fort pour couvrir la rumeur du fleuve. En même temps, j'ai découvert beaucoup de choses sur moi-même, et les raisons pour lesquelles d'autres hommes me craignaient. J'ai aussi reconnu l'endroit où s'était déroulé le crime. J'étais déjà allé là-bas. À un moment donné, j'ai même cru que c'était moi qui avais tué cet homme…

Hooper redressa vivement la tête et le regarda. Dans ses yeux, Monk lut de la compassion, de la gentillesse, aucun jugement.

Il sourit, en partie pour dissimuler sa gratitude. Cela n'aurait pas dû avoir tant d'importance !

— Je ne l'avais pas fait, mais je n'en avais pas été loin. C'était un des pires individus que j'aie jamais connus. Après cette enquête, j'ai continué à travailler dans la police métropolitaine, et je me suis de moins en moins bien entendu avec mon supérieur. Je ne lui ai jamais avoué que j'avais perdu presque toute ma mémoire, à l'exception de quelques bribes de scènes ici et là. J'ai réussi à donner le change. Il sait maintenant, et nous sommes redevenus les amis que nous avions été au début, voilà vingt ans.

— Qui d'autre sait ? demanda enfin Hooper.

— À part Runcorn, mon ancien chef ? Ma femme, Hester. Oliver Rathbone. Personne d'autre à ma connaissance.

Inutile d'ajouter que toute autre personne au courant aurait du pouvoir sur lui. Un homme privé de mémoire était une cible facile pour quiconque voulait s'en prendre à lui, le manipuler. Ignorant tout de son passé, il en était réduit à des déductions. Si les faits étaient connus, il n'aurait guère de chances de conserver son poste. Hooper le savait. C'était pour cette raison que Monk avait décidé de lui parler.

Assis sur le banc, dans la barque qui tanguait légèrement, comme si le fleuve respirait sous eux, il se sentait aussi vulnérable que s'il avait fait face à un peloton d'exécution. Sauf que tous les fusils étaient chargés, au lieu d'un seul. Et qu'ils ne manquaient pas de munitions !

— Si bien que vous ne savez pas pourquoi McNab vous hait ? insista doucement Hooper.

— Non. Peut-être même sa haine est-elle justifiée…

— Ou pas. Un homme bien vous aurait dit les choses en face.

— Il est possible qu'il l'ait fait, lui fit remarquer Monk. Ou bien la situation était si évidente qu'il n'y avait pas matière à malentendu. Je ne sais pas.

Hooper prit une profonde inspiration, puis se mordilla la lèvre.

— Sait-il que vous avez perdu la mémoire ?

Monk sentit de nouveau la sueur l'envahir, et se refroidir aussitôt.

— Je le crois.

Il déglutit, la bouche sèche.

— Il y a fait quelques allusions indirectes et il sourit beaucoup trop souvent.

Hooper le regarda calmement.

— Dans ce cas, nous allons en conclure que oui.

Monk entendit le « nous ». Hooper pensait-il ce qu'il disait ? Avait-il seulement conscience d'avoir dit « nous » ? Puis il comprit que, naturellement, Hooper songerait à la sécurité de toute la brigade, pas seulement la survie de Monk lui-même, et il ressentit une solitude si vaste et si profonde qu'il aurait pu s'y noyer.

— Nous ferions mieux de ne rien montrer, reprit Hooper. Mais de supposer le pire. Au moins, nous savons maintenant qu'il vous en veut, par conséquent vous ne devez vous fier à rien de ce qu'il dit ou fait. Ne croyez rien sans en avoir la preuve.

Il fixa les eaux au-delà de Monk, sans cesser de manier doucement la rame pour maintenir la barque stable.

— Je me demande dans quelle mesure il a organisé les choses et dans quelle mesure il a habilement profité des circonstances. Avec votre permission, monsieur, j'aimerais m'intéresser de plus près à ces évasions. Étaient-elles vraiment aussi maladroites qu'elles le paraissent ? McNab est-il capable d'avoir sacrifié Pettifer ? Peut-être devrions-nous nous renseigner davantage sur lui ?

Monk comprit aussitôt son raisonnement.

— Vous vous demandez si Pettifer était loyal ou s'il s'était retourné contre McNab et était devenu un danger pour lui ? Un lieutenant qui en savait trop ?

Hooper acquiesça, un sourire crispé aux lèvres.

— Il ne faut pas sous-estimer McNab, monsieur.

Monk commençait à se rendre compte qu'en effet il n'avait pas suffisamment pris McNab au sérieux. Ses traits lourds, ses manières rudes l'avaient trompé sur la subtilité de son esprit et sa persistance. Il ne l'avait rencontré que récemment, depuis qu'il avait commencé à travailler sur le fleuve et que les relations avec les douanes faisaient partie de ses devoirs.

Comment avait-il pu être aussi stupide ? Il était comme l'autruche qui enfouit la tête dans le sable en pensant que, si elle ne voit rien, elle sera invisible aussi.

Le fait que Monk ne connaissait McNab que depuis quelques années ne signifiait pas que l'inverse fût vrai !

Il regarda Hooper, intensément reconnaissant de sa loyauté silencieuse, de sa compassion.

— Mettons-nous au travail, dit-il. Il faut que j'en sache aussi long sur McNab que lui en sait sur moi.

— Ou plus ? suggéra Hooper en se penchant pour peser sur les rames dès que Monk serait prêt.

De retour au commissariat, il se sentait toujours glacé malgré la chaleur de son bureau. Le poêle à bois aurait aussi bien pu être une fenêtre ouverte.

Il se creusait les méninges pour essayer de se souvenir si McNab avait fait allusion à une relation passée entre eux, bonne ou mauvaise. Rien de précis ne lui revint, sauf le moment où il avait vu cet éclair de compréhension jaillir dans le regard du douanier.

Si McNab l'avait connu autrefois, Monk ne parvenait pas à s'en souvenir. Pourtant, c'était forcément le cas. Il ne pouvait plus échapper à cette conclusion. Dans ces conditions, pourquoi McNab n'en avait-il jamais parlé ?

Monk devait se confronter à cette peur, car ne pas le faire pourrait lui coûter davantage plus tard que tout désagrément maintenant. Le danger était de précipiter l'issue qu'il redoutait en trahissant sa faiblesse devant McNab par le fait même d'aborder le sujet.

Durant le reste de l'après-midi, il passa au crible les dossiers des affaires de contrebande ou de cambriolages majeurs liés soit à Blount soit à Owen au cours des six mois écoulés. Les résultats lui causèrent un choc déplaisant. Deux autres malfaiteurs importants s'étaient évadés sans laisser de trace, des individus dotés de talents inhabituels. Étaient-ils des pièces du même puzzle qui prenaient enfin leur place ?

Le lendemain à l'aube, il irait voir McNab.

Il rentra tard à la maison. Hester était fatiguée après une longue journée à la clinique de Portpool Lane, prise d'assaut par les victimes du froid et des rigueurs de l'existence dans la rue. Il mit de côté ses soucis, espérant avoir une excuse pour les oublier, et surtout pour éviter d'aborder avec elle la crainte qui le rongeait : l'opinion de McNab à son égard était-elle d'une manière ou d'une autre justifiée par la conduite de l'homme qu'il avait été autrefois ?

Ils mangèrent tranquillement, puis s'assirent au coin du feu, dans le salon. C'était une pièce chaleureuse à tout point de vue : les couleurs reposantes des meubles usagés, les tableaux familiers sur les murs, les rares bibelots, qui avaient une valeur sentimentale plus que monétaire – une devise brodée à la main, un vase en cuivre qu'il avait offert à Hester des années plus tôt, un paysage représentant des arbres le pied dans l'eau.

Il la regarda et lut la lassitude sur ses traits. Il émanait d'elle une force que beaucoup d'hommes auraient trouvée dérangeante, qui leur aurait même semblé être un défi. Elle avait plus de quarante ans, et la maturité lui seyait. Cependant, il imaginait que, même enfant, sa soif d'apprendre et son exigence absolue de la vérité avaient dû représenter un défi pour les adultes qui l'entouraient.

Il sourit au souvenir des confrontations qu'ils avaient eues au début. Il l'avait trouvée peu féminine, agressive, trop vive d'esprit et trop acerbe. À l'époque, il était habitué à ce que les femmes soient toujours d'accord, ou du moins assez soumises pour ne pas manifester leur désaccord. Elle avait trouvé cette attitude méprisable de la part des femmes, qu'elle accusait de manquer de courage et de respect d'elles-mêmes, et plus encore de la part des hommes, qui désiraient une soumission si indigne. À ses yeux, il fallait manquer de dignité soi-même pour vouloir que sa vanité soit ainsi accommodée. Et elle ne s'était pas privée de le dire.

C'était seulement quand il avait fait face à des ennuis trop réels et trop dramatiques pour être masqués par la vanité qu'il en était venu à apprécier le refus de compromis d'Hester, et à voir son courage comme une qualité primordiale.

Il était effrayé, mais parfaitement bien portant. Devait-il l'accabler de ses soucis ? Ils seraient d'autant moins lourds à porter si elle les partageait, et elle y verrait peut-être plus clair que lui.

Effrayé ! Il avait formulé le mot dans ses pensées. C'était un aveu qu'il se faisait rarement, voire jamais ! Et sûrement pas de manière aussi franche. Cela revenait à admettre l'inconnu. Et tout ce qui s'était passé avant son réveil à l'hôpital était inconnu, surtout l'homme qu'il avait été. Selon les dires de ceux qui le respectaient, il était extrêmement intelligent, voire brillant, infatigable, intrépide et intolérant envers ceux qui ne l'appréciaient pas. Selon d'autres, plus nombreux, il était intelligent, certes, mais trop arrogant pour avoir peur, trop coléreux pour céder à la fatigue et trop têtu pour faire des concessions.

Et maintenant ? Il avait commis trop d'erreurs pour se permettre de juger facilement. La peur lui était familière. Autrefois, il avait mieux caché ses sentiments. Maintenant, enfin, il savait non seulement qu'il avait besoin des autres, mais il trouvait cela facile à accepter et même réconfortant.

— Certains éléments indiquent que les hommes de McNab étaient de mèche avec les pirates, du moins au sens où ils les avaient avertis de notre opération… dit-il.

— Pouvez-vous le prouver ? demanda-t-elle avec espoir.

— Pas encore, admit-il.

— A-t-il fait cela pour de l'argent ? Ce serait peut-être une piste à suivre. Il faut être très habile pour dissimuler de l'argent qu'on n'a pas gagné, une fois que des gens savent qu'il est là.

Elle le dévisagea.

— Ou avait-il une autre raison ?

— L'homme qui s'est noyé sur le quai Skelmer semble avoir été impliqué. Naturellement, qu'il ait été au courant ou non, c'est un autre problème…

— Tu veux dire que McNab aurait agi seul ? Pourquoi ? Il a une bonne place, William, il gagne bien sa vie, il est respecté, il ne court presque aucun danger. Pourquoi aurait-il pris ce risque ?

Là était le cœur de la question, et ce qui inquiétait Monk. Qu'avait-il fait à McNab pour que celui-ci soit prêt à risquer tout ce qu'il avait pour lui nuire ? Il était resté éveillé une bonne partie de la nuit, à fouiller sa mémoire, à rassembler des fragments épars de souvenirs, en vain.

— William ? insista-t-elle avec douceur.

Il leva les yeux.

— Je ne sais pas, avoua-t-il.

Les mots étaient difficiles à prononcer, même à Hester.

— Je n'ai aucun souvenir de lui. Je ne me rappelle ni son nom ni son visage. Rien.

— Avais-tu travaillé sur le fleuve avant ton accident ? Tu as dû consulter les archives. Tu sais dans quel secteur tu étais posté !

Ils entraient en territoire dangereux, s'approchaient des bribes de réminiscences qu'Aaron Clive et Gillander avaient éveillées.

— Je suis entré dans la police métropolitaine en 1852. Les archives sont claires. Avant, je ne sais pas, mais je n'étais pas sur le fleuve. Du moins, je n'ai rien trouvé.

C'était cela qui lui faisait peur, le fossé béant de l'inconnu. Il avait travaillé dans la police, oui. Il avait été habile, efficace, impitoyable… Mais quoi encore ?

— As-tu cherché le nom de McNab dans les archives ?

Sa voix était douce, son regard troublé. Elle savait qu'il avait peur.

— Pas encore. Il faut que je le fasse, n'est-ce pas ?

— Si tu ne le fais pas, tu auras continuellement cette épée de Damoclès au-dessus de la tête.

Elle ne prétendit pas que ce serait sans douleur. Elle n'avait jamais feint. Au lieu de quoi elle s'agenouilla devant lui et noua les bras autour de sa taille, le serrant de toutes ses forces.

— As-tu parlé à Crow ces derniers temps ? demanda-t-il enfin, quand il la lâcha.

Il voulait avoir des nouvelles de Scuff. Il espérait qu'il travaillait bien dans son apprentissage auprès de Crow, qu'il se rendait utile et y prenait plaisir, et que Crow était content de son protégé.

Elle leva les yeux. Un sourire chassa la fatigue de son visage et en adoucit les contours.

— Oui. Scuff commet des erreurs, évidemment, mais Crow dit que son instinct est sûr et qu'il est désireux d'apprendre. Il est patient aussi, ce qui, je l'avoue, me surprend…

Il posa la question qui le taraudait.

— Est-il réellement utile à Crow ? S'il nous fait une faveur en gardant Scuff même s'il ne l'aide pas vraiment, je dois le payer.

Elle se laissa aller en arrière, toujours souriante.

— Crow a beau être gentil, il ne nous cachera pas la vérité. Ce ne serait pas un service à rendre à Scuff, ni maintenant ni plus tard. Scuff doit devenir un bon médecin, ou ne pas devenir médecin du tout.

Il lui rendit son sourire.

— C'est ce qu'il veut, j'imagine ?

— Bien sûr que oui. Je sais que tu voudrais lui épargner la peine de l'échec. Moi aussi. Je dois constamment me répéter que je ne voudrais pas qu'on me mente par gentillesse, pour me protéger des réalités de la vie.

Il cilla.

— Je n'aurais pas osé ! protesta-t-il, plaisantant à demi.

Il avait voulu le faire et il avait échoué. Il l'aimait. Il savait quelle douleur était tapie au fond d'elle. Hester semblait si farouche, si sûre d'elle. D'autres discernaient-ils sa vulnérabilité, les doutes qu'elle devait dissimuler à ses patients car ils avaient besoin de croire en elle ? Inconsciemment, elle avait peut-être enseigné ces qualités à Scuff.

Elle le regardait, légèrement gênée.

Il mit la main sur la sienne un instant, puis se cala dans son fauteuil et se laissa envelopper par le silence de la pièce. On n'entendait aucun son hormis le chuchotement des flammes dans l'âtre, et le tapotement de la pluie sur les vitres, derrière les rideaux.

— William… reprit Hester tout bas.

Il se redressa.

— Oui ?

— Cet homme, Blount. Il s'est noyé, accidentellement ou non, et ensuite il a été abattu…

— Oui…

— Sais-tu par qui ?

L'anxiété se lisait sur ses traits.

— Non. Pettifer, peut-être… Pourquoi ?

— C'est justement ce que je me demandais… Pourquoi ? À quoi cela sert-il de tirer sur un homme qui est à l'évidence déjà mort ?

— Tu crois que c'était pour me mêler à l'affaire ? Je l'ai pensé, moi aussi. McNab m'a envoyé chercher personnellement.

— Il représente un problème, n'est-ce pas ? C'est un homme lent, prudent, mais intelligent…

Ces mots le glacèrent un peu.

— Oui…

— Dans ce cas, il mijote quelque chose, affirma-t-elle tout bas. Es-tu certain que l'évasion d'Owen soit le fruit du hasard ? Sois prudent… je t'en prie. Il faut que tu examines les archives, même si c'est dur. Il sait peut-être que tu as perdu la mémoire. Tu ne peux pas te permettre de ne pas le faire.

— Je sais…

Le lendemain matin, il traversa la Tamise avant l'aube. On était fin novembre, et il ne faisait pas jour avant huit heures du matin au moins, surtout par temps couvert. Les lanternes des navires à l'ancre brillaient encore et les réverbères étaient allumés le long des quais. Si une corvée s'imposait, mieux valait s'en acquitter le plus vite possible.

Il paya le passeur et gravit les marches menant au quai. Après un rapide détour par le commissariat où il échangea quelques mots avec l'agent qui terminait la garde de nuit, il ressortit et héla un fiacre pour gagner les bureaux des archives de la police. Il savait qu'il avait l'air grave. Il avait réfléchi à la manière de justifier sa requête, et la conclusion à laquelle il était parvenu ne lui plaisait guère, bien qu'elle fût dictée par la nécessité. Plus de mensonges, du moins pas de mensonges directs.

— Bonjour, dit-il d'un ton aussi agréable qu'il le put, mais il saisit tout de même la tension dans sa voix. J'ai quelqu'un qui me cause des problèmes dans un procès. Quoique je ne me souvienne pas d'avoir eu affaire à lui par le passé, il semble nourrir un grief contre moi. Il serait plus sûr de savoir si c'est le cas.

— Oui, monsieur. Par ici, s'il vous plaît. Vous souhaitez consulter vos archives personnelles, c'est cela ?

— Merci.

Il examina tout ce qu'il trouva depuis le moment où il était entré dans la police jusqu'à la date de son accident. Il savait qu'il n'y avait rien eu depuis. C'était une tâche fastidieuse, qui éveilla en lui diverses émotions : un respect pour ses compétences, le regret qu'elles se fussent accompagnées d'une arrogance et d'une dureté dont il n'était plus fier. Cependant, il ne trouva aucun signe de malhonnêteté, et pas la moindre mention de McNab. Il lui fallut jusqu'au début de l'après-midi pour tout éplucher. Quand deux heures sonnèrent, il avait mal à la tête, la nuque raide et les yeux fatigués. Il avait passé près de six heures à parcourir des comptes rendus. Il n'avait rien appris sauf qu'il avait été encore plus efficace qu'on ne le lui avait dit et que son chemin n'avait jamais officiellement croisé celui de McNab.

Il retourna à Wapping pour se tenir au courant de l'évolution des enquêtes en cours. Puis il s'aspergea le visage d'eau froide, but un thé bien chaud, trop fort et trop sucré, mangea deux sandwichs au jambon plutôt savoureux et alla voir McNab.

Ce dernier était assis à son bureau, devant un thé si sombre qu'il ressemblait à de la boue. Il leva les yeux des papiers qu'il consultait. D'abord interdit, il se ressaisit très vite, et un sourire se dessina sur son visage.

— Quelle coïncidence ! Je me proposais justement d'aller vous voir demain.

Monk s'obligea à prendre l'air dégagé. Il était sur le territoire de McNab et en avait une conscience aiguë. Il s'avança, remerciant d'un bref signe de tête l'homme qui l'avait accompagné.

— J'ai des conclusions, et d'autres questions, annonça-t-il.

McNab ne lui offrit pas de thé.

— À quel propos ? s'enquit-il avec curiosité, comme s'il ne s'en doutait pas.

Monk s'assit sans y avoir été invité.

— À propos de Blount, d'Owen et de deux autres prisonniers qui se sont évadés ces six derniers mois.

— Oh ! Vraiment ? s'étonna McNab, l'air intéressé. Pas chez nous. D'où se sont-ils enfuis et pourquoi vous en souciez-vous ? Vous n'avez perdu personne, si ?

Une note d'espoir s'entendait dans sa voix. Il était prêt à se gausser d'un échec.

Monk s'y attendait.

— Non. Cela s'est produit un peu plus au nord, à moins d'une journée de voyage. Il s'agit d'un certain Seager. Avez-vous entendu parler de lui ?

— Non. Pourquoi devrions-nous nous en inquiéter, au juste ?

— C'est un expert en coffres-forts. Il s'est évadé de Lincoln, mais il est londonien. On pense qu'il est venu par ici. Un type au sommet de son art, à ce qu'on dit.

— Ah bon ?

McNab l'observait avec attention.

— Voilà qui concorde avec ce que j'allais vous dire ! Aucune trace d'Owen avec certitude mais quelques rumeurs circulent… vous êtes au courant ? Non ? Alors c'est une bonne chose que vous soyez passé. Des gars sacrément doués en explosifs viennent de faire surface à Calais, en route pour ici.

Il regarda Monk sans ciller.

— Et puis il y a Applewood…

— Applewood ? répéta Monk, agacé d'avoir à demander des précisions.

— Un autre expert, déclara McNab, content de lui. Un chimiste. Qui sait mélanger toutes sortes de gaz, entre autres.

Monk attendit.

— Tous des associés connus, ajouta McNab.

Il y eut un silence. Des pas se firent entendre dans le couloir, puis s'éloignèrent.

— Je vois, soupira Monk. Associés en quoi ?

McNab suintait la satisfaction.

— Un cambriolage majeur. Des lingots d'or. Ils ont été pris, davantage à cause de la malchance que grâce à la compétence de la police.

— La police. Rien à voir avec la douane ou la brigade fluviale, cette fois ? demanda Monk, réfléchissant à toute allure.

Pourquoi McNab se délectait-il tant de cette conversation ?

— Pourquoi ont-ils besoin d'un chimiste, d'un expert en explosifs, d'un faussaire et d'un spécialiste en ouverture de coffres-forts ? reprit-il. Ne le savez-vous pas ?

Monk devina que McNab n'hésiterait pas à tirer gloire d'une éventuelle arrestation, mais cette perspective était bien lointaine, de toute façon.

— J'ai ma petite idée, répondit celui-ci lentement, sans le quitter des yeux. Mais encore faut-il savoir ce qu'ils mijotent. Ils cherchent sûrement à remplacer Blount par un homme aux compétences équivalentes. C'est par là que nous devrions commencer.

Il sourit.

— À moins qu'ils ne l'aient tué parce qu'ils n'avaient plus besoin de lui ?

— Dans ce cas, devrions-nous ouvrir l'œil et nous attendre à trouver d'autres corps ? Pourquoi Owen a-t-il remonté le fleuve au lieu de le descendre jusqu'à l'île aux Chiens et la mer ? Et, ce qui est plus intéressant encore, comment Pettifer le savait-il ?

McNab se figea.

Monk s'efforça de rester impassible. Il tenait là l'occasion d'en apprendre plus sur Pettifer, voire sur un complot trop important pour que McNab s'en occupe sans son aide. Celui-ci coopérerait jusqu'à ce que la capture soit assurée, puis se retournerait contre Monk à la dernière minute et, si possible, le ridiculiserait. Tout était dans le choix du moment.

Le douanier se détendit et poussa un soupir.

— Dommage que nous ne puissions plus lui poser la question, dit-il avec une tension dans la voix et un sous-entendu sur lequel on ne pouvait se méprendre.

— Peut-être a-t-il parlé à quelqu'un ? suggéra Monk, comme s'il croyait l'hypothèse probable.

McNab demeura parfaitement immobile quelques secondes. Puis il reprit son air content de lui et son regard croisa celui de Monk avec une franchise qui lui était inhabituelle.

— Le quai Skelmer est tout proche des grands entrepôts d'Aaron Clive, n'est-ce pas ?

Ce n'était pas une question, plutôt un rappel, quelque chose à quoi Monk pouvait s'accrocher.

— Un gros importateur et exportateur. Beaucoup d'objets de valeur doivent passer entre ses mains. Dont certains assez petits pour être volés facilement, vous ne croyez pas ?

Il aurait été ridicule de le nier.

— Oui… dit-il prudemment.

— La goélette mouillait près de la rive sud, reprit McNab en détournant la tête. Face à l'aval, pensez-vous ?

— Sans aucun doute, concéda Monk.

— Owen a nagé vers elle.

McNab s'amusait, maintenant.

— Et le capitaine a aidé Owen à monter à bord. Il a prétendu l'avoir déposé en aval. L'avez-vous cru ?

Monk hésita. Quelle que soit sa réponse, il allait trébucher. S'il affirmait avoir cru Gillander, il passerait pour naïf. S'il disait le contraire, alors il aurait dû fouiller la goélette à la recherche d'Owen. L'honnêteté était la seule chose qui ne le rattraperait pas par la suite.

— Sur le coup, j'ai pensé que Pettifer était le fuyard, admit-il. La police est allée jusqu'à la goélette. Elle a cru Gillander.

McNab esquissa une moue, feignant le regret. Ses yeux brillaient.

— Dommage. Trop tard, désormais. Faut que je tâche de trouver un prétexte pour fouiller ce bateau à nouveau. Cela pourrait se révéler intéressant. Quant à vous, vous devriez peut-être vous renseigner davantage sur Aaron Clive et ses affaires ? Je peux vous donner des copies de ce que j'ai à son sujet. C'est un homme très riche... très.

Son sourire s'élargit.

— Il semble qu'après avoir fait fortune dans les mines d'or de Californie il ait décidé de venir goûter à la belle vie à Londres. Il est américain.

Il se cala dans son fauteuil.

— Si vous mettez le doigt sur quelque chose et que vous nous en informez, les douanes verront là un bel exemple de coopération.

Les yeux toujours brillants de satisfaction, il regarda Monk.

— Naturellement, répondit celui-ci, mal à l'aise. Si vous nous envoyez des copies des derniers manifestes de cargaison de Clive, ce sera aussi un bel exemple de coopération.

Il se leva.

— Bonne journée, Mr. McNab.

— Bonne journée, commissaire Monk. Content que vous soyez venu.

Monk trouva Clive dans son bureau sur les quais, tout près de l'endroit où Owen s'était enfui et où Pettifer était mort. C'était une pièce splendide, qui ressemblait davantage au salon d'un gentleman qu'à un cabinet d'affaires. Les meubles en teck et en merisier étaient impeccablement lustrés, les chaises tapissées de cuir. Des paysages discrets, mis en valeur par de superbes cadres, agrémentaient les murs.

— Bonjour, commissaire, dit Clive avec courtoisie.

C'était un homme au charme réservé. La chaleur lui venait naturellement, mais il ne semblait jamais courtiser des faveurs. S'il avait été anglais, Monk l'aurait pris pour un puissant aristocrate, issu d'une vieille famille associée à des siècles de privilèges et d'obligations, et presque certainement propriétaire de milliers d'hectares dans les Home Counties[1]. Qu'il eût suffi d'une génération à Clive pour endosser son pouvoir avec autant de grâce en disait long à son sujet.

— Bonjour, Mr. Clive, répondit Monk en affichant une assurance qu'il était pourtant bien loin de ressentir. Je suis navré de vous déranger de nouveau, mais il s'agit d'une question un peu différente cette fois. Je me suis entretenu avec Mr. McNab du bureau des douanes. Si vous vous en souvenez, c'est le supérieur de l'homme qui s'est noyé…

Clive lui indiqua un fauteuil au coin du feu et prit l'autre.

— Je m'en souviens, dit-il avec intérêt. Est-ce une affaire de contrebande, finalement ? Je pensais que le fugitif était un expert en explosifs ? Owen ? L'homme que je connaissais de nom l'était, c'est certain. Comme je vous l'ai dit, j'ai eu l'occasion d'avoir recours à ses services… deux fois, me semble-t-il. C'est un travail dangereux. On ne peut pas se permettre d'employer n'importe qui.

Il parut perplexe.

— En quoi puis-je vous aider ?

Clive n'était pas le genre d'homme avec qui on pouvait ruser. Il irradiait l'autorité et la puissance conférées par la richesse. Non seulement sa confiance en lui paraissait absolue, mais elle ne lui pesait pas. Il ne craignait pas l'échec. En fait, Monk se demanda s'il avait jamais essuyé un échec ayant compté pour lui.

Il choisit ses mots avec soin, observant la réaction de son interlocuteur.

— Il y a eu quatre évasions de prisonniers au cours des six derniers mois. Le premier dont j'ai entendu parler s'appelait Blount. Ce nom vous dit-il quelque chose, monsieur ?

— Non. Qui était-ce ?

1. Les comtés qui entourent Londres. *(N.d.T.)*

Clive était attentif, sinon réellement intéressé.

Il était tout à fait à l'aise, se laissant légèrement aller en arrière dans son fauteuil, les jambes croisées. On ne décelait aucune tension en lui.

— Un faussaire, répondit Monk. Il falsifiait des manifestes quand il a été arrêté. C'est pourquoi les douanes voulaient l'interroger plus longuement. On l'a fait amener sous escorte jusqu'aux bureaux des douanes plutôt que de transporter une malle pleine de documents jusqu'à lui.

— Et il s'est échappé ? conclut Clive, une lueur fugace d'amusement dans le regard. C'est malheureux. Cependant, je suis aussi certain qu'on peut l'être qu'aucun de mes chargements n'a été affecté.

— Non, monsieur. Ce ne sont pas uniquement ses forfaits passés qui me préoccupent. D'ailleurs, ce malheureux est mort. Lorsque son corps a été repêché dans le fleuve, on a pensé qu'il s'était noyé, jusqu'à ce qu'on découvre qu'il avait reçu une balle dans le dos.

Clive parut stupéfait.

— Comment le médecin de la police a-t-il pu ne pas remarquer cela ?

Maintenant, sa curiosité était éveillée, mais il n'était absolument pas anxieux.

— Il l'a remarqué. C'est pourquoi McNab m'a envoyé chercher.

Clive se figea. Ce fut si bref que ç'aurait pu être une illusion créée par le silence de la pièce, la lumière sur les vitres.

— McNab… bien sûr. La blessure par balle signifiait que l'affaire tombait sous la juridiction de la brigade fluviale ?

— Oui. Mais le médecin de la police m'a appris ensuite que l'homme était mort de noyade et qu'il avait reçu une balle un certain temps après son décès.

Clive demeura immobile quelques instants, visiblement absorbé dans ses réflexions.

Monk l'observait. Étant donné qu'il attendait sa réponse, il pouvait le faire sans que cela paraisse étrange. Clive était assez imposant, bien bâti tout en étant élégant. La force qui émanait de lui venait moins de son physique que d'une confiance profondément enracinée en lui-même. Monk se demanda s'il avait jamais vraiment eu peur. Si oui, cela n'avait laissé aucune marque chez lui.

— Serait-ce un avertissement ? suggéra-t-il enfin. Une manière de dire : voilà ce qui arrive à ceux qui me trahissent ?

Monk fut surpris. Clive avait tout l'air d'un gentleman peu accoutumé à la violence ou à la brutalité. Et pourtant, bien sûr, il devait l'être – un homme ne pouvait avoir traversé la ruée vers l'or en amassant une immense fortune sans talent, chance, courage et un caractère bien trempé.

Comme s'il avait lu dans ses pensées, Clive esquissa un sourire qui éclaira son visage et le fit paraître beaucoup plus jeune. On eût dit qu'il s'était soudain libéré du poids de ses responsabilités.

— Si vous aviez connu les mines d'or en 1849, vous ne vous imagineriez pas que je suis si civilisé, commissaire. Notre sophistication n'est qu'une couche de vernis, je vous assure. San Francisco s'est agrandi du jour au lendemain.

— Certes, murmura Monk. Excusez-moi…

— Pensez-vous que Blount ait été tué pour avoir trahi ses employeurs ?

— C'est possible, admit Monk. Mais à des rivaux, pas à la police ni aux douanes.

Un éclair d'humour jaillit dans le regard de Clive, vif et brillant.

— En êtes-vous certain ? Même si vous avez confiance en McNab, avez-vous autant confiance en ses hommes ? Et en tous les vôtres, d'ailleurs ?

Monk le regarda droit dans les yeux.

— Oui, j'ai confiance en eux. Seriez-vous prêt à mettre votre vie ou votre carrière entre les mains d'individus en qui vous n'avez pas confiance ?

— Je me servirais peut-être d'hommes en qui je n'ai pas confiance, reconnut Clive avec franchise. Cela dit, je ferais sacrément attention à ce qu'ils ne puissent pas se servir de moi.

— Précisément.

Monk lui rendit son sourire, en toute sincérité. Il respectait Clive, le trouvait même sympathique.

— J'ignore qui a tiré sur Blount et qui l'a noyé. Je crois que la noyade aurait pu être un accident…

— Et la balle ?

Clive paraissait franchement amusé, même si un soupçon d'amertume perçait dans sa voix.

— Je crois qu'elle a peut-être été tirée pour mettre cette affaire entre les mains de la police et en débarrasser McNab.

— Parce que vous êtes mieux habilité à l'élucider ? Ou pour détourner votre attention ?

— Il est fort possible que la seconde hypothèse soit la bonne. Ou qu'on ait voulu m'impliquer. Deux autres personnages intéressants se sont évadés ces six derniers mois : un nommé Seager, un cambrioleur de coffres-forts hors pair, et un certain Applewood, un chimiste spécialiste des gaz, notamment ceux qui vous rendent aveugle ou qui vous font suffoquer.

Il attendit un instant, donnant à Clive le temps de mesurer la portée de cette information.

— Ils ont collaboré par le passé, ajouta-t-il tout bas. Sur un vol d'or de grande ampleur. Ils se spécialisent dans les cargaisons extrêmement précieuses, lourdes mais peu encombrantes. Nous avons peur que certains objets entreposés dans vos locaux ne puissent constituer une cible éventuelle pour ces hommes, dès qu'ils auront trouvé un remplaçant à Blount.

Clive pesa ces paroles un instant avant de répondre.

— C'est un ensemble de compétences bien précis, dit-il enfin. Je comprends la nécessité d'avoir un faussaire : tout transport maritime requiert des documents. Je comprends aussi qu'on doive avoir recours au gaz pour neutraliser des gens. Forcer un coffre-fort me paraît moins indispensable. Je ne garde ni lingots d'or, ni argent, ni bijoux. Pas d'œuvres d'art en ce moment.

— Des titres de propriété, des reçus, des certificats d'authenticité ?

Clive se mordit la lèvre.

— Oui… la plupart des voleurs ne se soucient pas de ce genre de choses, à moins bien sûr de vouloir vendre à des collectionneurs en Europe. Ils auront un choix de clients beaucoup plus vaste et de meilleurs prix si tout semble légitime. Et pourquoi les explosifs ?

— Pour faire sauter un mur. Pas nécessairement pour provoquer une grosse explosion. Avec un expert comme Owen, tout pourrait être très soigneusement contrôlé. Ce n'est qu'une possibilité, Mr. Clive. Une mise en garde, si vous voulez.

— Et qui pourrait être derrière tout cela ? demanda ce dernier avec une brusque intensité. Le savez-vous ? Ou cela fait-il partie des détails qui nous échappent encore ?

Monk décelait une tension en lui maintenant, comme s'il réfléchissait à toute allure pour démêler les fils de l'affaire.

— Ce n'est qu'une possibilité, répéta Monk. Quand nous les trouverons, je vous le ferai savoir, monsieur.

— Y a-t-il autre chose qui vous fasse penser que mon entrepôt est visé ?

— La goélette. C'est là qu'Owen est allé, et c'était peut-être sa destination dès le début. J'ai parlé au capitaine, qui affirme évidemment que sa présence n'était qu'une coïncidence. Owen lui a dit qu'il était agent des douanes et que Pettifer était un fugitif. Gillander n'avait aucune raison de douter de lui et l'a débarqué aux marches les plus proches. Humainement parlant, il aurait difficilement pu lui dire de marcher ou de regagner la rive à la nage.

— Et vous le croyez ? demanda aussitôt Clive.

Monk ne réfléchit qu'un instant, avant de soutenir le regard calme de l'homme d'affaires.

— Pas encore. Nous verrons.

Clive lui tendit la main.

— Certes. Je vous remercie.

7

La nuit était tombée quand Monk rentra à Paradise Place, aussi remarqua-t-il à peine la voiture qui attendait à une trentaine de mètres de chez lui. Il régla le cocher et gagna la porte d'entrée, pressé d'être au chaud.

Hester vint à sa rencontre dans le vestibule. Il alla droit à elle avant même d'avoir retiré son manteau et la prit dans ses bras. Elle se laissa faire et l'embrassa doucement.

Ils étaient toujours debout dans l'entrée quand on frappa un coup sec à la porte. Hester se dégagea et fit mine d'aller ouvrir. Il la retint par le poignet.

— J'y vais. Qui que ce soit, je ne veux pas le voir. Je suis fatigué, j'ai faim et j'ai envie de passer une longue soirée à la maison.

Elle lui adressa un bref sourire et n'insista pas.

Il ouvrit la porte, et, l'espace d'un instant, resta totalement interdit. Une femme se tenait sur le seuil. Sa silhouette se détachait de l'ombre à la lueur des lanternes de son équipage, qui s'était rapproché et garé le long du trottoir. La lumière du vestibule éclairait son visage tourmenté, plein d'émotions contradictoires, d'une beauté aussi troublante qu'indéniable. Il n'avait aucune idée de son nom, pas plus que de la raison qui l'amenait. S'était-elle trompée d'adresse ?

Elle vit sa perplexité et esquissa un mince sourire.

— Je suis Miriam Clive. Pardonnez-moi de me présenter à une heure aussi tardive et sans m'être annoncée ou avoir demandé rendez-vous, mais je crois que ma requête est urgente et, en tout cas, elle doit rester un secret... du moins vis-à-vis de ma famille. J'ai besoin de vous parler, commissaire Monk.

Elle ne fit pas un geste pour s'avancer, attendant d'y être invitée. Le vent soufflait en rafales derrière elle et malmenait sa cape bordée de fourrure, projetant des gouttes de pluie sur son épaule.

Il n'avait pas le choix. Il s'effaça devant elle, ferma la porte et offrit de la débarrasser de son manteau mouillé avant de retirer le sien et de l'accrocher aussi.

— Merci, dit-elle gravement.

Il la conduisit dans le salon, puis s'excusa pour aller expliquer à Hester que le dîner devrait attendre. Il la pria de préparer du thé pour la visiteuse. Que pouvait-on offrir d'autre à une dame à cette heure-ci, une dame venue seule et sans y avoir été conviée ? Comment avait-elle su où le trouver ? Et pourquoi ne pas être allée au commissariat de Wapping ?

Lorsqu'il retourna dans le salon, elle n'était pas assise, contrairement à ce qu'il avait imaginé, mais debout devant le feu. Sa robe vert foncé, unie, n'était agrémentée d'aucune fantaisie et son visage étonnant n'en avait nul besoin. Elle ne demanda pas si elle avait interrompu son repas. Elle l'avait attendu dans sa voiture et savait qu'il venait de rentrer.

Elle le regarda droit dans les yeux, à la manière d'un homme.

— Vous vous êtes entretenu avec mon mari ce matin, Mr. Monk. Il m'a rapporté votre conversation.

Elle se tenait immobile, les épaules raides, le menton légèrement relevé bien qu'elle fût déjà largement plus grande que la moyenne.

— Ce qu'il vous a dit était tout à fait exact. Néanmoins, ses omissions équivalent à des faussetés.

Monk fut surpris. Il avait cru Clive sincère.

— Que voulez-vous dire ?

— Lui avez-vous demandé s'il avait des ennemis, si certains pouvaient lui vouloir du mal personnellement ?

— Indirectement.

Il tenta de se remémorer les détails de leur entretien.

— Il m'a dit qu'il ne voyait pas du tout qui pourrait être derrière une attaque ni même quelle marchandise entreposée chez lui pourrait constituer une cible spécifique. Êtes-vous d'un autre avis, Mrs. Clive ?

— Concernant les marchandises, je n'en sais rien, rétorqua-t-elle, balayant l'aveu d'un ton désinvolte. J'ignore tout des affaires de mon mari, sauf parfois quels pays sont concernés, lorsque nous recevons leurs représentants. Certains ont été des plus intéressants, surtout ceux d'Extrême-Orient. Leur culture est si différente de la nôtre ! Cependant, je pense qu'il est beaucoup plus probable que l'attaque, si elle vise bel et bien mon mari, soit de nature personnelle, et que le vol ne soit qu'un moyen de parvenir à d'autres fins.

Sa voix était altérée par l'émotion et elle avait détourné les yeux en lui parlant, comme si elle n'osait pas lui laisser voir combien elle était affectée.

— Ces fins étant de lui nuire ? demanda-t-il avec douceur.

— Oui. On ne peut acquérir la fortune ou l'éminence qu'il possède sans se faire des ennemis. Je suppose que vous le savez, Mr. Monk ?

Elle le dévisageait.

— Vous êtes un homme d'aventure et de décision. Vous avez sans doute réussi là où d'autres ont échoué.

Son regard était d'une franchise déconcertante. Elle semblait le considérer avec une certaine distance, observant non seulement ses traits mais sa stature, son comportement, l'assurance qui masquait sa fatigue et les doutes qui le rongeaient. C'était comme si elle le connaissait bien, quoiqu'ils ne se fussent jamais rencontrés.

— Si vous savez qui pourraient être ces ennemis, Mrs. Clive, dites-le-moi, je vous en prie. Par la même occasion, vous pourriez m'expliquer pourquoi, selon vous, votre mari ne m'a pas dit tout cela lui-même !

Elle eut un très léger sourire qui adoucit ses traits. Elle s'était déplacée, et la lueur de la lampe soulignait les fines rides autour de sa bouche et de ses yeux. Loin de gâcher sa beauté, elles y ajoutaient passion et vulnérabilité.

— Je n'en suis pas tout à fait sûre moi-même, admit-elle. Je peux toutefois vous livrer les faits que je connais. Quant aux raisons, je ne peux que les deviner et le moment est peut-être mal choisi pour exprimer des opinions qu'il m'est impossible d'étayer.

Il était désireux de l'aider, mais elle ne lui en disait pas assez.

— Dans ce cas, donnez-moi les faits, Mrs. Clive. Qui serait prêt à aller jusque-là dans le seul but de régler ses comptes avec votre mari ?

Alors qu'il parlait, il ne pouvait s'empêcher de songer à McNab. Jusqu'où irait ce dernier pour le détruire ? Jusqu'à révéler des informations sur une opération menée par les services de la douane, en sachant qu'il mettait délibérément en péril la vie de Monk, et aussi celle de ses agents ?

Il croyait que oui.

La différence, c'était qu'Aaron Clive avait toute sa mémoire et qu'il connaîtrait non seulement son ennemi, mais les motivations de ce dernier.

— Mrs. Clive ! insista-t-il.

Elle hocha la tête avec la résignation de qui relève un défi inévitable, attendu depuis longtemps.

— J'ai épousé Aaron il y a vingt ans, à San Francisco.

Sa voix était presque inaudible. On aurait dit qu'elle craignait d'être entendue.

— Auparavant, j'avais été mariée à Piers Astley. Il était…

Elle prit une profonde inspiration, incapable de dissimuler la douleur que son récit allait lui causer et qu'elle éprouvait déjà en imagination. Elle recommença.

— Il était courageux aussi, mais plus posé qu'Aaron, moins… flamboyant.

Elle semblait s'excuser.

— C'était quelqu'un qui inspirait une loyauté absolue à ses hommes parce qu'il était loyal envers eux. Il ne manquait jamais à sa parole, même si on le mettait à l'épreuve.

Elle serra les dents, en proie à un chagrin si violent qu'elle avait du mal à parler, luttant pour se ressaisir.

Monk attendit. Il aurait aimé pouvoir la réconforter… C'était impossible. Parler, la toucher eût été une intrusion inexcusable.

Hester apporta du thé et ressortit sans rien dire, hochant simplement la tête avec un sourire lorsque Miriam murmura des remerciements.

Monk attendait toujours.

— Il avait des côtés plus sombres, reprit-elle enfin, comme si elle était parvenue à une décision difficile, irréversible. Il y a des choses que je n'ai découvertes que longtemps après notre mariage. Je crois que les Grecs avaient un mot pour cela. Une sorte d'orgueil, d'arrogance, la conviction d'avoir droit à ce qu'il y a de meilleur.

Maintenant qu'elle avait pratiqué une brèche dans sa réticence, elle parlait librement, sans avoir à chercher ses mots. Elle puisait dans des connaissances familières. Néanmoins, elle ne regardait pas Monk mais quelque chose derrière lui, dans le passé.

— Il pouvait être charmant, drôle parfois. Je me souviens d'avoir ri jusqu'aux larmes avec lui. Il aimait la vie, l'aventure, la beauté du monde. Tout lui semblait digne d'être apprécié. Il admirait les grand séquoias et les adorait. Ils sont vieux de plusieurs siècles, le savez-vous ? Il disait que c'étaient des géants qui ont la tête dans les étoiles.

Sa voix était assourdie par l'émotion, elle était au bord des larmes.

— Oui, acquiesça-t-il. À côté d'eux, nous ressemblons à des champignons qui ont poussé en une nuit.

— Il les respectait. Curieusement, je ne suis pas sûre qu'il ait respecté quiconque. C'était un homme foncièrement bon… une âme généreuse, une nature douce, comme une brise venue de la mer.

Elle eut un léger frisson, refoulant des larmes.

— Mais c'était il y a longtemps. Très récemment, j'ai dû admettre que… mon mari… avait aussi de graves défauts. Je me refuse à en parler. J'en ai honte et je n'ai nul désir ou besoin de vous relater les détails de… ces réalités. Il vous suffit de savoir qu'il a été mêlé à une grave bagarre au sujet d'une concession d'or et qu'on m'a affirmé qu'il était mort…

L'espace d'un instant, la souffrance se lut sur son visage. Une souffrance dévastatrice, si totale qu'il eut peur pour elle. Cela fut de courte durée. Elle se ressaisit et arbora un air calme.

— Je n'ai jamais vu son corps.

Sa voix ne tremblait qu'à peine, mais ses épaules étaient rigides, et il eut l'impression qu'il suffirait de la toucher pour qu'elle se brise.

— Je ne le souhaitais pas. Mes rêves s'étaient éteints avec lui. C'est Aaron qui est venu à mon secours durant ces jours sombres et qui m'a protégée de ceux qui me voulaient du mal. Après l'annonce officielle du décès de mon premier époux, et au bout d'une période convenable Aaron m'a demandée en mariage. J'ai accepté.

Où voulait-elle en venir ? Monk attendait qu'elle achève son récit et ne voulait encore rien supposer. Ce qu'elle avait dit était loin d'être clair.

— Poursuivez, l'encouragea-t-il.

Elle eut l'air de quelqu'un qui voit s'évanouir son dernier espoir d'être secourue. Cette fois, elle baissa les yeux, incapable de le regarder en face.

— Je n'ai jamais vu le corps de Piers Astley, répéta-t-elle. S'il est en vie, ce que je crains, il doit vouer une haine terrible à Aaron. Il n'était pas homme à pardonner.

Monk comprit subitement à la fois son chagrin et sa peur, voire un sentiment de culpabilité, comme si elle était à blâmer pour sa beauté.

— Et vous pensez qu'il chercherait à se venger de votre mari actuel ? conclut-il à voix haute. En quoi serait-il en faute ? Pour autant qu'il le sût, que tout le monde le sût, vous étiez veuve. Pourquoi ne vous seriez-vous pas remariée ?

— Certaines personnes sont très possessives, commissaire Monk. Aux yeux de Piers, je lui appartenais pour la vie, qu'il soit mort ou pas.

— Craignez-vous pour votre sécurité ? s'inquiéta-t-il, faisant instinctivement un pas vers elle.

Elle parut soudain à bout de forces.

— Pas du tout, répondit-elle avec indifférence. À quoi lui servirais-je si j'étais abîmée ? On n'endommage pas ses biens, Mr. Monk. Si quelqu'un vous les vole, on les lui reprend. Il arrive qu'on les détruise pour y parvenir, mais pas intentionnellement. À moins qu'on ne veuille faire un exemple, montrer qu'on punit ceux qui ont ainsi abusé de leurs droits. Alors, on est sûr que cela ne se reproduira pas.

Monk servit le thé et lui tendit une tasse. Elle l'accepta avec reconnaissance et en but une gorgée immédiatement, mais elle resta debout.

— Décrivez-moi Piers Astley, Mrs. Clive. Était-il séduisant ? Vous ne m'avez pas dit s'il était brun ou blond, vous n'avez pas parlé de sa voix, ni de son comportement, de sa démarche, de sa façon de parler, de penser, tous ces détails qui n'ont peut-être pas changé en vingt ans.

Elle le dévisagea, songeuse.

— Y a-t-il des choses qu'il aime profondément, ou dont il a peur ? reprit-il. Si je dois le retrouver, j'ai besoin d'en savoir le plus possible. On peut perdre ses cheveux ou se faire pousser la barbe. Se mettre à boiter, acquérir de nouvelles habitudes. Mais un amour de la nature, des chiens, qui sait ? un goût pour le chocolat, une tendance à tousser quand on est à côté d'un chat, une phobie des araignées… tout cela reste.

— Je vois.

À l'évidence, elle avait saisi ce qu'il voulait dire et fouillait dans sa mémoire à la recherche de réponses.

Il patienta, ne voulant pas la brusquer, et se sentit coupable en voyant ses yeux s'emplir de larmes. Elle ne semblait pas en avoir conscience, comme si elles venaient d'un puits au plus profond d'elle. Il eut du remords d'avoir éveillé un chagrin si violent, mais si ce Piers Astley qui lui avait fait tant de mal projetait de détruire son bonheur actuel en dépouillant Aaron Clive, en causant sa ruine, Monk devait apprendre tout ce qu'il pouvait à son sujet.

— Il était anglais, dit-elle enfin. Ne cherchez pas un Américain. Il n'a jamais perdu son accent. Il venait d'une bonne famille, même si ce n'était pas des aristocrates. Ils vivaient à la campagne, dans le nord, près des Yorkshire Dales. Il adorait les grands espaces, les sommets qui semblaient toucher le ciel. Des endroits où on pouvait marcher des heures durant sans rencontrer âme qui vive.

— S'il est en vie, croyez-vous qu'il serait retourné là-bas ? demanda-t-il, conscient de la tendresse qui perçait dans la voix de Miriam Clive.

— Je ne crois pas.

Elle secoua la tête.

— Il aurait peut-être peur d'être reconnu.

Sa réponse intrigua Monk.

— Serait-ce si dangereux pour lui ?

— Je ne sais pas, dit-elle d'une voix étranglée. Il ne parlait pas beaucoup de son pays natal. Il avait grandi aux abords de York. Une ville animée, avec des rues étroites et sinueuses, encore entourée de remparts. Savez-vous que York était déjà une ville à l'époque des Romains ? Elle s'appelait Eboracum.

Ses yeux s'emplirent de nouveau de larmes, comme si elle évoquait ses propres souvenirs.

— Je suis désolée… rien de tout cela n'est utile. Il ne s'adonnait jamais au jeu, en revanche il prenait de gros risques dans certains domaines. Il connaissait bien les chevaux, mais il était épris de danger. Il roulait trop vite. Montait trop vite aussi. J'imagine que cela n'a pas changé.

— Avait-il des tics de langage ? Des choses que je pourrais signaler à des gens pour qu'ils les repèrent ?

— Il savait lire le latin, mais je ne suis pas sûre qu'il aurait pu le parler. Il connaissait beaucoup de vocabulaire. Il disait que c'était l'origine d'une grande partie de la langue anglaise. Je me souviens aussi qu'il avait peur des papillons de nuit. Leur vol le troublait. Il le cachait mais on voyait tout de même que cela le gênait. Vous savez comment c'est, quand quelque chose vous dérange, on ne peut pas s'empêcher de le surveiller. S'il y en a un dans une pièce, on veut savoir où il se trouve.

Elle se força à sourire.

— Il prenait grand soin de ses pieds. Même malade, même pauvre, il portait de bonnes chaussures.

— Était-il coléreux ? Buvait-il beaucoup ?

— Oui, il s'emportait facilement. Il buvait très peu. Il…

Une fois de plus, elle prit une grande inspiration.

— Il était rancunier. Et très intelligent. Très doué avec les mots.

Il se rendait compte qu'elle l'observait avec intensité tout en sirotant son thé.

— Pensez-vous réellement qu'il pourrait être en vie après toutes ces années ? Pourquoi aurait-il attendu tout ce temps pour revenir en Angleterre et se venger ? Pourquoi ne pas l'avoir fait tout de suite, pendant que vous étiez tous à San Francisco ?

Elle eut un très léger haussement d'épaules, presque un geste de capitulation.

— Je ne sais pas. Vous avez demandé à Aaron s'il avait des ennemis. Il a affirmé que non. J'ai peur pour lui. Quelqu'un semble vouloir s'en prendre à lui, et Piers est le seul auquel je puisse penser. Ils ont commencé comme des égaux, quand le cousin d'Aaron, Zachary, était encore vivant. C'était il y a très longtemps.

Son visage s'adoucit. Un instant, elle fut perdue dans ses souvenirs.

Monk attendit encore et but une gorgée de thé.

— Zachary était quelqu'un d'exceptionnel. Tout le monde avait confiance en lui, Aaron plus que tout autre. Quand Aaron a découvert de l'or, c'est Zach qui s'est occupé de toutes les questions légales et qui a veillé à ce que tous ceux qui l'avaient aidé soient récompensés.

Elle se tut brusquement, comme si une nouvelle pensée lui était venue à l'esprit.

Ces réminiscences pouvaient-elles avoir un rapport avec la menace qui pesait peut-être sur les affaires d'Aaron Clive ? Ces faits semblaient de plus en plus éloignés du présent.

— Zachary est mort ?

Elle eut du mal à refouler ses larmes.

— Oui. Aaron a eu un chagrin terrible. Il en a été changé, presque comme s'il avait perdu une partie de lui-même.

— Mrs. Clive…

Elle se redressa et leva les yeux vers lui.

— Tout cela remonte à très longtemps maintenant. Zach a été tué dans un glissement de terrain. Ces choses-là arrivent parfois en Californie. Il ne pleut pas pendant une éternité, et, soudain, ce sont des pluies torrentielles, des coulées de boue, tout est inondé. C'est pire dans les collines. Quand Zach est mort, ç'a été comme si une lumière s'était éteinte… quelque chose de bon avait été perdu. Sans lui, certains se sont égarés…

Monk chercha en vain des paroles appropriées.

— Vous pensez vraiment que Piers Astley pourrait être en vie ? Pourtant il avait été supposé mort par les autorités ? Et vous étiez libre d'épouser Aaron Clive ?

— Il a disparu, dit-elle simplement. Il travaillait pour Aaron depuis quelque temps. Il était son bras droit, pour ainsi dire.

Elle haussa les épaules.

— Vous ne savez pas comment c'était, Mr. Monk. C'était un autre monde. L'or est magique. C'est comme s'il détenait le pouvoir de changer les hommes, les circonstances, tout. Du jour au lendemain, on cesse de s'inquiéter pour savoir d'où viendra son prochain repas et comment rembourser une dette de quelques dollars, on croit pouvoir tout acheter et parfois tout le monde. Certains trouvent une poignée de pépites et s'imaginent que cela va durer. Des gens en ont même donné, en pensant qu'il y en aurait toujours d'autres. Mais non. Sauf pour de rares personnes, ce n'est pas le cas. On trouve de quoi vivre, peut-être. Le mieux est d'acheter des terres qu'on peut cultiver.

Elle marqua une pause.

— Mais l'or, c'est le pouvoir, et le pouvoir vous fait perdre un peu la tête.

Il savait qu'elle disait vrai, il en avait un vague souvenir lui-même, une sorte de folie dans l'air, d'ivresse.

Une fois de plus, il prit conscience qu'elle l'observait, et eut l'impression qu'elle pouvait lire dans ses pensées.

— Des hommes perdaient des fortunes au jeu, reprit-elle. Beaucoup étaient saisis par la folie, la joie d'avoir découvert de l'or. Certains se sont calmés, d'autres sont morts pauvres. D'autres encore ont prospéré en fondant des sociétés, des écoles, des églises, des magasins. Quelques-uns, comme Aaron, sont tombés sur un riche filon et sont devenus rois de leur petit royaume.

Elle haussa de nouveau les épaules, en signe d'impuissance.

— Certains, comme Piers, se sont volatilisés. Des gens venaient du monde entier et repartaient. Et bien sûr, il y avait les indigènes, ceux à qui le pays appartenait vraiment. Beaucoup d'entre eux disparaissaient aussi. Qu'était un aventurier anglais de plus ou de moins, sauf pour ceux qui l'aimaient ?

— Avez-vous des raisons précises de penser qu'il est en vie ?

Elle resta silencieuse un instant. Il était sur le point de répéter sa question quand elle répondit enfin, en fixant le coin de la pièce, absorbée dans une vision de son esprit.

— Je crois l'avoir vu, une fois à San Francisco, et ici, il y a juste un mois de cela, à Londres. Je ne sais pas. Il était assez loin, et le temps que je fasse arrêter mon équipage, il s'était fondu dans la foule. Peut-être était-ce un effet de mon imagination ou de ma peur. Et puis vous êtes venu et vous avez dit à Aaron qu'il était possible que quelqu'un cherche à nuire à ses affaires en commettant un vol énorme, très habile. Comment pourrais-je ne pas vous dire cela ?

— Vous avez tout à fait raison, admit-il. Je vais essayer de retrouver sa trace, ou un lien quelconque avec un ou plusieurs des fugitifs.

Prenant apparemment une décision, elle posa sa tasse et se tourna vers lui.

— Pensez-vous que la présence de cette goélette presque en face de l'entrepôt de mon mari soit un hasard, Mr. Monk ?

— Je l'ignore, mais je vais supposer que non en attendant de prouver le contraire, promit-il. Et demain, je vais commencer à enquêter sur Piers Astley et son éventuel retour en Angleterre.

Elle lui adressa un sourire d'une douceur intense, et ce fut comme si quelqu'un avait allumé la lumière. Il vit la femme superbe qu'elle était lorsqu'elle était heureuse, en sécurité. Une femme éblouissante, comme illuminée de l'intérieur.

Après son départ, il resta seul dans le vestibule quelques minutes et s'efforça d'assimiler ces révélations. Hester le trouva là quand elle sortit de la cuisine, ayant entendu la porte d'entrée se refermer.

Durant le dîner, il lui répéta le récit de Miriam Clive.

— Elle a très peur de ce que tu vas trouver, commenta enfin Hester. Et je crois qu'elle aura encore plus peur si tu ne trouves rien. Ce doit être affreux de vivre dans la crainte de quelqu'un qu'on a aimé autrefois, et dont on ignore s'il est mort ou vivant, et combien il a changé.

Monk la regarda, lut la pitié sur son visage et sut qu'aucune réponse n'était nécessaire, ni même appropriée.

Le lendemain, il se mit en relation avec un certain nombre de collègues des autres forces de police, à qui il pouvait se fier pour lui transmettre des informations discrètement. Si Piers Astley était à Londres, quelqu'un quelque part le saurait.

Ce fut une tâche longue et laborieuse, car il fallait expliquer à chacun pourquoi il avait besoin de cette information et fournir une description aussi détaillée que possible d'Astley et de ses éventuelles activités.

Certains de ces hommes lui devaient des faveurs ou désiraient ardemment que Monk ait une dette envers eux.

Sachant qu'ils n'hésiteraient pas à le solliciter en retour, il fit preuve de plus de circonspection avec eux.

Une des personnes qu'il alla voir en début de soirée était un receleur spécialisé dans le négoce d'objets précieux, de petite taille et faciles à transporter, tels que les bijoux, les statuettes en or et en argent, en jade ou en ivoire. On le surnommait le Baigneur, peut-être parce qu'il avait un visage poupin au-dessus d'un corps massif.

— Un Anglais, commenta-t-il, sarcastique. Ça va être facile à trouver – un Anglais à Londres ! Vous vous moquez de nous, Mr. Monk. Ça me vexe, ça !

Il toisa Monk de ses yeux d'un bleu de porcelaine, l'air offensé.

— Un gentleman anglais originaire du Yorkshire, mais qui a passé au moins vingt ans de sa vie en Californie, depuis l'époque de la ruée vers l'or jusqu'à maintenant, rectifia Monk. Ne vous emballez pas trop vite.

Le Baigneur déplaça une de ses énormes jambes.

— Je serais bien incapable de m'emballer, Mr. Monk. C'est pas gentil de vot'part de causer comme ça. Vous vous moquez de mes afflictions. Ça me vexe aussi !

— Je parlais au figuré, rétorqua Monk. Et vous avez un des cerveaux les plus agiles que je connaisse. Vous pourriez décrocher la lune si l'envie vous en prenait.

La mine indignée de son interlocuteur s'effaça l'espace d'un instant, puis revint.

— C'est ça que vous voulez, alors, Mr. Monk ? Que je vous décroche la lune ? Qu'est-ce que j'ai à y gagner ?

— Que je ne revienne pas vous déranger pendant un certain temps, répondit Monk calmement.

— Vous ne me dérangez pas. Je suis trop loin de la Tamise pour la plupart de vos affaires.

— Vous voulez que ça continue ? demanda Monk, arquant légèrement les sourcils.

Le Baigneur réfléchit quelques secondes.

Monk attendit. Une chaleur oppressante régnait dans la pièce encombrée de meubles. Chaque surface était envahie de bibelots presque tous sans valeur. Certains joyaux étaient camouflés parmi eux. Il aurait fallu un expert pour les identifier. Monk ne feignit pas de s'y intéresser. Le Baigneur ne se laisserait pas abuser. Il se levait rarement de son fauteuil, mais il connaissait son métier et ses voleurs comme un violoniste connaît la musique et crée ses notes avec ses doigts, toujours parfaitement justes. Si quelque chose se mijotait, il l'apprendrait. Il attirait les informations tel un aimant de la limaille de fer.

— À la réflexion, dit-il enfin, j'ai entendu parler de quelqu'un qui pourrait venir m'apporter quelques pièces intéressantes un de ces jours. De très jolies sculptures en turquoise et en os, même. Il paraît que les Indiens d'Amérique leur attribuent des pouvoirs magiques.

Ses grands yeux observaient Monk sans ciller, à l'affût de sa réaction.

Monk savait exactement à quoi il faisait allusion. Il avait vu ces figurines de ses propres yeux. Elles ressemblaient à des esquisses grossières de petits animaux – ours, poissons, grenouilles, coyotes. Il se souvenait d'en avoir touché, la turquoise était lisse, d'une qualité limpide, presque parfaite. L'art des Indiens était différent de l'art européen, en ce sens qu'il visait davantage à capturer l'essence d'une créature qu'à en montrer l'attrait. À saisir son âme. La figurine était un totem qui n'avait rien à voir avec l'identité de l'artiste. Il n'y avait pas de vanité dans la création ; c'était plutôt un acte de culte. Peut-être était-ce cela qui lui conférait sa véritable beauté.

— Spirituels, rectifia-t-il. Si c'est votre totem, l'esprit de la créature qu'il représente est censé rester avec vous tant que personne d'autre n'y touche.

Le receleur rougit lentement.

— Et comment vous savez ça, vous, Mr. Monk ? Vous êtes collectionneur, c'est ça ? Vous voulez arrêter ce gars que vous cherchez et récupérer ses œuvres, hein ?

Monk se sentit glacé. D'où tenait-il ces connaissances ? Pourquoi se rappelait-il clairement ces petits animaux, et non quelqu'un qui lui en avait parlé ? Il les voyait avec précision, faits de turquoise, d'os, d'argent, parfois même d'or.

Il déglutit, inspira et expira, prenant son temps.

— Je veux empêcher un vol de grande envergure, expliqua-t-il. Un acte de vengeance. Cet homme est venu de San Francisco pour détruire un autre homme qu'il envie. Si vous m'aidez à le trouver, je serai disposé à oublier les autres objets qu'il vous a vendus ou « prêtés ».

— Vous êtes donc corrompu, Mr. Monk ? Me laisser garder des objets volés ? Ça ne vous ressemble pas, pas du tout. Pour quelle raison je devrais vous croire ? À mon avis, vous êtes en train de me tendre un piège !

Il regarda Monk dans le blanc des yeux.

— Ça me vexe, ça !

— Et moi, cela me vexe que vous m'accusiez d'être corrompu, répliqua Monk. Je me disais que j'étais trop occupé pour inspecter votre établissement. Que j'avais d'autres chats à fouetter. Mais peut-être que non, après tout. C'est une très belle pièce en ivoire que vous avez là, accrochée au mur derrière vous.

Le Baigneur fit la moue.

— Elle est là pour me rappeler de ne pas me laisser abuser par des copies ! Vous croyez que je mettrais une pièce en ivoire bien en évidence, pour que n'importe qui la voie ? Pour qui vous me prenez ?

Il paraissait réellement offensé.

— Pour un homme très intelligent, répondit Monk sincèrement. Capable de bluff, de double bluff, de triple bluff. Si c'est un faux, vous ne verrez pas d'inconvénient à ce que je l'emporte…

Une lueur d'inquiétude traversa le regard du Baigneur, aussitôt évanouie.

— Ça me…

— … vexe, acheva Monk à sa place. Je sais.

Il fit mine de se lever, sans quitter l'ivoire des yeux.

— J'admets que j'ai acheté d'autres choses à un type il y a un an ou à peu près. Des dizaines de paires de boucles d'oreilles. Y en avait de drôlement grosses. Et belles. Cela dit, il était pas plus du Yorkshire que moi. Américain, avec un soupçon d'Irlandais. Juste un soupçon, hein, comme s'il avait quitté le pays il y a bien longtemps.

— Décrivez-le.

— Grand, élégant, bel homme et il le savait.

— Rasé de près ?

— Non. Moustachu, répondit le Baigneur en effleurant sa lèvre supérieure.

— Brun ?

— Pas vraiment.

— Son nom ?

Il secoua la tête.

— Je demande pas de noms. Vous devriez le savoir, Mr. Monk. C'était pas du toc. C'est tout ce qui m'intéresse.

Gillander ? Pas Piers Astley, en tout cas. Monk ne s'attarda pas. En s'éloignant, il ne songeait pas à l'identité de l'homme qui était venu, mais à la clarté avec laquelle il se souvenait des animaux sculptés. Comment savait-il cela ?

Au bout d'une deuxième journée de recherches, il n'avait toujours rien de précis concernant Piers Astley. En revanche, il en avait appris davantage sur Blount et les deux autres hommes qui s'étaient évadés avant lui : Seager et le chimiste, Applewood.

— La pire erreur qu'on ait faite, avoua un policier avec regret, lorsque Monk se rendit au poste de Bethnal Green où Applewood avait été arrêté.

L'homme rougit d'embarras.

— Il avait l'air tellement quelconque, ç'aurait pu être un facteur ou un guichetier à la banque. Plus ou moins myope, inoffensif. Le genre de gars qui pourrait se prendre les pieds dans ses lacets. Mais intelligent. Il était comme un furet, toujours en train de réfléchir. Il savait de quoi tout était fait. Connaissait même les odeurs. Il portait des lunettes noires et, quand il les retirait, ses yeux suffisaient à vous donner des cauchemars.

D'après le sergent du quartier d'Hoxton, où Seager avait vécu, celui-ci était complètement différent. Il semblait être un homme calme, obsédé par ses doigts. Il portait toujours des gants pour les protéger, même l'été et ne serrait jamais la main à personne. Curieusement, il aimait jouer du piano, et le faisait avec talent.

Blount, à en croire le douanier Worth, était moins original, cependant il jouissait d'un grand respect dans sa profession, à supposer qu'on pût la qualifier ainsi. Il serait difficile à remplacer. Était-ce cet obstacle qui retardait le cambriolage de l'entrepôt d'Aaron Clive ? Ou s'étaient-ils trompés de victime et le méfait était-il déjà en cours ? Il était temps qu'il informe McNab, avant que celui-ci vienne à lui.

Devait-il lui parler franchement ? Il ne pouvait se permettre d'être considéré comme malhonnête. Si le vol réussissait, ce qui était encore possible, on lui demanderait peut-être de justifier ses actions.

Monk gravit les marches de l'escalier qui séparait le bureau de Worth de celui de McNab, lequel leva les yeux à son entrée et se montra presque civil.

— Ah ! Bonjour, Monk, dit-il avec ce qui ressemblait à de la cordialité. Du nouveau concernant Astley ?

Monk s'assit dans le fauteuil placé en face du bureau ordonné et bien astiqué.

— S'il est ici, il fait profil bas, observa-t-il. Mais j'ai trouvé un receleur qui a acheté des œuvres d'art indigène américain à un homme répondant à la description de Gillander, voilà plus d'un an.

— Pas notre roi de l'or, Mr. Clive ?

— Non. D'ailleurs, je vois mal Aaron Clive importer des pièces ici et là et les vendre par l'intermédiaire d'un receleur quel qu'il soit. Non, c'était quelqu'un qui voulait rassembler une coquette somme, et vite, sans attirer l'attention sur lui.

McNab hocha la tête lentement, puis son visage devint grave.

— Intéressant. Ça concorde avec ce que j'ai appris. Il semble de plus en plus probable que Clive soit visé. On ne peut pas s'en étonner. C'est un homme extrêmement riche. J'ose dire qu'il s'est fait quelques ennemis à San Francisco. On ne peut pas amasser pareille fortune sans piétiner des gens sur son chemin. Il est peut-être l'honnêteté incarnée maintenant, mais ça n'a pas forcément toujours été le cas.

— Je doute que nous puissions l'apprendre à temps pour que ça nous soit utile. Il peut falloir des mois pour aller en Californie et autant pour revenir, qu'on passe par New York ou Panamá et qu'on traverse le pays par voie de terre, ou qu'on choisisse de contourner le cap Horn et de remonter le continent jusqu'à San Francisco. Les deux périples sont dangereux.

McNab parut sceptique.

— Le passage par bateau est long, admit-il. En revanche, il est moins pénible. Une fois à bord, on n'a plus qu'à attendre, non ?

— Avez-vous jamais franchi le cap Horn ? demanda Monk d'un ton sec, agacé par l'ignorance et le dédain de McNab. Par mauvais temps, les vagues peuvent atteindre trente mètres de hauteur.

McNab le dévisagea avec fascination, les yeux écarquillés, révélant soudain leur couleur noisette.

— Vraiment ?

Sa voix vibrait d'intérêt.

— Oui ! répliqua Monk avec la véhémence de qui s'en souvient.

— Parce que vous y êtes allé, vous ? lança McNab, découvrant sa denture dans un rare et grand sourire.

Un frisson de nouveau traversa Monk. Il regardait droit dans les yeux du loup. La moindre défaillance serait remarquée. Cette hésitation serait semblable à l'odeur de la peur sentie par un prédateur, un requin qui flaire le sang à huit cents mètres.

— Il y a longtemps, répondit Monk. Je ne me souviens que de la peur et du froid. Si vous voulez en savoir davantage, vous devriez écouter les matelots qui ont bourlingué dans le Pacifique.

— Oh, je les écoute, Monk. J'entends toutes sortes de choses auxquelles je ne m'attends pas ! Vous seriez étonné.

Il hocha la tête plusieurs fois.

— Mais vous avez raison. C'est un autre monde là-bas, nous en savons très peu là-dessus et nous n'avons pas le temps d'en apprendre plus. Mieux vaut supposer que ce Piers Astley pourrait être ici et garder l'œil sur l'entrepôt de Clive. J'ai demandé à la police métropolitaine de continuer à chercher Owen et de m'avertir si un autre faussaire hors pair apparaît dans les parages. Peut-être que je devrais retourner voir Mr. Clive ? Qu'en pensez-vous ? Je pourrais l'inciter à fouiller sa mémoire…

Monk attendit, l'observant.

McNab soutint son regard et le dévisagea lentement, sans essayer de s'en cacher.

— Vous avez découvert quelque chose à propos des autres évadés ? demanda-t-il enfin, d'une voix brusquement tendue.

— Rien que vous ne sachiez déjà. Ce sont des experts dans leur domaine. Des hommes dangereux. Intelligents.

McNab esquissa une moue songeuse.

— J'espère qu'on ne s'est pas fait rouler, dit-il en fixant Monk. Clive est quelqu'un qu'il ne faudrait pas se mettre à dos. Il est au courant du danger. Dommage…

Il laissa le sous-entendu flotter dans l'air.

Monk chercha une réplique, mais rien ne lui vint à l'esprit. Il avait toujours l'impression que McNab le connaissait mieux qu'il ne se connaissait lui-même. Il menait ce combat une main liée derrière le dos.

Il se leva.

— C'est regrettable que vous n'ayez rien tiré d'utile de Blount, commenta-t-il. Ou d'Owen, d'ailleurs.

McNab étrécit les yeux.

— On aurait peut-être pu, si Pettifer avait survécu, siffla-t-il entre ses dents.

Monk repartit pour Wapping, espérant qu'Hooper aurait des renseignements sur l'assaut du navire des trafiquants d'armes qui avait si mal tourné. Son antipathie à l'égard de McNab influait-elle sur son jugement ? Le visage du douanier le hanta durant le court trajet qui le séparait du commissariat. Imaginait-il la jubilation dans le regard de cet homme ? Avait-il tort de penser que McNab jouait avec lui comme un chat avec une souris ?

Il avait commis une bévue en parlant du cap Horn. Ses craintes le poussaient à l'erreur. Il était vulnérable et McNab le savait, le sentait tout au moins.

Monk devait mettre fin à tout cela. Passer à l'offensive, détourner l'attention de son ennemi et se renseigner davantage sur Pettifer. Jusqu'à quel point l'agent avait-il obéi aux ordres de son chef ? Dans quelle mesure avait-il voulu rendre justice lui-même ?

Hooper l'attendait, l'air content de lui. Il se leva pour venir à sa rencontre, plein d'énergie.

Monk le regarda avec espoir.

— J'en ai appris pas mal sur Pettifer, annonça Hooper à voix basse. Il a travaillé dans les douanes presque toute sa vie. Il a arrêté beaucoup de contrebandiers, surtout des trafiquants d'armes. Il vivait très confortablement, Mr. Pettifer. Il fréquentait le *Dog and Duck*, du côté de Shadwell. J'ai même découvert qu'il en était le propriétaire, discrètement, hein. Je ne peux pas prouver qu'il nous a tendu un piège pour le navire, mais c'est sûr qu'il en savait assez pour nous trahir. Je ne serais pas surpris qu'il ait joué un double jeu sur ce coup-là.

— Merci, dit Monk lentement. Merci.

— Rien trouvé qui implique McNab, ajouta Hooper avec une pointe de regret.

Monk relata à Hooper ce que le Baigneur lui avait appris, répétant la description du vendeur d'objets d'art indien.

— Gillander ? demanda Hooper avec une certitude tranquille. Il est mêlé à tout ça !

— Je sais, admit Monk non sans réticence.

L'homme lui avait paru sympathique, mais cela s'était déjà produit. La sympathie personnelle n'avait rien à voir avec l'innocence ou la culpabilité. Il avait connu des hommes respectables, droits et vertueux, dont la promptitude et la satisfaction à juger autrui, et parfois même l'absence d'humour, lui avaient déplu. Et il y avait eu des malfaiteurs qui l'avaient fait rire et qu'il avait admirés, dont il avait apprécié la joie de vivre.

— Je vais aller le voir, reprit-il.

— Je viens avec vous, déclara Hooper en se redressant.

— Ce n'est pas…

— Je viens avec vous, répéta Hooper avant de se diriger vers la porte.

Ils trouvèrent Gillander à bord du *Summer Wind*. Il se montra aussi aimable et détendu que lors de la première visite de Monk.

— Que puis-je faire pour vous aujourd'hui ? Vous cherchez toujours Owen ?

Il les précéda dans les marches en bois qui menaient à la cabine. Il y faisait étonnamment bon, comme l'autre fois, et une odeur agréable venait de la cambuse. Tout était aussi ordonné, les cuivres rutilants.

— Je n'ai pas de thé, annonça Gillander en souriant. Mais j'ai de la très bonne soupe. Je ne vous dirai pas ce qu'il y a dedans. Vous en voulez un bol ? Il fait un temps de cochon.

Monk était enclin à accepter. L'eau était houleuse et le vent fauchait la surface agitée comme une lame.

— Avec plaisir.

Hooper regardait autour de lui avec approbation. Il avait tendance à se faire une première opinion d'un homme à partir du soin qu'il apportait à son bateau et à ses outils. Parfois aussi, il l'admettait, il jugeait un homme sur ses talents de cuisinier.

Gillander disparut dans la cambuse et revint quelques instants plus tard avec trois mugs, d'où s'échappaient de petits nuages de vapeur.

Monk le remercia et attendit un peu avant de goûter le potage presque brûlant. C'était délicieux : une sorte de bouillon de bœuf agrémenté d'une généreuse rasade de cognac.

— C'est bon, déclara Hooper en hochant la tête.

Monk acquiesça. Il avait déjà décidé de la manière d'aborder le sujet de leur visite.

— Aucune trace d'Owen, observa-t-il. Nous pensons qu'il est peut-être mêlé à un plan qui aurait pu inclure l'autre homme qui s'est évadé : Blount.

Gillander parut perplexe. Monk, toutefois, ne s'était pas attendu qu'il se dévoile, même s'il était au courant. Si Piers Astley était le cerveau de l'affaire, il était possible que son rôle consiste à rester dans les parages sans éveiller les soupçons.

— Blount était faussaire, reprit-il. Et il y a eu deux autres évasions au cours des six mois écoulés. Au total, cela fait quatre hommes qui ont tous participé à un cambriolage majeur par le passé.

— Intéressant, commenta Gillander. Robin des Bois et ses joyeux compères… ou pas si joyeux. Qui a tué Blount, en ce cas ? Ses complices ? Allait-il les trahir aux douanes ?

— C'est une hypothèse.

En effet ! Peut-être Blount avait-il bel et bien informé McNab avant que ses hommes le capturent et le tuent.

— Quoi qu'il en soit, ils ont besoin d'un faussaire de qualité pour mener à bien l'opération.

Le regard de Gillander alla de Monk à Hooper, et revint sur Monk.

— Quelle opération ? Un autre cambriolage ?

Il se mit à rire.

— Chez Aaron Clive ! Bien sûr. C'est pourquoi Owen est venu ici. Et vous pensez que je suis de mèche avec eux ? Parce que j'ai repêché Owen ?

— C'est une possibilité, répondit Monk en réprimant un sourire. Vous êtes parfaitement placé. Pourquoi vous être ancré ici, d'ailleurs ? Vous êtes loin de la ville et l'endroit n'est guère pratique.

— C'est précisément pour cette raison qu'il est bon marché.

Gillander haussa les épaules.

— Vous devez bien comprendre ça, Mr. Monk. Vous avez eu un bateau. On économise où on peut mais jamais sur le matériel, n'est-ce pas, Mr. Hooper ?

Hooper ne le quittait pas des yeux. Il était assis de biais à la petite table, de façon à pouvoir se lever rapidement au cas où Gillander aurait tenté de s'enfuir.

— En effet, confirma-t-il.

Monk hocha la tête à son tour, aussi naturellement que s'il y avait eu une parfaite entente entre eux, mais ses muscles étaient tendus, douloureux tant les paroles de Gillander l'avaient troublé.

Hooper reprit le fil des questions.

— Vous venez d'où ? demanda-t-il. Et si vous n'attendez pas Owen et ses amis, qui attendez-vous ?

Pour la première fois, Gillander hésita.

Monk en fut surpris. Il aurait parié sur une réponse toute prête. Or, le marin paraissait embarrassé.

— J'ai un service à rendre à Mrs. Clive, dit-il au bout d'un moment. Dès que ce sera fait, je... j'envisagerai de partir. Peut-être dans les mers de Chine. Vous êtes déjà allé aussi loin en Orient, Mr. Monk ?

Monk n'en avait pas la moindre idée.

— Non, affirma-t-il avec conviction. C'est l'ouest qui m'intéressait. Maintenant, la Tamise me suffit. Tôt ou tard, le monde entier vient jusqu'ici.

Gillander eut un large sourire, plein de charme et d'humour.

— J'aime l'arrogance des Anglais ; elle est si inconsciente. Vous n'essayez même pas d'impressionner. Votre fierté est trop sûre d'elle pour se soucier de ce que le reste du monde pense de vous ! Je vous ai observé et j'essaie de prendre modèle sur vous.

— Je dirais que vous vous en tirez plutôt bien, répondit Monk un soupçon trop vite. Est-ce un accent irlandais que j'entends dans votre voix ?

— Ah ! Vous l'avez perçu. Eh oui, vous avez raison. Mais il y a longtemps que je n'ai pas vécu en Irlande. J'étais en Californie. Enfin, vous le savez !

Monk eut la brusque certitude que Gillander l'étudiait avec beaucoup plus d'attention que son attitude désinvolte ne le suggérait. Il se laissait aller en arrière dans son fauteuil, mais son cou était raide et ses yeux fouillaient le visage de Monk.

— Vous devez bien connaître Aaron Clive, remarqua Monk, juste un peu trop tard pour que ce soit une réponse. Depuis 1849, peut-être ?

— J'étais jeune alors, lâcha Gillander d'un ton de regret. J'avais une petite goélette, plus petite que celle-ci, et je cabotais le long de la côte. Je traversais l'Atlantique de temps à autre. Avec des passagers parfois, mais surtout des denrées. Bien sûr que j'avais entendu parler de lui. Comme tout le monde. Il avait trouvé un des meilleurs filons. Ces dernières années, il a créé un empire. Contrairement à d'autres, il n'a pas tout dilapidé au jeu. Il s'est construit une belle maison et il a placé une partie de son argent dans des affaires qui payaient et qui ont continué à payer. L'or, le commerce des produits de première nécessité, et ainsi de suite..

On ne décelait aucune rancœur dans la voix de Gillander, aucune jalousie.

— Vous, en revanche, vous avez choisi la liberté et l'aventure en mer, déclara Monk

Il comprenait cela. Pour sa part, il n'avait jamais aspiré à être puissant. Il n'avait désiré qu'un travail sûr, qui lui permette de gagner sa vie sans avoir de dettes envers personne. La santé, la compétence, le courage, l'indépendance étaient appréciables aussi. La fortune, elle, vous obligeait à être à son service, qu'elle vienne de la terre, du négoce ou de l'or.

Un souvenir s'imposa soudain à lui : une côte claire et vallonnée sous le soleil, des rochers déchiquetés, des vagues bondissantes et couronnées d'écume qui déferlaient sur le rivage, la lumière ambrée et voilée du crépuscule qui se reflétait sur l'eau.

Gillander l'observait avec curiosité. Lisait-il ce souvenir sur son visage, devinait-il qu'il avait momentanément oublié l'endroit et l'heure ?

Monk changea de sujet.

— Nous pensons que ces quatre évadés préparent un gros coup, dit-il en se plaçant face à Gillander. Peut-être chez Clive. C'est l'homme le plus fortuné et le plus vulnérable sur cette partie du fleuve.

— Et vous pensez que j'en sais quelque chose ? demanda Gillander sans ambages.

Il fixait Monk, presque défiant.

— Je crois qu'il y a quelqu'un d'autre qui tire les ficelles.

Monk révélait davantage son jeu qu'il n'en avait eu l'intention, ne voulant pas paraître retors. Plus il parlait à Gillander, plus il redoutait que celui-ci en sache plus sur lui qu'il n'en savait lui-même, du moins concernant une brève période durant la ruée vers l'or, vingt ans plus tôt. Avait-il connu Clive lui aussi ? Quelle dette avaient-ils l'un envers l'autre, bonne ou mauvaise ? Il songea à sa conversation avec l'homme d'affaires. Ce dernier n'avait pas semblé le reconnaître. L'avait-il oublié ? Ne l'avait-il jamais rencontré ? Ou tout cela n'avait-il simplement aucune importance pour lui ?

— Savez-vous qui ?

— Certains noms ont été avancés. Pourquoi ? Avez-vous une idée ?

Gillander haussa les épaules.

— Eh bien, Clive a des ennemis. Comme tous les gens riches. Mais la plupart sont des gens qu'il a connus à ses débuts. Pourquoi quelqu'un aurait-il attendu si longtemps pour s'en prendre à lui ?

— Parce qu'il n'a pas eu l'occasion d'agir avant, répondit aussitôt Monk. Clive est en Angleterre depuis environ deux ans. Les opérations de ce genre sont longues à organiser. Peut-être était-il trop puissant en Californie pour que quiconque ose s'attaquer à lui.

— Vous pensez à un Californien ? demanda Gillander, amusé.

— Pas forcément, rectifia Monk en lui rendant son sourire. Ou un Européen. Toutes les nationalités du monde se côtoyaient à San Francisco en 1849. On a l'embarras du choix.

— C'est vrai. Dans ce cas, vous cherchez peut-être un Californien. Peut-être un Anglais. Ou peut-être un Allemand, un Espagnol, un Français, un Bulgare, un Japonais... Quelqu'un qui pense que celui qui a régné sans couronne sur San Francisco voilà vingt ans serait une bonne cible ici, sur la Tamise – maintenant.

Monk se décida à dire la vérité, telle que Miriam l'avait suggérée.

— Je crois que ça pourrait être une vengeance, dit-il en scrutant Gillander avec attention.

Un instant, celui-ci resta bizarrement immobile, mais cela fut si bref que Monk se demanda s'il l'avait imaginé.

— Pourquoi si longtemps après ? demanda-t-il, en bougeant un peu les épaules, comme s'il était brusquement mal à l'aise dans son fauteuil.

Monk ressentit un picotement d'excitation, à l'instar d'un chasseur qui flaire l'odeur d'une proie, qui devine un mouvement là où quelqu'un se cache, et attend, retenant son souffle dans le noir.

— Si longtemps ? répéta-t-il. Vous pensez donc que ce grief est antérieur à l'arrivée de Clive en Angleterre ?

Gillander garda le silence.

Monk lui sourit.

— Voulez-vous dire que cette vengeance aurait trait à des événements beaucoup plus anciens ? Des faits qui se seraient déroulés, disons, en 1848 ou en 1849 ?

Gillander avait l'esprit trop aiguisé pour se laisser abuser. Il devait discerner les pièges qu'on lui tendait. Que pensait-il que Monk savait ?

— C'était l'époque la plus folle de la ruée vers l'or, répondit-il prudemment, les yeux rivés aux siens.

Il ne semblait pas inclure Hooper dans la conversation. Parce que Monk avait été présent, et Hooper non ?

En réalité, Monk ne savait rien, mais ça, Gillander l'ignorait !

— Vous pensez qu'il s'agit d'argent ? suggéra-t-il, une pointe de surprise dans la voix. Je songeais plutôt à une affaire personnelle… peut-être une tentative de meurtre ou la conquête d'une femme. Quelque chose qui touche le cœur d'un homme de plus près que l'argent.

Gillander fit de son mieux pour demeurer parfaitement maître de lui. Pourtant, des détails infimes le trahirent : le souffle qu'il retint une seconde de trop, une raideur des épaules, une pâleur sur son visage séduisant.

— Et Aaron Clive serait la victime ? se récria-t-il, avec une incrédulité forcée. Mrs. Clive se porte bien, et n'a été ni séduite ni enlevée. Personne n'a tenté de la tuer, et Clive non plus.

Il s'interrompit, conscient de son erreur.

— Enfin… que je sache….

— Vous les connaissez bien ? s'enquit Monk innocemment.

Gillander s'était empourpré.

— J'étais jeune, très jeune, j'avais vingt ans ! Je n'étais qu'un simple matelot. Je faisais du cabotage !

Il désigna son navire d'un geste.

— J'ai acheté ce bateau par la suite. Je suis désolé, je ne crois pas que votre hypothèse tienne debout.

— Et Piers Astley ? insista Monk, d'un ton presque désinvolte, sans le quitter des yeux.

— Piers Astley ?

À l'évidence, il répétait le nom pour gagner du temps.

— Le premier mari de Miriam Clive. Il a été agressé, il a disparu et on l'a cru mort. Ensuite, elle a épousé Mr. Clive. Ne pensez-vous pas qu'il puisse nourrir un grief contre Clive ? Miriam Clive est une des femmes les plus belles que j'aie jamais vues.

Gillander parut sidéré.

— Piers Astley… serait à l'origine d'un complot visant à ruiner Clive ?

Un mélange d'incrédulité et d'amusement se lisait sur ses traits.

— Ce serait un des plus vieux mobiles au monde.

Malgré tout, Monk sentait le malaise le gagner, monter en lui telle la marée.

— Piers Astley est mort !

— Présumé mort, rectifia Monk. Il y a une grande différence. Une différence cruciale.

Gillander soupira et parut brusquement bouleversé, comme si la plaisanterie s'était dissipée sous ses yeux.

— Il est mort, répéta-t-il tout bas. J'ai vu son corps criblé de balles. En fait, c'est moi qui l'ai enterré avec un autre homme. Si nous étions en Californie, je pourrais vous emmener voir sa tombe. Elle n'est pas marquée, mais il est bien là, Dieu ait pitié de lui.

Monk était abasourdi.

— Dans ce cas, pourquoi a-t-il seulement été présumé mort ? Et pourquoi sa veuve n'a-t-elle pas été avertie ?

Gillander se leva – avec raideur, pour un homme âgé de quarante ans à peine.

— Elle était enceinte, dit-il d'une voix étranglée. Avec le choc, elle a perdu l'enfant. C'est alors qu'Aaron Clive s'est mis à veiller sur elle. Elle était souffrante, vulnérable, elle allait très mal. Piers Astley ne prépare de vengeance contre personne.

Il jeta à Monk un regard de biais.

— Peut-être que le chagrin a altéré sa mémoire. Je ne sais pas. En tout cas, cela ne relève pas de votre juridiction. Occupez-vous de la Tamise, Monk ! Vous entrez dans des eaux profondes et bien différentes. Elles ne vous concernent pas.

Monk se leva à son tour. Gillander avait raison. Cela ne relevait pas de sa juridiction. Si Gillander avait dit vrai et qu'Astley était réellement mort, il devait reprendre ses recherches depuis le début. À supposer que quelqu'un vise bel et bien Aaron Clive !

Comme Hooper et lui remontaient dans leur barque, le visage de Miriam Clive s'imposa à son esprit. Elle était superbe, tourmentée, submergée par l'émotion. Mais disait-elle la vérité ? La connaissait-elle seulement ?

Ou la violence de son chagrin et la perte de son enfant lui avaient-elles fait perdre tout sens des réalités, au point de l'enfermer dans un cauchemar qui n'aurait jamais de fin ?

8

Beata passait plus de temps en compagnie de Miriam Clive qu'elle ne l'avait fait avec une autre femme depuis des années. Puisqu'elle était en deuil, et contrainte à l'être pendant un certain temps, il n'y avait que peu d'endroits où elle pouvait se rendre seule. Souvent, comme ce jour-là, elle se réfugiait au parc et cheminait le long des allées gravillonnées, sous les arbres dépouillés de leurs feuilles, admirant la beauté des branches austères qui se détachaient sur le ciel. Leur nudité possédait une grâce particulière, unique.

Elle marchait à pas lents, non parce qu'elle était accablée par le chagrin, mais parce qu'elle était réticente à rentrer chez elle. Et pourtant, entièrement vêtue de noir, ne s'arrêtant pour converser avec personne, elle était l'incarnation même de la veuve, solitaire sous un ciel de plomb. Les gens ne l'abordaient pas, traitant avec respect sa supposée détresse.

Elle n'éprouvait aucune peine, hormis pour les années qu'elle avait gaspillées à haïr Ingram sans se révolter. Elle s'était laissé convaincre par lui qu'elle était impuissante. Mais était-ce vrai ?

Son emprisonnement avait-il été une forme de liberté ? Privée de la possibilité de prendre ses propres décisions, elle n'avait pas besoin de réfléchir, d'assumer la responsabilité des résultats. L'excuse était parfaite ! Elle pouvait se dire qu'elle n'avait pas eu le choix. Et que, par conséquent, elle n'avait pas échoué. Si elle était partie et qu'Ingram eût exigé qu'elle revienne, la loi l'aurait rendue à son mari. Peut-être ne l'aurait-il pas souhaité ? Elle n'avait pas essayé.

Comme c'était puéril, comme c'était sordide ! Il ne s'agissait pas d'innocence : elle avait abdiqué ses responsabilités.

Elle descendit la petite pente, passa devant un bouquet d'arbustes dont certains avaient gardé leurs feuilles et traversa le pont.

Elle avait encore un peu de temps devant elle pour songer à son avenir. Ingram l'avait laissée dans une bonne situation financière, si bien qu'elle n'avait pas à s'inquiéter sur ce point. Rien ne l'obligeait à se remarier. Mais elle voulait épouser Oliver Rathbone… n'est-ce pas ? Seule la persistance d'Ingram à survivre les avait maintenus séparés.

Et la peur d'éprouver de nouveau des émotions, de connaître de nouveau l'intimité. Avait-elle le courage de mettre toute la douleur et l'humiliation du passé derrière elle et de tenter sa chance ?

Beata s'arrêta et contempla l'eau brune du ruisseau.

Et si Oliver ne la demandait pas en mariage ? À supposer qu'Ingram n'eût pas eu honte de sa conduite, qu'il l'eût même supposée normale, en avait-il parlé librement autour de lui ? Oliver avait-il entendu des rumeurs ?

Elle devait cesser de se torturer ainsi ! C'était ridicule. Courage ! Rien qui en vaille la peine n'était obtenu sans courage. Ou alors, on le perdait au premier obstacle venu. Elle méprisait la lâcheté, et pourtant elle était à deux doigts de se montrer lâche !

Elle fit volte-face et rebroussa chemin d'un pas vif.

Ce soir-là, elle retourna dîner chez Aaron et Miriam Clive. Le prétexte en était une discussion plus poussée concernant la chaire qui allait porter le nom d'Ingram. C'était la raison qu'elle donnerait au cas où quelqu'un se serait étonné de la voir accepter une frivole invitation à dîner.

Ce serait beaucoup plus facile de s'enorgueillir un peu de l'établissement de cette chaire que de rétorquer d'un ton glacial que cette remarque était impertinente.

Comme la fois précédente, elle se vêtit de noir, optant toutefois pour une robe plus féminine, plus soyeuse, plus seyante. Elle mit les traditionnels bijoux de jais. La bourgade de Whitby, où l'on exploitait le meilleur jais, devait prospérer grâce au deuil.

Elle aurait de loin préféré porter des perles, infiniment plus flatteuses au visage. Cependant, elle n'était pas d'humeur à endurer des commentaires, réels ou imaginaires.

En fait, elle ne lut que l'admiration dans le regard d'Aaron Clive lorsqu'elle fut introduite dans le salon où Miriam et lui, debout près du feu, attendaient son arrivée.

Aaron s'inclina en souriant et la complimenta sur sa robe. Miriam, arborant du bordeaux foncé, lui prit les mains avec chaleur et lui souhaita la bienvenue.

— Le Dr Finch sera-t-il des nôtres ? s'enquit Beata en jetant un coup d'œil autour d'elle. Je suis heureuse de ne pas vous avoir fait attendre. J'avais peur d'être en avance, et j'ai fini par quitter la maison avec un soupçon de retard.

C'était la vérité. Elle avait tergiversé à propos du jais… comme si cela importait à quiconque !

— Le Dr Finch ne vient pas, répondit Aaron. Il était inutile de le déranger ce soir. Nous pouvons aisément l'informer des décisions que nous prendrons.

Miriam haussa ses magnifiques épaules et sourit.

— À vrai dire, nous n'avons jamais eu l'intention de l'inviter. C'est seulement un prétexte pour un dîner agréable à trois. S'il était ici, nous serions obligés de parler de la chaire, des matières enseignées ou des conditions d'admission des étudiants, que sais-je ?

Elle regarda Beata d'un air critique.

— Je vous trouve terriblement fatiguée, ma chère. Vous devez vous ennuyer à mourir. Londres est très plaisant, mais ne vous languissez-vous pas parfois des folles journées de San Francisco ? Je ne me souviens de personne en deuil là-bas, il n'y avait pas de larmes.

Elle sourit brusquement, et son visage remarquable s'illumina.

— N'aimeriez-vous pas sortir au soleil, vêtue d'une paire de culottes bouffantes et vous promener à bicyclette dans les collines ?

Ce n'était pas vrai. Les gens perdaient des êtres aimés, mais ils faisaient leur deuil intérieurement, comme Miriam. Beata choisit de ne pas lui en faire la remarque et rit malgré elle, se remémorant la caresse du vent sur son visage et le plaisir de porter ces culottes aussi amples qu'une jupe, mais divisées en deux, tel un pantalon. Une trouvaille de génie.

— Ce n'est pas tout à fait comme monter en amazone dans Rotten Row, admit-elle.

— Mais nous pourrions faire ça aussi ! se hâta de dire Miriam. Tout en noir, bien sûr. Peut-être même avec une voilette. Je pense toujours qu'un haut-de-forme agrémenté d'une voilette est la plus séduisante des coiffures. Beaucoup plus qu'un diadème étincelant.

— Vous ferez jaser, observa Aaron.

S'agissait-il d'une critique ou d'une banale observation ? Beata penchait pour la seconde, car une lueur amusée brillait dans son regard.

— Tant mieux, déclara Miriam en lui adressant un sourire avant de se retourner vers Beata. Il serait dommage de faire autant d'efforts pour ne pas être remarquée.

Beata ne savait pas si elle était sincère ou pas. À en juger par l'expression d'Aaron, lui non plus. Miriam pouvait-elle ignorer qu'elle ne passait jamais inaperçue ?

Ils parlèrent d'événements actuels et de gens en vue, jusqu'à ce que le moment fût venu de passer dans la salle à manger. Tous les trois prirent place à une extrémité de la splendide table en merisier.

Le repas fut excellent. Un potage clair et délicat fut suivi d'un poisson en sauce, puis d'une selle d'agneau accompagnée de légumes. Cependant, Beata était trop absorbée par la conversation pour y prêter beaucoup d'attention. Ils abordèrent un sujet après l'autre, échangeant des remarques ou des souvenirs d'autrefois. De temps à autre, ils évoquaient des gens qu'ils avaient connus. Ils étaient beaucoup trop bien élevés pour parler de questions ouvertement controversées, pourtant leur opinion différait assez souvent.

— Il était toujours très conciliant, observa Aaron à propos d'un gentleman qu'ils avaient mentionné.

— Bien sûr, reconnut Miriam avec réticence. C'était un banquier. Il n'avait pas intérêt à ce que tu retires l'argent que tu avais placé chez lui.

Aaron parut interloqué.

— Penses-tu vraiment qu'il ait été un tel opportuniste ?

La déception était visible sur son visage, mais qu'elle fût causée par la remarque de sa femme ou par la possibilité qu'elle eût raison, Beata n'aurait su le dire. Elle se souvenait assez nettement de ce banquier. Il avait trois jolies filles à marier, et cette responsabilité semblait lui peser constamment.

— Ce n'est pas si différent à Londres, observa-t-elle avec un sourire. Chacun fait ce qu'il doit faire pour les siens.

— Il était charmant, acquiesça Miriam. Mais le charme n'est que superficiel. C'est une pratique, et non une qualité. La gloire, la fortune et l'amitié peuvent être acquises ou perdues à cause du charme.

Beata vit une lueur d'irritation traverser les traits d'Aaron et se hâta d'intervenir pour apaiser la tension entre eux.

— Qu'est-ce que le charme ? Peut-on le définir en dehors du fait qu'il est présent chez ceux qu'on apprécie ?

— Ou qui vous trompent. Et quand il est trop tard, ajouta Miriam, on se rend compte que ce qu'on avait pris pour de la chaleur est en réalité de la froideur et du vide.

Il perçait dans sa voix une sécheresse proche de la douleur, pourtant elle continuait à sourire.

— Les gens qui ont du charme ne me plaisent pas forcément, déclara Aaron avec une légère moue qui exprimait le regret plutôt que la colère.

— Ils s'en servent pour vous faire croire qu'ils vous aiment bien, quoi que vous ressentiez envers eux, répliqua Miriam avec conviction.

— Pour vous persuader qu'ils vous aiment bien ? demanda Beata, saisissant le sens de ses paroles.

— Oui... à juste titre ou non.

Miriam semblait à dessein éviter le regard d'Aaron.

— En réalité, peut-être qu'ils ne vous aiment pas du tout, voire qu'ils vous détestent. Mais on ne s'en rend pas forcément compte. Certains sont captivés par le charme toute leur vie. Ils ne le percent jamais à jour, sans doute parce qu'ils ont le bon sens de ne pas s'y essayer.

— Comme c'est stupide ! s'écria Aaron avec un haussement d'épaules. Et surtout vaniteux. Un sourire est un signe de bonnes manières, voilà tout.

— Je suis surprise que tu dises cela.

Cette fois, Miriam le fixa.

— Je ne pourrais pas compter le nombre de gens qui ont dû croire que tu les appréciais parce que tu les avais traités avec chaleur. Tu étais connu pour cela.

— Peut-être que je les aimais bien, répondit-il.

Il jeta un coup d'œil à Beata, qui comprit qu'en dépit de son air détendu il l'étudiait avec attention. Pourquoi ? Qu'est-ce qui avait changé sans qu'elle s'en aperçoive ?

— Votre sagesse et votre bienveillance ne m'ont jamais permis d'envisager une autre interprétation, dit-elle avec sincérité, avant de se tourner vers Miriam. Et votre chaleur et votre vitalité intérieure faisaient de vous la plus belle des femmes de Californie.

Aaron tendit la main et effleura le bras de Miriam C'était un geste tendre, affectueux, mais aussi indéniablement possessif.

Le dîner terminé, ils retournèrent dans le salon et évoquèrent tranquillement d'autres souvenirs communs. Aaron était très détendu et étonnamment drôle lorsqu'il en avait décidé ainsi. Beata prit bientôt congé et, quand elle s'en alla, les rires résonnaient encore à ses oreilles. Elle avait l'impression de recommencer à vivre.

Miriam tint parole et, peu après, elles se retrouvèrent pour faire une promenade à cheval dans Rotten Row, ce chemin gravillonné qui longe Hyde Park. Bon nombre de membres de l'aristocratie et de la société à la mode le fréquentaient chaque jour, quel que fût le temps.

Il ne pleuvait pas, mais un vent âpre et mordant sifflait dans les branches dénudées des arbres. Le froid n'était guère propice à la flânerie, au contraire, il incitait les cavaliers à se hâter de dépasser ceux qui étaient encore en train de se préparer pour trotter à vive allure sur le chemin dégagé. Si celui-ci avait été plus long, elles auraient toutes les deux poussé leur monture à galoper.

Elles revinrent hors d'haleine, le cœur battant et le sang tambourinant à leurs tempes. Ayant laissé leurs montures aux soins des palefreniers, elles remontèrent dans l'équipage de Beata qui les attendait pour les ramener chez elle, non loin de là.

— Merci, c'était merveilleux, déclara-t-elle gaiement alors qu'elles retiraient leurs bottes d'équitation dans le vestibule.

Elles entrèrent chaussées de leurs bas dans le petit salon où le feu crépitait. Quelques minutes plus tard, un valet apporta des pantoufles, dont une paire pour Miriam, et un pot de chocolat chaud fumant.

— Dois-je feindre la morosité ? s'enquit Beata lorsqu'il fut ressorti en fermant la porte derrière lui.

Miriam lui rendit son sourire.

— J'en serais déçue, admit-elle. J'espérais que vous vous sentiriez mieux – que vous seriez soulagée, grisée, ou au moins contente d'avoir pu oublier la bienséance et faire quelque chose qui vous plaît.

— Vous ne vous trompiez pas, dit Beata franchement.

Elle regarda Miriam, confortablement assise dans son fauteuil, légèrement tournée de côté. Son visage passionné n'avait plus la perfection de la jeunesse mais il ne manquerait jamais de capturer l'attention, et peut-être de troubler.

Des images assaillirent Beata, datant de la ruée vers l'or… Elle revit la ville et la baie où s'agglutinaient les navires en tout genre. Les terrains vacants disparaissaient du jour au lendemain, occupés d'abord par des tentes, puis des maisons. On construisait des écoles, des magasins, des banques, des bureaux de garantie pour estimer l'or, et bien sûr des estaminets !

Des prospecteurs campaient sur les berges de la rivière. Hommes et femmes travaillaient côte à côte, tamisant interminablement les cailloux, la mine hagarde et le visage poussiéreux, les yeux brillants d'espoir.

Elles avaient terminé leur chocolat chaud, mais Beata n'avait pas pris la peine de sonner pour qu'on les débarrasse.

Miriam, en face d'elle, avait croisé les mains sur ses genoux. Elle semblait moins détendue qu'avant.

— Vous souvenez-vous de Walt Taylor ? Un homme grand et fort, mais très doux.

Beata fouilla en vain dans sa mémoire.

— Je suis désolée, ajouta Miriam très vite. Je crois que c'était avant que nous nous connaissions vraiment. Piers était toujours en vie.

Sa voix s'éteignit. On aurait dit que les mots s'étaient dissipés dans la chaleur de la pièce. Pourtant, le nom de Piers Astley flottait dans l'air, chassant tous les autres souvenirs.

Miriam saisit l'expression de Beata, son désarroi.

— Pardonnez-moi, reprit-elle en se penchant vers elle. C'était une maladresse de ma part. Votre mari a disparu depuis deux semaines à peine, et voilà que je parle d'événements qui remontent à vingt ans. Mais… il reste une partie du chagrin, et l'on ressent parfois une blessure soudaine alors qu'on croyait la plaie guérie.

De fait, elle paraissait en proie à la souffrance, comme si le temps n'avait en rien refermé ses plaies.

— Je suis sincèrement désolée, Beata. Je n'avais pas l'intention de manquer de tact.

— Ne vous excusez pas, je vous en prie, répondit Beata sans avoir à se forcer. La mort d'Ingram n'a pas été brutale, contrairement à celle de Piers. Il a été malade pendant plus d'un an et c'était un homme âgé.

— Mais vous êtes jeune, déclara Miriam avec fougue.

Beata sourit sans gêne.

— Merci, ma chère. J'admets que sous ces habits noirs, je me sens jeune. La plupart du temps, j'envisage l'avenir avec impatience.

Ce n'était qu'en partie vrai. Elle le redoutait aussi. Le passé continuait à garder prise sur elle. L'ultime geste d'Ingram perdurait au-delà de la mort.

— La plupart du temps ? Vous traversez des moments de chagrin. C'est tout à fait naturel. Je ne connaissais pas Ingram, mais vous devez avoir des souvenirs qui vous serrent le cœur.

Oh oui ! Elle voyait les traits d'Ingram dans ses rêves. Elle sentait le contact de son corps, l'odeur de sa peau, comme s'il venait seulement de la lâcher.

Devait-elle donner à Miriam la réponse qu'elle attendait ? Elle faillit suffoquer à la pensée d'une telle hypocrisie.

— Oui, dit-elle. Vous auriez peut-être trouvé Ingram intéressant, cependant il ne vous aurait pas plu.

Était-elle allée trop loin dans la vérité ? Elle brûlait de se confier à quelqu'un, de parler à Miriam avec la candeur d'autrefois, quand elles partageaient des secrets de jeunes femmes, de sœurs.

Miriam la dévisagea, un début d'intuition dans les yeux. La douceur de son expression évoquait leur intimité d'alors. Était-il concevable que Piers Astley eût abusé de Miriam comme Ingram York avait abusé d'elle ? L'intuition de Miriam venait-elle de là ?

Elle devait changer de sujet si elle en était capable – ou saisir sa chance et parler.

— C'est une… délivrance.

Elle avait choisi le mot à dessein. Il lui laissait une certaine latitude d'interprétation si elle se ravisait et décidait de faire marche arrière. Elle était sur le point de ne plus être seule avec ce secret blotti en elle, qui la rongeait telle une maladie, mais elle avait peur. Miriam comprendrait-elle ce qu'elle voulait dire ? Avait-elle jamais été possédée, et non pas aimée ?

— Souffrait-il ?

Miriam aussi surveillait le sens de ses paroles.

— Je n'en ai pas la moindre idée.

Beata avait été plus sèche qu'elle n'en avait eu l'intention. Maintenant qu'elle était au bord de la véritable honnêteté, ces hésitations l'irritaient.

Le visage de Miriam s'assombrit. La tendresse dans son regard était si profonde qu'elle semblait souffrir elle-même.

— Comment était-il ? Réellement ?

Sa voix n'était qu'un murmure.

À présent, c'était soit la vérité, soit le mensonge. Dans un cas comme dans l'autre, le choix serait irréversible. Beata était lasse des mensonges jusqu'au tréfonds d'elle-même.

— Pendant les deux premières années, il a été correct.

Elle choisissait ses mots avec autant de précision qu'elle le pouvait.

— Ensuite, de petites choses ont changé. D'abord, ça n'a été qu'une rudesse occasionnelle, une violence délibérée dans l'intimité. Et puis ces incidents sont devenus de plus en plus fréquents, jusqu'à ce qu'ils se produisent chaque fois.

Elle allait tout déballer. Elle ne regardait pas Miriam car elle savait qu'elle n'allait pas s'arrêter. Ceci était un test. Si Miriam était dégoûtée, incrédule, Beata saurait qu'elle ne pourrait jamais prendre le risque de se confier à Oliver.

— Il a commencé à assouvir certains appétits, poursuivit-elle. À m'imposer des actes révoltants, humiliants et terriblement douloureux. J'aurais dû avoir le courage de l'en empêcher. J'ai essayé deux ou trois fois, mais il m'a fait encore plus mal. Bien entendu, les marques étaient invisibles. Je n'aurais pas pu aller chez un médecin, un autre homme, et lui dire que mon mari m'avait fait ces choses-là.

Elle sentit la main de Miriam se poser sur son bras, très doucement, et enfin, elle la regarda.

Miriam avait les larmes aux yeux, et elle était pâle de colère.

— Je suis tellement désolée.

Beata resta immobile, à peine capable de respirer. Elle ne sentait que les battements désordonnés de son cœur dans sa poitrine. Miriam comprenait. Beata ne savait ni comment ni pourquoi, mais elle comprenait !

— Merci, dit-elle dans un souffle. En fin de compte, il a été puni, mais je n'y étais pour rien. Il y a environ un an, ou un peu plus, il a eu une attaque et est resté paralysé. Il était tantôt dans le coma, tantôt conscient, et je pense que ç'a été un cauchemar. Il ne pouvait guère parler. Il a beaucoup souffert. Il aurait mieux valu pour lui que la première attaque l'emporte.

— Cela a dû être difficile pour vous… cette attente, murmura Miriam.

Dans son regard, la colère s'évanouit, remplacée par la tendresse.

— Piers est mort très vite, m'a-t-on dit. Il a été tué au cours d'une bagarre idiote, dans la région où il s'occupait des affaires d'Aaron. Maintenir l'ordre faisait partie de son travail. Il a voulu séparer des gens qui se battaient et il s'est retrouvé entre deux feux.

Elle se tut, sa voix était rauque.

— Et… on vous l'a dit, voilà tout ?

Beata s'efforça d'imaginer l'annonce de la mort d'un homme qu'on avait sincèrement aimé, et non d'un homme dont on attendait d'être libérée.

— Ç'a dû être atroce, reprit-elle. Je n'ose l'imaginer.

Des larmes emplirent les yeux de Miriam.

— Ils l'ont enterré sur place. J'y suis allée à cheval quelques jours après. On était au printemps et les collines étaient magnifiques, tapissées de fleurs sauvages. Tout au long des rivières et des ruisseaux, les gens cherchaient de l'or, vêtus de loques poussiéreuses. Je revois la scène comme si c'était hier. Les femmes raclaient la terre pour y planter des légumes. Des cabanes, des lits sans couvertures, un malheureux poêle, ou même un feu de bois dehors.

Elle eut un petit rire nerveux.

— La fièvre de l'or porte bien son nom. Néanmoins, cette époque folle avait aussi ses avantages.

Beata le savait pertinemment. Son père avait été un des hommes sensés qui ne cherchaient pas de l'or lui-même mais gagnait sa vie en fournissant ceux qui le faisaient. S'il essuyait quelques pertes quand ses clients échouaient, il profitait en revanche énormément de leurs succès. C'était avant qu'il commence à jouer. Elle refoula ce souvenir. Elle avait rouvert trop de plaies ce jour-là pour y ajouter.

— Vous n'y êtes pas allée seule ! se récria-t-elle, désireuse de s'intéresser au récit de Miriam.

— Avec un homme qui travaillait dans la propriété d'Aaron. Je ne me souviens même plus de son nom. C'était un ami de Zach, je crois.

Miriam eut un sourire de regret.

— Un homme très gentil. Il a été très bon avec moi, très patient. Je me sens coupable de ne pas me rappeler son nom ni même son visage. J'étais... anéantie. En l'espace de quelques jours, tout mon univers s'était écroulé.

Elle était plongée dans la contemplation de son passé, elle aussi, en proie à un chagrin qui ne la quitterait jamais complètement.

— Ce n'était pas Zach lui-même ? demanda Beata pour dire quelque chose.

Non que cela eût de l'importance. Ces événements remontaient à si loin.

Miriam secoua la tête.

— Non. Ce pauvre Zach était déjà mort à ce moment-là. Plus d'un an avant. C'était un peu avant que nous fassions vraiment connaissance, vous et moi. Zachary et Aaron étaient plus que des frères. L'opinion de Zach était la seule dont Aaron se souciait réellement. Le père de Zachary avait acheté des terres aux Indiens et c'est là que le succès d'Aaron a commencé. Il défendait ces terres mieux que Zach.

Ses paroles étaient très simples, mais des émotions contradictoires se lisaient sur ses traits. Le respect se mêlait au doute.

Beata avait entendu parler de cette histoire. Les lois des Indiens à l'égard de la propriété étaient différentes de celles de l'homme blanc. À leurs yeux, un achat ne se différenciait guère d'une conquête.

— Zach n'était pas d'accord, continua Miriam. Il était contre l'acquisition de ces terres, avec ou sans or. Son père a mis Aaron à la tête de ses affaires, et quand il a été tué, c'est Aaron qui a hérité.

— Pas Zach ? s'étonna Beata, stupéfaite.

— Non. Et Zach s'en moquait. Il aurait restitué ces terres aux Indiens, nous le savions tous. Cela aurait inévitablement mené à une guerre, à cause de l'or. Et les Indiens auraient perdu.

— Qu'est devenu Zach ?

— Il s'est plié à l'inévitable. Mais il a passé de plus en plus de temps auprès des Indiens pour s'assurer qu'ils bénéficiaient aussi de l'exploitation des gisements. Il est mort lors d'un glissement de terrain. Aaron l'admirait plus que personne au monde et il a eu un chagrin affreux. C'est pour cela qu'il a compris ma peine, je crois. Le monde a changé pour lui quand Zach est mort.

Elle demeura silencieuse quelques minutes, prisonnière de ses souvenirs.

Elle n'avait parlé que d'Aaron et de Zachary. Et son premier mari ?

Piers Astley avait-il été différent de l'homme que Miriam avait laissé imaginer ? Beata avait donné l'impression qu'Ingram était un homme intelligent, cultivé, subtil, intéressant en public et calme et respectable chez lui. Pourquoi Miriam aurait-elle été différente ? Elle avait lutté pour être acceptée dans la société qui était la sienne. À Londres, tout comme à San Francisco, aux confins de la civilisation alors, l'exclusion était une sorte de mort. Sans doute en était-il ainsi partout.

Quel genre d'homme Piers Astley avait-il réellement été ?

Aaron l'avait-il sauvée d'un homme qui la maltraitait sans qu'elle osât l'admettre ? Pourquoi les femmes avaient-elles peur de reconnaître qu'elles avaient été battues ou soumises à des abus intimes par un homme qui, du moins en partie, les haïssait ?

À l'évidence, Aaron admirait encore la beauté, le charme et la personnalité de Miriam, même après vingt ans de mariage. Oliver Rathbone verrait-il jamais Beata ainsi ? Peut-être, si elle ne lui avouait jamais la vérité ! Se pourrait-il qu'il comprenne comme Miriam semblait le faire ? À quel moment l'empathie devenait-elle de la pitié ?

Mais si elle lui révélait tout, ne se demanderait-il pas toujours pourquoi elle s'était laissé faire ? Même s'il ne le disait pas ?

— Vous avez eu beaucoup de chance de rencontrer Aaron, murmura-t-elle.

Miriam la dévisagea longuement, puis détourna les yeux et contempla la fenêtre.

— Cette promenade a été merveilleuse aujourd'hui, dit-elle tout bas. Presque un galop. Qui aurait cru possible de faire cela en plein cœur de Londres ? Habillé sur son trente et un comme pour croiser la crème de l'aristocratie…

— Ce qui s'est réalisé, intervint Beata, acceptant volontiers ce changement abrupt de sujet. Nous avons parlé à une marquise, à une duchesse et à deux vicomtes au moins.

— Et sur le cheval que vous m'aviez prêté, je me sentais l'égale de n'importe lequel d'entre eux ! s'écria Miriam, redevenue gaie, comme si elle pouvait refouler le passé d'une chiquenaude. Je suis envieuse et reconnaissante. Avec le voile que vous portiez, je doute que quiconque vous ait reconnue. Nous devons recommencer. Je vous en prie.

Beata n'hésita pas. Elle s'était libérée d'un poids, pas totalement peut-être, mais c'était un soulagement quand même.

— Avec plaisir. J'en serais ravie.

Quelques jours plus tard, Beata sortit de nouveau, cette fois pour effectuer une brève visite au cabinet du Dr Finch dans le quartier de Belgravia, concernant la chaire dédiée à Ingram. Elle trouvait le sujet pénible : Finch lui était antipathique, et d'autre part, elle avait du mal à feindre de penser qu'Ingram était un homme charmant. Par chance, l'arrivée d'Aaron Clive mit fin à cette conversation plus que laborieuse.

À la vue de Beata, il s'approcha en souriant et lui prit les mains.

— Comment allez-vous ? Vous êtes superbe, comme toujours.

Elle savait qu'elle avait les traits tirés. Chaque matin, devant sa glace, elle jaugeait lucidement sa mine, choisissait une tenue en conséquence et appliquait un peu de fard sur ses joues si nécessaire.

— Chaque jour qui passe est plus facile que le précédent.

C'était une réponse convenue, mais reflétant la vérité.

Elle vit à son sourire candide qu'il comprenait. Comme il était différent d'Ingram ! Elle ne se souvenait pas d'avoir jamais vu de chaleur dans les yeux froids et sombres de son mari : de la méchanceté, de l'esprit, de l'intelligence, une intuition vive et brillante, indéniablement. Mais aucune trace de compassion.

— Avons-nous fait des progrès ? demanda-t-il à Finch avec un sourire optimiste.

— Très certainement.

Ce dernier était poli et légèrement réservé, et Beata avait la nette impression que son respect envers Aaron frisait la crainte. À cause de la fortune d'Aaron, et par conséquent de sa capacité à doter l'université des fonds dont elle avait besoin pour prodiguer le meilleur enseignement possible ? Ou à cause de l'aura de pouvoir, et même de romantisme qui entourait cet homme qui avait voyagé, observé, acquis et su garder un patrimoine de la taille d'un petit pays ? Et cela tout en restant bienveillant et toujours maître de lui ?

Finch avait-il jamais été en butte à la colère d'Ingram ? Si tel était le cas, il n'oserait pas le dire devant eux, bien sûr, que ce fût par souci des bonnes manières ou par hypocrisie.

Ils terminèrent rapidement. Beata était venue en fiacre, jugeant inutile de faire sortir son équipage pour un déplacement aussi court. Aaron, qui avait le sien, offrit de la déposer chez elle en retournant à ses bureaux au bord de la Tamise.

Elle accepta sans se faire prier.

— Merci.

De fait, le voyage fut plus long qu'ils ne l'avaient escompté. Un haquet ayant tourné trop rapidement avait perdu une partie de son chargement sur la chaussée, causant un embouteillage. Ne pouvant ni avancer ni reculer, ils furent contraints de patienter.

— Miriam m'a dit que vous aviez apprécié votre promenade au parc, dit-il sur le ton de la conversation. J'espère que vous vous sentirez libre de recommencer.

Au ton de sa voix, Beata se demanda s'il était un soupçon ironique. Se doutait-il de l'homme qu'Ingram avait été ? Se pouvait-il que Miriam lui eût répété ses confidences ? Sûrement pas ! Cette pensée était insupportable ! Ou la réputation d'Ingram était-elle beaucoup plus exacte qu'il n'aurait voulu le penser ? En se tournant vers Aaron, elle ne lut aucune critique sur son visage, seulement une légère trace d'humour, comme s'il saisissait la plaisanterie et qu'il se taisait par gentillesse. Bien des blessures peuvent être endurées parce que nous croyons que personne ne les connaît !

Dans quelle mesure souffrait-elle au fond de l'humiliation, de la honte de ne pas s'être rebellée ?

— Elle m'a beaucoup plu, en effet. Il y a trop longtemps que je n'avais pas eu ce plaisir, j'en ai peur.

Ce silence forcé, l'absence de distractions telles que le théâtre, l'opéra, le concert, et même les expositions qui pourraient être considérées comme frivoles, semblent ajouter au chagrin plutôt que l'atténuer.

Il arqua les sourcils.

— Êtes-vous sûre que tel n'est pas précisément le but recherché ? Nous sommes à Londres, vous savez, au cœur ancestral, magnifique et complexe de l'Empire ! Le savoir-vivre et la bienséance sont comme un émail sur la surface du pouvoir. L'élégance même, mais il suffit d'une fissure pour entrevoir l'acier brut dessous. Votre mari était magistrat, ma chère, un des arbitres du jugement.

Elle le regarda droit dans les yeux.

— Je remarque que vous avez dit « jugement » et non « justice ».

— En effet. Est-ce une critique de votre part ?

Son sourire disparut, laissant place à une soudaine gravité.

— Pas du tout, je suis seulement surprise que vous vous exprimiez aussi franchement.

Comme s'il voulait changer de sujet, il fit mine de contempler la rue.

— J'aime Londres. Cette ville est au centre de la vie. On peut croiser ici un homme venu de n'importe où sur terre, et cela semble parfaitement naturel.

Il n'hésita qu'une seconde.

— Prenez ce policier, Monk, qui enquête sur la fuite de ce prisonnier et la noyade de l'agent des douanes, pratiquement devant chez moi. Il serait tout aussi à sa place à San Francisco. Il existe bien des similarités entre les deux cités et les règles qui y ont cours. Il connaît visiblement les marins et les navires autant que les voleurs et les opportunistes et il sait jauger les gens assez vite. Du moins, c'est ainsi que je le vois. Me trompé-je, d'après vous ?

— C'est un très bon policier, répondit-elle prudemment.

Elle ne connaissait pas Monk personnellement, mais elle savait qu'il était l'ami le plus proche d'Oliver. Il avait été loyal envers Oliver lorsque celui-ci avait eu des ennuis. Il n'avait reculé devant aucun effort, aucun risque pour lui venir en aide. Et de tous ceux dont Oliver lui avait parlé, Hester Monk était la personne qu'il respectait le plus. C'était là un sujet qui lui avait été douloureux, lorsqu'elle y songeait trop. Cela avait changé lorsqu'elle s'était rendue à la clinique et qu'elle l'avait rencontrée. À présent, Hester lui paraissait remarquablement normale. Néanmoins, d'après ce qu'Oliver avait dit à son sujet, elle n'aurait jamais permis à un homme de la maltraiter, sans parler d'accepter les horreurs qu'Ingram avait fait subir à Beata.

Sous le regard d'Aaron Clive, elle sentit la rougeur lui monter aux joues.

— Je n'en doute pas, dit-il. A-t-il été marin avant d'entrer dans la police ?

Elle n'en avait pas la moindre idée. Oliver n'avait jamais fait allusion à la jeunesse ou à l'éducation de Monk, ni aux autres professions qu'il avait pu exercer.

— Je ne sais pas. C'est possible. Pourquoi cette question ?

Il eut un grand sourire et se rencogna contre la banquette.

— Simple curiosité. À supposer que ses soupçons soient justifiés, cet homme a une partie de mon sort entre ses mains. Je me demande s'il y a bel et bien un complot visant à me dépouiller, ainsi qu'il le croit, et, le cas échéant, s'il est de taille à arrêter ceux qui y sont mêlés. Avec des voleurs qui opèrent sur la terre ferme, je n'ai rien à craindre. Mais s'ils viennent du fleuve et que Monk est un terrien, ils pourraient fuir directement vers le large et je pourrai dire adieu à mes biens.

— Demandez-le-lui, suggéra-t-elle en lui rendant son sourire pour adoucir sa remarque.

— Il me rappelle un marin que j'ai vaguement connu à San Francisco, il y a une vingtaine d'années, reprit Aaron d'un ton léger.

Ses mots étaient choisis avec soin, mais il veillait à adopter une attitude désinvolte.

— Un jeune homme, à l'époque. Une sorte d'aventurier, un type qui tentait sa chance ici et là. Il avait un accent un peu chantant. Piers m'avait dit qu'il venait sans doute du nord de l'Angleterre. Du Northumberland, peut-être.

— Oh ! Vraiment ? Je n'ai pas remarqué son accent. Mais je ne l'ai vu que quelques fois, au tribunal.

— Au tribunal ?

— Lorsqu'il témoignait, expliqua-t-elle. Il dirige la brigade fluviale de la Tamise. Il a été appelé à participer à des procès très en vue.

— Ah ! Je ne pensais pas qu'un homme de son rang fasse ce genre de choses.

— Détrompez-vous ! Il ne reste pas dans son bureau à donner des ordres.

Elle savait cela d'après ses témoignages au tribunal, et aussi d'après ce que Rathbone lui avait dit.

— Un individu intéressant, observa Aaron d'une voix neutre.

Faisait-il simplement la conversation pour passer le temps ? Ses propos semblaient le suggérer, pourtant la tension présente dans son corps encore tourné vers elle, la rigidité de ses traits montraient que ce sujet éveillait en lui un certain malaise.

— Pensez-vous que c'était lui, à San Francisco ? demanda-t-elle brusquement.

Cette fois, il ne cacha pas son émotion.

— J'espère que non. Il répond en tout point à la description de l'homme qui a tué Piers Astley.

Elle nota à peine le sursaut du fiacre qui s'ébranlait de nouveau, la repoussant au fond de son siège. Par chance, la rumeur de la circulation était maintenant assez bruyante pour qu'elle puisse se dispenser de répondre. Monk était-il allé à San Francisco ? Était-ce qu'Aaron suggérait ? Le croyait-il ? Oliver était-il au courant ?

Ou Aaron Clive, pour une raison quelconque, cherchait-il à nuire à Monk ?

Ils étaient presque arrivés quand elle parla enfin.

— Avez-vous fait part de vos réflexions à Miriam ?

Il regardait droit devant lui. À sa question, il pivota vers elle.

— Je vous demande pardon, j'étais ailleurs. Vous disiez ?

— Avez-vous dit à Miriam que Monk était peut-être l'homme qui a tué Piers ? Ou que, du moins, il sait peut-être qui l'a fait ?

— Non, dit-il avec douceur. À quoi bon ? Tout cela remonte à vingt ans et s'est passé dans un autre pays, à des milliers de kilomètres d'ici. Autant dire un autre monde. Je ne veux pas la tourmenter inutilement.

— Non… concéda-t-elle lentement. Je comprends.

Elle ne pensait pas ce qu'elle disait mais que pouvait-elle dire d'autre ?

Beata continuait à cheminer seule dans le parc, quel que fût le temps. De fait, une journée humide ou venteuse lui fournissait un prétexte pour s'envelopper les épaules d'un grand châle qu'elle tirait jusque sous son menton et accompagnait d'un chapeau approprié. Ainsi, son visage était à peine visible, ce qui lui épargnait des condoléances polies et vides de sens. Ceux qui la rencontraient sans rien dire avaient une excuse toute prête au cas où, car ils pouvaient aisément prétendre ne pas l'avoir reconnue. L'on pouvait ainsi se croiser sans paraître discourtois.

Elle s'en félicitait. Il lui était de plus en plus pénible de débiter des banalités et des remarques plaisantes et fausses au sujet d'Ingram. Vivre sans lui était comme de respirer l'air pur à nouveau après la saleté du brouillard et de la fumée, les relents de la rue.

Elle avait très envie de voir Oliver, au point qu'elle avait envisagé plusieurs fois de lui écrire pour le prier de venir lui rendre visite. Puis elle avait compris que ce serait prématuré et risquerait de donner naissance à un malentendu entre eux. Elle avait tenu pour acquis que leurs sentiments étaient mutuels, et tus par respect de la décence. Tant qu'Ingram était en vie, ils ne pouvaient être suivis d'actes.

Il était encore trop tôt pour qu'il pût décemment venir la voir seul, à moins d'avoir à discuter de questions juridiques. Et comme il ne s'occupait ni de testaments ni d'actes de propriété, elle n'avait aucune raison de faire appel à ses compétences.

À dessein, elle suivait chaque jour le même chemin, à la même heure. S'il était libre, il faisait une brève promenade qui lui permettait de la croiser.

Elle se réjouit d'entendre ses pas derrière elle, de fait, elle ressentit une pointe d'excitation, un élan de joie. Elle s'avoua alors qu'elle avait ardemment espéré sa venue.

— Bonjour, Mrs. York. Comment allez-vous ?

Deux hommes passaient à côté d'eux, trop absorbés dans leur conversation pour leur prêter attention. En redingote noire et pantalon à rayures, ils tenaient chacun un parapluie replié dont ils se servaient comme d'une canne.

Cette scène si londonienne fit naître un sourire sur les lèvres de Beata.

— Je vais bien, merci, répondit-elle, son regard croisant celui de Rathbone. Et vous ?

— En sommes-nous vraiment réduits à cela ? dit-il brusquement.

Elle se sentit rougir. Avait-elle imaginé la foule de mots qui se pressaient, non dits, dans leur esprit ? Comme il serait déplacé qu'elle parle la première ! Et si elle s'était méprise, quel ridicule ! Et quelle humiliation…

Elle devait se reprendre et lui rapporter les propos de Clive, dans l'intérêt de Monk.

— J'ai rencontré Aaron Clive deux à trois fois concernant la création d'une chaire universitaire dédiée à la mémoire d'Ingram, commença-t-elle.

Elle perçut le dégoût sur le visage si expressif d'Oliver, et le comprit totalement.

— Je sais… murmura-t-elle avec un sourire amer. Je ne peux pas m'y opposer.

— Cela vous trouble néanmoins ? insista-t-il. Je le vois dans vos yeux, je l'entends à votre voix.

Il la regardait avec intensité, elle en avait une conscience aiguë et, pourtant, elle voulait qu'il continue. Elle devait contrôler sa voix et parler normalement. Elle esquissa un petit geste indifférent.

— Ce n'est pas ce qui me préoccupe aujourd'hui. Alors qu'il me raccompagnait chez moi, hier, Aaron Clive a mentionné la mort du premier mari de Miriam, Piers Astley…

— N'est-il pas mort il y a des années ?

Il était perplexe. Ils s'arrêtèrent et se firent face sur le chemin. Le vent soufflait en rafales et gonflait les jupes de Beata. Oliver tenait son chapeau à la main, afin qu'il ne s'envole pas. Il n'y a rien de plus comique que de voir un monsieur très digne poursuivre un chapeau qui roule dans l'herbe.

— Vingt ans, acquiesça-t-elle. Et à des milliers de kilomètres d'ici…

Pourquoi hésitait-elle à parler, maintenant ? Penserait-il qu'elle lui demandait d'intervenir ? Oui, bien sûr que c'était cela.

— Beata ? Qu'y a-t-il ?

Elle soutint son regard et y lut de l'inquiétude. Pourquoi ? Redoutait-il qu'elle n'attende quelque chose de sa part ? Une demande en mariage, tôt ou tard ? Préférait-il continuer à rêver d'une telle union plutôt que de la voir se réaliser ?

— Qu'y a-t-il ? répéta Oliver, plus pressant.

Elle avait les joues en feu.

— Il a déclaré avoir vaguement connu un homme qui ressemblait beaucoup à Mr. Monk, voilà vingt ans, en Californie. C'était un marin, un aventurier.

— Oh…

Pourquoi paraissait-il si soucieux ?

— Ce n'était sans doute pas lui. Cet homme-là avait un léger accent du Nord. Aaron le croyait originaire du Northumberland ou d'une région avoisinante.

— Monk vient du Northumberland, murmura Rathbone.

Beata secoua la tête.

— Je n'ai jamais décelé d'accent…

— Il est ambitieux, observa Rathbone, il s'est débrouillé pour le perdre.

Il esquissa un petit sourire, mais il fronçait les sourcils. Elle connaissait cette expression. Un frisson la parcourut.

— Pensez-vous que cela aurait pu être lui ?

— Je l'ignore. Que vous a dit Clive à son sujet ?

Elle n'avait d'autre choix que de parler.

— Qu'il correspondait à la description de l'homme qui avait tué Piers Astley.

— S'agissait-il d'un accident… ou d'un meurtre ?

— Un meurtre…

Soudain, elle voulut le mettre à l'épreuve, bien qu'elle redoutât plus que tout sa réaction. Elle se mit à marcher, très lentement. Le vent était glacial, et le chemin s'incurvait en descendant à l'abri des arbres.

Il la rejoignit et lui prit le bras à l'approche des marches.

— Monk n'a assassiné personne, affirma-t-il avec tant de conviction qu'elle se demanda s'il essayait de s'en persuader lui-même.

Elle prit une inspiration.

— Pas même si l'homme en question maltraitait sa femme ?

— Était-ce le cas ? Miriam ne l'aurait-elle pas dit ?

Beata regarda droit devant elle. Elle devait parler, sinon elle aurait menti par omission.

— Je ne parle pas de coups… mais de sévices qui sont commis dans l'intimité.

Maintenant, il était impossible de faire marche arrière. Elle ne pouvait pas se tourner vers lui. Elle imaginait la répulsion dans ses yeux.

— Elle vous a confié cela ? demanda-t-il calmement.

Elle tenta de déchiffrer l'émotion dans sa voix, en vain.

— L'on ne confie pas ces choses-là…

Il garda le silence. Ils firent quelques pas de plus. Le chemin était redevenu plat, aussi Rathbone lui lâcha-t-il le bras. Le vent balayait l'herbe, transperçant écharpes et voiles, et même le tissu épais des manteaux.

— Non, admit-il enfin. Je suppose que non.

Une douceur intense s'entendait dans sa voix, comme s'il songeait à un souvenir douloureux. Il éprouvait de la compassion pour Miriam, peut-être parce qu'elle était très belle et qu'il la connaissait à peine. Que ressentirait-il pour Beata ? Elle ne voulait pas de sa pitié ! Elle se félicita de l'avoir mis à l'épreuve en évoquant quelqu'un d'autre !

— Et la honte ! s'écria-t-elle avec ferveur, avant de le regretter aussitôt.

Il lui reprit le bras et, cette fois, ne la lâcha pas.

— Ce n'est pas à elle d'avoir honte, mais à lui.

Elle luttait contre les larmes. Par bonheur, le vent était assez féroce pour les justifier.

— À elle aussi, dit-elle d'une voix rauque. Parce qu'elle n'a pas su voir ce qu'il était…

— Beata ! Personne ne porte cela en étendard !

— Et parce qu'elle l'a toléré, ajouta-t-elle.

Elle devait parler une fois pour toutes. Jamais plus elle n'évoquerait ce sujet.

— Nous le faisons tous, dit-il tendrement. Nous endurons toutes sortes de choses dans l'espoir que la situation va s'améliorer, qu'elles ne se reproduiront pas ou que nous trouverons le moyen d'y remédier.

Il la grondait, comme si elle jugeait quelqu'un d'autre trop sévèrement.

— Croyez-vous ? Comment le savez-vous ?

Elle cilla aussitôt. C'était une question qu'elle n'aurait pas dû poser.

— Excusez-moi, Oliver ! C'était…

Elle ne trouva pas de mot approprié.

Il sourit.

— Honnête ? Je suis avocat en droit criminel, Beata. J'ai défendu des gens qui ont été amenés à tuer pour se défendre. Et j'en ai poursuivi certains qui le méritaient bien. Mais leurs histoires vous feraient pleurer. La plupart d'entre nous, à un moment ou à un autre, sommes coupables d'avoir fermé les yeux, à tout le moins. Nous nous refusons tous parfois à voir ce que nous ne pouvons supporter.

— Et vous ne les méprisez pas ? murmura-t-elle.

C'était son ultime question, son ultime crainte.

— C'est ainsi que la peur fait son office, répondit-il. À force de souffrir et d'être humilié, on finit par croire qu'on mérite ce qui nous arrive et que c'est inévitable. En fin de compte, la victime accepte son impuissance.

Ils firent quelques pas en silence. Enfin, elle dut reprendre la parole.

— Vous avez dû voir des choses affreuses… vous n'avez pas détourné les yeux. La pitié fait mal aussi…

— Très mal, acquiesça-t-il. Mais parfois, on gagne. Cela fait du bien de lutter, vraiment.

— Et quand on perd ?

— Je ne perds pas très souvent.

— Je sais ! Mais quand vous perdez ? demanda-t-elle en se tournant vers lui.

— Alors, c'est une profonde douleur, dit-il avec franchise, et elle lut la peur dans ses yeux. Grâce au ciel, j'en tire toutefois des leçons.

Elle voulait lui dire qu'Ingram York n'en avait jamais tiré de leçons, mais cela aurait rompu le moment, et il était crucial qu'elle n'en fasse rien. Timidement, elle glissa son bras sous le sien.

Il mit son autre main sur la sienne un instant, puis la retira. Il serait inconvenant qu'on les vît ainsi. Elle jeta un coup d'œil vers lui et constata qu'il souriait.

Ils se remirent à marcher.

9

Monk gravit à pas lents la côte qui menait chez lui. La nuit était d'un noir profond. Les réverbères sur la rive semblaient coiffés de brume, et des nuages obscurcissaient la lune.

Cependant, il connaissait le chemin si bien que même les espaces entre les pavés lui étaient familiers.

Ainsi, Piers Astley était mort, et cela depuis plus de vingt ans. Il avait été tué durant une époque dont Monk ne se souvenait plus. De fait, il se trouvait peut-être à San Francisco lorsque cela s'était produit. Si sa mémoire avait été intacte, il le saurait.

Apparemment, Astley avait été le lieutenant de Clive, à supposer que ce terme militaire fût approprié. Sans doute l'était-il, en ces temps troublés où régnait la loi du plus fort, où on faisait fortune en une semaine, en une journée, où la violence était monnaie courante, où il n'existait aucune loi officielle, où l'or corrompait tout ou presque.

Quelle sorte d'homme avait été Aaron Clive alors ? Sa sérénité, son apparente délicatesse étaient-elles venues avec le pouvoir ? Ou avait-il toujours été ainsi ? Ce que Monk avait entendu dire le suggérait. En fait, l'extraordinaire prééminence qu'il avait eue lors de la ruée vers l'or semblait avoir terni un peu son image, remplacé sa modestie d'origine par une certaine conviction que tout lui était dû. Mais quel homme au monde pouvait se prémunir contre le péché d'orgueil, si tout ce qu'il touchait se transformait en or ? Dans la grande aristocratie anglaise, par exemple, certains considéraient leur situation comme un appel au devoir. D'autres voyaient là un droit acquis par la naissance, à utiliser comme bon leur semblait.

Monk tourna le coin et continua son ascension. Dans quelques minutes, il verrait les fenêtres éclairées de sa maison. Hester l'attendrait. Il l'interrogerait sur sa journée à la clinique et pendant un certain temps remettrait le moment de prendre des décisions concernant McNab, le complot éventuel qui pesait sur Clive et le fait qu'Astley ne pouvait y être mêlé.

Malgré sa fatigue, il pressa le pas.

Hester lui ouvrit avant qu'il eût eu le temps d'introduire sa clé dans la serrure. Il franchit le seuil et se surprit à sourire de plaisir à sa vue. Il repoussa la porte derrière lui et la prit dans ses bras, la serrant si étroitement qu'elle retint un cri et le repoussa légèrement afin de pouvoir respirer.

Puis, après l'avoir étreint tout aussi farouchement, elle recula d'un pas et posa sur lui son regard clair et direct. Elle avait tourné autour du pot assez longtemps. Cette fois, elle fut fidèle à elle-même.

— Qu'y a-t-il, William ? demanda-t-elle sans préambule.

Elle se mordit la lèvre presque imperceptiblement.

— De quoi as-tu peur ?

C'était cela… la peur de ce qui allait arriver ? À présent, il avait le choix entre lui mentir ou lui dire toute la vérité. Depuis qu'ils se connaissaient, elle avait toujours eu confiance en lui, même quand toutes les apparences étaient contre lui. Cette confiance était ce que Monk possédait de plus précieux au monde. Il en avait le sentiment à cet instant. Et il suffirait d'un mensonge pour la détruire. Que lui resterait-il alors ?

— Je ne me souviens pas de ce qui s'est passé voilà vingt ans…

Pourquoi commencer par là ? Elle le savait déjà.

— Il semble que j'aie vécu à San Francisco durant la ruée vers l'or, ne fût-ce que pendant un bref moment, un an ou moins. Pas pour prospecter ! En tant que marin. Parfois des images me viennent à l'esprit et j'ignore si c'est parce que j'en ai entendu parler ou que je m'en souviens. Des reflets sur l'eau, des fleurs éclatantes qui ne poussent pas en Angleterre, un port encombré de bateaux, grouillant de monde.

— San Francisco ressemble-t-il à cela ? demanda-t-elle, toujours pragmatique.

— C'était il y a vingt ans. Je suppose que la ville a beaucoup changé. Même Londres change en vingt ans.

— Pas beaucoup, rétorqua-t-elle, pince-sans-rire. Et pourquoi cela a-t-il tant d'importance ?

— Parce que je ne me souviens pas…

Malgré lui, sa voix était empreinte de désespoir. Ils étaient debout dans le vestibule, tout près l'un de l'autre.

— Et j'ai peur qu'Aaron Clive se souvienne, lui… et peut-être Gillander, le capitaine de la goélette.

— Oh !

Le regard d'Hester s'était voilé. Elle comprenait. Elle avait déjà connu de tels moments d'incertitude.

Il n'avait pas encore mentionné le pire. Il devait le dire tout de suite avant d'être tenté de l'éviter.

— J'ai épluché toutes les archives à mon sujet et je ne sais toujours pas pourquoi McNab me déteste. C'est plus que de la rivalité professionnelle. Je le vois sur ses traits. Sa haine est presque palpable. Et j'ai peur…

Là… il avait prononcé le mot, le plus faible, le plus laid.

— S'il sait que j'ai oublié tout ce qui s'est passé avant 1856, il va s'en servir au pire moment pour moi… il me détruira.

Avait-il eu l'intention d'en dire autant ? Il entendait l'accent du désespoir dans sa voix.

— Dans ce cas, nous devons découvrir pourquoi, dit-elle doucement. Il est possible que ce ne soit pas plus glorieux pour lui que pour toi. William, tu ne peux pas lutter sans savoir ! Cela reviendrait à être désarmé.

Il la dévisagea dans la clarté jaune de l'applique à gaz. Son regard était calme, assombri par l'anxiété, mais si elle avait peur, il ne le voyait pas. Elle était en colère, prête à le défendre. Elle ne l'aurait pas été si elle n'avait pas compris que la menace était réelle.

— Viens manger quelque chose, dit-elle en pivotant à demi pour regagner la cuisine.

— Je n'ai pas faim…

— Bien sûr que non, acquiesça-t-elle en s'éloignant. Mais viens prendre un thé bien chaud et un sandwich au bœuf froid. On ne peut pas se battre l'estomac vide.

Il était si las que ses membres en étaient douloureux, et il éprouva un pincement d'émotion tel que les larmes lui montèrent aux yeux. Ils avaient fait face au précipice par le passé, ils avaient été résolus à tout affronter coûte que coûte. Mais là, c'était comme si les ténèbres déferlaient sur eux !

Elle continuait à se diriger vers la cuisine. Elle n'était pas belle au sens traditionnel du terme, trop mince pour la mode, le confort, la douceur que certains hommes attendaient des femmes. Mais elle avait la tête haute et elle se mouvait avec une grâce qu'il n'avait vue chez personne d'autre au monde.

Il la suivit comme si elle possédait la lumière.

Il faisait bon dans la cuisine et la bouilloire était sur le fourneau. Hester prépara du thé qu'il sirota pendant qu'elle coupait des tranches de pain et de bœuf. Peut-être avait-il faim, après tout.

— Que vas-tu faire, maintenant ? demanda-t-elle en déposant l'assiette devant lui. Il doit y avoir une foule de choses qui ne sont pas dans les archives de la police.

Elle s'assit à son tour et se servit du thé.

— As-tu rédigé ces rapports toi-même ?

— Oui…

Un instant, il ne comprit pas où elle voulait en venir, puis le sens de sa question s'imposa à lui.

— Tu veux dire que s'il y avait quelque chose dont j'avais honte, ou qui était gênant pour moi, je ne l'aurais pas mentionné ?

Elle cilla, mais ne détourna pas les yeux.

— L'aurais-tu fait ?

— Sans doute que non. Mais je me suis contenté de chercher des mentions de McNab. Son nom n'y figurait pas.

Elle réfléchit longuement avant de reprendre la parole, comme si elle savait que ce qu'elle s'apprêtait à dire était délicat.

— Le seul qui t'ait connu pendant tout ce temps et qui ait travaillé avec toi, c'est Runcorn. William, il faut que tu lui parles. L'ignorance est trop dangereuse… quelle que soit la vérité. Ne pas savoir ne changera rien aux faits, cela donnera simplement à McNab plus d'armes pour te blesser.

Elle avait raison. Bien sûr qu'elle avait raison.

— Je sais, admit-il enfin. Je vais lui parler.

Elle sourit et mit sa main sur la sienne. Elle n'avait pas besoin d'ajouter quoi que ce fût.

Le lendemain matin, il partit de bonne heure voir le commissaire Runcorn. Ce dernier occupait un poste à Greenwich, non loin de là. Monk arriva bien avant neuf heures et le trouva à son bureau, une grande tasse de thé et une pile de rapports devant lui, moins soigneusement rangés qu'autrefois. Il s'était détendu un peu, enfin. Le bonheur avait triomphé de ses vieux démons.

Lorsqu'ils avaient servi tous les deux dans la police métropolitaine, jeunes gens alors, ils avaient commencé par être amis, et étaient progressivement devenus ennemis.

Peu sûr de lui, Runcorn était très à cheval sur le règlement, trouvant dans l'obéissance rigide aux ordres la sécurité dont il avait besoin. Conscient de ses faiblesses, Monk s'en servait pour le narguer.

Monk, pour sa part, était intelligent, capable d'improviser, naturellement rebelle. En fin de compte, il avait été congédié pour insubordination, tandis que Runcorn était promu.

Après son accident, Monk avait été forcé d'examiner d'un œil sévère l'homme qu'il avait été. Ce qu'il avait vu chez lui ne lui avait guère plu, et il n'était pas fier d'avoir raillé Runcorn.

Plus tard, Runcorn était tombé follement amoureux d'une femme qui avait témoigné lors d'un procès où Monk et lui avaient collaboré de temps à autre. En dépit des différences de milieu, d'éducation et de classe sociale qui les séparaient, Melisande avait su discerner les qualités humaines de Runcorn, l'amour sincère et profond qu'il lui vouait, et s'était rendu compte à la surprise générale qu'elle l'aimait en retour. Runcorn était plus heureux qu'il n'avait jamais rêvé de l'être. C'était un autre homme. Et le seul à qui Monk pouvait faire confiance pour répondre à la question qui le taraudait.

Monk referma la porte derrière lui au moment où Runcorn levait les yeux. Visiblement surpris, celui-ci le dévisagea avec inquiétude et lui fit signe de s'asseoir.

— Du thé ?

Monk secoua la tête.

— Non, merci… pas tout de suite. J'ai beaucoup de questions à vous poser et je ne connais personne d'autre…

Runcorn se cala sur son fauteuil et le regarda calmement.

— Si je savais quoi que ce soit d'utile, je vous l'aurais dit, déclara-t-il à voix basse. C'est tout juste si j'avais entendu parler d'Aaron Clive avant la noyade de l'homme de McNab. Et je n'ai aucune idée de ce que Blount manigançait, ni Owen, d'ailleurs. J'ai interrogé des gens ici et là, mais ils ne m'ont rien appris jusqu'à présent.

Les nerfs tendus à craquer, Monk alla droit au but.

— Que savez-vous de McNab ? Pourquoi me hait-il ?

Runcorn le fixa. Il s'était figé, comme si un souvenir longtemps oublié venait de ressurgir dans sa mémoire.

— Oh ! mon Dieu ! lâcha-t-il. Je n'avais pas fait le lien…

Un froid s'empara de Monk. On aurait dit que son sang avait cessé de couler dans ses veines.

Runcorn passa les mains dans ses épais cheveux bouclés.

— Ce n'était pas à proprement parler votre faute, mais bien sûr ce n'est pas toujours ainsi que nous voyons les choses…

Monk eut envie de lui hurler de lâcher le morceau, enfin, pour l'amour du ciel ! Au prix d'un immense effort, il se maîtrisa. On ne pouvait se conduire ainsi. Il ne pouvait pas se permettre de s'aliéner Runcorn, qui était un de ses seuls amis. Et il était resté un ami, bien qu'il connût une si grande partie de la vérité.

— Quelles choses ? demanda-t-il, presque calme.

— Vous souvenez-vous de Robbie Nairn ?

Monk fouilla sa mémoire en vain. Cet homme que McNab avait déjà mentionné avait-il été un policier, un ami, un ennemi ?

— Non. Qui est-ce ?

Runcorn soupira.

— C'était il y a presque dix-huit ans. Robbie Nairn avait un peu plus de vingt ans. Il était très violent. Charmant aussi, à sa façon. Beau garçon. Il avait une certaine ressemblance avec McNab, je suppose. On ne s'en serait pas forcément aperçu sans les voir côte à côte.

— Qui était-ce donc ? répéta Monk, redoutant la réponse. Le fils de McNab ?

— Non… non. McNab n'avait qu'une trentaine d'années alors, Nairn avait six ou sept ans de moins.

Runcorn plongea son regard dans celui de Monk. Il était très grave.

— Nairn a eu une altercation avec un autre jeune homme. En fin de compte, il a été blessé, et son adversaire est mort, égorgé.

— Une bagarre ? Qui avait commencé ?

— Personne ne le sait. Ils avaient de vilaines blessures l'un et l'autre. Nairn a affirmé que l'autre l'avait attaqué et pendant un certain temps nous avons été enclins à le croire. C'est vous qui avez découvert des éléments qui suggéraient le contraire…

— Avais-je tort ?

— Je ne crois pas. Rien ne l'indiquait. Le jury vous a cru.

— Et vous ? pressa Monk.

Runcorn hocha la tête.

— Oui. Je n'ai toujours aucun doute. Nairn ne valait pas cher.

— Que ne me dites-vous pas ?

— Vous avez fait le nécessaire pour obtenir des preuves.

Monk cilla.

— L'ai-je frappé ? Privé de sommeil ? L'ai-je humilié, menacé ? Quoi ?

Il n'aimait pas y penser, mais il savait qu'il avait été capable de tout cela.

— Je l'ignore, admit Runcorn. On a suggéré pas mal de choses. Vous l'avez interrogé seul, ce qui était une sottise, surtout avec votre réputation…

— Il devait y avoir des preuves ! Pas seulement ma parole. Si c'est une bagarre qui est allée trop loin…

— Ce n'était pas tout, Monk. Il y avait une fille. C'était à cause d'elle qu'ils se battaient. Elle est morte égorgée elle aussi. C'était affreux. Nairn a déclaré que l'autre homme était coupable. L'autre, avant de mourir, a prétendu le contraire. C'est votre découverte qui a fait pencher la balance.

— Avais-je tort ? répéta Monk en se penchant vers lui. Les faits étaient-ils douteux ? Pourquoi aurais-je menti ?

Avait-il changé à ce point ? La pensée qu'il avait pu mentir pour obtenir la condamnation d'un homme le révoltait. Pire, c'était un délit, un acte contre l'honneur et tout ce qu'il représentait. Il n'était que trop facile de tirer des conclusions erronées d'une situation. Par exemple, tous les indices avaient donné à penser que Monk avait tué Joscelyn Grey. Il l'avait cru lui-même ! Seuls Hester et John Evan, son second, avaient eu foi en lui. Et pourtant ils avaient raison. Il n'avait jamais fait de mal à Joscelyn Grey, en dépit de ses méfaits.

Mais cela s'était produit après son accident. Après qu'il eut été confronté à la terreur et au désarroi d'avoir perdu tout ce qu'il connaissait de lui-même. Quel genre d'homme était-il avant ?

— Qu'ai-je fait à Nairn ? insista-t-il. Et quelle importance cela a-t-il pour McNab ?

— Nairn était son demi-frère, expliqua Runcorn tout bas. Ils avaient la même mère. Ils ont été élevés ensemble. McNab a suivi le droit chemin, Nairn s'en est écarté.

— Et McNab me tient pour responsable ? s'écria Monk, incrédule. Nairn a-t-il tué la femme aussi ? Était-ce de cela qu'il s'agissait ?

— Cela n'a jamais été prouvé, mais c'est la conclusion à laquelle le jury est parvenu…

— Ai-je affirmé qu'il l'avait fait ?

— Non. Vous n'avez affirmé ni une chose ni une autre. Nairn a nié, McNab l'a cru. Il vous a supplié de demander la grâce de Nairn. Vous avez refusé.

— Que s'est-il passé ensuite ? demanda Monk, bien que la mine malheureuse de Runcorn lui eût déjà donné la réponse.

— Il a été pendu. Au bout de trois semaines, comme d'habitude. McNab a fait tout ce qu'il a pu, il a plaidé et frappé à toutes les portes, en vain.

— Dans ce cas, je n'étais pas le seul qui ait refusé…

— Vous étiez le policier chargé de l'enquête, coupa Runcorn. Le juge vous aurait peut-être écouté et commué la peine en prison à perpétuité. Je suis désolé, c'est la vérité.

— Cela aurait-il été préférable ?

Monk songea qu'il aurait préféré mourir plutôt que de passer le reste de sa vie dans une des vastes et lugubres prisons du pays. On y mourait à petit feu.

Runcorn planta son regard dans le sien.

— McNab a toujours été persuadé qu'avec le temps il aurait fini par être innocenté. Or un appel ne sert pas à grand-chose quand on est mort. Sans compter que, si quelqu'un a été pendu, l'appareil judiciaire est très réticent à envisager la possibilité qu'il ait pu commettre une erreur.

Monk ne pouvait opposer d'arguments à cela. Il garda un silence douloureux.

— Il était coupable, reprit Runcorn. Ce n'était pas la première fois qu'il avait des démêlés avec la justice. Il avait la réputation d'être violent avec les femmes. Il en avait roué de coups plusieurs, sans être puni. McNab l'ignorait et préférait fermer les yeux. Nous n'avons pas pu nous servir de ces informations durant le procès, mais nous savions ce qu'il en était.

Monk s'accrocha à cette bouée.

— Je savais ?

— Naturellement.

Restait une ultime question. S'il se dérobait, elle le hanterait.

— L'ai-je jugé sur des affaires précédentes ? Je veux dire… aurais-je pu faire pencher les preuves en ce sens, pour être sûr qu'il paie, cette fois ?

Il avait parlé avec dégoût. Un tel comportement était méprisable. Mais l'homme qu'il avait été aurait-il pu se justifier cette attitude ? Non par stupidité – il n'avait jamais été stupide – mais par orgueil, parce qu'il était convaincu d'avoir raison ?

— Non, répondit Runcorn avec l'ombre d'un sourire. Vous étiez respecté, pas assez toutefois pour qu'un jury ajoute foi à votre seule parole. Et si vous aviez été assez idiot pour essayer de l'influencer, le juge vous aurait tapé sur les doigts, au moins. En fait, l'avocat de la défense vous aurait écharpé.

— En êtes-vous sûr ?

Runcorn hocha la tête.

— Certain.

— Mais j'aurais pu demander la grâce de Nairn ? Pourquoi ? Il avait tué deux personnes. Qu'aurais-je donc invoqué pour sa défense ?

— Que l'autre homme aurait pu tuer la femme et que Nairn l'aurait tué, lui, pour cette raison.

— Mais ce n'était pas le cas !

— Sans doute que non.

— Sans doute !

Monk avait élevé la voix brusquement.

— On ne peut pas condamner un homme sur un « sans doute » !

— Le jury a été convaincu par les preuves. Et moi aussi, à vrai dire.

— Est-il possible que je me sois trompé ?

Runcorn était absolument immobile.

— Je suppose que oui. Quant au doute raisonnable, non, il n'y en avait pas.

— McNab l'a pensé, pourtant !

— Seulement parce qu'il ignorait tout des autres affaires.

— Les jurés aussi, observa Monk. Pourquoi l'ont-ils condamné ?

— Parce qu'ils vous ont cru, vous, et pas lui. C'était un salopard arrogant !

— Moi aussi, à ce que tout le monde dit !

Runcorn sourit et une lueur amusée traversa son regard.

— Certes. Mais vous représentiez la loi.

Il laissa ses paroles flotter dans l'air avec toute la responsabilité qu'elles impliquaient, tout le pouvoir de faire le bien ou le mal.

— Vous aviez raison, reprit-il. Il était coupable. McNab ne voulait pas le reconnaître, voilà tout. Et j'imagine qu'en partie il ne voulait pas le reconnaître parce qu'il n'aimait guère Nairn non plus. C'est à cause des liens du sang, j'imagine. Des moments qu'ils avaient partagés lorsqu'ils étaient enfants. Les gens font toujours ça quand il est trop tard : ils se remémorent l'enfant qu'ils ont été.

Monk réfléchit. Il croyait Runcorn, mais il n'avait aucun souvenir de ces événements. Le récit s'accordait avec ce qu'on lui avait raconté le concernant. Qu'avait-il ressenti ? Rien ? N'avait-il songé qu'à rendre la justice, avec un certain sentiment de supériorité, dans le respect rigoureux de la loi ? Ou en savait-il plus long sur les faits dont Runcorn avait parlé ? Y avait-il d'autres détails importants quant aux circonstances ? Qui était cette fille morte ? Qu'avait-il su d'elle ? Avait-elle des parents, des amis, un enfant, même ? Et le jeune homme mort ?

— Et la fille ? Était-ce une prostituée ?

— Seulement une fille à la rue, répondit Runcorn. Sa mère s'était remariée et l'avait mise à la porte. Elle a fait ce qu'elle devait faire pour survivre.

La pitié perçait dans sa voix et Monk sentit la même émotion l'envahir.

Il se reporta au présent. Que voulait McNab ? Il était trop tard pour Nairn, et ce, depuis des années. Nuire à Monk ne laverait pas son nom, à supposer que cela eût compté. S'agissait-il de vengeance, tout simplement ? Était-ce pour cela qu'Orme était mort ?

Ou McNab avait-il escompté la mort de Monk ?

Quant à Piers Astley, quel rapport son meurtre pouvait-il avoir avec McNab ? S'en servait-il, sans que Monk comprenne pourquoi ou comment ? McNab connaissait Aaron Clive, professionnellement parlant tout au moins.

Ce qui soulevait la question à laquelle il devait trouver une réponse – s'était-il trouvé à San Francisco durant la ruée vers l'or de 1849, ne fût-ce que brièvement ? Était-il possible qu'il eût connu Piers Astley ?

Il avançait à l'aveuglette, en trébuchant, voire en tournant en rond. Il pouvait continuer ainsi jusqu'à ce qu'il tombe et soit incapable de se relever. Il faisait le jeu de ses adversaires… il se montrait passif, trop effrayé pour agir. Et bientôt, il serait trop tard.

Il se leva.

— Merci, dit-il tout bas, trop ému pour chercher des mots supplémentaires et superflus.

— Où allez-vous ? s'inquiéta Runcorn.

Monk lui adressa un sourire sombre.

— Je ne vais pas m'en prendre à McNab, ne vous en faites pas. Je vais voir Fin Gillander. Il sait peut-être quelque chose à propos de l'époque de San Francisco qui m'aidera à y voir plus clair.

— Il pourrait aussi aggraver votre situation, observa Runcorn. S'il a compris que vous avez perdu la mémoire. Et ce n'est pas exclu.

— S'il connaît déjà la vérité et qu'il m'en veut pour quelque raison que ce soit, il me nuira de toute manière.

— Qui d'autre est au courant ?

— Que je sache avec certitude ? Hester, Oliver Rathbone, et maintenant Hooper.

— Quel peut être l'intérêt de Gillander dans cette affaire ?

— Je donnerais cher pour le découvrir. Et pour savoir qui a tué Blount et pourquoi, ce qui est arrivé à Owen et quel rôle précis Pettifer a joué là-dedans. Si un cambriolage d'envergure se prépare ou s'il s'agit d'une simple série de coïncidences.

— Se pourrait-il que McNab veuille précisément que vous enquêtiez là-dessus, que vous vous ridiculisiez pour rien ?

La crainte s'entendait dans la voix de Runcorn.

— C'est possible. Je ne vais pas le laisser me dicter mes actions. Je vais tenter ma chance avec Gillander.

— Soyez prudent !

— Je le serai.

Arrivé à la porte, Monk se retourna.

— Merci.

Il resta sur la rive sud et prit un fiacre pour se rendre à l'endroit où la goélette de Gillander était amarrée. Si ce dernier était absent, il devrait l'attendre. Il n'avait pas d'autre moyen de le trouver. Durant le trajet à travers les rues mouillées et encombrées, il passa en revue les faits dont il était certain, à commencer par le moment où McNab l'avait fait venir pour qu'il prenne la direction de l'enquête sur la mort de Blount.

Pourquoi avait-on tiré dans le dos d'un homme déjà mort ? Et d'ailleurs, la noyade de Blount était-elle purement accidentelle ou s'agissait-il là du véritable meurtre ? Blount était un faussaire qui louait ses services. D'après McNab, ses agents l'avaient justement interrogé sur ses derniers employeurs en date sans aboutir à rien, hormis à lui fournir l'occasion de s'évader. Ou d'être secouru par ceux qui étaient peut-être ses assassins.

Blount s'apprêtait-il à les trahir ? Ou était-ce déjà chose faite, ce que McNab aurait omis de dire à Monk ? C'était une possibilité.

Ensuite, il y avait l'épisode concernant Owen et Pettifer. Monk n'avait vu Pettifer qu'en proie à la panique, au bord de la noyade. On ne pouvait se former une opinion d'un homme dans de telles circonstances. Cependant, d'après les investigations effectuées par Hooper, il était le bras droit de McNab depuis plusieurs années, et c'était un homme intelligent, efficace et déterminé, voire impitoyable.

La fuite d'Owen et la noyade de Pettifer semblaient dues à une extraordinaire malchance. Néanmoins, elles offraient à Monk un prétexte idéal pour aller voir Gillander et essayer d'en savoir davantage sur son passé à San Francisco.

Debout sur la rive, il était tendu en hélant le *Summer Wind* qui mouillait à quelques mètres de là, en eau plus profonde.

Il dut appeler par trois fois avant que Gillander apparaisse sur le pont. Son visage s'éclaira à la vue de Monk. Il descendit l'échelle et détacha aussitôt le canot. En douze longs coups de rame, il était arrivé aux marches.

— Vous voulez monter à bord ? proposa-t-il gaiement. Prendre un bon thé bien chaud, assez fort pour tordre une cuiller ? Avec du sucre et une goutte de rhum ?

Monk accepta et prit place à la poupe. Il avait préparé avec soin ce qu'il allait dire, mais à présent, ses mots sonnaient faux. Par conséquent, il garda le silence.

Une fois à bord, le canot solidement attaché, le panneau d'écoutille à peine entrebâillé, Gillander fit bouillir de l'eau dans la cambuse et apporta un thé à Monk avant de s'asseoir en face de lui.

Il était temps que Monk explique les raisons de sa visite. Il contempla l'intérieur de la cabine avec une admiration sincère.

— Êtes-vous venu avec depuis la Californie ?

— Oui. J'ai eu beau temps pour l'essentiel. Un peu de tempête autour du cap Horn, comme toujours.

— Combien de membres d'équipage ?

— Trois. On peut naviguer à deux, mais c'est toujours bien d'avoir un homme en plus en cas de pépin.

— Je suppose qu'il n'est jamais difficile de trouver un homme prêt à travailler pour son passage, observa Monk.

Un souvenir rôdait en marge de sa mémoire, juste hors de portée : un soleil éclatant, une mer agitée, une crête d'écume sur les vagues. Et du vent, toujours du vent, parfois lourd et violent, qui faisait claquer les voiles quand elles changeaient de direction. C'était un son qui ne ressemblait à aucun autre.

D'où s'en souvenait-il ? De la mer du Nord ? Sans doute. Il ne savait pas s'il était allé ailleurs.

Gillander le regardait et attendait.

— Jusqu'à quel point connaissez-vous Aaron Clive ? reprit Monk.

Surpris, son hôte se ressaisit presque aussitôt.

— Je le connais assez bien. Je le vois de temps en temps depuis une vingtaine d'années.

Il n'avait pas changé de position, mais une tension l'avait gagné.

— Depuis l'époque de la ruée vers l'or, conclut Monk. C'est à San Francisco que vous l'avez rencontré ?

— Oui. Il y était déjà quand je suis arrivé en 1848.

— Vous alliez y chercher de l'or ?

— Moi ? Vous me voyez de l'eau jusqu'aux genoux, en train d'agiter un tamis pour voir ce qui est tombé dedans ? s'esclaffa Gillander. Je préfère la mer. C'était l'occasion d'avoir une aventure, de voir du pays, de m'éloigner de la Méditerranée où je m'étais fait quelques amis et quelques ennemis. Je me disais qu'avec un peu de chance je pourrais m'acheter mon bateau un jour. Et j'ai réussi.

Il continuait à observer Monk calmement.

— Pourquoi ? Quel rapport y a-t-il avec Owen ? Vous pensez toujours qu'il était mêlé à un plan pour cambrioler Clive ?

Il but une longue gorgée de thé arrosé de rhum.

— Il serait idiot de s'y frotter ! continua-t-il. Autant que je sache, personne n'a jamais réussi à voler Clive. Quelques-uns ont essayé. Aucun n'a recommencé.

Était-ce une mise en garde ?

— Ont-ils échoué en prison ? Ou sont-ils morts ?

Gillander exhala lentement.

— Ils sont morts, pour la plupart. Les temps étaient durs… mais vous le savez. Ç'a beau faire vingt ans, vous n'avez pas pu l'oublier.

Monk se figea. Les secondes s'égrenèrent. Il devait dire quelque chose.

— Beaucoup d'eau a coulé sous les ponts depuis. Qu'est-ce qui vous a attiré là-bas ?

Gillander sourit.

— Le mystère, dit-il, amusé. Je ne le pensais pas à l'époque, pourtant le fait est. Comme la guerre pour certains, ou l'exploration de l'Afrique, la recherche des sources du Nil blanc. Sauf que je ne suis pas attiré par l'Afrique. Et je détesterais aller chercher le pôle Nord ! J'aime me mesurer aux gens… et à la mer, je suppose.

Il sembla sur le point d'ajouter quelque chose, puis se ravisa.

Ils se regardèrent pendant une poignée de secondes. Monk savait que, s'il ne voulait pas gâcher sa chance, le moment était venu d'être honnête. S'il laissait passer cette occasion, elle serait perdue à jamais.

— Moi aussi, acquiesça-t-il. Londres est une sorte de jungle.

Il prit une profonde inspiration et poussa un long soupir. Il sentait son cœur cogner dans sa poitrine.

— Vous me connaissiez là-bas… à San Francisco ?

Le regard de Gillander était parfaitement calme. Rien ne vacillait dans ses yeux noisette.

— Un peu. Assez pour naviguer avec vous de temps à autre. Il arrivait qu'on se dispute une cargaison. Vous n'avez pas changé tant que ça. Sauf quand on commence à vous examiner de près.

Le doute n'était plus permis. Monk était allé là-bas.

— Et alors ?

Il laissa la question en suspens. C'était comme s'il avait été percuté par une lame, soulevé au-dessus des flots, et qu'il était retombé brutalement, choqué et contusionné, le souffle coupé, mais encore en vie.

— Alors ?

Gillander sourit.

— Alors, je vois que vous êtes toujours dangereux, mais différemment. Vous n'êtes plus aussi impitoyable qu'autrefois.

Il était temps d'en venir au but.

— Je le serai avec quiconque projette de voler Aaron Clive. Je ne veux pas que ça arrive sur mon secteur du fleuve.

— Peut-être que vous n'avez pas changé tant que ça ! s'écria Gillander avec un rire de plaisir. Vous vous en fichez que ça arrive ailleurs, hein ?

Monk éluda la remarque.

— Savez-vous quelque chose à ce sujet ? Travaillez-vous pour Clive ou contre lui ?

Gillander hésita. Sur son visage se lut une profonde émotion, suivie d'une expression impassible, et enfin un sourire d'autodérision.

— Les deux, avoua-t-il enfin. Je travaille surtout pour Mrs. Clive.

Monk saisit un fragment d'idée, un soupçon de souvenir – Gillander en admiration devant Miriam, comme si c'était la femme la plus belle qu'il eût jamais vue.

— Le sait-il ?

La rougeur monta aux joues de Gillander. Il cilla malgré lui.

— Vous avez toujours eu le sens de la repartie.

Monk voyait des bribes de scènes ou les inventait, s'accrochait à des signes, à des indices glanés au fil de la conversation.

— Vraiment ? dit-il, songeur. Je croyais m'être amélioré.

— Oh ! Oui.

Gillander sourit de nouveau, avec un charme tout particulier.

— Je ne vous aurais pas fait confiance pour un sou. À moi non plus, d'ailleurs.

Monk le dévisagea avec attention, observant ses traits séduisants, son attitude détendue. Monk avait-il vraiment été ainsi, vingt ans plus tôt, dans une époque oubliée ? Il doutait d'avoir jamais possédé le charme de Gillander. Un charme qui n'était pas seulement superficiel. C'était un homme plein d'esprit, d'humour, et on sentait chez lui une certaine sincérité.

Monk devait-il vraiment chercher à connaître l'homme qu'il avait été ? Il n'en avait pas envie. Et pourtant, ce serait toujours là dans l'ombre derrière lui.

— Clive ne m'aimait pas ? demanda-t-il sur une impulsion, sans expliquer pourquoi il l'ignorait lui-même.

Gillander parut perplexe.

— Je ne suis pas sûr qu'il ait aimé ou détesté quiconque après la mort de Zachary. La tragédie l'a changé.

Il sembla chercher ses mots.

— Il avait confiance en Astley, mais il n'a jamais été proche de lui de la même manière. Franchement, je ne vois pas pourquoi il se serait soucié de vous, dans un sens ou dans l'autre. Quelle importance à présent ?

— Peut-être aucune.

Monk avait envie de clore le sujet. Il n'était pas encore assez désespéré pour continuer à poser des questions. Gillander avait beau lui être sympathique, il eût été irréfléchi de lui en révéler plus que nécessaire.

— Redites-moi exactement ce qu'Owen vous a raconté quand vous l'avez repêché.

— D'abord, il m'a dit qu'il s'appelait Pettifer et qu'il était agent des douanes, répondit Gillander avec un sourire d'excuse.

Monk hocha la tête, tout en arborant une mine sceptique.

— Et quelle raison vous a-t-il donnée pour avoir traversé le fleuve à la nage au lieu de nous aider à capturer le fugitif ? Je suppose que vous le lui avez demandé !

— Naturellement, riposta Gillander d'un ton un peu sec. Il n'avait même pas jeté un regard en arrière pour voir ce qui vous arrivait.

— Et qu'a-t-il dit ? Ses excuses devaient être bonnes pour que vous les ayez crues.

— Elles l'étaient, rétorqua Gillander avec une pointe d'irritation. Il a dit qu'Owen avait tué Blount, qu'il l'avait assassiné de sang-froid parce qu'il avait trahi leur plan. Et que ce jour-là, Owen l'avait attaqué dans l'intention de le tuer aussi. Compte tenu de leur taille respective, c'était très vraisemblable.

Monk se représenta la scène et dut en convenir.

— Où Owen était-il censé avoir tué Blount ? Et quel plan avaient-ils en tête ?

— Du côté de Deptford, en face de l'île aux Chiens.

— Il l'a noyé ?

— Oui. Pourquoi ?

— A-t-il dit qui avait tiré sur lui ?

Gillander parut surpris.

— Tiré sur lui ? Il était mort… n'est-ce pas ?

— Oui. Et après sa mort, quelqu'un lui a tiré une balle dans le dos.

— Pourquoi diable avoir fait ça ?

— Je commence à penser que c'était pour donner l'impression que c'était un crime et non un accident et me mêler à l'affaire. Mais ce qui est intéressant, c'est qu'Owen n'en ait rien su.

— Pensez-vous que Pettifer ait été au courant ?

Monk réfléchit.

— Eh bien, si Owen a risqué sa vie en traversant la Tamise à la nage pour échapper à Pettifer, c'est peut-être parce qu'il savait que Pettifer allait le tuer.

— Ça expliquerait tout de manière logique, mais pourquoi ?

— Cela voudrait dire que Pettifer avait tué Blount, résuma Monk, songeur. Owen ne voulait évidemment pas être remis à McNab ou à n'importe quel agent des douanes. Il est sûrement en France à l'heure qu'il est. D'un autre côté, s'il y a vraiment un plan qui se prépare, il pourrait encore être ici, quelque part sur le fleuve.

— La question que je poserais, c'est qui d'autre est au courant de ce plan.

— La question à laquelle j'aimerais répondre, c'est qui a incité Pettifer à tuer Blount et à tenter de tuer Owen, rétorqua Monk. Est-ce McNab ou quelqu'un d'autre ? Et Aaron Clive a-t-il quoi que ce soit à voir avec tout cela ?

— Je sais où Blount a été tué, déclara Gillander. Du moins, je connais l'endroit où Owen a affirmé que ça s'était passé. On pourrait trouver quelqu'un là-bas qui a vu quelque chose. Ça vous permetterait de vous défendre si on vous blâmait pour la mort de Pettifer.

Monk s'interrogea, évaluant les risques. Devait-il faire confiance à Gillander ? Peut-être allait-il droit dans un guet-apens. Mais il sentait déjà l'étau se refermer sur lui. Il songea aux pièges à mâchoires des braconniers, qui déchiraient la chair et même les os.

— Bonne idée, acquiesça-t-il.

Gillander se leva.

— Bien ! Nous sommes sur mon bateau. C'est moi qui commande. Compris ?

Monk n'hésita pas. C'était la loi de la mer. Tout homme qui s'opposait à la nature était un idiot – et très souvent un mort.

Ils levèrent l'ancre, et Monk enroula les cordages sans même y penser. Ce fut seulement en se tournant pour border l'artimon qu'il se rendit compte que ses doigts avaient effectué des nœuds compliqués sans la moindre hésitation. S'il s'interrompait maintenant pour peser ses décisions, son instinct le désertait. Au lieu de lutter, de fouiller son esprit, il devait simplement laisser son corps prendre le relais.

Ils mirent plus de deux heures à rallier Deptford. Ce n'était pas très loin, mais le trafic était dense sur le fleuve et ils durent trouver un endroit où s'amarrer pour quelques heures.

Monk prit plaisir à l'expédition. Au début, il avait craint de ne pas être à la hauteur même s'il se fiait à Gillander pour donner des ordres clairs. Il fut surpris de constater qu'il avait eu tort de s'inquiéter. Il avait dû naviguer sur un deux-mâts comme celui-ci par le passé et une partie de lui-même ne l'avait jamais oublié, à l'instar de ses compétences de policier. Il n'eut aucun mal à garder son équilibre, il savait manier les cordages, ne pas se tenir au mauvais endroit – c'était terriblement dangereux au cas où ils se déroulaient brusquement et vous entraînaient avec eux ! Il veilla à ne jamais être heurté par la bôme, à ne jamais trop serrer le vent afin d'éviter que la voile faseye, tout lui revint instinctivement. Il était à la fois tendu et au comble de l'exaltation.

À terre, Gillander passa devant. Il traversa le quai et s'engagea dans une ruelle sinueuse, puis dans une seconde, large d'un mètre cinquante à peine. On aurait pu toucher les murs en tendant les bras. Il y faisait froid. Les pierres étaient humides et le vent s'engouffrait dans le passage comme dans un entonnoir, transperçant le caban de Monk en dépit de son épaisseur et lui faisant regretter de ne pas avoir songé à mettre un chandail et une écharpe plus chaude.

Gillander le conduisit à une très petite taverne qui portait le nom énigmatique de *Triple Plea*[1]. Il faisait bon à l'intérieur et l'air était si imprégné de fumée qu'il fallait un instant pour s'habituer à le respirer.

1. Poème satirique de Charles Snart (1808). *(N.d.T.)*

Gillander, apparemment, était connu. Le serveur borgne lui désigna une petite table contre le mur du fond.

— Ne l'appelez pas Cyclope, avertit Gillander. Il répond au nom de Pye et il apprécie qu'on lui témoigne un peu de respect.

— Compris, répondit Monk en prenant place sur un tabouret en bois ciré, moins inconfortable qu'il ne s'y attendait.

— C'est moi qui vais parler, ajouta Gillander. Contentez-vous de boire votre bière et d'écouter.

Monk ravala la réplique qu'il avait sur le bout de la langue.

Ils restèrent assis devant leur bière pendant plus d'une demi-heure. Monk y goûta à peine, ce qui n'était peut-être pas plus mal. En revanche, le pain était croustillant et le fromage savoureux.

Enfin, un homme d'apparence quelconque s'approcha de leur table et se joignit à eux. Ses cheveux étaient très fins et il avait une barbe clairsemée. Seuls ses yeux, d'un gris très clair, argenté, à demi cachés par ses paupières tombantes, attiraient l'attention.

Gillander ne présenta pas Monk.

— Il est sûr, se contenta-t-il de dire avant de poursuivre. T'as vu Owen ?

L'homme, qui n'avait pas dit son nom, esquissa une grimace de dégoût et secoua la tête.

— Il s'est tiré depuis belle lurette, déclara-t-il d'une voix rauque. Il est en France à l'heure qu'il est.

— Pettifer est mort, annonça Gillander.

— Tu crois que je le savais pas ? répliqua l'inconnu d'un ton sarcastique. Il sera remplacé.

Monk brûlait de lui demander non qui allait le remplacer, mais qui allait le faire remplacer. Le cerveau qui avait imaginé toute l'affaire ? Ou quelqu'un qui avait l'intention de faire échouer le plan, comme Clive ? Cependant, un violent coup de pied assené sous la table lui rappela de se taire.

— Et Owen ? insista Gillander. Il va être remplacé aussi ?

— Pour quoi faire ?

De nouveau, le visage de l'homme exprima le dégoût.

— Il a filé en France pour échapper à Pettifer. C'est une sale petite fouine, Owen, mais il avait une sacrée trouille.

— De Pettifer ? s'étonna Gillander, feignant d'être amusé.

— De McNab, espèce d'idiot ! grogna l'homme entre ses dents. Pettifer était à la solde de McNab. Il trouvera quelqu'un d'autre. Dieu sait qui sera mort ou vivant d'ici la fin de cette histoire.

— C'était lui le cerveau ? demanda Gillander, l'air sceptique.

— Qu'est-ce que ça peut te faire ?

— Si Clive est fichu, je veux le savoir. J'ai peut-être quelque chose à en tirer.

— Le mieux pour toi, ce serait que tu fiches le camp d'ici et que tu la fermes, lança l'homme, presque dans un souffle.

Il regarda Monk, puis revint sur Gillander.

— Et emmène ce gars-là. Il sent la fluviale à plein nez. Y en a pas beaucoup qui sont pourris, mais méfie-toi.

Il vida sa chope et s'en alla, titubant d'un côté et de l'autre pour gagner la porte.

Les pensées se bousculaient dans l'esprit de Monk. Ainsi Pettifer avait tué Blount et essayé de tuer Owen. Pour McNab ? Ou pour une raison qui lui échappait encore ? Ce fameux complot n'était-il qu'un mirage ?

Gillander l'observait, attendant une réaction de sa part.

— Merci, dit Monk à voix basse. Nous devrions partir à présent.

— Vous le croyez ? demanda Gillander alors qu'ils se frayaient un chemin dans la foule pour ressortir dans la ruelle.

La pluie tombait à grosses gouttes et les caniveaux débordaient.

— Tout concorde, répondit Monk. Les plans de McNab, quels qu'ils soient, ont été retardés parce que Pettifer est mort à la place d'Owen. Peut-être n'y a-t-il aucun rapport avec Clive, hormis indirectement. Et peut-être Piers Astley n'a-t-il rien à voir avec tout ça non plus… à supposer qu'il soit réellement mort.

Ils débouchèrent sur la rive. Le *Summer Wind* se balançait tranquillement au gré de la houle. C'était presque l'étale de marée.

— Il n'y a aucun doute là-dessus, murmura Gillander. Le pauvre diable…

— Clive a-t-il caché les détails de sa mort à sa femme pour lui épargner du chagrin ?

— C'est fort possible, puisqu'il a été assassiné, lança Gillander avec une fureur soudaine.

Son visage s'emplit de douleur et d'une intense pitié.

— Piers était quelqu'un de bien. Un des meilleurs hommes qui soient. Par certains côtés, il n'était pas dans son élément là-bas… c'était l'homme le plus droit que j'aie jamais connu, loyal jusqu'à l'excès.

— On n'a jamais su qui l'avait tué ? insista Monk, bien qu'il eût l'impression de s'imposer dans une peine très personnelle.

Gillander fixa le fleuve, la lumière se reflétant dans son regard impénétrable.

— Pas encore… mais elle le découvrira.

10

Assis au coin du feu, Monk regardait la vapeur s'élever des jambes de son pantalon mouillé. Il était trop fatigué pour prendre la peine de se changer. Il avait fait part à Hester de ses conclusions concernant son passé à San Francisco, ce qu'il savait et ce qu'il avait deviné. Maintenant, il n'avait plus qu'une envie : aller se coucher. Il avait terminé son dessert de pommes cuites au four accompagnées de crème et avait du mal à garder les yeux ouverts.

— Le bruit court qu'Owen est certainement en France, dit-il, changeant de sujet.

— Étant donné que Blount est mort, commenta Hester, je suppose qu'Owen s'en est plutôt bien tiré. Penses-tu que Pettifer ait eu l'intention de le tuer, comme l'affirme Gillander ?

— Je crois qu'il me reste beaucoup de choses à découvrir au sujet de Pettifer.

— Et les autres experts dont McNab t'a parlé ? Es-tu certain qu'il ne les a pas inventés de toutes pièces ?

— Bien sûr que oui ! Crois-tu que je n'aie pas vérifié ? Je ne compte pas sur McNab pour me dire la vérité si un mensonge lui convient mieux.

Il n'avait pas tout dit à Hester au sujet de l'épisode Nairn, seulement assez pour qu'elle ait une idée de ce qui s'était passé. Il en avait honte, mais surtout, il savait que, si elle comprenait la profondeur de la haine de McNab à son égard, et ses raisons de le haïr, elle aurait encore plus peur pour lui.

— Et où sont-ils maintenant ?

Monk l'ignorait. Il s'était assuré que ces hommes existaient bel et bien, sans aller plus loin.

— Je ne sais pas, avoua-t-il. On n'a pas de nouvelles d'eux.

Elle ne répondit pas, mais l'anxiété s'accentua sur ses traits. Elle demeura silencieuse pendant plusieurs minutes, puis changea complètement de sujet.

— Beata York est venue apporter son aide à la clinique ces jours-ci. Elle me plaît. Elle est beaucoup plus intéressante que je ne l'avais supposé. Je n'avais jamais vraiment songé à elle, j'imagine. Je détestais simplement son mari pour ce qu'il avait fait à Oliver. Elle n'a rien dit de précis, j'ai toutefois le sentiment qu'elle avait encore plus de raisons que moi de le haïr.

— Que veux-tu dire ? demanda Monk, stupéfait.

— J'ai vu son regard quand elle parle de lui, parfois. Quand il a fait sa crise, il attaquait Oliver à coups de canne, le sais-tu ? Il allait le frapper au visage, à la tête.

— C'est elle qui t'a révélé cela ?

— Non, bien sûr que non. C'est Oliver.

— Pourquoi y penses-tu à présent ? demanda-t-il, perplexe.

— Il le haïssait, expliqua-t-elle. York haïssait Oliver parce qu'il était tout ce que lui n'était pas. À l'intérieur. Je veux dire, pour tout ce qui compte réellement.

Il la dévisagea sans comprendre.

— McNab te hait pour une raison ou pour une autre, clarifia-t-elle. Et il ne te pardonnera jamais parce que tu seras toujours meilleur que lui.

La chaleur se répandit en Monk, plus douce qu'un nectar.

— Le crois-tu ?

— Oui.

Elle sourit.

— Ne va pas te monter la tête ! Je te le dis parce que je doute que McNab lâche prise. Je pense qu'il en est incapable. Sa haine le dévore. Il va continuer à essayer de te détruire, et pas seulement toi, mais la brigade fluviale tout entière.

Elle l'observait, voulant s'assurer qu'il avait saisi la portée de ses paroles.

— Il faut que tu l'affrontes, William. Que tu découvres si ce plan existe bel et bien, ou si c'est une invention pour te faire trébucher.

— Cela ne pourra pas nuire à la brigade fluviale, affirma-t-il.

— Si, peut-être, si ton jugement est pris en défaut. Admettons qu'il y ait en effet un cambriolage en vue et que tu ne l'empêches pas, Aaron Clive ne te le pardonnera pas. Pas plus qu'il ne te pardonnera si c'est une invention, qu'il prend d'énormes précautions et que rien ne se produit. Il n'acceptera pas d'avoir été ridiculisé.

— Comment en sais-tu si long à son sujet ? Ne me dis pas que tes femmes des rues le connaissent. Il n'est en Angleterre que depuis deux ans et sa réputation est irréprochable.

— Bien sûr qu'elle l'est, admit-elle avec impatience. Et elle le sera probablement toujours. Même s'il y avait des rumeurs, il aurait les moyens de les étouffer, et d'écraser ceux qui les répandent.

— Comment sais-tu cela ?

Il eut un léger sourire et se cala plus confortablement dans son fauteuil douillet.

— Tu ne l'as jamais rencontré !

— Beata a vécu pendant des années à San Francisco. C'est loin d'être une idiote, William. Elle a été témoin de son ascension, et elle connaît très bien Miriam Clive aussi. Je t'en prie… sois prudent. Ne laisse rien au hasard…

Le lendemain matin, Monk et Hopper se tenaient l'un à côté de l'autre sur le quai, observant le jour qui se levait sur la Tamise grise et pommelée par le vent, les silhouettes sombres des navires oscillant à l'ancre. Des bacs traversaient, venant de la rive sud, les rames se levant et s'enfonçant en rythme.

Une fois de plus, ils tentaient de distinguer le vrai du faux et de déterminer s'il y avait oui ou non un lien entre les prisonniers évadés.

— Je me suis déjà renseigné sur Applewood, déclara Hooper en plissant les yeux contre le soleil levant. Il est de retour en prison, dans le Nord. Aucune trace de Seager. On dirait qu'il s'est mis au vert. Mais il est originaire de Liverpool. Il est possible qu'il se terre là-bas.

— Intéressant, commenta Monk, songeur. Cela signifie-t-il qu'il n'y a pas de plan, ou que McNab nous a donné de mauvais noms, délibérément ou pas ?

— Du bluff ou du double bluff ? ironisa Hooper en souriant. Peut-être pouvons-nous lui rendre la monnaie de sa pièce, qu'en dites-vous ?

Il semblait optimiste.

— Il se servira de notre force contre nous si nous le laissons faire.

Monk en était convaincu. Son inimitié à l'égard de McNab s'était accentuée, mais son respect aussi. Il avait sous-estimé cet homme par le passé et n'avait pas l'intention de commettre la même erreur aujourd'hui.

— J'aimerais savoir exactement jusqu'où va son intelligence.

— Le mieux serait de les mettre l'un face à l'autre et d'observer ce qui se passe, suggéra Hooper avec un sourire.

— Les ?

— Clive et lui.

— Clive vous déplaît, n'est-ce pas ?

À sa grande surprise, Monk, qui n'avait pourtant pas pour habitude de se fier à l'opinion d'autrui, même celle d'Orme, avait découvert qu'il attachait une grande importance au jugement d'Hooper. Devait-il voir là un signe de maturité ou de faiblesse ? Ou les deux ?

— Il est devenu riche sur un coup de chance, répondit Hooper en regardant le fleuve. Il l'est resté grâce à son habileté. Il s'est fait les amis qu'il fallait, les ennemis qu'il fallait. Et n'oubliez pas qu'il en sait sans doute plus long sur vous que vous-même. Il sera doux comme un agneau jusqu'au moment où vous vous opposerez à lui, et quand vous deviendrez une menace – ou qu'il croira que vous le menacez –, ce sera comme si vous aviez avalé une guêpe.

— Je m'en souviendrai, promit Monk.

Il prenait cet avertissement au sérieux. Et la suggestion d'une confrontation entre Clive et McNab ne manquait pas non plus d'attrait.

Monk remonta le fleuve en fiacre puis en bac, et arriva au bureau de Clive peu après neuf heures. Il dut patienter une vingtaine de minutes pour le voir, néanmoins on lui offrit du thé et un siège confortable.

Clive entra avec une mine enjouée et referma la porte derrière lui.

Monk se leva.

— Bonjour, Mr. Clive. Je suis navré de vous déranger de nouveau.

Clive lui serra la main avec vigueur, quoique brièvement. Il s'assit en face de Monk et croisa tranquillement les jambes.

— C'est au sujet de cette histoire de cambriolage ? Je vous assure que je suis toujours conscient de ce genre de risque, et j'ai mené quelques investigations de mon côté. McNab, du bureau des douanes, est venu ici à plusieurs reprises, vous savez.

— Oui, je le sais. J'ai cru comprendre que vous aviez été très cordial avec lui.

— Un mal nécessaire, répondit Clive, pince-sans-rire. Mieux vaut avoir ces gens-là de son côté. Ils peuvent vous causer de sacrés ennuis s'ils sont contre vous. Mais j'imagine que vous connaissiez le fleuve aussi bien qu'eux, sinon mieux.

Monk se rendait compte que, sous ses dehors bonhommes, Clive l'observait avec attention. Se souvenait-il de lui vingt ans plus tôt, ainsi qu'Hooper l'avait suggéré ?

— Connaissez-vous bien Fin Gillander ? s'enquit-il. On dirait que le *Summer Wind* mouille souvent en face de vos entrepôts.

Clive esquissa un large sourire qui révéla ses belles dents blanches.

— Quand on a une épouse aussi belle que la mienne, on s'habitue à ce que d'autres hommes tombent amoureux d'elle et parfois le restent tout au long de leur vie. La première fois que j'ai vu Gillander, c'était un jeune homme de dix-neuf ans un peu fruste. Miriam en avait trente. Il a eu le coup de foudre pour elle, et je doute qu'il s'en remette un jour. Certains hommes sont prisonniers de leurs rêves. Elle le sait et elle est gentille avec lui, mais cela ne va pas plus loin.

Monk ne discuta pas. Pour autant qu'il le sût, Clive avait peut-être raison. Sans doute en ce qui concernait Gillander. Quant à ce que Miriam éprouvait, il n'en avait pas la moindre idée. Cet amour était peut-être une responsabilité dont elle se lasserait. D'un autre côté, elle avait pu être tentée de s'en servir dans ses recherches pour identifier le meurtrier de Piers Astley. Gillander l'avait laissé entendre.

Beata avait-elle raison de penser que Clive avait un cœur d'acier ? Ou n'était-ce là qu'une intuition dictée par son propre passé ?

— Mrs. York parle d'elle avec beaucoup d'admiration, dit-il à voix haute, guettant la réaction de Clive.

Il devait savoir que, même si Monk avait perdu la mémoire, ce n'était pas le cas de Beata.

Clive sourit, mais cette fois, une légère tension altérait ses traits.

— Ah, oui, Beata. Pauvre femme. Son premier mariage était un mariage de raison plus que d'amour, je pense. Quant à York, je ne sais pas. Il était sans aucun doute hautement respecté dans sa profession, mais ce n'était pas un homme très plaisant, d'après ce que j'ai entendu dire. Elle n'a pas eu de chance. Naturellement, elle n'est pour rien dans les erreurs de son père. Aucun de nous ne choisit ses parents.

Clive essayait-il de le pousser à poser des questions ? Oui, à l'évidence. Il lui tendait un appât dans l'espoir qu'il mordrait à l'hameçon.

— Je n'ai pas rencontré son père, répondit-il.

— Peut-être pas…

Clive pinça les lèvres.

— Il était assez connu à San Francisco. Mais vous faisiez du cabotage et je suppose que vous n'aviez guère d'argent à dépenser en ville.

Il distillait les informations au compte-gouttes. Si son sourire était toujours plaqué sur ses lèvres, la chaleur semblait l'avoir quitté. On eût dit les préliminaires d'un duel. L'attaque viendrait tout à coup, par surprise.

Il aurait été puéril de la part de Monk de prétendre qu'il n'était pas en Californie pour l'argent, comme s'il s'excusait de ne pas en avoir gagné beaucoup.

— Je n'avais pas besoin d'un banquier, dit-il avec désinvolture.

— Pourtant, vous devez vous souvenir des circonstances de sa mort.

Clive le dévisageait avec intensité, à l'affût d'un changement dans sa respiration, d'une lueur dans son regard.

Monk réfléchit à toute allure. Un mensonge le trahirait plus qu'un aveu. Il n'avait pas de souvenirs parmi lesquels creuser. Il ne se remémorait même pas le nom de l'homme en question.

— Non. J'étais peut-être ailleurs sur la côte.

— Vers la fin, il jouait beaucoup aux cartes. Il a été accusé d'avoir triché et abattu dans la bagarre qui s'est ensuivie. Cela a fait tout un scandale. La pauvre Beata… Bien sûr, elle n'en parle jamais. Je doute même que York ait été au courant.

Il laissa la suggestion de tromperie en suspens dans l'air.

Monk éprouva une bouffée de ressentiment envers lui. Pour la première fois, Clive venait de lui dévoiler une facette peu élégante de sa personnalité. Était-ce une mise en garde délibérée ? Monk jugea préférable de ne pas montrer son dégoût.

— C'est malheureux, commenta-t-il en affectant le regret. Je comprends qu'elle ait décidé de regagner l'Angleterre.

— Les gens venaient pour toutes sortes de raisons, dit Clive d'un ton aimable. Je me suis souvent demandé pourquoi vous étiez reparti. Vous sembliez vous débrouiller plutôt bien.

Ce n'était pas une question, et pourtant, ne pas répondre serait un signe de faiblesse.

Monk avait l'impression d'être un papillon qui, épinglé sur du liège, battait follement des ailes pour se libérer. En apparence, la conversation était tout ce qu'il y avait de civilisé : il s'agissait seulement de savoir si une menace pesait bel et bien sur la fortune ou le nom de Clive ou si ce cambriolage n'était qu'une vue de l'esprit.

Cependant, à supposer que le danger soit réel et que Monk ne parvienne pas à l'éviter, il passerait pour un incompétent. Qui était son ennemi ? McNab ? Ou Clive ? Ou les deux, pour des raisons qui leur étaient propres ?

Le bien le plus précieux de Clive était visiblement son épouse, et Monk était tout à fait certain de ne rien avoir à se reprocher à cet égard. Quelle que fût son amnésie, s'il y avait eu quelque chose entre eux, il l'aurait lu sur le visage de Miriam lorsqu'elle était venue le voir.

— On m'a fait une offre intéressante, mentit-il. La côte de Californie est magnifique, mais celle-ci a son charme.

— La Tamise ?

Clive écarquilla les yeux et se cala dans son fauteuil.

— Vous avez préféré la Tamise à la côte de Barbarie ? Un homme comme vous ?

Monk affronta son regard sans ciller.

— Je suis anglais jusqu'au bout des ongles. Ici, c'est mon domaine. Il suffit de descendre la Tamise pour traverser des siècles d'histoire, depuis les légions romaines de Jules César à l'observatoire de Greenwich qui règle l'heure du monde entier.

— C'est cela qui vous séduit ? demanda Clive avec curiosité. L'idée d'être au cœur de l'Empire ? C'est très anglais !

— Non, affirma Monk avec une soudaine prise de conscience. C'est la splendeur de l'aube à l'est, les vastes cieux de l'estuaire et les oiseaux sauvages qui les survolent avec tant de certitude et de décision qu'on dirait qu'ils savent quelque chose que nous ignorons.

Pour une fois, Clive demeura muet.

— Cela vaut la peine d'être aimé, poursuivit Monk. Toute cette vie qui grouille, bonne et mauvaise, c'est quelque chose à aimer.

Clive, sans relever, revint sur le sujet d'un hypothétique cambriolage et s'y cantonna jusqu'à ce qu'il soit épuisé et que Monk prenne congé. Il avait fait tout ce qu'il pouvait pour avertir Clive d'une éventualité à laquelle ni l'un ni l'autre ne croyait.

Alors qu'il retournait vers la route, il vit Miriam Clive qui se dirigeait vers lui. Elle portait une robe bordeaux foncé et une veste bordée de fourrure noire. Une fois de plus, il fut frappé par la beauté farouche, presque exotique, de ses pommettes hautes et de ses grands yeux noirs, et surtout par la passion qui animait ses traits. Son visage était le reflet d'une âme tourmentée.

— Bonjour, Mrs. Clive, dit-il poliment.

Elle s'arrêta, l'air contente de le voir.

— Bonjour, commissaire Monk. J'espère que rien de grave ne vous amène ?

— Seulement la précaution. Mr. McNab est toujours d'avis qu'il est possible, bien qu'improbable, que quelqu'un tente un cambriolage.

Elle prit soin de garder une expression totalement neutre.

— Mr. McNab ? Vraiment ?

— Je crois savoir que vous le connaissez, au moins un peu ?

Elle haussa une de ses minces épaules.

— Je l'ai rencontré. Je pense qu'il a un côté opportuniste. Je serais encline à prendre ce qu'il dit avec un certain scepticisme. Mais je suis sûre que vous le savez déjà.

Il se rendait compte qu'elle l'observait avec attention. Se souciait-elle de ce qu'il pensait de McNab ?

— En ce qui me concerne, oui, admit-il. Mais vous ?

Elle prit une profonde inspiration et exhala lentement. Il l'avait mise dans une situation où elle devait répondre, ou éluder délibérément la question.

— Oui, avoua-t-elle avec un charmant sourire. Je voulais me renseigner sur vous par son intermédiaire parce que je pensais que vous pourriez m'aider à découvrir et à prouver qui a tué mon premier mari, Piers Astley. McNab m'a affirmé que vous étiez le meilleur détective de Londres. En outre, vous étiez à San Francisco au moment de la mort de Piers. Si quelqu'un pouvait réussir, c'était vous.

— Si quelqu'un ici à Londres pouvait réussir, rectifia-t-il. Mais quelle différence cela ferait-il à présent ?

Elle continuait à sourire.

— Si je savais qui l'a fait, Mr. Monk, je saurais aussi qui ne l'a pas fait. C'est parfois cela qui est le plus important, vous ne croyez pas ?

Elle mentait. Il en avait la certitude absolue. Ce qu'elle avait dit était indéniable, toutefois ce n'était pas le fond de sa pensée. Voulait-elle découvrir la vérité dans le seul but de l'enterrer à jamais ? Ou de manipuler quelqu'un ? Quel rôle McNab pouvait-il jouer là-dedans, en dehors du fait qu'il lui avait permis de s'adresser à Monk ?

— Je suis désolé de ne pas avoir pu vous aider, dit-il aussi courtoisement qu'il en était capable.

Son visage demeura indéchiffrable.

— Pas du tout, commissaire. Vous m'avez aidée à comprendre un grand nombre de choses. Mon amie Beata parle de vous avec le plus grand respect, et ce à juste titre, j'en suis convaincue.

Elle regarda par-dessus l'épaule de Monk le *Summer Wind* ancré de l'autre côté du fleuve.

— Et Mr. Gillander aussi, bien sûr, ajouta-t-elle avant de se retourner vers lui. Je vous souhaite une bonne journée.

— Bonne journée, Mrs. Clive, répondit-il.

Malgré lui, il la suivit des yeux jusqu'à ce qu'elle ait tourné au coin du bureau de Clive et disparu.

Lorsqu'il regagna le commissariat de Wapping, Hooper l'attendait en faisant les cent pas. Il pivota sur ses talons et attrapa Monk par le bras, le tirant à demi au-dehors sur le quai.

— Ça y est, dit-il d'un ton pressant. Laker a établi avec certitude que c'est Pettifer qui a tué Blount, peut-être sur ordre de McNab. On tient McNab. On sait ce qui s'est passé avec les trafiquants d'armes. Il était directement responsable. Ça ne convaincrait pas un jury, mais on peut régler l'affaire à notre façon.

Son visage était illuminé par la certitude, et Monk éprouva malgré lui un élan d'excitation.

— Comment ? Si nous ne pouvons pas le prouver…

Une foule de questions se pressaient dans son esprit. Pouvait-il se permettre de lancer un défi à McNab ? Celui-ci se battrait pour défendre sa liberté, sa vie. S'il tombait, il avait les moyens et la volonté d'entraîner Monk dans sa chute.

Hooper eut un sourire de gamin.

— Mad Lammond.

Monk en resta abasourdi.

— Mad Lammond ? Le pirate de la Tamise ?

Aucun tribunal n'accepterait son témoignage. Le nom de cet homme semait la terreur de London Bridge aux côtes de la Manche.

Hooper rougit très légèrement.

— Au moins, vous saurez la vérité, argua-t-il, un peu déconfit. Savoir, c'est pouvoir, même si notre marge de manœuvre est limitée. Venez avec moi, il vous le dira lui-même.

Monk ne bougea pas.

— Pourquoi le ferait-il ? Pourquoi ne pas nous égorger ?

— L'ennemi de mon ennemi est mon ami, cita Hooper. Du moins, quelquefois. De l'avis de Mad Lammond, McNab lui doit de l'argent qu'il ne veut pas lui payer.

— Expliquez-vous. Quel genre d'affaire McNab et Lammond pourraient-ils mener ensemble ?

Il aurait aimé le croire, mais n'y parvenait pas.

— Les armes, répondit Hooper comme si c'était une évidence.

Monk entrevit une lueur d'espoir.

— Les pirates qui nous ont attaqués étaient les hommes de Lammond ?

— Exactement !

— McNab les avait avertis de l'opération ? Pourquoi ?

Monk était si ému qu'il avait du mal à parler.

— Alors, c'est Lammond qui a tué Orme ? Pourquoi diable McNab voulait-il qu'il le fasse ? Devait-il abattre autant de nos hommes que possible ? Pourquoi ? C'est moi qu'il hait. Était-il prêt à tuer n'importe qui pour m'atteindre ?

— Non, murmura Hooper. C'était vous qu'il était censé tuer. Nous autres ne comptions pas. Seulement, ils ont atteint Orme et nous avons gagné la bataille. Ils n'ont pas pu s'emparer des armes et McNab a refusé de payer le deuxième versement parce que vous étiez encore en vie.

Monk lâcha un juron, ce qui lui arrivait rarement. C'était affreux, pire encore que ce qu'il avait imaginé. Le remords l'étouffait. Orme n'était pas mort dans le feu de l'action : il était mort à sa place, victime d'une balle perdue.

— Tout ça pour Robbie Nairn… soupira-t-il. La vengeance est une abomination, une sorte de folie qui pourrit le cœur.

— Oui, souffla Hooper.

— Et vous croyez que Pettifer agissait pour le compte de McNab ? Que c'est lui qui a donné les informations et l'argent à Mad Lammond pour qu'il me tue ?

— Et pour qu'il déshonore la brigade fluviale dans son ensemble, ajouta Hooper. Mais nous ne pouvons pas le prouver… pas encore, en tout cas.

— Que Dieu nous aide, dit Monk doucement, et il était sincère.

11

Monk fut réveillé bien avant l'aube le lendemain matin. Il faisait encore nuit noire au-dehors et il lui fallut quelques secondes pour se rappeler où il était. Il avait rêvé de soleil éclatant, de mers agitées et rugissantes, de rouleaux déferlant sur une côte rocheuse.

Hester se retourna et se redressa, repoussant les cheveux qui lui tombaient dans les yeux. Elle était déjà complètement réveillée. Sa voix s'éleva dans les ténèbres à côté de lui.

— Qu'y a-t-il ?

Il se leva et s'approcha de la fenêtre pour écarter le rideau. À la faible lueur du réverbère placé à quelques mètres de là, il vit deux policiers en uniforme sur le trottoir, juste devant chez lui.

— La police. Je vais allumer la lampe du palier et descendre. Il a dû arriver quelque chose.

Il n'avait pas le temps de se raser. Il s'aspergea le visage d'eau froide et enfila ses vêtements. Passant la main dans ses cheveux, il descendit l'escalier qui menait au vestibule, tira les verrous et ouvrit la porte.

Ils étaient deux, en effet, debout sur les marches, si près de la porte qu'ils semblaient essayer de se cacher au reste de la rue. À la lumière de l'entrée, ils paraissaient l'un et l'autre mal à l'aise.

— Que s'est-il passé ? demanda Monk, songeant aussitôt à des morts, à un terrible accident, peut-être même aussi grave que le naufrage du *Princess Mary*[1], un an plus tôt.

— Je suis désolé, monsieur, dit le plus grand des deux. Nous sommes venus vous arrêter pour le meurtre de James Pettifer, devant le quai Skelmer. Vous feriez mieux de ne pas faire d'histoires, monsieur. On ne voudrait pas ameuter les voisins, hein !

Abasourdi, Monk dut se cramponner au chambranle pour empêcher le monde de tourner autour de lui. C'était complètement absurde. Et pourtant, ces hommes étaient bel et bien des policiers. Leurs uniformes étaient clairement visibles, ainsi que leur matricule. Le plus petit tenait même un mandat d'arrêt à la main, gauchement, comme s'il n'était pas sûr de ce qu'il était censé en faire.

Et ils avaient raison. Pour rien au monde Monk ne voulait que les voisins se réveillent et assistent à la scène.

Il fit un pas ou deux en arrière, encore pris de vertige.

L'air inquiet, le plus grand des policiers s'avança à son tour pour maintenir la même distance entre eux, comme s'il craignait que Monk ne lui claque la porte au nez.

— Je vais avertir ma femme !

Monk avait voulu parler d'un ton mordant, mais sa voix était rauque et les mots sortirent faiblement, presque marmonnés.

Le policier leva les yeux. Hester descendait lentement les marches, serrant étroitement les pans de sa robe de chambre autour d'elle. Avec ses cheveux défaits qui tombaient sur ses épaules, elle semblait plus jeune, et plus vulnérable.

— Je suis désolé, m'dame, dit le policier d'un ton de regret. On n'a pas le choix. Ne nous compliquez pas la tâche.

1. Voir *Du sang sur la Tamise*, 10/18, n° 4816. *(N.d.T.)*

— De quoi parlez-vous ? demanda-t-elle, ébahie.

— Nous devons arrêter Mr. Monk pour avoir noyé Mr. Pettifer, m'dame.

— Noyé ? répéta-t-elle, incrédule. Pettifer a sauté à l'eau tout seul ! Le commissaire Monk essayait de le sauver !

— Z'étiez donc là, m'dame ?

Il avait parlé poliment, mais à l'évidence il savait qu'elle n'avait pas assisté à l'incident.

Elle s'apprêta à répliquer, puis se rendit compte que cela ne servirait à rien. La décision n'appartenait pas à cet homme et il n'était pas en mesure de désobéir.

Elle termina de descendre les marches et alla prendre l'épais pardessus de Monk sur la patère.

— Je vais m'habiller et aller voir Oliver tout de suite, dit-elle calmement en le lui tendant.

C'était bien Hester ! Elle était toujours calme dans les moments de crise, et puis, quand tout serait terminé, elle passerait des nuits blanches à revivre ces instants-là, à se demander ce qu'elle aurait pu faire différemment.

À supposer que cette crise-là ait une fin !

Il enfila le pardessus.

— Merci, dit-il, espérant qu'elle comprendrait qu'il la remerciait pour tout, tout leur passé et l'avenir aussi.

Elle lui sourit, son regard se riva au sien pendant quelques secondes intenses, puis se détourna.

Il suivit les policiers dans la rue. Ils ne le regardaient pas. Par décence, pour lui accorder un peu d'intimité dans ce terrible moment ? Ou par gêne ?

Un vent glacial soufflait, venant du fleuve, et la chaussée était glissante, luisante de verglas. Une voiture les attendait. Elle ressemblait à un fiacre ordinaire, et non au genre de fourgon aveugle que l'on utilisait pour transporter les prisonniers.

Il grimpa à l'intérieur. Les policiers s'assirent de chaque côté de lui et ils s'en allèrent vers l'ouest, dans la direction opposée au ciel qui pâlissait. La vaste surface étale de la Tamise était déjà constellée d'embarcations.

Où l'emmenait-on ? Ce devait être une erreur idiote ! Il était parfaitement évident qu'il avait essayé de porter secours à Pettifer. Même convaincu qu'il s'agissait d'Owen, le détenu échappé, il avait tout fait pour sortir l'homme de l'eau. S'il ne l'avait pas frappé à la tempe, il n'aurait pas pu le ramener. Ils se seraient noyés l'un et l'autre. Tout individu qui travaille au bord de l'eau sait qu'un homme qui se noie peut s'affoler et vous entraîner par le fond.

Il ouvrit la bouche pour protester, puis se ravisa. Ces policiers ne faisaient qu'obéir aux ordres. S'il s'était agi de ses hommes, et qu'ils aient laissé partir un prisonnier parce qu'il les avait convaincus de son innocence, il les aurait punis pour insubordination. D'autres que lui les auraient sans doute renvoyés !

Qui allait le remplacer à Wapping en son absence ? Hooper ? Non, bien sûr que non ! Monk ne serait absent qu'un jour ou deux, tout au plus. Cette affaire était une farce ! Un jeune homme en quête de notoriété avait dû tirer des conclusions erronées de la situation et prendre une initiative sans en référer à son supérieur. Tout serait sans doute résolu dès le lendemain – voire plus tard dans la journée.

Il n'aurait même pas à déranger Rathbone.

— Pourquoi suis-je censé avoir voulu tuer Pettifer ?

— Je n'en sais rien, monsieur, répondit le plus grand. Nous sommes seulement chargés de vous arrêter.

— Je ne l'avais jamais rencontré, je n'avais même jamais entendu parler de lui, ajouta Monk. Nous ne savions pas lequel des deux hommes était le fuyard. En fait, nous nous sommes trompés.

— Peut-être que c'est pour ça que vous l'avez tué, avança le policier. Parce que vous pensiez qu'il s'était évadé de prison ?

— D'un autre côté, intervint le plus petit, peut-être que vous saviez dès le départ que Pettifer était le douanier et que celui qui s'est sauvé était le fugitif ?

— Pourquoi aurais-je tué Pettifer ? s'indigna Monk.

— Probablement pour de l'argent. C'est la raison pour laquelle les gens font la plupart des choses qu'ils ne devraient pas faire.

Monk ouvrit la bouche pour protester, avant de se rendre compte que ses efforts étaient vains. Ils parlaient pour ne rien dire. Personne n'allait changer d'avis. Cette conversation était une perte de temps, un luxe qu'il ne pouvait se permettre. C'étaient des agents ordinaires qui l'avaient arrêté, mais qui tirait les ficelles ? McNab ? Pettifer avait été un de ses hommes et Owen le deuxième prisonnier à lui filer entre les doigts. Personne d'autre n'était impliqué.

Cette histoire de cambriolage visant Clive n'était qu'un écran de fumée. Monk en avait eu l'intuition la veille. Tout tournait autour de Robbie Nairn et du passé.

Monk était allé à San Francisco ; le fait était désormais irréfutable. Dieu seul savait dans quels autres endroits il s'était rendu, combien d'ennemis il s'était faits qui se souviendraient de ses actions, bonnes ou mauvaises, tandis qu'il avait oublié jusqu'à leur visage, jusqu'à leur voix. Il avançait à tâtons, à la manière d'un aveugle qui trébuche sur des obstacles visibles à tous les autres.

Il devait se ressaisir ! S'il cédait à la panique, il n'aurait aucune chance de se tirer de ce mauvais pas. Si Pettifer s'était noyé, c'était justement parce qu'il avait commis cette erreur. Monk avait fait tout ce qu'il avait pu pour le sauver. Quelle ironie ! Allait-il maintenant sombrer – devant la loi – parce qu'il s'était affolé ? Quelle vengeance pour Pettifer !

McNab était l'instigateur de toute l'affaire, à cause de Nairn, que Monk avait refusé d'épargner. Peu importait désormais de savoir s'il avait eu tort ou raison. Peut-être aurait-il dû tenter de le sauver. Il y avait eu en lui une absence de compassion qui ne lui plaisait pas. Cependant, il était impossible de revenir en arrière. Il ne pouvait qu'essayer de tirer des leçons du passé et aller de l'avant.

Clive était-il impliqué ? Était-il de mèche avec McNab ? Pourquoi ? Quel grief Clive pouvait-il nourrir à son endroit ?

Et Miriam… Astley, à l'époque ? Monk avait-il joué un rôle dans la mort d'Astley ? Était-ce pour cette raison que le monde entier semblait ligué contre lui ? S'il avait tué Astley, peut-être le méritait-il.

Il avait manqué de pitié, de sagesse, de patience, d'humilité… mais il n'avait sûrement jamais été un mercenaire ? Il n'avait jamais tué personne pour le compte de quelqu'un d'autre ? Aucune fortune sur la terre n'aurait pu le pousser à être ce genre d'individu !

Maudit, maudit soit cet accident de fiacre qui l'avait privé de son histoire… de sa mémoire ! Comment pouvait-on se repentir ou essayer de se racheter alors qu'on ignorait les actes qu'on avait commis ?

Il se redressa. Il ne servait à rien de s'apitoyer sur lui-même. Il n'y gagnerait que le mépris d'autrui – voire le sien. Faire table rase du passé n'était pas totalement négatif. Cela lui avait donné la possibilité de recommencer de zéro, de jauger avec lucidité l'homme qu'il avait été, de reconnaître ses insuffisances et de les corriger. Rares étaient ceux qui bénéficiaient d'une telle chance. La plupart des gens étaient prisonniers du carcan de l'habitude, tandis qu'il était libre.

Hester croyait en lui. Scuff aussi, à tort ou à raison. Et d'autres encore. Indépendamment de ce qu'il devait à lui-même, il leur devait de lutter jusqu'à son dernier souffle.

Si McNab était derrière tout cela, il avait forcément eu un complice. Gillander, finalement ? Pourquoi ? Pour rendre justice à Piers Astley ? Ou McNab avait-il un moyen de pression sur lui ? Gillander avait-il commis un délit quelconque ? Ou même une simple maladresse ?

Pour protéger Miriam Clive ? Il était sans doute prêt à faire n'importe quoi pour elle. Se débarrasser de Monk, s'il représentait un obstacle à ses yeux, ne serait qu'un détail.

Ou, bien sûr, pour se venger de lui s'il avait tué Astley. N'avait-elle pas affirmé à Monk qu'il l'avait aidée à savoir qui était coupable ?

De manière détournée, elle avait dit aussi qu'elle ne se souciait pas de la loi. Qu'elle n'avait pas besoin de la loi. Elle allait obtenir sa vengeance – une vengeance personnelle, contrairement à la potence.

Monk ne posa pas d'autres questions à ses gardiens. Ils ne savaient rien, et insister le ferait paraître encore plus vulnérable. Il garda le silence durant le reste du trajet et, lorsqu'ils arrivèrent au commissariat, il se contenta de confirmer son identité. Au bout d'un petit moment, on le conduisit dans une cellule.

Il connaissait bien ces endroits. Quoiqu'il eût perdu le souvenir de plus de la moitié de sa vie, il avait tout de même travaillé assez longtemps dans la police pour avoir vu des dizaines de cellules identiques. Un des côtés consistait entièrement en des barreaux allant du sol au plafond ; les trois autres étaient des murs en pierre blanchis à la chaux. Une fenêtre, trop haute pour permettre au prisonnier de voir au-dehors, laissait entrer une maigre lumière. Le lit étroit était recouvert d'une paillasse et de couvertures qui sentaient l'aigre et le renfermé, une odeur qui rappelait celle du beurre rance. Les conditions sanitaires étaient primitives.

Et cela, pour un homme encore présumé innocent ! Ce qui suivrait pour ceux qu'on avait reconnus coupables était dix fois pire.

Mais il n'était pas coupable ! Du moins, pas du crime dont on l'accusait.

Ce devait être le milieu de la matinée quand Rathbone arriva. Monk avait l'impression d'attendre depuis une éternité. Pourtant, lorsqu'il s'obligea à y réfléchir de manière rationnelle, il comprit que Rathbone avait dû se renseigner sur les causes et les détails de l'inculpation et les éléments à charge avant de venir.

Croirait-il à l'innocence de Monk ? Oui, assurément ! Cette accusation était absurde. Il avait essayé de venir en aide à Pettifer, et non de le noyer. Il ne le connaissait même pas !

C'était McNab qui s'acharnait à se venger, voilà tout.

Monk arpentait le sol de la cellule. Cinq pas dans un sens, cinq pas dans l'autre, encore cinq pas… et soudain Rathbone apparut devant le sergent de garde, la lumière de la lampe se reflétant sur ses cheveux clairs. Il était élégant comme à son habitude, impeccablement vêtu. Néanmoins, il savait ce qu'il en était d'être à la place de Monk. Lui aussi avait été accusé, privé de ses vêtements, de sa dignité, de son droit à décider quoi que ce fût, même de l'heure à laquelle manger ou dormir.

Il s'avança, précédant le sergent d'un pas.

— S'il vous plaît ? dit-il, désignant la serrure.

L'homme hésita, jeta un coup d'œil à Rathbone et dut juger qu'il ne serait pas dans son intérêt de lui faire perdre son temps. Il ouvrit la porte et fit signe à Monk de sortir.

Monk franchit le seuil, envahi par une illusion de liberté. L'espace d'un instant insensé, il eut envie de prendre ses jambes à son cou. Mais c'était une attitude de coupable. Il resta immobile et attendit. Ou était-ce ainsi que se comportaient les coupables, sachant qu'ils étaient d'ores et déjà perdus ?

Le sergent les précéda dans le couloir qui menait à la salle d'interrogatoire et les fit entrer dans la petite pièce où les avocats pouvaient s'entretenir avec leurs clients en privé. Dès qu'ils furent à l'intérieur, il claqua la porte sur eux. Rathbone et Monk entendirent le verrou retomber avec un bruit sec.

— Bien.

Rathbone désigna une chaise à Monk et prit place sur l'autre. La table branlante entre eux était couturée d'initiales de prisonniers morts depuis belle lurette, tracées à l'encre ou gravées à l'aide de n'importe quel objet assez pointu pour laisser une empreinte. Autant de déprédations stupides, causées dans le seul but d'affirmer son identité, son individualité dans un système anonyme.

Soudain, Monk se découvrit incapable de parler. Il ne devait pas gaspiller le peu de temps dont ils disposaient en de telles pensées.

Rathbone prit les devants.

— Vous êtes inculpé d'avoir assassiné Pettifer en lui assenant un coup assez violent pour qu'il se noie. D'après les agents qui sont arrivés sur les lieux, il en portait les marques et vous avez admis que vous l'aviez assommé.

— C'est la vérité, reconnut Monk, qui sentait sa peur prendre corps en lui. Pettifer était bien bâti et d'une force hors du commun. Il s'est affolé dans l'eau et quand j'ai essayé de l'agripper pour le ramener vers la rive, il s'est débattu. La seule manière dont je pouvais nous sauver tous les deux était de l'assommer.

Il entendait l'angoisse percer dans sa voix.

Rathbone acquiesça.

— Je vous crois. Il est fréquent que les gens soient pris de panique dans l'eau et se débattent. Malheureusement, le seul témoin de la scène est Hooper, qui travaille pour vous…

— Ce n'est pas un menteur ! protesta Monk d'un ton sec. Et personne ne peut le contredire. Les agents sont arrivés trop tard pour empêcher Pettifer de m'attaquer !

— Je sais cela aussi, répondit Rathbone avec calme, bien que son visage fût très pâle. Le seul autre témoin potentiel, Owen, semble s'être volatilisé. Quant à Fin Gillander, à moins d'avoir suivi les événements à la lunette, il était trop loin pour voir ce qui s'est passé. Il y avait bien un homme dans un bateau quelconque qui a donné l'alerte, mais il affirme n'avoir rien vu de précis.

— Pourquoi diable me serais-je mis en tête de tuer Pettifer ? demanda Monk, luttant pour maîtriser sa voix et son désarroi. Owen et lui sont tombés à l'eau tout seuls. Ni Hooper ni moi ne les avons poussés. Nous avons tous les deux plongé derrière eux. Owen s'est enfui à la nage. Si ce n'avait pas été l'étale, il aurait été emporté par le courant. J'ai essayé de sauver Pettifer. À vrai dire, je pensais que c'était lui le prisonnier, et Hooper aussi. C'est la raison pour laquelle il est revenu vers moi pour me prêter main-forte au lieu de poursuivre Owen.

— Je vous crois, Monk, répéta Rathbone tout bas, d'un ton sombre. Malheureusement, vous ne pouvez pas le prouver.

— Je n'avais jamais vu Pettifer de ma vie, ni même entendu parler de lui ! Pourquoi lui aurais-je voulu du mal ? riposta Monk avec colère. Je n'aime pas McNab, mais je ne lui ai jamais fait de mal ! Du moins… du moins pas depuis que son frère a été pendu.

Rathbone le dévisagea, perplexe.

Monk se rendit compte qu'il n'avait pas relaté cette histoire à Rathbone, et Hester non plus. Elle avait gardé le secret, le laissant libre de le divulguer comme bon lui semblait. Il le fit sobrement, s'en tenant aux faits et ajoutant qu'il les avait appris par Runcorn.

— C'est donc pour cela que McNab vous hait, conclut Rathbone, songeur. Et c'est pourquoi il a fait en sorte de vous tendre un piège lors de l'abordage du navire des contrebandiers.

— Oui. Il a même payé Mad Lammond pour me tuer, seulement la balle a ricoché et a atteint Orme à ma place. Cela non plus, je ne peux pas le prouver. Mad Lammond n'est pas précisément le témoin idéal. Et si vous pensez que je hais McNab pour cela, vous avez raison. Je le hais. Mais je veux qu'il soit puni par la justice. Tuer Pettifer ne servait à rien. Et comme je l'ai dit, je pensais que c'était le fugitif et non l'homme de McNab. Dans ces conditions, le tuer aurait eu encore moins de sens.

Monk fouilla le visage de Rathbone. Son regard calme ne lui apporta aucun soulagement. Il sentit un frisson le parcourir.

— McNab pense que vous avez manqué de compassion envers son frère, et c'est pourquoi il vous hait, dit Rathbone lentement. Vous le savez parce que Runcorn vous l'a dit, mais vous ne pouvez vous justifier vous-même ni expliquer pourquoi il ne méritait pas votre compassion. De fait, vous ne vous souvenez de rien. Je crois qu'il vaudrait mieux que nous n'y fassions pas allusion. Certes, il est possible que McNab en parle à l'avocat de la partie civile, s'il sait que vous avez perdu la mémoire. Dans ce cas, nous aviserons.

Monk aurait voulu protester, mais il saisissait le raisonnement de Rathbone. Il livrait cette bataille pour sa survie avec les mains liées.

Rathbone poursuivit.

— McNab a entamé sa vengeance avec la fusillade sur le fleuve, mais vous dites que vous n'avez pas de preuve ?

— J'en aurai peut-être… Hooper y travaille.

Il savait que ses paroles semblaient désespérées.

— Alors, la question se pose de savoir pourquoi McNab a attendu si longtemps avant de se venger. Son frère a été pendu voilà dix-huit ans.

— Je… je ne sais pas…

— Si, Monk.

Un chagrin terrible se lisait sur les traits de Rathbone.

— Il a compris que vous aviez perdu la mémoire. Il s'est produit un événement qui a fait qu'il a cessé de vous craindre. Il a soudain compris que vous étiez vulnérable… et de quelle manière. Il a élaboré un plan minutieux pour assouvir sa vengeance.

Monk sentit une vague de désespoir le submerger. Un moment, il crut suffoquer. McNab allait veiller à le faire pendre pour avoir tué Pettifer. Il y avait là un parallèle exquis avec la mort de son frère.

— Ça ne tient pas debout ! Pourquoi aurais-je tué Pettifer ? Je ne savais même pas qui il était !

Il percevait une pointe d'hystérie dans sa voix.

— Je sais. Mais pouvez-vous le prouver ? Encore une fois, votre seul témoin est Hooper, qui est désormais votre bras droit, et plus encore, votre ami. Il peut au mieux dire qu'il ne croit pas que vous ayez connu Pettifer. Il suffira d'un seul témoin, sincère ou non, pour convaincre le jury du contraire.

Monk était glacé. Rathbone avait raison. Il se creusa les méninges pour trouver un argument à lui opposer, en vain.

— Et ce n'est pas tout, reprit Rathbone. Si l'homme de McNab était impliqué dans l'arrestation des contrebandiers qui a mal tourné, et que vous pouvez en apporter la preuve…

— Il le faut ! coupa Monk.

— Supposons que vous apportiez la preuve que Pettifer était un des principaux acteurs ? Il n'est plus là pour le nier ou pour dire que l'idée venait de McNab.

Monk n'eut pas besoin d'entendre la suite. La conclusion était évidente. McNab accablerait Pettifer, et soit ses hommes n'étaient pas au courant, soit, s'ils étaient impliqués, ils ne seraient que trop heureux d'utiliser Pettifer comme bouc émissaire.

— Je vois. J'aurais tué Pettifer pour venger la mort d'Orme. À moins que je puisse démontrer que c'était McNab en personne qui a payé Mad Lammond.

— Même si vous y parvenez, vous ne pourrez pas prouver que vous le saviez avant de tuer Pettifer, lui fit remarquer Rathbone.

— Je ne l'ai pas tué ! Il s'est noyé parce qu'il s'est affolé !

— C'est un point de détail pour la cour, Monk. Vous l'avez assommé. Les marques étaient visibles.

Monk déglutit.

— Le médecin de la police a-t-il affirmé que le coup l'avait tué ? Je croyais qu'il avait dit que Pettifer s'était noyé.

— Il s'est noyé, en effet, répondit Rathbone, le visage blême. Mais presque certainement parce qu'il avait perdu connaissance.

— Dans ce cas, qu'aurais-je dû faire ? Le laisser se noyer tout seul ? J'essayais de le secourir ! Il était trop agité pour me laisser faire.

— Je le sais. Malgré tout, la partie civile affirmera que vous croyiez l'homme de McNab responsable du fiasco de l'affaire de contrebande, et par conséquent, indirectement, de la mort d'Orme. Vous vouliez vous venger et vous avez saisi votre chance. Si l'avocat est habile, il ira même jusqu'à suggérer que Pettifer vous avait en effet trahi, et du même coup, il innocentera McNab et vous donnera un mobile pour la mort de Pettifer. Certaines personnes comprendraient votre geste. Néanmoins, cela reste un meurtre, si justifié qu'il paraisse sur le plan moral ou émotionnel.

— Je voulais le sauver ! insista Monk, d'une voix qui parut creuse à ses oreilles.

— Je sais, répéta Rathbone. Je dois trouver le moyen de le prouver.

— Pettifer a tué Blount, lâcha Monk, qui cherchait frénétiquement tous les arguments qui pourraient donner du poids à ce qu'il disait.

— Qui est Blount ?

— Le premier prisonnier à s'être échappé sous la garde de McNab, une semaine avant Owen. Il a été noyé, et on lui a tiré une balle dans le dos ensuite. Je ne sais pas pourquoi, mais on dirait à présent que c'était pour me mêler à l'affaire.

— Des preuves ? Un témoin ?

— Personne qui soit crédible. Mais j'ai quelqu'un qui pourrait confirmer mes dires : Fin Gillander.

Rathbone écarquilla légèrement les yeux.

— Ah... le propriétaire du *Summer Wind*. Je ne suis pas sûr que cela nous soit d'un grand secours. Vous a-t-il aidé dans votre enquête ?

— Il a repêché Owen. Owen lui a dit qu'il était l'homme de McNab, et Gillander l'a cru.

— Et ce dernier vous a emmené trouver des preuves ?

— Oui...

Une autre brèche s'ouvrait : le fait que Gillander se rappelait Monk lors de la ruée vers l'or, alors que Monk ne se souvenait de rien.

— Je... je ne suis pas sûr de vouloir le faire comparaître.

— J'y ai songé, admit Rathbone. Et j'imagine que McNab aussi...

Monk sentait les murs se refermer sur lui, tant au sens figuré qu'au sens propre. Il manquait d'air. La peur lui coupait presque le souffle. Bien sûr. Si Rathbone faisait venir Gillander à la barre, ce serait un jeu d'enfant pour l'accusation de lui faire admettre qu'il avait connu Monk à San Francisco et que Monk n'en avait pas le moindre souvenir. Il pourrait dire ce qu'il voulait à propos du caractère de Monk, de son tempérament, de ses capacités, de la manière dont il gagnait sa vie, honnêtement ou pas. Monk ne pourrait rien réfuter. Il était aussi impuissant que si ses chevilles étaient enchaînées au sol.

Pourquoi ? Tout cela était-il l'œuvre de McNab seul ? Que dissimulait son passé, ici en Angleterre ou en Californie ? Il n'en avait pas la moindre idée ! Cela avait-il un rapport avec la mort de Piers Astley ? Était-ce là le fond de la question ? McNab et Miriam Clive s'étaient-ils alliés pour le prendre au piège dans cette délicieuse vengeance ?

Elle l'avait quasiment admis lorsqu'il l'avait vue dans la rue en sortant du bureau de son mari.

Mais pourquoi ? Pourquoi diable Monk aurait-il été mêlé à la mort de Piers Astley ?

La réponse était toujours la même : il n'en savait rien !

— Comment allez-vous faire ? demanda-t-il à Rathbone.

— Je n'en suis pas encore sûr, avoua celui-ci. Il me faut d'autres éléments. Nous sommes handicapés par le fait que vos ennemis sont bien mieux informés que vous.

— Je ne sais même pas qui ils sont ! Je suis… perdu !

Rathbone posa une main apaisante sur son bras.

— Eh bien, vous savez qui sont vos amis. Et vous en avez, Monk. Ne l'oubliez jamais.

— Peut-être ne les mérité-je pas. J'ignore si j'ai été impliqué dans la mort de Piers Astley. Il se pourrait que la justice ait fini par me rattraper.

Rathbone soupira.

— Vous feriez mieux de m'expliquer tout ce que vous savez, ou ce que vous avez déduit.

Aussi brièvement que possible, Monk s'exécuta, relatant également l'entretien d'Hooper avec Mad Lammond au cas où cela serait utile.

Rathbone le laissa parler sans l'interrompre.

— Et vous ne vous souvenez pas du tout de Piers Astley ? demanda-t-il lorsqu'il eut terminé.

Il semblait abasourdi. Il avait beau faire de son mieux pour faire bonne figure, il était atterré.

— Je l'ai peut-être tué, avoua Monk, accablé.

— Cela ne relève pas de la juridiction de cette cour, lui fit remarquer Rathbone, d'une voix cependant monocorde. Il n'y a pas de preuve et, même s'il y en avait, la Californie se trouve à huit mille kilomètres d'ici et ces événements remontent à vingt ans.

— Mais si je suis coupable, c'est le véritable motif de toute cette affaire, insista Monk. Une vengeance longtemps attendue. Le frère de McNab est mort voilà presque aussi longtemps.

Rathbone resta silencieux pendant un long moment. Son visage était pâle et creusé.

— Si j'ai tué Astley, reprit Monk, ç'a pu être pour n'importe quoi. Une dette, une concession, une femme, une insulte. Je m'emportais facilement, d'après Gillander. Et je prenais des risques. Plus j'en apprends sur mon compte, moins j'apprécie l'homme que j'étais alors.

— Il n'y a rien que vous puissiez faire d'ici, déclara Rathbone. Sauf essayer de vous souvenir, si possible. N'importe quel détail peut avoir son importance, associé à d'autres.

Il se leva.

— Ne renoncez pas, Monk. Nous avons traversé de rudes épreuves par le passé, et nous nous en sommes sortis.

Comme c'était facile à dire. Comme c'était convenu !

Et pourtant, en levant les yeux vers Rathbone, Monk lut sur ses traits une compassion qu'il n'avait jamais vue chez lui auparavant. Ses expériences l'avaient adouci et, en même temps, avaient trempé son âme dans l'acier. Si c'était humainement possible, il gagnerait.

Le reste de la journée passa dans une détresse absolue pour Monk. Il tenta de rassembler les faits dont il était certain, et d'en tirer du sens. Cependant, ils étaient trop peu nombreux. Presque chacun d'eux était sujet à de multiples interprétations. Et il avait de plus en plus froid.

On lui apporta un repas qu'il grignota du bout des lèvres. Il avait beau savoir que s'alimenter était essentiel pour conserver non seulement sa force physique mais aussi sa concentration mentale, un nœud lui tordait l'estomac. La seule chose qu'il put absorber sans difficulté fut le thé noir, très fort, plein de tanin et beaucoup trop sucré.

En dépit de son goût révoltant, la boisson le réchauffa et le maintint relativement éveillé.

N'ayant pas été jugé ni condamné, il avait droit à une visite en plus de celle de Rathbone. Enfin, bien après la tombée de la nuit, Hester vint. Elle fut traitée avec un minimum de politesse, sans plus. On l'avertit qu'elle ne pourrait pas rester longtemps.

Il était trop content de la voir pour laisser sa colère contre les gardes gâcher ce moment. Son visage lui fit l'effet d'un phare dans les ténèbres.

Elle savait qu'ils n'auraient que quelques minutes et n'en gaspilla aucune. Quelles que fussent ses émotions, la profondeur de ses souffrances, Hester était toujours pragmatique. Sa formation d'infirmière ne la quittait jamais. Elle était en quelque sorte une partie intégrante de sa nature. Elle donna à Monk un bref baiser sur la joue, et il savoura cet instant de chaleur, l'odeur de sa peau, la caresse d'une mèche échappée à son chignon. Puis elle s'assit sur la chaise que Rathbone avait occupée un siècle plus tôt. Malgré sa pâleur, sa voix était calme et parfaitement égale, comme si elle rassurait un patient mortellement blessé.

— J'ai prévenu Scuff, qui va le dire à Crow. Et j'ai averti tout le monde à la clinique, ajouta-t-elle posément. Nous allons tous nous renseigner de notre côté. Nous devons rassembler autant d'informations que possible sur McNab, Pettifer et tous les autres agents des douanes qui sont susceptibles d'être impliqués. Si nous pouvons discréditer McNab, cela nous aidera, mais il ne faut pas compter là-dessus. C'est une épée à double tranchant, et, plus il est coupable, plus cela te donne un mobile pour avoir voulu l'attaquer par le biais de Pettifer.

— C'est vrai que j'ai tué Pettifer, admit-il d'un ton sombre.

— Pettifer s'est conduit comme un idiot et a causé sa propre mort, répondit-elle, ignorant son objection. Il est possible qu'il ait déjà cédé à la panique par le passé. Quelqu'un le saura. C'était un tyran. Il devait avoir des ennemis.

— Ce ne sont pas eux qui l'ont tué, Hester..

Elle effleura sa main avec douceur.

— Je le sais. Ce serait seulement pour montrer que c'était un individu violent, qui perdait rapidement le contrôle de lui-même. Il est évident que tu n'avais pas d'autre choix que de l'assommer et que, par conséquent, sa mort a été un tragique accident.

— Je ne suis pas sûr que l'affaire tourne vraiment autour de Pettifer, avoua-t-il, accablé, s'efforçant de parler assez bas pour que le garde ne l'entende pas.

— McNab, murmura-t-elle. Certes. Et Miriam Clive aussi. Je pourrais la haïr pour cela, si je n'avais pas compris quel chagrin j'éprouverais si tu étais tué et que je ne découvre jamais qui était le coupable. Qui sait si je n'en perdrais pas la raison, moi aussi ?

Il la regarda et vit sur son visage qu'elle se moquait d'elle-même. Ce n'était que trop affreusement vrai. Elle était peut-être sur le point de le perdre. En revanche, elle connaissait les coupables. Elle était témoin de ce qui se passait. Des larmes brillaient dans ses yeux, qu'elle se refusait à verser. Il y avait du travail à faire d'abord.

— Oui, McNab, bien sûr, acquiesça-t-il. Gillander m'a connu à San Francisco. Du moins, c'est ce qu'il affirme. Je ne peux pas le nier parce que je n'en sais rien. Des fragments de souvenirs me reviennent, pour s'envoler aussitôt. Je me vois en train de contourner le cap Horn. Je vois les grands rochers qui émergent de la brume, j'entends le fracas des lames qui se brisent, le vent qui souffle dans les voiles. Je sens le pont tanguer sous mes pieds. Est-ce que cela peut seulement venir de mon imagination ? N'est-il pas évident que je suis allé là-bas ?

— Si, admit-elle. Comme tu es entré dans l'appartement de Joscelyn Grey. Mais tu ne l'as pas tué. Cela a été prouvé au-delà de tout doute, raisonnable ou pas.

— Dans l'affaire Grey, personne ne me haïssait. Et Grey était une ordure ! D'après ce que m'a rapporté Gillander, Piers Astley était quelqu'un d'exceptionnellement honnête.

Elle se pencha légèrement en avant.

— William, nous ne pouvons nous permettre de croire sur parole des affirmations qui ne peuvent être prouvées. Nous devons passer en revue précisément ce que nous savons, ce qu'il semble pertinent de supposer à partir de là, et voir ensuite ce qui s'en dégage.

Sa voix était ferme. Elle se montrait logique. Cependant, il lisait la peur dans son regard, et il remarqua qu'elle avait souvent besoin de ravaler sa salive et de maîtriser sa respiration avant de poursuivre. Elle se dominait pour lui. Il le savait. Lorsqu'elle rentrerait à la maison, elle resterait maîtresse d'elle-même aussi longtemps que Scuff était là, et il devait s'efforcer d'y être depuis son arrestation. Elle ne céderait pas au chagrin ni aux larmes avant d'être seule.

Il brûlait de tendre la main par-dessus la table en bois abîmée et de la prendre dans ses bras, de se cramponner à elle. Mais il savait que le gardien viendrait les séparer dès qu'il le ferait. Il emmènerait sûrement Hester, par la force si nécessaire. Lui ferait peut-être même mal.

— Pourquoi aurait-on voulu tuer Astley ?

Il commença à lui donner quelques explications et se rendit compte qu'il ne savait presque rien au sujet de la mort de cet homme, qu'il soupçonnait pourtant d'obscurcir tout le reste.

Elle l'écoutait gravement, sans l'interrompre.

— Ainsi, le meurtre n'a jamais été élucidé ? conclut-elle lorsqu'il eut terminé. Et tout le monde semble mentir à ce propos, d'une manière ou d'une autre.

— Apparemment. Miriam avait l'air de penser qu'il pourrait être en vie, voire être derrière cette affaire de cambriolage. Mais elle a admis l'autre jour qu'il était mort et qu'elle avait seulement espéré que je pourrais l'aider à trouver le coupable. Je pense maintenant qu'il n'y a jamais eu de projet de cambriolage. D'ailleurs, à en croire Gillander, la mort d'Astley ne fait aucun doute. Toujours d'après lui, Astley était exceptionnellement intègre et d'une loyauté absolue envers Clive.

— Trouves-tu Clive sympathique ?

— Quelle importance cela a-t-il ? demanda Monk, perplexe.

— Je me posais la question, c'est tout. Manifestement, c'est quelqu'un de remarquable. Talentueux, et aussi généreux et d'une intelligence qui force l'attention, voire le respect, de la plupart des gens.

— En effet. Et je suppose qu'il m'est sympathique. Il y a quelque chose chez lui qui plaît… encore que j'ai entraperçu une certaine dureté chez lui la dernière fois que nous nous sommes parlé. Une espèce d'arrogance silencieuse.

Hester esquissa un sourire sans joie.

— Et Miriam ?

— Je ne suis pas sûr, dit-il honnêtement.

Il sentait chez Miriam une passion, une complexité qui le troublait.

— À tort ou à raison, je ne peux pas m'empêcher de penser que c'est une manipulatrice. Quelque chose la tourmente, je crois qu'elle ment à ce sujet, et que je suis impliqué d'une manière ou d'une autre. Je donnerais cher pour savoir de quoi il s'agit !

Elle eut un minuscule hochement de tête, presque imperceptible.

— Tout remonte à la ruée vers l'or, affirma-t-il d'un ton sombre. Et à la mort d'Astley, je crois. Mais il y a peut-être autre chose.

— Qui était là-bas, à ta connaissance, et qui est également ici maintenant ?

— Miriam et Aaron Clive, Fin Gillander et moi. Que je sache.

— Pas McNab ?

— Non. J'ai vérifié. Son dossier professionnel est clair. Il n'a jamais quitté l'Angleterre hormis pour aller en France à deux ou trois reprises.

— Dans ce cas, il y a une autre coïncidence extraordinaire, ou un lien que nous ignorons, conclut-elle. Nous le découvrirons.

Elle n'eut pas le temps d'en dire davantage. Le gardien s'approcha d'elle, interdisant tout autre échange, et lui annonça d'un ton très ferme que la visite était terminée.

Elle se leva, lui lança un regard étrange, tout juste poli, et sortit la tête haute et le dos droit. Elle emportait toute la lumière et toute la chaleur avec elle, et pourtant sa détermination réconforta Monk telle une bougie dans les ténèbres.

12

Beata fut atterrée en apprenant par Oliver Rathbone que Monk avait été arrêté et inculpé du meurtre de Pettifer. Il allait être jugé, et, s'il était reconnu coupable, il serait pendu. Soudain, son propre avenir lui sembla n'avoir guère d'importance.

Elle était assise en face de Rathbone dans son salon. Il était arrivé à l'improviste, ce que certains auraient jugé déplacé. La détresse se lisait sur ses traits. Connaissant la profondeur de son amitié avec Monk, elle souffrait pour lui.

— Que pouvons-nous faire ?

Les paroles avaient jailli de ses lèvres avant même qu'elle se rende compte qu'elle avait parlé comme s'ils ne faisaient qu'un. C'était une bévue sans importance désormais.

— Je ne sais pas, avoua-t-il. Les éléments à charge sont écrasants et je ne vois aucun moyen de les réfuter.

— Mais ils sont faux !

Un éclair de chaleur traversa le regard de Rathbone.

— Oui, je le crois, mais c'est parce que je connais Monk. Aux yeux de n'importe qui d'autre, ils suffiront à prouver sa culpabilité – non au-delà de tout doute, mais au-delà d'un doute raisonnable.

D'une voix sourde, presque détachée, il évoqua l'hostilité qui séparait Monk et McNab depuis la pendaison de Robert Nairn.

Elle l'écouta avec un effroi croissant. La situation était pire qu'elle ne l'avait imaginé. Le visage de Rathbone exprimait l'angoisse, voire la terreur de perdre non seulement une affaire, une bataille ou une partie de sa réputation, mais un ami qui lui avait témoigné une loyauté sans faille au fil des années. S'il ne pouvait sauver Monk, Rathbone ne serait plus jamais le même homme. C'était à de tels moments que Beata comprenait combien elle l'aimait. Elle se promit de le protéger d'un tel malheur, dût-elle tout perdre pour y parvenir.

Mais pour cela, il fallait faire preuve de raison et de maîtrise de soi.

— Le procès de Nairn a-t-il été équitable ? demanda-t-elle, s'efforçant de mettre de côté ses sentiments personnels pour se concentrer sur les faits, comme tout avocat devait le faire.

— Oui, affirma-t-il sans hésiter. Il était indéniablement coupable. Mais Monk aurait pu plaider la clémence et il ne l'a pas fait.

— Pourquoi ?

Elle lut un conflit sur le visage de Rathbone.

— Est-ce un sujet confidentiel, Oliver ? s'enquit-elle avec autant de douceur que possible. Mon ami, si ce sont les secrets de Monk que vous gardez, êtes-vous prêt à sacrifier sa vie plutôt que les divulguer ?

Il la regarda calmement pendant un long moment, l'air de retourner la question dans son esprit, puis prit sa décision.

— Il a subi un accident de fiacre en 1856, expliqua-t-il avec gravité. Lorsqu'il s'est réveillé à l'hôpital, il n'avait plus aucun souvenir de ce qui s'était passé avant. Je n'ose pas imaginer à quel point ç'a été difficile pour lui de cacher cela à tout le monde, sauf à Hester. Il l'a rencontrée à cette époque-là, alors qu'il enquêtait sur le meurtre brutal d'un héros de la guerre de Crimée, un crime qu'il croyait avoir commis lui-même. Il travaillait à l'aveugle, sans savoir qui était son ami ou son ennemi.

— Mais il a recouvré la mémoire ? se récria Beata, consternée.

C'était une souffrance qui la dépassait. Nombre de ses souvenirs étaient affreux, douloureux, à la fois physiquement et émotionnellement, mais il n'y avait rien de caché, aucune noirceur inexplorée, pas de terreurs inconnues attendant de la frapper.

— Non. Il a reconstitué une partie de son passé à partir d'indices glanés ici et là, mais c'est tout. Il ignorait pourquoi McNab le haïssait jusqu'au jour où il a interrogé une des rares personnes qui le connaissait avant et en qui il a confiance.

— Par conséquent, il ne se souvient pas de Nairn ?

Elle commençait à percevoir l'immensité du vide qui les entourait, comme s'ils étaient perdus en mer sans savoir de quel côté se trouvait la terre.

— Il ne sait que ce qu'il a lu ou ce que d'autres lui ont dit.

— Et pour San Francisco ? C'est la même chose ?

— Oui. Il a des bribes d'images qui lui traversent la tête, mais il ignore si elles proviennent de son imagination ou si ce sont des souvenirs. Visiblement, il sait manœuvrer une goélette, ce qu'il aurait pu apprendre en naviguant dans l'Atlantique ou simplement au large des côtes anglaises. Et en mer du Nord. Il a appris par d'autres qu'il a grandi sur la côte du Northumberland.

— Et Astley ? Ne se souvient-il pas du tout de lui ?

— Non. Gillander affirme qu'il était là-bas, mais il pourrait mentir. Comme n'importe lequel des autres, ou même eux tous.

— Oh !...

Beata fouillait frénétiquement sa mémoire, essayant de trouver quelque chose à quoi s'accrocher dans un chaos de faits, de gens, d'hypothèses. Elle aurait donné n'importe quoi pour se rappeler Monk.

— Pourtant, il n'a pas tué Pettifer délibérément ?

— Je suis certain que non. Mais cela ne suffit pas.

— Non… bien sûr que non.

Elle voulait se rendre utile, avoir une idée qui lui donnerait de l'espoir, mais les faux espoirs étaient pires qu'inutiles, ils étaient aussi dangereux.

— Nous avons besoin de savoir la vérité, ou du moins, autant de vérité que possible.

Elle était habituée aux exigences du droit. Elle avait écouté Ingram les ressasser pendant assez d'années. Parfois, elle revoyait dans ses rêves son visage furieux trop proche du sien, alors qu'il criait sur elle. Mais c'était sans importance désormais. Seul Monk comptait.

— Et nous devons faire le tri entre ce que nous pouvons prouver et ce que nous croyons savoir, que ce soit par déduction ou parce que nous avons confiance en ceux qui nous l'ont dit.

L'ombre d'un sourire effleura le visage de Rathbone.

— Si je croyais comprendre les motivations des uns et des autres dans cette affaire, alors je saurais où chercher d'autres faits, des preuves, des liens. Je pourrais déterminer une ligne de raisonnement et découvrir les éléments manquants, ou du moins en découvrir une partie suffisante pour convaincre un jury. Personne n'agit sans raison.

Résolue à se concentrer sur cette arrestation injuste, bouleversante pour Rathbone, et par conséquent pour elle aussi, Beata maîtrisa son émotion.

— Oh ! Je sais quelque chose que vous ignorez peut-être…

Il écarquilla les yeux, mais se garda de l'interrompre.

— Miriam et Aaron Clive sont à peu près les seules personnes que j'aie fréquentées depuis la mort d'Ingram, et cela surtout pour respecter les convenances. McNab s'est présenté chez eux un soir que j'étais là. J'ai supposé qu'il venait voir Aaron pour affaires, or c'était à Miriam qu'il désirait parler…

— Miriam ? coupa Rathbone, interdit. Comment se fait-il qu'il la connaisse ?

— Ils ont une affaire en commun, un intérêt… J'essaie de me remémorer précisément ce que j'ai entendu…

— Vous étiez là ? demanda-t-il, surpris.

— J'étais dans le vestibule, juste à côté de la porte, répondit-elle, se sentant rougir. Je suis sortie pour les laisser parler en tête à tête, mais il n'y avait personne d'autre et leurs voix portaient. Ils voulaient l'un et l'autre obtenir des informations. Le nom de Monk a été mentionné. Je n'ai pas tout saisi, en revanche j'ai senti que c'était extraordinairement important pour Miriam. Je crois que c'était en rapport avec San Francisco. Si Monk était là-bas, cela aurait un sens.

— Pourquoi McNab se soucierait-il de savoir si Monk était à San Francisco ? Le savez-vous ? Vous souvenez-vous de ce qu'il a dit ?

— Sans en avoir la certitude, je pense que cela concernait la mort de Piers Astley. Je me rappelle m'être très clairement demandé si elle était soulagée…

Elle se sentit gênée d'avoir eu cette pensée, mais ce n'était pas le moment de songer à elle-même.

— S'il avait été cruel avec elle et que c'était pour cette raison qu'on l'avait tué.

La perplexité se lut sur le visage de Rathbone. Savait-il réellement ce qu'Ingram lui avait fait subir, en dehors du peu qu'elle avait avoué ? Elle ne devait pas s'en préoccuper dans l'immédiat. Peut-être faudrait-il que la vérité émerge davantage, qu'elle entre dans les détails au lieu de se cantonner à des généralités aux contours soigneusement flous. Oliver devrait savoir. Voulait-elle passer toute sa vie à lui cacher certaines choses, à esquiver la réalité, à inventer des explications… au fond, à le tromper ? Il saurait, n'est-ce pas ? C'était sa profession de savoir que les autres mentaient, ou mentaient à demi.

— Et vous supposez que cela aurait à voir avec le fait qu'Astley était cruel ? insista-t-il avec une grande douceur.

Il n'avait pas fait mine de la toucher et pourtant c'était comme s'il l'avait fait. Elle songeait souvent à ses mains, si tendres, et les imaginait autour des siennes.

— Je pense qu'elle a enduré de terribles souffrances, murmura-t-elle, s'efforçant de donner des réponses aussi précises que possible. Et que cela concerne Astley, mais je ne croyais pas alors qu'il lui ait fait du mal. Je croyais qu'elle était anéantie par sa mort.

— D'après Monk, on n'a jamais su qui était responsable ?

— On ne l'a pas identifié à l'époque, et je suppose que c'est toujours le cas. Mais si Miriam éprouvait le besoin de savoir et qu'elle croyait que Monk pouvait lui apporter des réponses ?

— Mais il ne sait rien ! Il ne se souvient même pas d'être allé là-bas.

— Elle ignore qu'il souffre d'amnésie.

Il se mordit la lèvre d'un air songeur.

— Très intéressant, car McNab, lui, sait que Monk a perdu la mémoire.

— Dans ce cas, il trompe Miriam s'il lui raconte que Monk peut l'aider. Dans quel but ? Pour tendre un piège à Monk ?

— Exactement. Si c'est cela dont ils parlaient.

— Désire-t-il qu'elle s'en prenne à Monk d'une manière ou d'une autre ?

— McNab n'a pas besoin de cela. La noyade de Pettifer lui suffit pour le faire condamner. S'il avait d'autres projets, il peut y renoncer.

— Mais pour quelle raison Monk aurait-il voulu tuer Pettifer ?

Elle comprit à son expression, avant même d'avoir achevé sa question, qu'il y avait une réponse terrible à cela.

— Parce qu'il le tenait pour responsable de la mort d'Orme. Et d'après ce que Monk m'a appris aujourd'hui, ses soupçons étaient fondés.

Elle avait l'impression d'enfoncer un couteau dans une plaie. Cependant, esquiver la vérité, si désespérément qu'on tentât de le faire, revenait à inviter la catastrophe.

— Pettifer était-il responsable ? McNab s'est-il servi de lui pour arriver à ses fins ?

— On le dirait, admit-il. J'ai besoin d'en savoir beaucoup plus long avant de pouvoir présenter une défense, quelle qu'elle soit, et d'apporter des preuves. Monk lui-même est d'avis que la mort d'Astley est la clé de toute l'affaire. Il a peur que ses adversaires ne fassent en sorte de l'accuser de son meurtre. Et il ne peut pas se défendre parce qu'il ne se souvient de rien.

— Mais cela s'est passé à des milliers de kilomètres d'ici, hors de la juridiction du tribunal.

— Certes, mais si les preuves semblent accabler Monk, la juridiction n'aura pas d'importance. Il sera considéré comme un homme capable de tuer s'il est provoqué. Cela restera dans l'esprit des jurés, indépendamment des objections soulevées ou du refus du juge d'accepter le fait comme preuve. Il y a des mots et des actes qu'on ne peut pas oublier.

— Dans ce cas, nous devons découvrir ce que savent les gens au sujet de sa mort, dit-elle avec conviction. Je vais parler à Miriam.

— Beata…

Il se pencha en avant, comme pour prendre ses mains dans les siennes, puis se ravisa.

— N'essayez pas de m'en dissuader, Oliver, dit-elle tout bas. Nous n'avons pas de temps à perdre en discussions inutiles. Et elles sont inutiles. Je peux lui parler différemment de vous. Je sais que vous songez à mon intérêt, toutefois ce ne serait pas un service à me rendre et je n'ai pas besoin de protection. Empêchez-m'en seulement si vous pensez que je ferai plus de mal que de bien.

Elle le dévisagea calmement, soutenant son regard.

Elle n'avait pas eu l'intention de le défier ce soir-là, ni même dans un avenir assez proche pour être envisagé, et pourtant c'était exactement ce qu'elle était en train de faire. À sa manière, elle lui demandait si elle allait faire partie de son avenir ou pas. Désormais, il était trop tard pour louvoyer ou pour faire marche arrière.

Cette fois, presque sans y penser, il couvrit sa main de la sienne.

— Ce sera peut-être déplaisant, avertit-il. Vous risquez d'apprendre des choses à son sujet que vous auriez préféré ignorer…

— Oliver, mettriez-vous Hester Monk en garde ainsi ?

Il parut totalement décontenancé, et, l'espace d'un instant, resta sans voix.

— Dans ce cas, permettez-moi de répondre à cette question à votre place. Non, vous ne le feriez pas. Vous vous attendriez à ce qu'elle lutte à vos côtés… et même d'après ce que j'ai entendu dire… devant vous… devant nous tous. Et je crois que vous l'avez aimée autrefois…

Ces paroles avaient été difficiles à prononcer. Beata n'avait jamais vraiment aimé qu'Oliver. Elle en avait pris conscience tout en parlant.

— Ai-je dit cela ? demanda-t-il, perplexe et embarrassé.

— Vous n'avez pas eu besoin de le faire, mon cher. Cela se voit sur votre visage quand vous parlez d'elle.

— Nous n'aurions pas été heureux ensemble, dit-il avec franchise. C'est une très bonne chose que nous n'ayons pas essayé. Je crois qu'elle aurait toujours aimé Monk… et quant à moi, je vous aimerai toujours.

Elle sentit des larmes brûlantes de soulagement lui monter aux yeux. Cependant, le moment était mal choisi pour poser plus de questions. Elle était prête, de toute son âme, mais sauver Monk passait avant le reste.

— Alors, j'ai tout ce que je désire, murmura-t-elle. Je vais aller voir Miriam et l'obliger à me dire la vérité sur Piers Astley, et ce qu'elle sait de la présence de Monk en Californie.

— Je vous en prie… soyez prudente.

— J'ai enduré bien pire qu'une conversation gênante autour de petits gâteaux, croyez-moi.

— Mais…

— J'ai cultivé une image sereine et un peu fragile parce qu'elle m'a servie, néanmoins ce n'est qu'une façade.

Elle se demanda aussitôt si elle en avait trop dit. Elle avait voulu adopter un ton léger, pourtant une partie du tourment qu'elle portait en elle devait être visible. Il était trop intelligent pour ne pas s'en apercevoir.

Il était aussi trop plein de tact pour le montrer. Mais le moment viendrait, et bientôt, peut-être.

— D'abord, je vais aller voir Miriam Clive, ajouta-t-elle avec détermination. Il est un peu tard, mais nécessité fait loi, et le diable est à nos trousses.

Il ne répondit pas, mais son regard en disait long.

Rathbone parti, Beata appela son valet et demanda que l'équipage soit préparé immédiatement. Elle envisagea d'aller voir Hester, afin qu'elles puissent comparer ce qu'elles savaient et œuvrer de manière plus efficace, puis renonça. Hester devait être folle d'inquiétude. Peut-être penserait-elle que Beata endossait trop de responsabilités. Tant pis si c'était le cas. Elle avait dépassé le stade où elle s'inquiétait de savoir qui l'approuvait et qui la désapprouvait. Elle avait vécu à San Francisco et elle connaissait Miriam. Ç'avait été un monde différent de tout ce qu'une femme de Londres pouvait imaginer, eût-elle soigné des soldats en Crimée. Mieux valait se lancer, et demander pardon après si elle avait commis une maladresse.

Elle ne prit pas la peine de se changer pour enfiler une robe convenant à une visite d'après-midi. Les apparences étaient sans importance. Un chapeau suffirait, et un manteau, bien sûr. Il faisait un froid mordant.

Lorsque la voiture fut amenée devant la porte, elle pria son valet de l'accompagner et donna au cocher l'ordre d'aller aussi vite qu'il le pourrait sans mettre les chevaux en danger.

Durant tout le trajet à travers les rues humides et venteuses, elle pesa ce qu'elle allait dire à Miriam. Évidemment, elle demanderait à lui parler en privé. Miriam aurait certainement la gentillesse de donner l'ordre que d'autres visiteurs soient invités à laisser leur carte plutôt qu'à les déranger.

Elle aurait aimé préparer ses mots mais l'expérience lui avait appris que les conversations se déroulaient rarement de la manière dont on l'avait escompté. Des réponses mûrement réfléchies devenaient inappropriées, voire absurdes. Elle avait été proche de Miriam autrefois, et à bien des égards, les qualités qu'elle avait aimées chez elle alors étaient toujours là : son sens de l'humour, son appréciation de la beauté, sa passion pour la vie, sa capacité à éprouver la douleur des autres et non seulement la sienne.

Cependant, les gens changent. On ne peut toujours se fier aux vertus passées.

Ce fut un trajet agréable. Les façades classiques du style georgien étaient gracieuses même sous le ciel gris. Les arbres dénudés des squares possédaient leur propre beauté. Il n'y avait guère de circulation. Elle croisa un équipage dont la portière arborait un écusson, conduit par un cocher en livrée. Un couple âgé marchait bras dessus bras dessous sur le trottoir, têtes inclinées l'un vers l'autre, tout à sa conversation.

À son arrivée, elle fut accueillie par le valet avec courtoisie et un étonnement bien dissimulé. Le feu était allumé dans le petit salon où Miriam la reçut. Elle était plus belle que jamais dans une robe vert foncé, dont la couleur était rehaussée par la chaleur de son teint.

— Beata ! Vous allez bien ? Vous êtes très pâle, observa-t-elle avec sollicitude. Est-il arrivé quelque chose ?

Beata saisit la perche au vol sans hésitation.

— Oui. Comme vous êtes perspicace ! Puis-je vous demander une faveur ? Si quelqu'un d'autre vient vous rendre visite, serait-il possible qu'on lui demande de laisser sa carte ? J'ai besoin de votre aide de toute urgence.

— Naturellement, répondit spontanément Miriam. Voudriez-vous du thé ?

— Avec plaisir.

Elle n'avait pas soif le moins du monde, mais elle avait froid. Et surtout, le thé donnait à sa visite un parfum d'hospitalité qui rendrait la discussion plus aisée.

Miriam tira sur le cordon. Lorsque le valet se présenta, elle lui déclara qu'elles ne devaient pas être dérangées, et demanda que la bonne leur apporte du thé et se retire aussitôt après.

— Bien, madame, dit-il.

Il sortit et referma la porte derrière lui.

Beata commença sans plus attendre.

— Le commissaire Monk a été arrêté et accusé du meurtre de Pettifer, l'agent des douanes. C'est absurde, évidemment. Il essayait de le sauver et l'homme a été pris de panique et s'est plus ou moins noyé tout seul. Mais cette accusation prend ses sources dans une vieille inimitié, et sera très difficile à démentir.

Miriam parut stupéfaite.

— Une inimitié avec Pettifer ? N'est-ce pas au-dessous de Monk ?

— Bien sûr que si. Il ne connaissait pas Pettifer.

Beata s'efforça de contrôler son émotion et de parler d'un ton raisonnable.

— Cette inimitié concerne McNab.

— Vraiment ? se récria Miriam, sans dissimuler son étonnement.

Beata n'hésita qu'un instant.

— Vous le connaissez. Il est venu vous voir un soir que j'étais là. Avez-vous honnêtement du mal à le croire ?

— Je ne le connais qu'en tant que relation d'affaires d'Aaron, à cause de sa situation au service des douanes. Dans l'import-export, on a sans cesse besoin de leurs autorisations.

Le visage de Miriam était presque impassible. Seul un infime vacillement de son regard trahissait l'incertitude, voire la tromperie.

Beata battit en retraite et changea d'approche.

— Ce différend remonte à très longtemps. Voilà de nombreuses années, le frère de McNab a commis un crime très brutal. Monk l'a arrêté et il a été jugé et condamné à mort. McNab a supplié Monk de demander la clémence, mais Monk a refusé. Le jeune homme a été pendu. McNab ne l'a pas pardonné à Monk.

Malgré l'air perplexe de Miriam, Beata crut discerner une ombre dans son regard, une expression qui révélait qu'elle comprenait très bien, au contraire.

Cette conversation exigeait une extrême prudence de sa part. Si elle était maladroite, elle perdrait la chance d'obtenir l'aide de Miriam. Si elle insistait au mauvais moment ou ne trouvait pas les mots qu'il fallait, elle pourrait se faire une ennemie au lieu d'une alliée. Peut-être devait-elle reculer de nouveau, montrer sa vulnérabilité, si douloureux cela fût-il.

Jusqu'à quel point connaissait-elle Miriam ? Vingt années avaient passé depuis qu'elles avaient été jeunes ensemble en Californie. Avaient-elles été des amies de cœur ou de circonstance ? Chacune avait perdu son mari, et cela seul les avait rapprochées. Elles avaient joui là-bas d'une liberté interdite aux femmes de l'Ancien Monde, à la civilisation trop rigide. Elles avaient voyagé dans des lieux extraordinaires, vu des paysages d'une beauté stupéfiante et d'autres absolument désolés, des étendues désertiques jonchées d'ossements d'hommes et de bêtes blanchis par le soleil.

Elles étaient devenues inventives, fabriquant les objets dont elles avaient besoin et qu'elles ne pouvaient se procurer. Elles avaient fréquenté des gens auxquels elles n'auraient pas adressé la parole sur la côte est des États-Unis, sans parler de l'Angleterre.

Toutefois, dans quelle mesure avaient-elles été différentes au fond, en dehors de la solitude et du désir de trouver leur place, de ne plus avoir besoin de se battre pour survivre ?

Beata était retournée en Angleterre, avait épousé Ingram York et l'avait regretté amèrement. Elle n'avait encore jamais connu ce profond bonheur de l'âme qu'on éprouve en se sachant sincèrement aimé.

Miriam avait pleuré son premier mari mais elle avait été réconfortée et protégée par l'homme le plus riche et le plus charismatique de la côte, et finalement courtisée par lui. Le destin lui avait apparemment accordé tout ce dont elle aurait pu rêver… à l'exception d'enfants. Était-ce le fait du hasard ou d'un choix ? Après avoir perdu l'enfant d'Astley à cause du choc que lui avait causé sa mort, n'avait-elle pas pu en avoir d'autres ?

Quoi qu'il en fût, elle avait l'amour.

Beata aurait aimé avoir des enfants, mais pas avec Ingram. Cette pensée était trop horrible à envisager.

Qu'avait-elle encore en commun avec la femme qui était assise en face d'elle, hormis des souvenirs qui remontaient à deux décennies et une ancienne amitié, née de la nécessité ?

Cependant, Monk serait pendu si personne ne trouvait le moyen de le soustraire à la corde qui se resserrait. Qu'elle épouse ou non Rathbone, qu'elle trouve ou non le moyen d'être honnête avec lui sans le noyer dans son propre océan de douleur et d'humiliation, elle devait tout tenter pour lui venir en aide.

— Monk n'a pas tué Pettifer délibérément, reprit-elle d'un ton pressant, avant de résumer brièvement les événements précédents. Il croyait que le traître était McNab lui-même. Mais il n'y a que sa parole et celle de ses hommes, et un jury considérerait leur témoignage avec un certain scepticisme.

— Et pourtant, vous le croyez ? demanda Miriam, curieuse. Pourquoi ?

Beata hésita. Que valait sa dignité ? Certainement pas la vie d'un homme !

— Parce que je connais bien Oliver Rathbone et qu'il est l'ami de Monk depuis quatorze ans. Ils sont passés par de bons et de mauvais moments, ils ont mené de rudes batailles ensemble et se sont toujours soutenus. Quand Oliver a eu de terribles ennuis et qu'il était menacé par le déshonneur, Monk n'a jamais baissé les bras.

Miriam sourit, comprenant aussitôt et totalement.

— Vous le connaissez bien ? Sir Oliver Rathbone ?

Toutes les nuances de sens étaient présentes dans sa question, y compris le chagrin et la sensation aiguë de vide qui vient de la perte.

— Oui.

— Et vous avez de l'affection pour lui ?

Les ombres dans son regard, dans son visage, prouvaient qu'il ne s'agissait pas d'une question anodine.

Là encore, il fallait que Beata se dévoile, renonce au masque confortable qui était le sien. Elle se sentait presque nue. Elle se surprit à éviter le regard de Miriam, non parce qu'elle mentait mais parce qu'elle ne pouvait pas supporter que cette femme si posée, si belle, si profondément aimée lise dans ses sentiments.

— Je le trouve très plaisant.

Comme ses paroles semblaient superficielles, artificielles ! Miriam allait la percer à jour, forcément ! Imaginerait-elle une relation beaucoup plus… intime ?

Elle sentit la couleur monter à ses joues, comme si elle avait déjà menti.

Miriam ne s'excusa pas pour sa question suivante.

— Il est tout le contraire d'Ingram ? Je vois la différence sur votre visage quand vous parlez de lui.

Jusqu'à quel point devait-elle être honnête ? Miriam savait lire en elle trop facilement.

— Ingram était vil, murmura-t-elle.

La compassion de Miriam fut immédiate, et exprimée avec une intense émotion. Elle mit la main sur celle de Beata et la serra avec chaleur.

— Je suis désolée ! C'est...

Elle déglutit gauchement.

— C'est affreux de vivre jour et nuit avec un homme que l'on méprise, que l'on craint, et même que l'on hait... sans pouvoir le quitter.

Beata leva la tête et rencontra son regard, stupéfaite et incrédule. Puis elle tenta de rassembler ses pensées et de trouver une réponse qui serait appropriée, et qui ne dirait rien pour autant. Aucune ne lui vint à l'esprit. Piers Astley avait-il été comparable à Ingram ? Sûrement pas ! Miriam avait paru anéantie par sa mort. C'était comme si elle était morte aussi. Beata s'en souvenait clairement. Les yeux de Miriam étaient vides, regardant tout sans rien voir. Cela avait-il été une façade parce qu'elle n'osait pas montrer ce qu'elle éprouvait réellement ? Le sentiment de liberté ! Le début de l'espoir d'une vie nouvelle, infiniment meilleure !

Était-elle responsable de son meurtre ?

Dans quelle mesure les choses n'étaient-elles jamais vraiment ce qu'elles semblaient être ?

Elle devait dire quelque chose. Miriam l'observait, attendait.

— Mais c'est fini maintenant, dit-elle avec gêne.

Elle devait se rappeler la raison de sa visite.

— Miriam… je veux aider Oliver à défendre Monk et à gagner. McNab nourrit depuis dix-huit ans son désir de vengeance. Ce n'était pas la faute de Monk si le demi-frère de McNab a commis un crime pour lequel il a été pendu. Même à supposer qu'une vengeance puisse être juste, et j'en doute, celle-ci ne l'est pas.

Miriam esquissa un mince sourire, empreint de tristesse.

— La vengeance de McNab n'est pas juste, mais celle de la société sur son frère l'était ?

— Monk n'était pas coupable du crime commis par Nairn, et il n'est pas coupable du meurtre de Pettifer. Mais il sera pendu pour cela si nous ne découvrons pas la vérité. Vous souvenez-vous de lui à San Francisco ? McNab va essayer d'arguer qu'il a tué Piers afin de démontrer qu'il a un tempérament violent, qu'il est peut-être motivé par l'appât du gain.

Miriam parut abasourdie.

— Voyons… c'est absurde ! Pourquoi diable Monk aurait-il tué Piers ?

— Pour de l'argent !

Beata s'efforça de dominer son impatience.

— Enfin, Miriam ! La côte californienne ne manquait pas d'aventuriers prêts à tout pour se procurer une concession. La vie était terrible, sauvage, grisante… et opaque. Monk y aurait été à sa place, un jeune homme en quête d'aventure et d'avenir… exactement comme Fin Gillander.

Miriam cilla, et un soupçon de rouge lui monta aux joues.

Beata le remarqua.

— Il est épris de vous, n'est-ce pas ?

Miriam garda le silence. Elle semblait chercher ses mots en vain.

— Peu importe, reprit Beata, balayant sa propre remarque. Qu'attendiez-vous de McNab et que veut-il de vous ?

Miriam resta silencieuse.

La bonne entra, déposa le plateau sur la table et se retira, refermant la porte derrière elle.

Miriam se chargea de remplir les tasses. Elle se rappelait exactement comme Beata aimait son thé, sans lait, et avec une minuscule cuillerée de miel.

— Qu'attendiez-vous de lui ? insista-t-elle.

Miriam lui tendit une tasse.

— Je suppose que si je ne vous l'explique pas, vous le direz à Rathbone…

Beata reposa la tasse. Sans lait, la boisson serait bouillante.

— Oui. Je ne vais pas laisser McNab se venger.

Miriam sourit, mais la tristesse se lisait dans son regard.

— Vous avez toujours eu des principes, même si vous n'en aviez pas l'air. Néanmoins, je suis étonnée que vous soyez restée mariée à un juge. Cela a dû être comme de porter un corset en acier…

— Un corset au fer rouge.

— Je suis désolée. Vous croyez que je ne sais pas… mais vous vous trompez…

— Vraiment ?

— Il y a différentes sortes de douleur. La destruction des rêves laisse une béance qui finit par affamer l'âme.

— McNab… lui rappela Beata.

Seul comptait le présent désormais.

— Il s'intéressait à Monk et aux années de la ruée vers l'or.

Tout prenait un sens.

— Je vois. Et qu'attendiez-vous de lui en échange ?

On ne pouvait plus se méprendre sur la couleur des joues de Miriam, maintenant.

Beata attendit.

— Des informations sur Monk, avoua-t-elle. Je me souviens de lui à l'époque. Il avait une volonté de fer, et l'esprit aussi aiguisé qu'un rasoir. Si quelqu'un peut m'obtenir vengeance, c'est lui.

Beata fut stupéfaite.

— Vengeance ? Pour quoi ? Vous venger de qui ?

Miriam avait pâli, toute couleur dissipée de ses joues comme la marée qui se retire.

— Du meurtrier de Piers. Il n'a jamais été arrêté, jamais puni.

Son regard exprimait la fureur mais surtout le chagrin, une détresse totale, dévastatrice.

Beata ouvrit la bouche pour répondre et ne trouva pas de mots adéquats pour ce qu'elle ressentait, comme si le sentiment s'était glissé sous sa propre peau et lui déchirait le cœur.

— Vous l'aimiez…

— Plus qu'il ne l'a jamais su, je crois. Parfois je hais mon visage !

— Vous haïssez votre…

Beata eut soudain un éclair de compréhension. Cette beauté turbulente, passionnée, qui déclenchait une sorte de folie chez certains hommes. Se pouvait-il qu'elle eût vu juste ? Non ! Non, c'était… absurde. Aaron et Miriam… la grande histoire d'amour. Aaron le magnifique, le roi de la côte de Barbarie !

— Je ne peux pas le prouver, dit Miriam d'une voix rauque. Je sais, mais j'ai besoin de Monk pour en apporter la preuve à ma place.

— Pourquoi ? Il n'y a rien que vous puissiez faire à présent.

Cela lui faisait mal de le dire, il n'empêche que c'était la vérité.

— Je n'en ai pas besoin. Le prouver me suffira. Je montrerai au monde que Piers était quelqu'un de bien.

Les larmes roulaient sur ses joues.

— Je montrerai aux gens qu'il était… le plus honnête, le plus loyal et le plus courageux des hommes de cette époque folle. Personne ne répétera plus jamais qu'il a trahi Aaron, ou qu'il a pris son argent.

Beata secoua la tête, interdite.

— Êtes-vous sûre de vous ?

Les yeux de Miriam étincelèrent d'une colère qui se refléta dans sa voix étranglée.

— Oui ! Évidemment !

— Dans ce cas, pourquoi avoir attendu si longtemps ? Pourquoi maintenant ?

Cela n'avait aucun sens.

— Pourquoi McNab a-t-il attendu aussi longtemps ? rétorqua Miriam.

C'était une question à laquelle Beata ne voulait pas répondre. Le secret de Monk lui appartenait. C'était à lui de le taire ou de le divulguer, pas à elle.

— Pourquoi voulez-vous le savoir ?

— Vous exigez que je vous fasse confiance, alors que vous-même n'avez pas confiance en moi ! l'accusa Miriam.

— Votre secret vous appartient, le mien est celui de Monk.

— Jusqu'où êtes-vous prête à aller pour le sauver ? rétorqua Miriam.

— Vous le laisseriez se faire pendre ? riposta Beata. Cela ne vous obtiendra pas la... la réhabilitation de Piers.

Était-ce le mot qu'elle avait voulu employer ? Ou s'agissait-il seulement de vengeance ?

— Monk peut-il me l'apporter ?

— Je l'ignore. Peut-être qu'Oliver le peut.

Miriam demeura parfaitement immobile.

— Pourquoi McNab a-t-il attendu si longtemps ? Que refusez-vous de me dire ? Monk a-t-il joué un rôle dans la mort de Piers ?

— Si je le savais, je vous l'aurais dit.

C'était la vérité.

— N'éludez pas la question ! lança Miriam d'un ton cassant. Si vous voulez mon aide, alors faites-moi confiance !

Il était impossible de refuser, sauf à abandonner Monk à son sort. Elle déglutit avec peine et capitula.

— Monk a subi un accident de fiacre voilà quatorze ans, et il a perdu la mémoire. Il n'a aucun souvenir de San Francisco. Et McNab le sait !

Miriam la dévisagea.

— Alors il ne peut pas m'aider !

Son corps se raidit comme si elle était prise au piège.

— Pauvre diable, il ne peut même pas se défendre !

— Arrêtez ! ordonna Beata. Je vous interdis de renoncer. Vous avez attendu jusqu'à aujourd'hui – pourquoi ? Pourquoi n'avez-vous rien dit à Aaron si vous saviez qu'il avait tué Piers ? Pourquoi avez-vous besoin de Monk, d'ailleurs ?

— Je n'ai découvert la vérité qu'il y a un an. C'est Fin Gillander qui m'en a apporté la preuve.

— Dans ce cas, que vous faut-il de plus ?

— C'était une preuve pour moi, mais pas pour quelqu'un d'autre…

— Que voulez-vous dire ?

— La chemise de Piers maculée de taches de sang, et l'acte de cession d'un lopin de terre contenant des gisements d'or le long de l'American River, signé par Aaron. C'est ainsi qu'il a payé celui qui a menti sur l'endroit où il se trouvait au moment du meurtre, afin de se mettre à l'abri du blâme.

— Qu'attendez-vous de Monk, dans ce cas ?

— Il pourrait s'agir de la chemise de n'importe qui, répondit Miriam. Je savais que c'était celle de Piers parce que c'est moi qui la lui ai faite. J'ai reconnu mon travail, les écarts inégaux ici et là, la longueur des points arrière, mais je n'ai que ma parole. Et que pèserait-elle contre celle d'Aaron ?

— Et la parole de Gillander ?

Miriam parut embarrassée.

— Il m'adorait. Les gens supposeraient qu'il est prêt à dire n'importe quoi pour me soutenir, même à propos d'un mort.

Beata était sur le point de lui demander une fois de plus si elle était sûre de ce qu'elle avançait, mais elle le vit dans son regard : la douleur, l'impuissance, la terrible et amère désillusion, l'effondrement de ses convictions.

— Je vois, dit-elle avec douceur. Et vous pensez que Monk a pu connaître la vérité ou du moins la déduire ? Et que feriez-vous ? Voulez-vous la ruine d'Aaron ?

— Il me suffirait peut-être de prouver que Piers était un homme bien, qu'il a été loyal jusqu'au bout. Qu'il s'est rendu à cet endroit sur les ordres d'Aaron et qu'il est mort en faisant son travail… pour Aaron.

— Parce qu'il était votre mari ?

— Oui…

— Vous n'avez aucun doute…

— Aucun. J'aimerais en avoir. Dieu du ciel, Beata ! Pensez-vous que je veuille croire que l'homme à qui je suis mariée a tué celui que j'aimais, dans le seul but de me posséder ? Je me sens… souillée ! Utilisée et… salie, comme un objet que l'on achète et que l'on vend à son gré. Croyez-vous que ma chair ne se révulse pas lorsqu'il me touche ?

Beata n'avait nul besoin de l'imaginer, non seulement sa mémoire le lui rappelait, mais elle le sentait dans son corps, comme lorsqu'une vieille blessure se réveille.

— McNab sait que Monk est amnésique, c'est la raison pour laquelle il se sent désormais capable de se venger, dit-elle. Il sait que Monk ne peut pas se défendre… qu'il n'ose même pas témoigner à la barre.

Elle continua lentement.

— Et cela signifie certainement qu'Aaron le sait aussi.

— Oui… c'est plausible.

Miriam ferma les yeux.

— Je me demande s'il pressent que je suis au courant et attend que je réagisse ! Maudit soit McNab !

— Vous vous êtes servie de lui et il se sert de vous, commenta Beata avec une pointe d'amertume. Qu'allez-vous faire à ce sujet ?

C'était un défi, à n'en pas douter, et délibéré. Elle était aux abois et n'avait aucune intention de permettre à Miriam de se dérober.

Miriam la fixa, attendant d'un air songeur.

— McNab finira sûrement en enfer, reprit Beata. Dans l'intervalle, c'est à nous d'agir. Vous en savez long sur cet homme. Vous devez tout dire à Oliver et être préparée à témoigner si cela peut aider Monk. Réfléchissez bien, essayez de vous remémorer toutes les conversations que vous avez eues.

Elle se pencha vers Miriam.

— Je sais que vous pensez que vous vous serviez de lui, et peut-être était-ce le cas, mais il est venu ici parce qu'il se servait de vous tout autant !

Miriam rougit légèrement.

— Il est inutile de me le rappeler constamment. Je m'en rends compte. Il voulait impliquer Monk dans une affaire dont il ne pourrait pas s'échapper. C'est clair à présent.

— De quoi s'agissait-il, selon vous ?

Beata regretta aussitôt sa question. Elle ne voulait pas donner à Miriam l'impression qu'elle la jugeait. À sa place, elle n'aurait probablement pas été plus avisée. Elle ne pouvait qu'imaginer le chagrin et la fureur que son amie avait dû ressentir en découvrant les véritables circonstances de la mort de Piers.

— Je veux dire, qu'a-t-il prétendu ? Il serait utile de le savoir.

— Je savais par Fin Gillander que Monk se trouvait à San Francisco voilà vingt ans, murmura Miriam. Et quel genre d'homme c'était, simplement parce que Fin l'appréciait. Il a dit qu'ils avaient pas mal navigué ensemble. Leurs chemins se croisaient assez régulièrement. Ils ont l'un et l'autre changé, naturellement. Fin a quarante ans, Monk doit en avoir cinquante. Et Monk est certainement différent maintenant que la colère qui l'habitait l'a quitté. Quoi qu'il eût cherché, il l'a trouvé…

— Et il est sur le point de le perdre de nouveau ! coupa Beata d'un ton sec.

Miriam la regarda, la détresse temporairement à nu sur son visage. Beata comprit brusquement, comme si une vague déferlait sur elle, que Miriam avait aimé Piers Astley corps et âme et qu'elle n'avait jamais surmonté sa disparition. Aaron n'avait jamais été davantage qu'un réconfort, et désormais cela aussi avait été détruit. Tout ce qu'elle avait vu de bon ou de tendre en lui avait été effacé par la certitude que c'était lui qui avait tué Astley, directement ou indirectement. Qu'il l'eût fait par désir pour Miriam ne faisait qu'ajouter un sentiment de culpabilité à sa peine.

— Je suis désolée, dit-elle tout bas. Mais nous n'avons pas le temps de céder au chagrin. Il faut que nous trouvions le moyen de prouver que la mort de Pettifer était un accident dû à la panique. Que Monk n'avait aucune raison de tuer Pettifer.

Miriam fronça les sourcils.

— Comment ? Nous ignorons ce qui s'est passé avant la fusillade sur le navire. Et de toute façon, il faudrait démontrer que Monk savait que McNab, et non Pettifer, était à blâmer !

— Certes, acquiesça Beata.

L'avenir semblait sombre, terriblement sombre, et elle avait sur le cœur un poids qui l'empêchait de respirer.

— Néanmoins, nous devons essayer. Je vais aller voir Hester. Je la connais à peine mais je crois qu'elle acceptera l'aide de tous ceux qui la lui proposent. Je le ferais à sa place. Quant à vous, réfléchissez à tout ce dont vous vous souvenez et allez voir Oliver. Préparez-vous à témoigner.

Miriam déglutit avec peine.

— Oui… naturellement.

13

Hester vécut comme un cauchemar les jours qui les séparaient du procès. Toutes les idées qui lui venaient pour prouver l'innocence de Monk semblaient se désintégrer dès qu'elle y réfléchissait. Dans son esprit, McNab se revêtait d'une brillance démoniaque.

Elle en parla à Rathbone lorsqu'il vint à Paradise Place un soir.

— Il doit y avoir quelque chose à faire ! dit-elle, au bord du désespoir. Monk hait McNab – personne n'en doute –, mais il n'a jamais tenté de lui nuire. Quant à Pettifer, il ne le connaissait même pas de nom ! Pourquoi lui aurait-il imputé la responsabilité du fiasco qui a abouti à la mort d'Orme ?

Ils étaient assis au salon. La pièce lui paraissait sombre et particulièrement vide. Elle avait interdit à Scuff d'abandonner ses études pour revenir à la maison, du moins avant l'ouverture du procès. Au moins, faire son travail, soulager les maux d'autrui lui procuraient une sorte de répit.

Rathbone était pâle, le visage creusé de rides empreintes de tendresse.

— Prouver que McNab était derrière l'affaire de la fusillade ne résoudrait rien, déclara-t-il avec toute la douceur dont il était capable.

Il n'aimerait jamais Monk autant qu'elle, mais ce dernier était son ami le plus proche et ils avaient mené de nombreuses batailles côte à côte. C'était Monk qui avait fini par sauver Rathbone lorsque ce dernier, à bout de forces et profondément effrayé, avait été menacé d'emprisonnement.

— Eh bien, qu'est-ce qui l'aidera, alors ?

Sa voix échappait à son contrôle, elle s'en rendit compte.

— Si McNab était le responsable, pourquoi William aurait-il voulu faire du mal à Pettifer ? Au contraire, il aurait peut-être pu le convaincre de témoigner contre McNab. Dans ce cas, pour rien au monde il n'aurait voulu le tuer.

— Cela ne changerait rien, répéta-t-il avec tristesse. Si nous le prouvons maintenant, cela ne montrera pas que Monk en était persuadé au moment de la mort de Pettifer. Ce qui compte, c'est ce qu'il croyait à ce moment-là.

— Nous avons des témoins…

Sa voix s'éteignit avant qu'elle ait achevé sa phrase.

Tous étaient les hommes de Monk, ses amis, collègues, agents de la brigade fluviale. L'accusation aurait beau jeu de les discréditer. Quant à Hester, elle savait, sans que Rathbone eût dit quoi que ce fût, qu'elle ne pourrait jamais être soumise à un contre-interrogatoire. Quelques minutes suffiraient pour qu'un avocat compétent lui fasse avouer que Monk avait perdu la mémoire ! À chaque pensée, l'étau se resserrait.

D'autres ne demandaient pas mieux que de leur venir en aide, seulement ils ne savaient pas quoi faire. Scuff était si bouleversé qu'il était incapable de se concentrer sur le travail qu'il adorait. Crow et lui passaient de plus en plus de temps à courir les quais à la recherche de renseignements susceptibles d'incriminer McNab. À la clinique de Portpool Lane, Squeaky Robinson faisait appel à tous ceux qui avaient une dette envers lui, en brandissant toutes les menaces à même de produire un effet, et d'autres encore qui n'avaient aucune chance d'y parvenir. Worm, l'orphelin de sept ans pour qui Scuff avait trouvé un foyer là-bas, était dehors à toutes les heures du jour et de la nuit, cheminant sans relâche le long du fleuve, posant des questions, écoutant les réponses.

Monk ne dormit guère la nuit précédant l'ouverture du procès. Le moindre bruit semblait faire intrusion dans ses pensées. Des hommes toussaient, gémissaient, juraient, un ou deux pleuraient. Comme lui, ils étaient seuls, transis et, par-dessus tout, terrifiés. Il était désormais peu probable qu'aucun d'entre eux puisse changer quelque chose à son sort. Leur destin était entre les mains d'autres gens, parfois de gens qui y étaient parfaitement indifférents.

Était-il préférable ou pire d'avoir des proches dont la vie serait à jamais marquée si on était reconnu coupable ? Monk souffrait presque au-delà du supportable en pensant à Hester, ou à Scuff, d'ailleurs. Aux hommes qu'il allait décevoir, s'ils croyaient à sa culpabilité. La brigade fluviale dans son ensemble allait-elle pâtir de son échec ?

La pensée que McNab puisse l'emporter suffisait presque à le faire suffoquer. Mais ni la rage ni l'apitoiement ne servaient à rien. Au contraire, ils étaient des obstacles à la réflexion. Seuls l'intelligence et le contrôle de lui-même pourraient le sauver. Ou un miracle ! Croyait-il aux miracles ?

À quoi croyait-il ? Il était un peu tard pour se poser la question.

Le procès débuta par les formalités d'usage, qui parurent interminables à Monk. Les voix précises des greffiers semblaient irriter ses terminaisons nerveuses.

Il se tenait debout dans le box des accusés de l'Old Bailey, qui dominait la salle de tribunal, et était situé de côté par rapport au public. La salle était bondée. Il aurait dû s'y attendre et pourtant il en fut déconcerté. Combien de ces gens haïssaient les forces de l'ordre et étaient venus assister à sa chute ? Combien, au contraire, avaient été aidés par la loi ou la police à un moment ou à un autre et préféreraient le voir innocenté ?

Il chercha Hester du regard et aperçut son profil, la lumière qui se reflétait sur les mèches claires de ses cheveux. Qui l'aimerait, s'il était condamné à mort ? Personne, pas comme lui l'aimait ! Elle serait la veuve d'un homme qu'on avait pendu. Persisterait-elle à le croire innocent ? Ou, avec le temps, céderait-elle à la pression, au poids de la certitude de tous les autres ?

Ils commençaient, enfin. Sorley Wingfield représentait la partie civile. C'était un homme mince, très brun, doté d'un sens de l'humour mordant. Il avait sans doute joué des pieds et des mains pour être chargé du dossier. Son antipathie pour Rathbone était aussi ancienne que tenace et il savait forcément que ce procès avait une importance toute particulière pour lui, puisqu'il défendait un ami. C'était sa première affaire en vue depuis qu'il avait été réintégré au sein du barreau après sa disgrâce.

Le juge était Lord Justice Lyndon, un homme dont Monk savait peu de chose, hormis que Rathbone avait déclaré qu'il avait bonne réputation. Cependant, la situation se présentait déjà si mal qu'il n'avait certainement pas voulu noircir le tableau davantage.

Le premier témoin cité par Wingfield ne fut autre qu'Hooper. Il gravit les marches de la tribune, très pâle, visiblement mal à l'aise. Il paraissait emprunté dans son uniforme de la brigade fluviale, comme si les épaules de sa veste étaient un peu étriquées pour lui. Monk ne se souvenait pas de l'avoir jamais vu ainsi vêtu. D'ordinaire, il portait un vieux caban de marin.

Il prêta serment et déclina ses nom et profession, toisant Wingfield comme un bout de bois à la dérive qui encombrerait le fleuve. Il avait le don d'irradier le mépris avec le plus léger mouvement de paupières.

— Vous travaillez pour la brigade fluviale au commissariat de Wapping ? C'est bien ça, Mr. Hooper ? interrogea Wingfield tranquillement.

— Oui, monsieur.

— Et vous avez été promu il y a peu au poste de second du commissaire Monk, l'accusé ?

— Oui, monsieur.

L'hostilité d'Hooper à son égard s'entendait dans sa voix.

— Une place occupée jusqu'alors par un certain Mr. Orme ?

— Oui, monsieur, répondit Hooper, méfiant.

— S'agit-il là du même Mr. Orme qui a été abattu lors d'une escarmouche avec un trafiquant d'armes ? insista Wingfield, d'un air innocent.

Rathbone se leva.

— Votre Honneur, il ne saurait y avoir de doute quant à l'identité de Mr. Hooper, ses excellents états de service à la brigade fluviale ou sa récente promotion à la suite de la disparition de Mr. Orme. Au cas où Mr. Wingfield serait disposé à faire perdre le temps de la cour sur ce sujet, j'ajoute que Mr. Hooper a également de bons états de service au sein de la marine marchande. Rien là ni ailleurs ne permet de mettre en cause sa probité, et il a été maintes fois complimenté pour son courage.

Un des jurés sourit.

Wingfield parut agacé, mais il était trop convaincu de remporter la victoire finale pour prendre ombrage de cette interruption. Monk s'en rendait compte, même de sa place.

Il haussa les épaules et fit quelques pas en avant.

— Mon estimé confrère a-t-il terminé ? s'enquit-il avec une pointe de sarcasme.

Rathbone se rassit.

— Maintenant, Mr. Hooper, vous étiez, me semble-t-il, sur le quai Skelmer avec l'accusé le jour où Mr. Pettifer s'est noyé ?

— Oui.

— Pourquoi ? Que faisiez-vous là-bas ?

Wingfield parvenait à avoir l'air intrigué, comme s'il ne savait pas du tout à quelle réponse s'attendre.

Un frémissement de curiosité agita la foule.

— On espérait arrêter un prisonnier évadé.

— Un homme en particulier ? ironisa Wingfield. Ou n'importe lequel qui se trouvait à passer par là ?

Un des jurés lâcha un rire nerveux. Une expression légèrement moqueuse traversa le visage du juge Lyndon.

— Le deuxième homme à échapper aux agents des douanes en deux semaines, monsieur, répondit Hooper d'une voix forte. On espérait que celui-là serait encore vivant. Pour le premier, on ne nous a appelés que quand il était déjà mort.

Une onde d'excitation se répandit parmi le public, et cette fois apparut une pointe d'amusement sur les traits du juge.

— S'était-il noyé, lui aussi ? demanda Wingfield, arquant les sourcils.

— Oui, monsieur. Et on lui avait tiré dessus. Dans le dos !

— Voilà qui est un tantinet excessif, observa le juge Lyndon. Y a-t-il là un rapport avec la mort de Pettifer, Mr. Wingfield ? Accusez-vous le commissaire Monk de l'avoir noyé aussi ?

— Non, Votre Honneur. Cependant, c'est la mort de Blount qui semble avoir attiré la brigade fluviale dans toute cette affaire.

— Quelle affaire, au juste ? intervint Rathbone. À ce que je comprends, Blount a été noyé, puis il a reçu une balle dans le dos, et c'est seulement alors que Monk est intervenu.

Il regarda tour à tour Wingfield et le magistrat.

— Sir Oliver semble perdu, commenta Wingfield, sarcastique.

— Moi aussi, rétorqua le juge en se tournant vers Hooper. Dois-je comprendre, Mr. Hooper, que Monk et vous souhaitiez interroger le deuxième prisonnier échappé dans un quelconque but professionnel ?

Hooper parut soulagé que quelqu'un saisisse enfin.

— Oui, monsieur. On nous avait donné l'enquête sur la mort de Blount à cause de la balle qu'il avait reçue dans le dos. On croyait qu'il y avait peut-être bien un lien entre son évasion et celle du deuxième homme aux mains du même service, autrement dit les douanes.

— Poursuivez, Mr. Wingfield, ordonna le juge.

— Merci, Votre Honneur.

Il regarda Hooper.

— Pourquoi le quai Skelmer ? Aviez-vous des informations qui vous incitaient à croire qu'il serait là ?

— C'est un endroit isolé et équipé d'un embarcadère, expliqua Hooper. La marée était favorable, juste sur le point de tourner. Il s'est révélé qu'on avait deviné juste.

— Seulement deviné ? répéta Wingfield avec un très léger ricanement. Est-ce ainsi que vous appréhendez d'ordinaire les prisonniers en fuite, Mr. Hooper ? En « devinant » où ils se trouvent ?

— Nous n'avons pas pour habitude de les égarer, monsieur.

Des rires fusèrent parmi la foule et un des jurés sortit un grand mouchoir pour dissimuler son amusement.

— Qui a eu l'idée d'aller au quai Skelmer ? Vous ou l'accusé ?

— Moi, je crois.

— Comme c'est loyal de votre part ! Vous êtes très loyal envers votre supérieur, n'est-ce pas, Mr. Hooper ? Vous avez risqué votre vie pour lui plus d'une fois si j'ai bien lu vos états de service ?

— Disent-ils combien de fois il a risqué la sienne pour moi ? Ou pour les autres hommes ? rétorqua Hooper. Je suppose que ça n'arrive pas dans votre métier, de se mettre en danger pour des collègues, hein ? Vous auriez plutôt tendance à avoir un couteau à la main !

— Ça c'est vrai ! cria quelqu'un dans le public, ce à quoi succédèrent quelques sifflets et quolibets.

— Mr. Wingfield ! intervint le magistrat d'un ton sec. Allez-vous, je vous prie, au moins tenter de rappeler votre témoin à l'ordre ?

— Peut-il être considéré comme hostile, Votre Honneur ? demanda Wingfield avec colère.

— Cela ne nous a pas échappé, Mr. Wingfield. Vous semblez vous en apercevoir un peu tardivement.

Wingfield eut un sourire morose.

— Vous avez exprimé plus que clairement vos loyautés et vos prédispositions dans cette affaire, Mr. Hooper. Je vous avertis de veiller à ne pas laisser vos émotions, pas plus que vos évidents intérêts personnels ou votre ambition, influer sur la véracité de vos déclarations ! Cela signifie votre capacité à vous remémorer et à dire la vérité… la vérité exacte, vous comprenez ?

Le visage d'Hooper se crispa, sa colère sans doute aussi visible aux jurés qu'elle l'était à Monk, dans le box.

— Je n'ai aucune raison de raconter des mensonges, même si je n'étais pas sous serment, répliqua-t-il calmement. Parlez franchement et je vous parlerai franchement en retour.

Deux des jurés hochèrent la tête, témoignant leur approbation.

— Par conséquent, vous attendiez sur le quai Skelmer ? l'encouragea Wingfield. Que s'est-il passé, Mr. Hooper ?

— Deux hommes sont apparus, venant des deux côtés de la rangée de bâtiments. Dès qu'ils se sont vus, ils ont commencé à se battre. Inutile de me demander lequel a attaqué l'autre parce que je n'en sais rien. Ils se sont lancés l'un contre l'autre comme des chiffonniers. Et ils se rapprochaient de plus en plus du bord de l'eau..

— Un instant, Mr. Hooper, le coupa Wingfield. Dois-je en conclure que ni l'accusé ni vous n'avez tenté de mettre fin à cette altercation ? Rien fait pour intervenir et appréhender ce prisonnier en fuite ? À qui pensiez-vous avoir affaire en la personne du deuxième homme ?

— À un policier ou un douanier. Nous avons essayé de les séparer, mais ils ont fini par tomber à l'eau tous les deux et le grand s'est mis à gesticuler et à jurer comme un charretier. Il aurait dû garder la bouche fermée, il aurait avalé moins d'eau. Vu son langage, on a pensé que c'était le prisonnier.

— Vraiment ? s'étonna Wingfield, incrédule. Vous n'aviez donc aucune description de cet homme ? C'était un tant soit peu négligent de votre part, non ? N'auriez-vous pas aisément pu appréhender le mauvais bougre ?

Il sourit.

— Oh… mais c'est justement ce que vous prétendez, n'est-ce pas ? Que vous vous êtes complètement trompé ? N'avez-vous pas, dans les faits, noyé le douanier et permis au prisonnier de traverser le fleuve à la nage pour fuir… Dieu sait où ? En France, pour autant que nous le sachions ?

Hooper serra les lèvres, ravalant sa colère avec difficulté.

— Je suis parti à la poursuite du petit, mais il s'est démené comme un diable et il a réussi à se dégager. Mr. Monk tenait le grand gars barbu, qui s'affolait de plus en plus, il battait des bras dans tous les sens, on aurait dit un fou. Il a failli entraîner Mr. Monk par le fond. Quand quelqu'un réagit comme ça, il faut l'empêcher de bouger, sinon on se noie tous les deux. On ne peut pas nager et sauver un homme qui s'agite autant. Mais peut-être que vous n'avez jamais essayé. Ça ne va pas avec la perruque en crin et la belle robe. Sapé comme ça, vous seriez noyé en un rien de temps.

Là encore, il y eut une rafale de rires dans l'assistance, mais ils étaient nerveux, et les jurés parurent mal à l'aise.

Cette fois, Wingfield garda son sang-froid.

— Je porte rarement cette tenue pour aller nager, Mr. Hooper. Et je n'ai jamais sauté dans la Tamise pour secourir un agent des douanes ou en noyer un. Dites-moi, après que le petit homme vous a échappé, qu'avez-vous fait ?

— J'ai aidé Mr. Monk à sortir le grand de l'eau et à le remonter sur le quai. Nous avons tenté de le ranimer, mais il était trop tard.

— Un coup assez violent sur la tempe a ce genre d'effet, n'est-ce pas ?

— S'il ne s'était pas affolé et qu'il n'avait pas essayé de noyer Mr. Monk, il s'en serait tiré.

— Peut-être qu'il avait peur parce qu'il ne savait pas nager et qu'il soupçonnait Mr. Monk de vouloir le noyer ? suggéra Wingfield doucement.

— Vu qu'il avait laissé le prisonnier s'enfuir, il nous aurait été plus utile vivant, lui fit remarquer Hooper.

— Votre loyauté est admirable, répondit Wingfield. À moins, bien sûr, qu'il ne s'agisse de complicité ? Pourrait-ce être le cas, Mr. Hooper ?

Rathbone se leva.

— Votre Honneur, étant donné que ce n'est pas le cas, cette question est hypothétique. Mr. Hooper n'a été inculpé de rien, et le jury ne devrait pas être induit en erreur à cet égard. Mon estimé confrère l'accuse à la fois de loyauté… et de déloyauté.

— De loyauté mal placée, corrigea Wingfield avec une pointe de condescendance.

— Il est loyal envers la vérité.

— Cela reste à prouver, riposta Wingfield d'un ton cassant.

Néanmoins, il congédia Hooper, cédant la place à Rathbone.

Ce dernier hésita à peine. Seul Monk, perché dans le box, devait le connaître assez bien pour s'en être aperçu.

— Je me réserve le droit de rappeler ce témoin plus tard, Votre Honneur.

Monk sentit la sueur perler sur sa peau. Était-ce du soulagement, ou avaient-ils seulement repoussé l'inévitable ? Hooper devrait témoigner tôt ou tard et être soumis au contre-interrogatoire de Wingfield. Monk avait besoin de quelqu'un pour venir à son aide. Il comprenait précisément ce que Pettifer avait dû ressentir en se noyant. Il suffoquait. L'eau l'aspirait, se refermait sur sa tête.

Et pourtant, Monk ne voulait pas entraîner Hooper dans sa chute. Le sentiment de culpabilité serait insupportable.

Wingfield appela le Dr Hyde à la barre, l'interrogea sur ses qualifications, puis entra dans le vif du sujet.

— On vous a appelé au quai Skelmer pour examiner le corps de Pettifer ?

— Non, rétorqua Hyde sèchement. On me l'a amené. Renseignez-vous correctement, mon brave !

Wingfield rougit. Sûr de lui, il avait laissé à un subordonné le soin de vérifier les détails. L'expression de son visage suggérait que quelqu'un allait regretter cette erreur.

— Vous avez cependant reçu le corps de Pettifer afin de déterminer les causes exactes du décès et d'en tirer toute autre information utile ?

— Oui.

— Alors, y a-t-il une autre raison pour laquelle vous êtes si réticent à dire à la cour ce que vous avez découvert ?

— Je vous répondrai quand vous me poserez la question, répliqua Hyde en le regardant droit dans les yeux. J'ai été médecin dans l'armée. On apprend à ne jamais se porter volontaire.

— Pourquoi pensiez-vous que vous étiez là ? Je vous interroge, docteur.

Hyde sourit, l'air amusé.

— Les poumons étaient gorgés d'eau et il y avait de petits points rouges dans le blanc de ses yeux, comme on en trouve dans les cas d'asphyxie. Il s'est noyé.

— Avait-il d'autres blessures susceptibles d'expliquer qu'il se soit noyé jusqu'à la mort ?

— Quand on se noie, c'est toujours jusqu'à la mort ! assena Hyde en levant les yeux au ciel. Et, oui, il avait une très légère contusion au crâne et une autre au cou.

— Très légère ? ironisa Wingfield. Quelle force un coup doit-il avoir pour susciter votre intérêt, docteur ? Le malheureux a été assommé, il était inconscient !

— Sacrément inconscient pour se jeter à l'eau alors qu'il ne savait pas nager, rétorqua Hyde. Peut-être voulait-il détourner l'attention de Mr. Monk afin de permettre à Owen de s'échapper ? Aviez-vous envisagé cette hypothèse ?

— C'est sans importance, lui fit remarquer Wingfield en lui rendant un sourire crispé. Je doute qu'il ait eu l'intention de donner sa vie pour cela !

— Ce qui signifiait qu'il faisait confiance au commissaire Monk pour le secourir, déclara Hyde. À l'évidence, il ne le considérait pas comme un ennemi.

— Dans ce cas, son corps noyé et les contusions sur son crâne montrent l'étendue de son erreur, riposta Wingfield d'un ton triomphant. Merci, Mr. Hyde, ce sera tout.

Rathbone se leva.

La cour était silencieuse. Les regards de tous les jurés convergeaient sur lui.

Monk sentit s'accélérer les battements de son cœur.

— Docteur, vous avez dit que les contusions présentes sur le crâne et le cou de Mr. Pettifer étaient légères. Cela signifie-t-il que le coup qu'il a subi n'était pas très violent ?

— Non, monsieur. Cela signifie qu'il a été porté peu avant la mort. Les ecchymoses n'ont pas eu le temps de se former.

— Je vois. Où se trouvait la marque sur le cou ? Pourriez-vous en indiquer l'emplacement sur le vôtre, afin que les jurés puissent le voir ?

Hyde porta sa main du côté gauche de son cou, à l'avant de l'oreille.

— Pas sur la gorge ?

— Non. Un coup à la gorge aurait pu le tuer. Là, c'est le genre d'endroit qu'aurait choisi un homme qui s'efforçait de le neutraliser pour pouvoir lui porter secours.

Wingfield bondit sur ses pieds.

— Oui, oui, intervint le juge. Docteur, vous connaissez la procédure. Nous devons nous plier aux simagrées d'usage.

Rathbone dissimula tant bien que mal un sourire.

— Docteur, quel serait le résultat du coup que vous décrivez ?

— Un étourdissement, voire une perte de conscience momentanée, d'une minute environ.

— Suffisante pour tirer l'homme de l'eau, par exemple ? insista Rathbone avec une innocence feinte.

— Précisément.

— Merci. Oh, docteur, mon estimé confrère a mentionné un autre prisonnier malencontreusement égaré par le service des douanes, un certain Blount. Avez-vous également examiné son corps ?

Wingfield se leva à demi, puis se rassit. C'était lui qui avait introduit le sujet. Il ne pouvait guère s'en plaindre à présent.

— Oui.

— Il s'est noyé aussi ?

— En effet.

— Y avait-il d'autres marques ou contusions sur le corps ?

— Un orifice causé par l'impact d'une balle dans le dos, répondit Hyde, impassible.

— Je présume que Mr. Monk n'avait rien à voir avec cela ? poursuivit Rathbone.

— Non, pour autant que je le sache.

— Je vous remercie, docteur.

Wingfield sembla envisager de rappeler Hyde, mais finit par s'en abstenir. Après la suspension de l'audience pour le déjeuner, il fit venir Fin Gillander à la barre.

Ce dernier arriva d'une démarche chaloupée, si naturelle chez lui qu'il n'en avait pas conscience. C'était un bel homme, qui approchait de la fleur de l'âge, et des soupirs et des bruissements d'étoffe se firent entendre dans la salle à son entrée. Les membres du public se redressèrent, échangeant coups de coude et chuchotements tandis qu'il prêtait serment.

Visiblement désireux de profiter de ce regain d'intérêt, Wingfield invita Gillander à parler de son métier et du bateau qu'il possédait, à décrire celui-ci, et à raconter qu'il était venu de Californie à son bord en affrontant les flots démontés du cap Horn, réputé si traître. Hommes et femmes écoutaient, buvant ses paroles, mais pour des raisons différentes, peut-être. Un jury composé de femmes l'aurait cru quoi qu'il eût dit. Mais naturellement aucune femme ne figurait dans le jury. Elles n'étaient pas éligibles.

— Votre goélette mouillait donc en face du quai Skelmer ? insista Wingfield.

— Oui.

— Et vous étiez sur le pont, en dépit du mauvais temps ?

— Il ne faisait pas si mauvais.

— Avez-vous remarqué Mr. Monk et Mr. Hooper sur le quai ?

— Je ne connaissais pas leurs noms à l'époque, mais j'ai vu deux hommes qui attendaient et j'ai appris qui ils étaient par la suite.

— En effet. Et vous avez vu les deux autres arriver, Mr. Pettifer et Mr. Owen ?

— Oui. Des côtés opposés des bâtiments. Je n'aurais pas su dire lequel poursuivait l'autre. Ils se sont heurtés et ils ont commencé à se battre, jusqu'au moment où ils sont tombés à l'eau.

— Vous avez pu observer cela, depuis l'autre rive ? demeura Wingfield, ouvertement sceptique.

Deux des jurés se penchèrent en avant.

— À la longue-vue, expliqua Gillander en souriant.

Le visage de Wingfield s'éclaira.

— Bien sûr. Que s'est-il passé ensuite ?

— Les deux autres se sont jetés à l'eau quand le grand a commencé à gesticuler, répondit Gillander. Il était pris de panique, à en juger par les apparences. C'est sacrément idiot, mais ça arrive tout le temps.

— Mais le plus petit a survécu, et au lieu de porter secours à celui qui se noyait, il a traversé le fleuve dans votre direction ?

— C'est exact.

— Et lorsqu'il vous a atteint, vous l'avez aidé à monter à bord de votre bateau ?

— Oui.

— Pourquoi avez-vous fait cela, Mr. Gillander ?

Gillander écarquilla les yeux.

— Que vouliez-vous que je fasse ? Le laisser se noyer ? Je n'aurais pas fait ça, qui que soit cet homme.

Wingfield haussa les épaules.

— Mais vous ne l'avez pas fait prisonnier et retenu pour le remettre à la police ? Pourquoi ?

— Il m'a dit s'appeler Pettifer, être agent des douanes et avoir poursuivi un prisonnier échappé, un individu très violent, qui avait tenté de le tuer. Comme, apparemment, la brigade fluviale l'avait interpellé, il m'a demandé si je pouvais le déposer à l'escalier suivant pour qu'il aille chercher de l'aide.

— Et vous l'avez cru ?

— Je n'avais aucune raison de mettre sa parole en doute. L'autre type se battait contre les policiers. J'ai cru qu'il allait tuer celui qui essayait de le sortir de l'eau. Il le cognait comme s'il en avait l'intention !

Wingfield maîtrisa son agacement avec difficulté.

— Il était en train de se noyer, Mr. Gillander. La panique l'a submergé. L'homme que vous avez embarqué et si obligeamment déposé en aval était le prisonnier échappé – qu'aucun d'entre nous n'a jamais revu !

Gillander tenta de réprimer un sourire et y parvint presque.

— Oui… je l'ai appris plus tard.

— Avez-vous vu quelqu'un frapper l'homme qui se noyait, Mr. Gillander ?

— J'ai vu beaucoup de gesticulations, mais non. Désolé.

Wingfield fit un pas en avant.

— Avez-vous ultérieurement fait la connaissance du commissaire Monk ? demanda-t-il d'une voix tendue. En fait, vous êtes-vous lié d'amitié avec lui ?

Gillander hésita.

Monk comprit précisément dans quel piège il était tombé. Ils s'étaient connus en Californie, vingt ans plus tôt. Était-ce cela que Wingfield voulait le contraindre à admettre ? La seule manière d'être honnête serait de le reconnaître franchement. Wingfield était habile. Il serait stupide de l'oublier.

— Mr. Gillander ? insista l'avocat. La question me paraît assez simple. Vous êtes-vous lié d'amitié avec le commissaire Monk après avoir repêché le prisonnier évadé ? Oui ou non ?

Gillander haussa vaguement les épaules.

— J'ai renoué avec une vieille connaissance.

Wingfield ouvrit de grands yeux, profitant au maximum de cet instant de stupeur.

— Renoué, vous dites ? répéta-t-il, accentuant chacun de ses mots.

Le silence se fit si pesant que, lorsqu'une femme changea légèrement de position, le grincement de son corset fut entendu par le jury. Un homme toussa nerveusement.

— Oui. Je l'ai connu il y a une vingtaine d'années.

— Vraiment ? Et où donc ?

— Sur la côte de Barbarie. En Californie, pas en Afrique du Nord. À l'époque de la ruée vers l'or.

— Et pourtant, William Monk est membre de la brigade fluviale de la Tamise. Son influence ne va tout de même pas jusque-là !

Gillander haussa les sourcils.

— C'était une question ?

— Non, bien sûr que non, dit Wingfield, cassant. L'avez-vous bien connu alors, Mr. Gillander ?

— Sans plus. Aussi bien que les gens pouvaient se connaître. Nous étions des rivaux dans le même commerce. Des alliés à l'occasion.

— Et de quel commerce s'agissait-il ? Pas la police, j'imagine ?

— Certes non ! Il n'y avait pas de lois là-bas, sauf celles qui étaient faciles à respecter. Au début, la contrée ne faisait même pas partie des États-Unis.

— Comme c'est intéressant ! Eh bien, dans quelles affaires étiez-vous, Mr. Gillander ? La contrebande ? Le trafic d'armes ? Le jeu ? Vous aidiez des hommes recherchés à s'enfuir ? Vous étiez des mercenaires ?

Rathbone fit mine de se lever. Gillander le devança.

— Vous ne savez pas ce que c'est que de fonder et de construire une ville, hein ?

— En effet, admit Wingfield. Je suis londonien. Cette cité existait avant que Jules César débarque sur cette île en 55 avant Jésus-Christ. Répondez à la question, je vous prie. Que transportiez-vous le long de la côte californienne avec l'accusé ?

— Des vivres, des meubles, des outils, des fournitures, du bois, du tissu, et naturellement des prospecteurs. La route est longue depuis Bristol à travers l'Atlantique, autour du cap Horn et ensuite le long de la côte du Pacifique pour rallier l'équateur et entrer dans la baie de San Francisco. On ne fait pas ça en quelques semaines. Une fois par an suffit pour la plupart des gens. Personne n'a envie de franchir le cap Horn en hiver… qui là-bas est en juin, juillet et août.

— Merci, je sais que le cap Horn se trouve dans l'hémisphère Sud, Mr. Gillander. Par conséquent, l'accusé et vous avez parfois fait route ensemble, affronté le danger et les difficultés d'une partie du monde dont la plupart d'entre nous ici ne faisons que rêver ?

— C'est exact, admit Gillander avec réticence.

— Ces questions vont-elles mener quelque part, Votre Honneur ? intervint Rathbone, s'adressant au juge avec une pointe de lassitude.

— Venez-en au but, Mr. Wingfield, s'il y en a un, voulez-vous ? pria le juge.

— Il va devenir apparent, Votre Honneur, promit l'avocat.

Monk eut soudain froid, comme si quelqu'un venait d'ouvrir une porte pour laisser entrer le vent glacé du dehors. Wingfield allait aborder la question de la mort de Piers Astley, dès qu'il en aurait l'occasion.

— Par conséquent, reprit Wingfield, vous connaissiez déjà bien Mr. Monk quand il vous a interrogé à propos d'Owen, le détenu qui s'était échappé ?

— Il m'a fallu quelques minutes pour le reconnaître. Vingt ans avaient passé. Mais oui, je n'ai pas tardé à comprendre qui il était.

— Et qui était-il, Mr. Gillander ?

— Le commissaire de la brigade fluviale à Wapping, répondit Gillander avec un sourire, avant de poursuivre pour que Wingfield ne puisse pas l'interrompre : Mais aussi un homme que j'avais connu comme un marin hors pair en Californie.

Wingfield exhala lentement.

— Étiez-vous amis, d'une certaine manière ? Vous étiez l'un et l'autre des soldats de fortune ? Ou peut-être des marins de fortune, pour être plus précis ?

— Si vous voulez.

— Des alliés à certains moments ?

— Et des rivaux à d'autres.

— Exactement. Dans le cas présent, pour ce qui est de tirer Mr. Monk, et vous-même sans doute, de ce mauvais pas, à savoir le sauvetage d'un prisonnier en fuite et la mort violente d'un agent des douanes, êtes-vous des rivaux ou des alliés, Mr. Gillander ?

— Des alliés, Mr. Wingfield. Nous aimerions l'un et l'autre découvrir la vérité et la prouver, déclara Gillander sans hésiter.

— Ou, du moins, faire endosser le blâme à quelqu'un d'autre, rétorqua Wingfield.

— À celui qui le mérite ! riposta Gillander sur le même ton. J'ignore de qui il s'agit pour l'instant, et vous aussi !

— Non, Mr. Gillander. C'est Mr. Monk qui le mérite, et vous aussi, très probablement !

Il se tourna vers le juge.

— Merci, Votre Honneur. Je n'ai pas d'autres questions à poser au témoin dans l'immédiat. Je me réserve néanmoins le droit de le rappeler si d'autres éléments apparaissent.

Le magistrat suspendit l'audience jusqu'au lendemain. Ceux qui étaient libres de s'en aller sortirent dans la pénombre croissante de l'après-midi, pour aller affronter le vent et le verglas.

Monk fut ramené dans sa cellule, condamné à attendre sans rien faire durant toute la soirée, et à se réveiller en pleine nuit, glacé jusqu'aux os. Il essayait désespérément de songer à un moyen de prouver son innocence. Il n'avait pas eu l'intention de tuer Pettifer. C'était la seule chose dont il était sûr. Tout le reste était aussi obscur que sa cellule avec sa porte close et son verrou en fer, à peine traversée par un rai de lumière venant de la haute fenêtre qui donnait sur la cour.

Le lendemain matin, Aaron Clive fut appelé à la barre. Il fut traité avec le plus grand respect. Lord Justice Lyndon lui-même s'adressa à lui avec une politesse empreinte de gravité.

Monk savait pourquoi il avait été appelé à comparaître, bien qu'il ne pût rien ajouter aux faits déjà connus. Sa prestance allait impressionner les jurés. Ils croiraient tout ce qu'il dirait, et Rathbone commettrait une grave erreur en essayant de lui tendre un piège ou de l'interroger. Il avait averti Monk qu'il ne le ferait pas, d'une voix sourde et calme, comme s'il avait un autre plan que cependant il s'était abstenu de divulguer.

Monk n'y croyait guère. Il avait vu Rathbone réconforter des accusés par le passé, essayer de leur donner plus d'espoir qu'il n'y en avait réellement, par compassion et parce qu'un homme désespéré apparaît coupable. Un innocent certain de lutter pour une juste cause ne garderait-il pas la foi ?

Pas s'il avait autant d'expérience de la justice que Monk ! Hester n'était pas venue aujourd'hui. Il la chercha dans chacune des rangées qu'il pouvait voir, en vain. Il s'efforça de se convaincre qu'elle suivait une piste prometteuse, qu'elle avait trouvé des indices qui confondraient McNab ! Toute autre pensée était intolérable. Il ne devait pas donner l'impression qu'il avait perdu courage. Il ne devait pas avoir l'air d'un coupable !

Serein et séduisant, Clive avait presque des allures de héros, dans un genre différent de Gillander, qui faisait figure de tête brûlée. Son charme plaisait à la fois aux hommes et aux femmes. Il parlait avec autorité, comme s'il n'avait jamais éprouvé de sa vie le besoin ou l'envie de mentir.

Il relata avec précision ce que ses employés lui avaient relaté des événements du quai Skelmer. Monk lui-même, pour en avoir écouté le moindre mot, ne releva aucune omission, aucun ajout, aucun détail inutile. Il se contenta de s'en tenir aux faits, et bien qu'ils fussent pour l'essentiel déjà connus, il leur apporta le sceau de l'authenticité.

Rathbone ne l'interrogea pas, mais se réserva le droit de le rappeler ultérieurement en cas de besoin. Cela sonnait comme une déclaration pour la forme, dénuée de substance, et l'expression des jurés le refléta.

Puis ce fut le tour du principal témoin de la partie civile : McNab. Il s'avança d'un pas décidé vers la tribune des témoins et gravit les marches pour faire face à Wingfield. Il prêta serment, déclinant ses nom, titre et qualité.

Wingfield était dans son élément, à présent. Il avait adopté une posture détendue, presque gracieuse, son visage sévère exprimant une assurance tranquille.

— Mr. McNab, jusqu'ici nous avons beaucoup entendu parler des circonstances entourant la mort de Mr. Pettifer, mais personne n'a évoqué de véritable raison qui aurait pu pousser l'accusé à éliminer un homme avec qui il n'avait aucune relation personnelle. Personne n'a expliqué pourquoi, lorsque l'occasion s'est présentée, même devant témoins, il n'a pas pu contrôler son désir de tuer.

McNab, debout à la barre, sourit sans rien dire. Il rappelait à Monk un homme affamé qui s'assoit enfin à table et qui, couteau et fourchette en main, s'apprête à déguster un mets de choix.

Rathbone était assis le dos très droit. La lumière accentuait les reflets argentés de ses cheveux blonds, la ligne crispée de ses épaules. Avait-il des armes pour riposter ?

Wingfield s'éclaircit la gorge.

— Mr. McNab, depuis combien de temps connaissez-vous William Monk ?

— Environ dix-huit ans, répondit McNab.

Il paraissait à l'aise, ses cheveux coiffés en arrière dégageant son visage aux traits dépourvus de finesse. Il était habillé avec soin, d'un costume très simple, celui d'un travailleur ordinaire.

— Professionnellement ou personnellement ?

— Professionnellement.

— Mr. Monk connaissait-il également Mr. Pettifer, la victime ?

— Pas que je sache, monsieur, répondit McNab poliment. Mr. Pettifer m'a dit récemment qu'il savait que Mr. Monk avait la réputation d'être un homme dur et intelligent, exceptionnellement compétent mais qui avait tendance à prendre les choses trop à cœur.

Rathbone se leva.

— Votre Honneur, ce sont des ouï-dire.

— En effet, confirma le juge Lyndon. Vous savez pertinemment qu'on ne formule pas les questions ainsi, Mr. Wingfield. Trouvez un autre moyen d'établir la relation ou l'absence de relation entre l'accusé et la victime.

— Mes excuses, Votre Honneur. Vous avez raison, bien entendu.

Monk comprit aussitôt que Wingfield avait agi ainsi à dessein. Il avait maintenant toute la latitude qu'il désirait pour suggérer la supposée relation de manière beaucoup plus indirecte. Rathbone venait de commettre son premier faux pas.

— Je crois savoir que vous travaillez parfois de concert avec la brigade fluviale dans le cadre de vos activités professionnelles ? Pour appréhender des contrebandiers dangereux, tels que des trafiquants d'armes, par exemple ?

— Oui, monsieur, répondit McNab en inclinant légèrement la tête.

— Mr. Pettifer a-t-il déjà été mêlé à une telle affaire, à votre connaissance ?

— Oui, monsieur, en effet.

Le visage de McNab était presque illuminé par l'impatience.

— Pouvez-vous en parler à la cour ?

Rathbone demeura immobile. Il lui était impossible de faire objection. S'il essayait, il ne ferait qu'attirer l'attention sur son impuissance.

Monk avait l'impression que le verdict était désormais une quasi-certitude.

Avec force détails, McNab décrivit les renseignements obtenus par le service des douanes et le commissariat de police de Wapping concernant la goélette qui remontait le fleuve avec une cargaison de fusils passés en contrebande.

Wingfield ne l'interrompit qu'ici ou là, à regret, pour clarifier un détail, un horaire, l'état de la marée. C'était une tactique efficace. Elle donnait le sentiment que McNab n'était qu'un observateur impartial et soulignait les points les plus importants.

— Et qui savait précisément où se trouveraient les trafiquants et à quelle heure, Mr. McNab ? demanda Wingfield d'un ton grave.

— Je l'ai appris juste avant notre départ, monsieur, répondit McNab. Pettifer a tout organisé. J'ignore s'il l'a dit à quelqu'un d'autre. Il m'a affirmé que non.

— Que s'est-il passé, Mr. McNab ?

— Les pirates du fleuve ont pris d'assaut la goélette par l'aval quelques minutes après que la brigade fluviale avait abordé par l'ouest, sur le côté encore dans l'ombre.

— L'endroit naturel par lequel aborder, je présume ?

C'était une question posée pour le jury.

— Oui, monsieur. Personne ne se serait attendu à la présence de pirates à cet endroit et à cette heure-là.

— En effet. Et qu'est-il arrivé, Mr. McNab ?

Rathbone allait-il faire objection, dire que McNab n'était pas présent et ne pouvait tenir ses informations que des rapports d'autres gens ? À quoi bon ? Cela suggérerait qu'il avait perdu le contrôle de la situation et qu'il se cramponnait à tout ce qui, à son avis, pourrait détourner le jury de ce qui apparaissait de plus en plus comme une évidence.

— Il y a eu une fusillade épouvantable, monsieur. L'équipage de la goélette, qui était enfermé sous le pont, a tenté une sortie par l'écoutille. La brigade fluviale a épuisé une bonne partie de ses munitions à tirer sur les matelots qui essayaient de sortir, et les pirates en ont profité. Les policiers se sont retrouvés en mauvaise posture, dépassés en nombre et en armes.

— En somme, la situation était désespérée, commenta Wingfield gravement. Que s'est-il passé ensuite ? Comment se fait-il que Mr. Monk et Mr. Hooper soient encore en vie ?

— Ils l'ont échappé belle, déclara McNab, hochant lentement la tête. Et Mr. Orme, qui était le mentor et vieil ami de Mr. Monk, l'homme qui l'a fait entrer dans le service, a été tué. Une très sale affaire. Il s'est vidé de son sang.

Il parlait avec respect, comme si c'était douloureux pour lui aussi.

— Mr. Monk a fait de son mieux pour le sauver, mais il n'a pas pu stopper l'hémorragie. Mr. Hooper a été blessé également. De fait, il y a peu de temps qu'il a repris son travail. Mr. Laker, un autre subordonné de Mr. Monk, a lui aussi été touché.

— Et tout cela parce que Mr. Pettifer les a trahis aux pirates ? demanda Wingfield avec stupeur. Pourquoi n'a-t-il pas été pendu pour avoir commis un acte aussi vil ?

— Non, monsieur, il n'était pas responsable. Toutefois, pendant un temps, avant que nous ayons pu enquêter méticuleusement, tel a semblé être le cas.

— Dans ces conditions, qui était responsable ?

McNab baissa la tête, l'air accablé.

— Ç'a été une série de coups de malchance, monsieur. Les pirates ont des complices partout. Quelqu'un n'a pas été assez vigilant. Cela arrive, j'en ai peur.

— Malgré tout, Mr. Monk était convaincu que Mr. Pettifer était à blâmer ?

Monk, assis dans le box, les poings crispés, serrait les dents si fort que tout son crâne lui faisait mal. Il n'avait jamais pensé que c'était Pettifer le responsable ! Il savait pertinemment que c'était McNab lui-même ! Et il savait pourquoi !

— De sorte que Mr. Monk avait de très fortes raisons de haïr Mr. Pettifer ? insista Wingfield dans le silence qui suivit.

— Oui, monsieur, je le crains. Il croyait aussi que Mr. Pettifer avait tué Blount. Ce qui est faux, évidemment ! Mais c'est devenu une obsession chez Mr. Monk. Je pense que c'est pour cette raison qu'il était résolu à arrêter Owen lui-même. Voyez-vous, Blount était faussaire et Owen spécialiste en explosifs. Mr. Monk était persuadé qu'ils projetaient, avec deux autres complices, un cambriolage de grande envergure.

— Le fait est-il avéré ?

Le visage de McNab demeura impassible.

— Pas à notre connaissance, monsieur. De toute façon, Blount est mort, et des rapports fiables affirment qu'Owen s'est enfui en France, grâce à l'aide de M. Gillander.

Wingfield esquissa une moue.

— Vous avez déclaré que Mr. Monk avait une obsession à propos de Mr. Pettifer et du rôle qu'il avait joué dans le fiasco du navire. Pouvez-vous nous donner un exemple de ce que vous voulez dire par là, pour que la cour comprenne ? « Obsession » est un terme très fort. Il évoque un comportement excessif.

McNab réfléchit, comme s'il ne s'était pas préparé à cette question.

— Oui, monsieur, dit-il enfin. Il a passé en revue les éléments de l'affaire plusieurs fois, au moins quatre, et il a envoyé deux de ses hommes, Mr. Hooper et Mr. Laker, vérifier mes faits et gestes et ceux de Mr. Pettifer les jours précédant l'événement.

— Peut-être souhaitait-il s'assurer qu'il n'avait pas commis d'erreurs ? suggéra Wingfield. Il doit se sentir très coupable de la mort de Mr. Orme, en plus d'éprouver un chagrin naturel pour un homme qui a tant fait pour lui.

— Il cherchait à prendre mes hommes en faute, affirma McNab avec mépris. Il savait que Pettifer était à la poursuite d'Owen. Il s'est mis dans la tête qu'il y avait un gros complot impliquant Blount, Owen et deux autres, et que Mr. Pettifer était le lien entre eux. C'était ridicule, franchement !

— Êtes-vous certain de cela, Mr. McNab ?

Ce dernier acquiesça.

— Oui, monsieur. Aaron Clive était au courant parce que Mr. Monk pensait que son entrepôt était visé, tout près du quai Skelmer. Mr. Gillander était impliqué lui aussi, du moins dans l'esprit de Mr. Monk.

— Je vois. Et qui d'autre aurait des preuves de ce… complot ?

— Personne, monsieur. Je crois que tout ça faisait partie de la vengeance de Mr. Monk pour la mort de Mr. Orme. Il a déplacé le blâme, si vous voulez.

— Merci. Et permettez-moi de vous faire part de mes regrets pour les désagréments que toute cette affaire a pu vous causer.

— Merci, monsieur, dit McNab avec humilité.

Monk sentait la rage s'accumuler en lui, mais il était impuissant, contraint de rester assis là et d'écouter sans rien dire.

Rathbone se leva et gagna d'une démarche fluide le centre de l'espace dégagé devant la tribune comme s'il entrait dans l'arène. Tous les regards étaient sur lui.

La bataille s'engageait.

Un frémissement d'excitation parcourut la salle.

Un juré toussa.

— Mr. McNab, vous avez déclaré que vous connaissiez Mr. Monk depuis environ dix-huit ans, c'est bien cela ?

— Oui, monsieur, en effet.

McNab était totalement imperturbable. Cet élégant avocat, avec ses cheveux lisses et son visage calme au léger sourire, ne l'inquiétait pas le moins du monde.

— Vous ne l'avez donc pas rencontré alors qu'il se trouvait en Californie, car cela remonte à une vingtaine d'années ?

— Non, c'est exact.

— Vous n'êtes jamais allé en Californie ? De fait vous n'avez jamais quitté les côtes anglaises, hormis pour un ou deux brefs séjours en France ?

McNab changea légèrement de position. La question lui avait déplu. Elle suggérait un manque de sophistication, une certaine étroitesse d'esprit.

— Lorsque vous avez rencontré Mr. Monk, c'était dans le cadre professionnel, disiez-vous ?

— Oui.

— Celui de vos activités professionnelles, ou des siennes ?

McNab déglutit, mais soutint le regard de Rathbone.

— Des siennes, admit-il enfin.

Il ne pouvait pas le nier. Rathbone avait forcément vérifié qu'il n'était pas employé des douanes à l'époque.

— En effet, acquiesça l'avocat. Une affaire tragique, me semble-t-il…

Wingfield se leva à demi, puis se ravisa et se rassit. Toute objection serait futile, et il le savait. Mieux valait ne pas la tenter qu'essayer et échouer.

Le visage de McNab se crispa. Il n'allait pas faciliter la tâche à Rathbone. Pour sa part, ce dernier était trop avisé pour se mettre les jurés à dos.

— Votre jeune demi-frère a été impliqué dans un crime pour lequel il a été condamné à la pendaison. Vous avez demandé à Mr. Monk d'intercéder pour lui, de plaider la clémence. Mr. Monk s'y est refusé. Ce résumé est-il correct ?

McNab répondit d'une voix tendue. S'il tentait de dissimuler son émotion, il n'y parvint pas. Elle était aussi palpable qu'une charge d'électricité dans l'air. Son visage lourd était livide et les muscles de ses épaules étaient noués.

— Vous n'avez jamais cessé d'en vouloir à Mr. Monk, n'est-ce pas ? soupira Rathbone. À tort. Mr. Monk n'a pas condamné Robert Nairn et il n'avait pas le pouvoir d'empêcher la marche de la justice. Cela dit, c'est compréhensible. Votre frère a payé son erreur de sa vie et vous avez payé avec votre chagrin, avec cette tache qui a marqué toute votre vie.

La main de McNab se resserra sur la barre. Les jointures de ses doigts étaient toutes blanches.

— Il serait exact de dire que vous n'aimez pas Mr. Monk, n'est-ce pas ?

Rathbone ne s'était pas départi de son calme, comme s'ils étaient assis autour de la table et que les jurés étaient des invités.

— Je le hais, admit McNab, qui se rendait sans doute compte que nier était vain. Autant qu'il haïssait Mr. Pettifer. La différence, c'est que je n'ai pas tué Mr. Monk. Non que je n'aurais pas été content si la situation avait été inversée et que c'était Mr. Monk qui s'était noyé.

— Je vous remercie de votre honnêteté, Mr. McNab, dit Rathbone poliment. Cette triste affaire a cependant le mérite d'éclaircir la situation. Vous avez dû trouver très pénible en effet d'avoir un homme aussi compétent et aussi tenace que Mr. Monk constamment sur votre dos après la mort de Mr. Orme.

McNab eut un haussement d'épaules exagéré.

— Je peux supporter ça. Il n'est pas aussi dangereux qu'il croit l'être.

— Néanmoins, vous avez procédé à des vérifications pour vous assurer que ce fameux complot n'existait pas ?

— Ça fait partie de mon travail.

Wingfield se leva.

— Votre Honneur, nous avons déjà couvert cette question. Mon estimé confrère fait perdre son temps à la cour.

Rathbone le regarda avec une lueur d'espoir.

— Dans ce cas, vous êtes prêt à admettre que Mr. McNab lui-même, avec l'assistance de Mr. Pettifer, a soigneusement enquêté sur la possibilité d'un cambriolage habile visant les locaux de Mr. Aaron Clive sur les quais de la Tamise ?

— Bien sûr qu'il a enquêté, affirma Wingfield. Et il n'a rien trouvé ! Répétons-le, cela fait partie de son travail et c'était une faveur qu'il ne demandait pas mieux que de rendre à Mr. Clive.

— Je vous remercie, répondit Rathbone avec une légère inclinaison de la tête. Cela expliquerait qu'il ait fréquemment eu des conversations en privé avec Mr. Clive et avec Mrs. Clive, à l'entrepôt et chez eux.

Dans la salle, chacun retint son souffle. Les jurés se raidirent.

— Où voulez-vous en venir, Mr. Rathbone ? demanda le juge Lyndon avec intérêt.

Wingfield sourit. Les jurés le dévisageaient, et deux d'entre eux se détendirent visiblement.

Une bouffée d'angoisse envahit Monk. Rathbone ne savait pas comment le défendre. Il allait à la pêche, désespérément en quête d'une piste.

L'avocat faisait toujours face au magistrat.

— Ce que je veux dire, Votre Honneur, c'est que cette affaire a des ramifications beaucoup plus profondes qu'il n'est apparu jusqu'ici. Elle ressemble à un iceberg, la partie la plus vaste échappe à notre regard. Je vais appeler à la barre des témoins qui nous parleront des visites… comment dire ? extrêmement discrètes, faites par Mr. McNab à Mrs. Clive chez elle, et des conversations qu'ils ont eues. Si nécessaire, je peux appeler Mrs. Clive en personne à témoigner. Les faits que nous évoquons ici ont leurs sources dans un passé lointain, qui ne concerne pas que la pendaison du malheureux demi-frère de Mr. McNab.

La cour était fascinée. À la tribune, McNab regarda d'un côté, puis de l'autre, comme s'il cherchait une issue. Au moins la moitié des hommes et femmes présents le fixaient.

Wingfield ouvrit la bouche pour protester… et ne sut que dire.

Monk se tourna vers le garde assis à côté de lui.

— Je désire parler à mon avocat ! C'est urgent !

À quoi diable jouait Rathbone ?

— Je vais veiller à ce qu'on l'en informe, répondit le garde.

C'était un homme intègre, et son attitude indiquait qu'il n'appréciait pas particulièrement les agents des douanes. Il avait déclaré plus d'une fois qu'il aimait le tabac, en se plaignant des taxes qu'il devait payer.

— Votre Honneur !

Wingfield s'était décidé. Lyndon le regarda.

— J'aimerais solliciter une suspension d'audience afin de m'entretenir avec mes témoins, Mr. et Mrs. Clive, concernant cette extraordinaire affirmation de Sir Oliver. Je crois qu'il est aux abois et qu'il fait perdre son temps à la cour, mais je dois tout de même me préparer à affronter sa… tactique.

Rathbone ne fit aucune objection. Le juge accéda à sa requête.

Un quart d'heure plus tard, Monk se trouvait seul avec Rathbone dans la pièce où les accusés pouvaient parler en tête à tête avec leur avocat.

— Qu'est-ce que vous fabriquez, enfin ? demanda-t-il d'une voix presque étranglée par la peur. Si vous faites comparaître Clive ou Miriam, ils m'accuseront d'avoir tué Piers Astley ! Et que Dieu me vienne en aide, je ne sais même pas si c'est vrai ! Je ne peux pas le nier !

Il entendait l'hystérie percer dans sa voix. Il perdait son sang-froid. C'était encore pire que lorsqu'il s'était cru coupable d'avoir assassiné Joscelyn Grey. Au moins Grey l'avait mérité. Il avait escroqué de la manière la plus vile et la plus destructrice qui soit les familles endeuillées de soldats tombés pendant la guerre de Crimée. Il avait été battu à mort mais il méritait la pendaison. D'après tous les témoignages, Piers Astley, en revanche, avait été un homme particulièrement honorable, respecté et profondément apprécié de tous ceux qui le connaissaient.

Et contrairement à l'époque de la mort de Grey, où Monk n'avait pas grand-chose à perdre, un avenir plein de promesses s'ouvrait désormais devant lui. Tout d'abord, il aimait Hester, son épouse, de toutes les fibres de son être. Il avait une maison, une famille, un travail qui en valait la peine et des amis qui avaient confiance en lui. Il voulait vivre, avec un appétit féroce et dévorant, avec passion ! Et être à la hauteur des attentes qu'on avait de lui.

Bien que pâle, Rathbone semblait plus maître de lui qu'il n'était en droit de l'être. C'était son visage professionnel qu'il arborait. Monk avait envie de le frapper !

— Je commence à discerner les contours de cette affaire, murmura l'avocat. Même le mobile est absurde…

— Je sais bien ! aboya Monk. McNab ne pouvait pas savoir que Pettifer allait se noyer…

— Taisez-vous et écoutez-moi, ordonna Rathbone. Nous n'avons pas de temps à perdre. Bien sûr, qu'il ne pouvait pas le savoir. C'est une occasion qu'il a saisie… brillamment. Ce qui signifie qu'il devait avoir un autre plan en tête.

Soudain, Monk entrevit une lueur d'espoir, aussi fragile qu'une toile d'araignée.

— Et il en a changé quand il a vu qu'une meilleure occasion se présentait !

— Précisément. Je dois découvrir ce plan et remonter jusqu'à ses sources, puis montrer comment McNab l'a élaboré et comment il s'est ravisé. Je crois que Miriam Clive est au courant.

— Il y a un rapport avec Piers Astley ? Elle ne le dira pas…

— Je n'ai pas l'intention de lui laisser le choix, coupa Rathbone. Je crois que le premier plan visait à vous ridiculiser, à vous lancer sur la trace de ce cambriolage qui n'a jamais été envisagé. Si cela avait été mené à bien correctement, vous seriez passé pour un imbécile. Mais quand Pettifer est mort, obligeamment de votre main, il a renoncé à cette idée et imaginé de faire croire que vous vous étiez vengé sur Pettifer de la mort d'Orme. C'est très adroit. Je vais peut-être devoir évoquer la mort d'Astley pour le confondre et révéler que Miriam Clive voulait que vous élucidiez cette affaire.

— Et vous me ferez pendre pour la mort d'Astley ! lança Monk avec amertume.

— Ce n'est pas vous qui l'avez tué, assura Rathbone.

— Miriam pense que si.

— Non. Elle sait qui est le coupable. Elle espérait que vous l'aideriez à le prouver. Maintenant, elle sait que vous avez perdu la mémoire, il faut donc qu'elle trouve un autre moyen.

— Si je témoigne, il faudra que j'admette que je ne me souviens de rien.

Monk prit une profonde inspiration.

— Enfin… il vaut mieux perdre mon travail que la vie, je suppose…

— Monk ! Taisez-vous et faites ce qu'on vous dit ! ordonna Rathbone en se levant. Ayez… ayez confiance en moi, c'est tout. En nous tous…

— Hester… ?

— Nous travaillons tous… Hester, Scuff, Crow, Squeaky Robinson… et même Worm.

Il atteignit la porte juste au moment où le garde l'ouvrait.

Il se tourna et regarda Monk un bref instant, puis sortit.

— Allons, ordonna le garde en fusillant Monk du regard. Ils ne veulent plus de vous pour le moment.

14

S'étant renseignée à la clinique de Portpool Lane pour savoir quand Hester y était attendue, Beata s'y rendit précisément à cette heure-là, d'abord pour s'acquitter des tâches dont elle était capable, telles que vérifier le stock de fournitures, l'état des fonds, et de manière générale seconder Claudine Burroughs, ensuite pour voir Hester au plus vite.

Elle osait à peine imaginer la détresse que celle-ci devait éprouver, mais espérait pouvoir lui apporter une aide pratique, ne fût-ce qu'en mettant son équipage à sa disposition à toutes fins utiles. Par ce temps, ce serait un moyen de transport plus rapide et plus agréable que l'omnibus.

Surtout, elle désirait relater à Hester les souvenirs qu'elle avait de San Francisco et les propos que Miriam avait tenus concernant Aaron Clive. Si la situation de Monk avait un lien avec la mort de Piers Astley, Hester verrait peut-être là quelque chose qui lui avait échappé.

Elles parlèrent à voix basse, dans la vaste cuisine de la clinique. Le service du petit déjeuner étant terminé, elles s'étaient assises à la grande table devant une tasse de thé.

Hester écouta avec attention, répétant de temps à autre ce que Beata lui disait pour être sûre d'avoir bien compris. La peur se lisait dans son regard.

— Oui, confirma Beata. Miriam sait ce qui s'est passé et elle sait que Monk n'a joué aucun rôle dans le meurtre de son mari.

— Mais elle désire se venger ?

Hester avait prononcé les mots dans un souffle, en proie à une émotion visible. Elle imaginait la détresse de Miriam comme si c'était la sienne. Hantée par la crainte de perdre Monk, elle ne pouvait que la comprendre.

— Elle devra attendre, répondit Beata sans hésiter.

Elle comprenait, elle aussi, mais il lui était impossible de révéler à Hester qu'elle avait haï Ingram de toutes ses forces, qu'elle avait vécu des années rongée par un sentiment d'impuissance. Elle éprouvait toujours une honte brûlante au souvenir de ce qu'elle avait supporté sans mot dire.

— J'espère qu'elle se vengera, ajouta-t-elle. Pas au prix, toutefois, de sa propre vie.

En Crimée, Hester avait affronté des dangers que Beata ne pouvait concevoir, enduré des privations physiques et des peines immenses, et elle avait surmonté tout cela. À présent, elle paraissait si terriblement vulnérable que Beata souffrait pour elle. Elle n'avait pas foi en la justice offerte par la loi. Peut-être avait-elle raison ?

Beata avait terminé son thé. Hester remplit sa tasse, puis se leva pour aller chercher du lait. Beata la vit hésiter et comprit qu'elle avait oublié où elle avait mis le pichet. Elle était troublée parce qu'elle était en colère, en colère parce qu'elle était effrayée.

Enfin, elle vit le pichet et le prit. La cruche lui échappa des mains et se fracassa sur le carrelage. Hester lâcha un juron qu'elle avait dû apprendre dans l'armée, avant de rougir jusqu'aux oreilles.

Beata se leva à son tour, s'obligeant à sourire calmement. C'était la profondeur du désarroi d'Hester qui l'avait remuée, et non ses paroles.

— J'ai entendu ça et bien pire pendant la ruée vers l'or, assura-t-elle.

Elle se baissa pour ramasser les fragments épars, puis épongea le lait à l'aide d'une serpillière. Hester resta debout, immobile et impuissante, les larmes aux yeux, telle une enfant perdue.

Beata jeta les débris et rinça la serpillière. Puis, abandonnant les convenances, elle entoura Hester de ses bras et la serra contre elle avec douceur. Il n'était plus temps de se soucier des obstacles qui auraient pu les séparer, réels ou imaginaires.

— Nous gagnerons, lui promit-elle en s'adressant aussi à elle-même. Nous empêcherons cette injustice… coûte que coûte !

C'était une promesse insensée et elle en avait une conscience aiguë lorsque Rathbone lui rendit visite ce soir-là. Au mépris des usages, elle lui avait adressé un message à son cabinet pour lui demander de venir. Elle avait hâte de lui révéler ce qu'elle avait appris et l'assurer qu'elle était prête à témoigner s'il le jugeait utile. Elle suggéra que, s'il s'inquiétait de cette entorse à la bienséance, pour lui-même ou pour elle, il pourrait entrer par la porte de service, comme s'il était un messager ou un domestique.

Il le fit, et se trouva dans le salon un peu après neuf heures. Dehors, les branches agitées par le vent griffaient les vitres dégoulinantes de pluie.

Rathbone avait l'air épuisé. Ses yeux étaient cernés, et même ses cheveux étaient en désordre, formant un épi là où il avait enfoui les doigts encore et encore.

— Miriam témoignera qu'Aaron a tué Piers Astley, vous savez. Elle s'y est engagée… dit-elle tout bas.

— Elle ne peut pas nous aider, ma chère. Un homme a déclaré sous serment à l'époque qu'Aaron Clive se trouvait dans un bureau de garantie à San Francisco au moment du crime, à plus de soixante kilomètres de l'endroit où Astley a été abattu.

— Roger Belknap, acquiesça-t-elle. Je sais. Il était lui-même accusé d'avoir commis un cambriolage, et il a été reconnu non coupable grâce au témoignage d'Aaron.

— Cela importe-t-il ? La version donnée par Belknap a été retenue.

— Parce qu'Aaron, en qui tout le monde avait une totale confiance, a répondu de lui. Et pour cause. En réalité, c'était Belknap qui se portait garant de l'innocence d'Aaron.

Il la fixa, cillant comme si ses yeux étaient trop fatigués pour voir clairement.

— Êtes-vous en train de dire qu'Aaron a tué Piers de ses propres mains ? Pourquoi aurait-il pris ce risque ? Il avait à sa disposition une foule d'hommes qui l'auraient fait pour une poignée de dollars !

— Et qui l'auraient eu en leur pouvoir à jamais… à moins qu'il ne les élimine aussi, lui fit-elle remarquer. D'autre part, Piers n'était pas un imbécile. Croyez-vous qu'un inconnu aurait pu s'approcher suffisamment de lui pour l'abattre ? Vous ne savez pas comment était la côte de Barbarie à l'époque.

— Alors Clive a tué son ami ?

— Pour obtenir comme épouse la plus belle femme de la côte.

Il prit une inspiration pour répondre, puis se ravisa.

Elle rit pour la première fois depuis que le procès s'était ouvert.

— Vous étiez sur le point de dire que ce n'était pas vraiment une bonne affaire ! lança-t-elle, amusée. Vous avez bien fait de vous taire.

— Je suppose qu'elle est belle, en effet, concéda-t-il avec un peu trop de réticence. Cela n'aurait pas compté autant pour moi. Je préfère la beauté de l'intérieur, celle qui irradie à travers n'importe quels traits ou n'importe quel teint.

Il la dévisagea avec une intensité accrue.

— Mais êtes-vous certaine de ce que vous affirmez ? Je vous en prie, soyez absolument honnête. Si je fonde ma stratégie là-dessus et que vous vous trompiez, ce sera désastreux…

— Elle le sait, Oliver. Elle me l'a dit elle-même. À l'origine, le plan de McNab pour se venger de Monk était basé sur une collusion avec Miriam, qui voulait ruiner Aaron. Elle n'en est pas fière, mais ce désir la consumait et lui a fait oublier tout le reste.

— Et il a fallu vingt ans pour qu'elle mette sa vengeance à exécution ? demanda Rathbone, visiblement perplexe.

— Gillander ne lui a apporté la preuve de la culpabilité d'Aaron que voilà un an environ. Elle a espéré que Monk pourrait l'aider… Sauf que, s'il a jamais su quoi que ce soit, il l'a oublié avec tout le reste.

— Et McNab a attendu parce qu'il n'osait pas attaquer Monk à moins de le savoir vulnérable, ajouta Rathbone d'un ton sombre. Ce sera…

Il ne trouva pas de mot qui correspondît à sa pensée.

— … difficile, acheva-t-elle à sa place.

— Plaise au ciel que ce soit tout ! s'écria-t-il gravement.

Elle avait déjà pris sa décision. Maintenant, elle devait lui en faire part, avec toutes les conséquences qui s'ensuivraient.

— Je témoignerai, si vous le désirez. Cela dit, je ne sais pas quel poids on accordera à mes paroles.

— Je comprends que vous préféreriez ne pas…

— Non, Oliver, pas du tout, coupa-t-elle. Je suis tout à fait prête à témoigner, pour Monk et pour Hester. Cependant, vous ne savez pas tout de ma vie à San Francisco. Il y a certaines choses que je ne vous ai pas racontées parce que j'en ai honte.

Elle prit une lente inspiration et se ressaisit.

— Une des raisons qui m'ont incitée à rentrer en Angleterre, c'est que mon père est décédé. Je ne vous ai pas relaté dans quelles circonstances. Pendant un temps, il a très bien réussi financièrement. Puis il s'est mis à jouer. Il a essuyé de lourdes pertes et, au moment de sa mort, il connaissait de graves difficultés. Il… il a triché aux cartes et a été pris sur le fait. Il a été abattu dans la bagarre qui a éclaté. Cela a fait scandale à l'époque. J'étais veuve, de sorte que je ne portais pas le même nom, il n'empêche que tout le monde savait que j'étais sa fille.

Beata avait cru pouvoir tout raconter calmement et sans pleurer, mais elle avait la gorge nouée.

— Je suis navrée, ajouta-t-elle. Ce n'est pas très agréable. Je m'en excuse. Peut-être aurais-je dû vous en parler plus tôt, mais je ne pensais pas avoir à le faire un jour.

— Vous n'avez nul besoin de vous excuser, murmura-t-il. Je suis terriblement désolé.

— Si. Aaron Clive est au courant, et si mon témoignage lui déplaît, vous pouvez être certain qu'il y fera allusion.

— Cela signifie-t-il que vous préféreriez ne pas avoir à comparaître ?

Elle leva les yeux vers lui.

— Non, pas du tout ! Je témoignerai si je peux dire quelque chose d'utile. Je… je suis avec vous !

Elle affirmait son désir d'être à ses côtés, avec colère parce qu'elle voulait désespérément que sa place soit là.

Il recouvrit sa main de la sienne, très tendrement.

— Je sais. Et je veux que vous le soyez toujours. Dès que vous me direz qu'il est convenable de le faire, je vous demanderai en mariage. Et je continuerai à insister jusqu'à ce que vous acceptiez.

Elle aurait voulu faire une réponse charmante, gracieuse, voire teintée d'un soupçon d'humour. Au lieu de quoi elle ne put qu'être terriblement sérieuse.

— Je crois que, lorsque Monk sera à l'abri du danger et libre, nous devrons attendre quelques mois avant de l'annoncer à quiconque… mais nous pouvons nous mettre d'accord entre nous, murmura-t-elle, avec un sourire si tendre et si rempli d'espoir qu'il n'aurait pu se méprendre sur son émotion.

— Dans ce cas, je vais redoubler d'efforts, dit-il avec douceur. Nous devons gagner…

Le procès reprit le lendemain matin. Le juge avertit Rathbone qu'on attendait de lui qu'il justifie les extraordinaires remarques qu'il avait faites la veille. La cour verrait d'un très mauvais œil toute déclaration visant purement et simplement à choquer.

— Oui, Votre Honneur, répondit Rathbone d'un air humble. Votre Honneur me permettra-t-il de rappeler immédiatement Mr. Aaron Clive à la barre ?

Wingfield ne fit pas d'objection, même si Beata, qui l'observait, le vit hésiter un instant. Elle était certaine qu'il cherchait un motif pour déstabiliser Rathbone, troubler son rythme, mais qu'il ne voyait rien qui ne fût trop transparent. Il était assez aguerri pour ne pas trahir la moindre vulnérabilité, le moindre doute devant le jury. Elle avait assisté à de nombreux procès, surtout dans les débuts de son mariage avec Ingram. Elle l'avait observé quand il écrasait de sa présence des hommes qu'il jugeait inférieurs à lui, et qui lui avaient succédé depuis. Peut-être était-ce en partie la raison pour laquelle il avait haï Oliver à ce point – car c'était le cas. Elle s'en rendait compte à présent.

Aaron Clive s'approcha de la tribune. D'un air pénétré, empreint de mélancolie, il écouta le juge lui rappeler qu'il témoignait sous serment. Comme toujours, ses manières étaient irréprochables, sa voix avait des accents harmonieux.

Rathbone s'avança à son tour, avec une assurance apparemment totale. Beata était peut-être la seule à savoir que les apparences étaient très éloignées de la réalité.

— Bonjour, Mr. Clive, commença-t-il. Vous avez déclaré lors de votre précédent témoignage à Mr. Wingfield que vous aviez eu l'occasion de faire connaissance avec Mr. McNab, du service des douanes. S'agissait-il d'une connaissance personnelle ou uniquement professionnelle ?

Clive sourit.

— Professionnelle, mais je n'opère pas de séparation rigide entre les deux.

— Voulez-vous dire, monsieur, que vous avez permis à Mr. McNab de vous rendre visite chez vous et non seulement à votre bureau ? Peut-être pour discuter de certaines cargaisons plus importantes ou plus précieuses que d'autres ?

— À l'occasion, oui, répondit Clive, l'air perplexe.

— De sorte que, si je vous dis qu'un témoin a surpris une conversation en tête à tête entre votre épouse et Mr. McNab, à votre domicile, vous ne trouveriez pas cela impossible à croire ?

— Improbable, mais non impossible, concéda Clive. Mon épouse a pu le recevoir par courtoisie parce que j'étais temporairement indisponible. L'on ne laisse pas les gens tout seuls.

Le ton de sa voix suggérait que Rathbone n'avait pas assez de savoir-vivre pour comprendre ce genre de courtoisie.

— Mr. McNab a-t-il jamais évoqué le commissaire Monk avec vous, Mr. Clive ?

Clive, qui devait s'attendre à cette question, parvint tout de même à avoir l'air surpris. À moins qu'il n'eût essayé de se donner un peu de temps pour trouver la meilleure réponse possible.

Beata le fixait, comme tous les membres de l'assistance. Cependant, ce n'était pas à son charme qu'elle pensait, ni à son visage extraordinairement séduisant, ni même au courage et à la compétence qui lui avaient permis de bâtir un empire. Elle pensait à la passion qu'elle avait lue sur les traits de Miriam lorsqu'elle avait parlé de la mort de Piers Astley. Curieusement, Beata n'avait jamais envisagé la possibilité que ce dernier – et non Clive – eût pu être l'homme que Miriam avait vraiment aimé. Elle se reporta en arrière, avec une perception différente, cherchant des moments d'émotion, de deuil et de peine. La voix de Miriam s'altérait quand elle mentionnait Piers Astley. Beata avait cru que c'était une sorte de sentiment de culpabilité parce qu'elle l'avait oublié et qu'elle avait épousé Clive, qu'elle était l'épouse du roi en personne et non plus de son serviteur.

En réalité, elle avait vu ce qu'elle s'attendait à voir, ce que Miriam avait demandé à tout le monde de voir. Sa maladie, son désarroi ébahi d'alors n'émanaient pas que de la perte de son enfant, mais de celle de l'homme qu'elle aimerait toujours.

Clive soupçonnait-il la vérité ? Savait-il que Miriam savait ?

Dans quelle mesure la soif de vengeance de Miriam était-elle aussi du remords ?

Beata se contraignit à revenir au présent. Clive s'exprimait avec une solennité appropriée, totalement maître de lui-même. Oliver réussirait-il à le briser, ou ne serait-ce qu'à troubler la surface parfaite de ses manières ? S'en faire un ennemi serait dangereux. Oliver le savait-il ? Avait-il conscience du pouvoir immense que détenait cet homme ? Était-il courageux ou tout simplement ignorant ? Elle avait tenté de le lui expliquer. Toutefois, les mots pouvaient-ils jamais suffire pour quelqu'un qui n'avait pas été là-bas ?

Clive déclara qu'à de rares occasions McNab avait évoqué Monk, non pour dire du mal de lui à proprement parler, mais pour l'avertir qu'il n'était pas très fiable.

— Cela vous a-t-il étonné, monsieur ? demanda Rathbone d'un ton neutre.

Clive s'était préparé à cette question.

— Non. Apparemment, Mr. Monk n'a guère changé depuis l'époque où je l'ai connu à San Francisco, voilà vingt ans, répondit-il avec un léger sourire. C'est un aventurier, un homme qui, comme beaucoup d'autres à l'époque, avait toujours à cœur de protéger ses intérêts.

— Ah oui. Vous avez connu Mr. Monk à l'époque. Et Mr. Gillander aussi, il me semble ? ajouta Rathbone en souriant.

— Vaguement. Il effectuait certains transports pour moi.

L'espace d'un moment, une extrême condescendance avait percé dans sa voix, avant de s'évanouir telle une ombre sur l'eau.

— Avez-vous dit à McNab que Gillander avait travaillé pour vous ?

— Sans doute, répondit Clive avec indifférence. C'était sans importance.

— Pour vous, peut-être. Mais pour Mr. McNab, qui vouait une haine intense à Mr. Monk, cela devait en avoir, en revanche ?

Clive lâcha un soupir. Il avait commis une petite erreur, presque insignifiante, mais le fait qu'il l'avait commise révélait à quel point il se montrait prudent. Il devait éviter des écueils qui n'auraient pas menacé un homme innocent. Beata s'en rendit compte et sut que Rathbone l'aurait remarqué aussi.

Wingfield rongeait son frein. Soit c'était un excellent acteur, soit il n'avait pas perçu le nuage qui se profilait à l'horizon. Beata penchait pour la seconde interprétation. Tout n'était pas perdu ! L'espoir pointait, aussi fragile qu'un soleil d'avril, certes, mais bien réel.

— J'ignorais son… inimitié à l'égard du commissaire Monk, dit Clive lentement.

— J'imagine que vous n'aviez aucun moyen de la connaître à moins qu'il ne vous en ait fait part, acquiesça Rathbone. Et ce n'est pas le genre de chose qu'on glisse dans une conversation polie avec un homme qu'on désire impressionner. « À propos, mon demi-frère a été pendu pour meurtre et Monk aurait pu plaider la clémence mais il ne l'a pas fait. Je le hais pour cela et désire causer sa ruine si je peux ! J'ai l'intention de me servir de vous à ces fins ! » Non, assurément, ce n'est pas le genre de propos qu'on tient à table.

Wingfield était debout, le visage assombri par la fureur.

— Oui, oui, intervint Lyndon avec un geste de la main. Sir Oliver, je suis enclin à vous laisser une certaine latitude au vu de l'état désespéré de votre cause, mais vous allez trop loin. Cette observation est manifestement sans rapport avec l'affaire.

— Au contraire, Votre Honneur, dit Rathbone humblement. Je crois que Mr. Clive, n'ayant aucunement conscience du désir de Mr. McNab de précipiter la chute de Mr. Monk, lui a peut-être donné par inadvertance des informations qui ont déclenché les actions de Mr. McNab.

— Dans ce cas, vous devez en apporter la preuve, Sir Oliver, avertit le juge.

— Oui, Votre Honneur. Je vais le faire.

Il se retourna vers Clive.

— Monsieur, n'avez-vous pas émis l'hypothèse que le commissaire Monk, ou un homme lui ressemblant, ait pu être impliqué dans le meurtre de Piers Astley, votre bras droit au début de la ruée vers l'or en Californie ?

Clive, absolument immobile, toisa Rathbone.

Wingfield s'agitait, comme s'il guettait le moment de faire objection sans trouver de motif valable. Si son objection était rejetée, il donnerait l'impression d'être incompétent.

— Mr. Clive ?

— J'en doute. Mais c'est possible. Mr. Monk était là-bas. Et malheureusement, le meurtrier de Mr. Astley n'a jamais été identifié.

— C'est ce que j'ai cru comprendre. Cela doit être très difficile pour vous, surtout pour Mrs. Clive.

— C'est une question ? intervint Wingfield depuis sa place.

— Je vais la formuler autrement, répondit Rathbone tranquillement, sans même se retourner vers lui. Avez-vous jamais perdu l'espoir de découvrir un jour qui avait tué Mr. Astley, même si vous ne pouvez pas le poursuivre en justice, peut-être parce qu'il réside dans un autre pays ?

— J'ai cessé mes recherches, répondit Clive. J'ai supposé que le coupable était en Californie, certainement pas à Londres. C'est un sujet douloureux sur lequel je préfère, par égard pour ma femme, ne pas insister alors qu'il y a peu d'espoir réaliste de l'élucider. Et comme vous le faites remarquer, même avec des preuves, vous n'auriez aucune juridiction sur ce crime.

— Exactement, confirma Rathbone. Néanmoins, ce serait révélateur du tempérament d'un homme, n'est-ce pas ?

— Bien entendu.

Clive eu beau essayer de paraître perplexe, il devait deviner où Rathbone voulait en venir.

— Par conséquent, c'est une accusation que Mr. McNab aurait été heureux de porter contre Mr. Monk ?

— C'est à Mr. McNab que vous devrez poser cette question.

— Je n'y manquerai pas. Mais vous n'avez aucune idée de l'identité de l'auteur du crime, Mr. Clive ?

Clive secoua la tête.

— Pas la moindre.

— Quand Piers Astley a été tué, j'étais dans un bureau de garantie à soixante kilomètres de là.

— En effet. Avec un certain Mr. Belknap, me semble-t-il.

— Exactement.

— Vous avez pu vous porter garant de sa présence là-bas alors qu'il était accusé d'un méfait sans aucun rapport avec le meurtre. Ce qui signifie, évidemment, qu'il a pu confirmer votre présence également.

De nouveau, Wingfield s'agita, mais décida de garder le silence.

Beata observait les deux hommes avec tant d'attention qu'il lui fallut un instant pour remarquer le petit garçon à côté d'elle, vêtu d'habits trop grands, aux couleurs usées par les lavages. Il tira une fois de plus sur sa manche.

— M'dame, dit-il d'une voix pressante. Faut m'écouter, m'dame.

Ses yeux bleus étaient écarquillés et effrayés, et il lui manquait une dent de devant. Il devait avoir six ou sept ans.

— Worm ? demanda-t-elle avec hésitation.

Elle l'avait vu deux ou trois fois à la clinique de Portpool Lane, et Oliver lui avait parlé du courage qu'il avait montré quelque temps plus tôt lors du sauvetage d'Hester, retenue prisonnière dans une ferme isolée[1].

— Oui, répondit-il, l'air un peu soulagé. Le Dr Crow dit que vous devez demander à Mr. Sir Oliver de continuer aussi longtemps qu'il pourra, parce qu'on est en train de trouver des preuves que le monsieur qui s'est noyé, il y est pour rien dans la fusillade du bateau des trafiquants. C'est McNab qui a tout monté, avec Mad Lammond, et on a quelqu'un qui va le jurer !

Elle garda le silence. Comment expliquer à cet enfant que la vérité importait peu, que c'était la conviction de Monk au moment des faits qui le ferait pendre ?

1. Voir *Le Couloir des ténèbres*, 10/18, n° 5101. *(N.d.T.)*

— S'il vous plaît, m'dame ! Faut lui dire. C'est le Dr Crow qui le dit.

— Je le ferai, promit-elle. Le Dr Crow va venir apporter cette preuve ?

— Ouais. Y dit que ça servirait à rien que miss Hester témoigne parce qu'on l'écouterait pas.

L'homme assis sur le siège d'à côté les foudroya du regard.

— Je le lui dirai, répéta-t-elle, et, après lui avoir décoché un bref sourire éblouissant, le gamin disparut.

Rathbone interrogeait toujours Aaron Clive.

— L'assassin de Piers Astley n'a jamais été arrêté ?

Clive secoua la tête.

— Malheureusement non… pas encore, de toute façon.

— Mais vous gardez espoir ?

— Bien entendu. L'on ne perd jamais espoir.

— Dans l'intérêt de votre femme ?

— Et celui de la justice.

— Se pourrait-il que ce soit pour cette raison qu'elle s'est entretenue seule avec Mr. McNab ?

Wingfield se leva.

— Votre Honneur, tout cela est répétitif et absolument sans aucun rapport avec l'inculpation de meurtre qui pèse sur l'accusé. Mr. Monk a été vu frappant Mr. Pettifer lorsqu'il se trouvait dans l'eau, ce qui a conduit à la noyade de ce dernier. Que Mr. Clive ait su qui a tué Mr. Astley n'a pas la moindre importance. Sir Oliver fait perdre du temps à la cour en essayant de détourner notre attention des faits. C'est une affaire très simple, Votre Honneur. Et l'accusé est à l'évidence coupable.

Lord Justice Lyndon regarda Rathbone.

Celui-ci était très pâle. Beata savait ce qu'il lui en coûtait de rester maître de lui. Pour la première fois, elle perçut la solitude écrasante qu'éprouve un homme qui lutte pour gagner une bataille alors que tous les regards sont sur lui, que la vie d'un autre homme en dépend, et qu'il est désarmé. Avec Ingram, elle n'en avait jamais vraiment eu conscience. Ç'avait été davantage comme un jeu, que l'on gagnait ou perdait. S'il exultait après une victoire, cela se voyait ; s'il avait jamais été chagriné par un échec, et même ému jusqu'aux larmes, ou éprouvé une bouffée de remords ou de doute quant à ses capacités, il ne l'avait jamais montré.

Elle devait transmettre à Rathbone le message de Worm mais ne voyait pas encore comment s'y prendre. Il se tenait debout dans le demi-cercle, seul.

— Votre Honneur, commença-t-il, Mr. Monk et Mr. Pettifer se sont débattus dans l'eau, c'est indéniable. Celui-ci, cédant à la panique, s'en est pris à celui-là même qui s'évertuait à lui sauver la vie. La peur lui a fait perdre la tête. Ce n'est pas rare dans ce genre de situation. Mr. Monk l'a frappé pour l'empêcher de les noyer tous les deux. Il l'a fait dans l'intention de le rendre temporairement incapable de riposter, jusqu'à ce qu'il puisse le ramener sur la rive. S'il avait voulu sa mort, il serait resté sur le quai et l'aurait laissé se noyer tout seul.

Un murmure d'assentiment parcourut la salle, et deux jurés hochèrent la tête.

— S'il est question ici de culpabilité plutôt que de malchance, c'est parce que Mr. McNab a affirmé que Mr. Monk haïssait Mr. Pettifer, ajouta-t-il. Afin de prouver que cette accusation est sans fondement, nous devons examiner le passé. Or le passé très récent inclut des visites étranges de Mr. McNab à Mrs. Clive. Il comprend également l'idée d'un complot visant à dépouiller Mr. Clive, auquel, d'après Mr. McNab, Mr. Monk croyait, ou feignait de croire. Et bien sûr, l'évasion des deux prisonniers détenus par les douanes… les hommes de McNab… dont l'un, Mr. Blount, a fini par être retrouvé noyé et une balle logée dans le dos ! Le second, Mr. Owen, a été mêlé de près à la mort de Mr. Pettifer…

Wingfield se releva.

— Votre Honneur, Mr. Owen n'est pour rien dans la noyade de Mr. Pettifer. Selon la déposition faite par l'homme de Mr. Monk lui-même, Mr. Hooper, et celle de Mr. Gillander, qui a observé la scène depuis le pont de son bateau, Mr. Owen se trouvait déjà à une distance considérable de Mr. Pettifer lorsque celui-ci s'est noyé.

Rathbone sourit.

— Je parlais de la bagarre qui a eu lieu sur le quai, Votre Honneur. Si Mr. Owen ne s'était pas enfui et n'avait pas sauté à l'eau, entraînant Mr. Pettifer à sa suite, personne ne se serait noyé.

— En effet, acquiesça le juge Lyndon. Sir Oliver, qu'en est-il de ce… complot ? Y a-t-il la moindre preuve qu'il ait existé ? Quelqu'un pouvait-il avoir de bonnes raisons de le penser ?

Beata, qui brûlait de voir Rathbone questionner Clive davantage, devina que cette occasion allait lui filer entre les doigts. Cet homme avait tué Piers Astley ! C'était précisément pour cette raison que Miriam s'était alliée à McNab au départ.

Quel autre témoin lui restait-il ? Que pouvait dire Crow ? S'il n'arrivait pas très vite, tous les efforts accomplis pour sauver Monk auraient été vains.

— Je vous remercie, Mr. Clive, dit Rathbone d'un ton ferme. Pourriez-vous, je vous prie, rester où vous êtes au cas où mon distingué confrère aurait des questions à vous adresser ?

Beata était désemparée. Comment faire parvenir un message à Rathbone ? Elle n'avait ni crayon ni papier pour rédiger une note, même si elle avait pu se lever et s'avancer pour la lui remettre.

Wingfield s'approcha de la tribune.

— Mr. Clive, vous avez été très patient avec nous. Puis-je vous demander si l'accusé vous avait informé de ce… prétendu complot ? Vous a-t-il mis en garde d'une manière ou d'une autre ?

— Oui, confirma Clive, quoique assez vaguement. Il n'a pas pu fournir de détails, sauf que les cambrioleurs pourraient recourir à des méthodes de spécialistes, telles que des papiers falsifiés ou des explosifs.

Wingfield arqua les sourcils.

— Vraiment ? Cela paraît très ambitieux et très violent. Avez-vous pensé que vous étiez en danger ?

— À dire vrai, répondit Clive avec une pointe de lassitude, cette éventualité m'a paru fort peu probable. Des explosifs auraient ameuté tout le voisinage et sans doute abîmé précisément les marchandises qui auraient eu de la valeur pour un cambrioleur.

— Par conséquent, cette théorie vous a semblé un peu tirée par les cheveux ? insista Wingfield, souriant. Vous avez dû douter du jugement professionnel de l'accusé ?

Clive eut un haussement d'épaules.

— Je suis au regret de l'admettre, oui.

— Serait-il juste de dire que vous aviez plus d'estime pour le jugement professionnel de Mr. McNab ?

— Oui… en effet.

— Je vous remercie, monsieur. Je n'ai pas d'autres questions.

N'y tenant plus, Beata se leva et se dirigea vers l'extrémité de la rangée. Elle devait trouver un moyen d'atteindre Rathbone et de lui transmettre le message.

— Vous m'avez marché sur le pied ! accusa une femme imposante.

— Je vous prie de m'excuser…

— Attendez donc votre tour ! intervint son mari avec colère. Nous avons tous faim, vous savez !

— Je dois remettre…

L'homme se leva, lui barrant la route. Beata prit une inspiration pour protester et comprit que cela ne servirait à rien. Quand elle put enfin parvenir à l'allée, elle s'efforça d'attirer l'attention d'un huissier.

— Oui, madame ? demanda-t-il poliment.

— Je suis la veuve de feu Lord Justice York. Pourriez-vous, s'il vous plaît, dire à Sir Oliver Rathbone que j'ai reçu un message l'informant que des témoins sont en route ? C'est extrêmement important.

Il la regarda, perplexe.

Elle était au désespoir. Il lui était odieux de rappeler à l'homme qu'elle était la veuve d'Ingram, mais elle n'avait pas le choix.

— Je suis sûre que vous vous souvenez de Lord Justice York, dit-elle d'un ton sec. Il a présidé cette cour assez souvent.

— Oh ! Oui, oui, bien sûr, madame. Je suis désolé… je ne vous avais pas reconnue. Naturellement. Je vais le faire tout de suite.

Sur quoi il partit sans faire d'autre commentaire.

— Merci, murmura-t-elle, soulagée.

Au début de l'après-midi, Rathbone rappela Fin Gillander.

— Mr. Gillander, vous avez juré de dire toute la vérité. Voulez-vous, je vous prie, revenir sur le moment où vous avez vu Mr. Monk, après la mort de Mr. Pettifer et l'évasion de Mr. Owen ?

— Oui, monsieur, répondit Gillander docilement.

Il relata avec précision la visite de Monk au *Summer Wind*, les questions qu'il avait posées concernant Owen, les propos tenus par ce dernier et la conduite que Gillander avait eue en conséquence.

Son récit fut plus détaillé que nécessaire et Wingfield se leva plusieurs fois pour se plaindre que Rathbone s'attardait sur des broutilles sans incidence sur la culpabilité ou l'innocence de Monk. Rathbone se défendit point par point, ce qui prit plus de temps que si Wingfield n'avait pas fait objection. Ne s'en rendait-il pas compte ? Cherchait-il à troubler la concentration de Rathbone ou simplement à démontrer que ce dernier était aux abois ?

Beata redoutait qu'il ne soit en train de réussir. Un nœud douloureux s'était logé au creux de son estomac. Elle souffrait de l'humiliation que Rathbone subissait et dont il devait avoir conscience. Seule la pensée qu'il avait dû recevoir le message lui apportait un semblant de réconfort.

— Mr. Monk est-il un bon marin ? Vous avez descendu ensemble le fleuve à bord du *Summer Wind* pour chercher… qu'avez-vous dit, au juste ? des informations sur l'endroit où Mr. Owen s'était rendu et qui avait pu lui venir en aide ?

— Oui, il était très compétent, répondit Gillander avec une légère surprise.

— Vous ne vous attendiez pas à cela ? s'étonna Rathbone, haussant les sourcils.

— Je savais qu'il l'était. Ce qui me surprend, c'est que vous me posiez cette question. Évidemment, qu'il est bon marin. Nous avons essuyé de sacrées tempêtes en mer ensemble.

Il sourit, son beau visage s'illumina comme celui d'un enfant à la perspective d'une grande aventure, du défi qui consistait à tout risquer contre les forces brutes de la nature.

Wingfield leva les yeux au ciel.

— Tout cela est passionnant, certes, et c'est aussi une raison pour considérer avec un certain scepticisme tout ce que Mr. Gillander peut dire en faveur de l'accusé. Sir Oliver me facilite la tâche.

Sa voix sembla terriblement arrogante à Beata. Où donc était Crow ? Pourquoi mettait-il si longtemps à venir ? Elle ne pouvait rien dire ni rien faire, et son impuissance la déchirait.

— Pas encore, Votre Honneur. Mr. Gillander, Mr. Monk vous a-t-il parlé de cette conspiration qu'il redoutait, d'après Mr. McNab et Mr. Clive ?

— Non, monsieur. Il s'employait à découvrir qui avait tué Mr. Blount et s'il y avait un lien entre Mr. Blount et Mr. Owen, en dehors du fait qu'ils s'étaient tous les deux échappés alors qu'ils étaient sous la garde des hommes de McNab. Il pensait que ce n'était peut-être pas le cas.

— Ah non ? s'écria Rathbone. Par conséquent, il ne croyait pas à ce complot ?

— Non, il était plutôt sceptique. Cependant son métier exigeait qu'il en ait le cœur net. Il devait enquêter dessus, même si c'était peu probable. Il aurait eu l'air bête si ç'avait été vrai en fin de compte et qu'il n'ait pas pris la peine d'y mettre le nez.

— En effet, admit Rathbone. Et a-t-il trouvé quoi que ce soit ?

— Oui. Il a trouvé un gars qui se cachait dans un ancien entrepôt à moitié envahi par la vase, du côté de Deptford. D'après lui, Mr. Owen s'était dépêché de filer en France parce qu'il avait une peur bleue de Mr. McNab. Il nous a dit aussi que c'était Mr. Pettifer lui-même qui avait noyé Mr. Blount.

— Nous ? répéta Rathbone, arquant les sourcils.

— Oui, monsieur. Le commissaire Monk et moi.

— Et c'est aussi Pettifer qui lui a tiré dans le dos ?

— Ce n'est pas certain, monsieur. C'était peut-être un autre agent des douanes.

— Voilà qui est intéressant ! murmura Rathbone, presque à sa propre intention. Je commence à comprendre…

— Je ne peux pas en dire autant, Votre Honneur ! protesta Wingfield. Ce que Sir Oliver comprend, ou croit comprendre, importe peu. Avec tout le respect que je vous dois, Votre Honneur, pendant combien de temps encore allons-nous devoir supporter cette farce ?

— Aussi longtemps qu'il me plaira, Mr. Wingfield, rétorqua le juge d'un ton cassant.

Néanmoins, il était clair qu'il perdait patience lui aussi, et Rathbone devait en avoir conscience.

— Votre Honneur, intervint Rathbone avec humilité, j'aurai demain un autre témoin qui détient des éléments cruciaux, mais puis-je entre-temps appeler à la barre Mrs. Beata York, la veuve de feu Lord Justice York ? Malheureusement, elle a été présente au tribunal pendant la majeure partie de ce procès et, partant, elle a entendu les témoignages apportés, mais je viens de me rendre compte qu'elle a connaissance d'éléments susceptibles d'expliquer un grand nombre de choses…

Il aurait préféré lui éviter d'avoir à témoigner, mais à l'évidence, il n'avait plus le choix. C'était le seul moyen de gagner du temps.

Wingfield eut un geste d'agacement.

— Votre Honneur, je vois mal ce que la veuve respectable d'un juge éminent peut savoir des taudis de Deptford ou des divagations d'un ivrogne sur la noyade d'un faussaire en cavale ! C'est ridicule !

— Sir Oliver ? demanda le juge, visiblement peu convaincu.

Rathbone, toujours un peu pâle, avait perdu un peu de son aisance habituelle.

— J'imagine que Mrs. York ne sait rien de Deptford, Votre Honneur. Je ne voulais pas suggérer que c'était le cas. En revanche, elle a vécu à San Francisco à l'époque de la ruée vers l'or et elle y a connu Miriam et Aaron Clive. Miriam Clive s'appelait alors Miriam Astley, car elle était l'épouse de Piers Astley, dont la mort semble hanter ce procès. Elle a également pu croiser Mr. Gillander dans sa jeunesse et même William Monk. Je crois que la cour trouvera son témoignage pertinent à bien des égards.

— Mrs. York est-elle toujours en relation avec Mr. et Mrs. Clive, Sir Oliver ? D'autre part, est-elle suffisamment forte, après son récent veuvage, pour venir à la barre ?

— Elle fréquente toujours Mr. et Mrs. Clive, assura Rathbone. De fait, depuis son deuil, ce sont les seuls amis proches qu'elle a vus régulièrement, à propos de la dotation d'une chaire universitaire en hommage à feu Ingram York. Et elle est capable de témoigner.

— Dans ce cas, faites. Néanmoins, je vous avertis que, si vous faites perdre son temps à la cour, je verrai cela d'un très mauvais œil. Cette affaire est peut-être passionnante, mais nous ne sommes pas au théâtre, Sir Oliver, et la vie d'un homme est en jeu.

— En effet, Votre Honneur. Je vous remercie.

Beata fut amenée par l'huissier à qui elle avait transmis son message. Elle prêta serment, vaguement étourdie. Les marches de la tribune lui avaient paru extraordinairement étroites et raides. Elle ne put réprimer l'impulsion de s'agripper à la barre devant elle. Elle savait qu'elle devait avoir l'air nerveuse.

— Mrs. York, commença Rathbone avec douceur, je crois que vous avez vécu à San Francisco pendant un certain temps, notamment à l'époque de la ruée vers l'or dont nous avons tous entendu parler, en 1849. Est-ce exact ?

Elle s'obligea à ne pas lui sourire. Elle ne devait pas donner l'impression qu'ils se connaissaient, elle devait paraître impartiale.

— Oui.

— Durant cette période, avez-vous connu plusieurs des personnes qui sont aujourd'hui mêlées à ce procès, à savoir l'accusé, William Monk ? Piers Astley, qui a été assassiné en 1850 ? Fin Gillander, le propriétaire de la goélette baptisée *Summer Wind* ? Miriam Astley, telle qu'elle s'appelait alors et son mari actuel, Aaron Clive ?

— Oui. Je les ai tous connus, à l'exception de William Monk.

— Vraiment ? Parlez-moi de Fin Gillander.

— Eh bien, il se distinguait de la plupart des hommes là-bas au sens où il était en quête d'aventure et non de fortune.

Devait-elle dire toute la vérité ? Rathbone ne la lui avait pas demandée. Mais cela faisait partie de l'histoire. Elle le savait, à présent, mieux que lui.

— Il était amoureux de Miriam Astley. Il avait une vingtaine d'années et elle était plus âgée, comme moi. Cependant, son amour était sans espoir et il le savait, car elle n'avait jamais aimé que son mari.

— Son mari d'alors, Piers Astley, ou son mari actuel, Aaron Clive ?

— Son mari d'alors, Piers Astley.

— L'homme qui a été assassiné ?

— Oui.

— Pourquoi mentionnez-vous cela, Mrs. York ? Voulez-vous suggérer que Fin Gillander a été mêlé à ce meurtre ?

— Non. Je suis sûre que non. Pas plus que Mr. Monk. Miriam sait qui est le meurtrier de son mari, et elle a des éléments qui le prouvent, du moins à ses yeux, au-delà de tout doute.

Des exclamations stupéfaites fusèrent dans la salle. Beata prit une profonde inspiration.

— Mrs. York !

La voix de Rathbone la ramena brutalement au présent.

— Oui ?

— Si elle a la preuve de la culpabilité de quelqu'un, pourquoi ne l'accuse-t-elle pas ?

— Parce que cette preuve n'en est une qu'à ses yeux. On ne tire pas sur un ours à moins d'être sûr de le tuer ! Si vous ne faites que le blesser, alors c'est lui qui vous tuera !

Un rire nerveux parcourut le public, suivi d'un silence semblable à celui qui succède au déferlement d'une vague.

— Dois-je en conclure que le meurtrier de Piers Astley jouit d'un grand pouvoir ? insista Rathbone. Et qu'il détruirait Mrs. Clive si elle l'accusait et ne parvenait pas à le faire condamner ?

— Oui, répondit-elle sans hésiter. C'est pourquoi elle souhaitait que Mr. Monk s'intéresse à l'affaire. Elle était convaincue qu'il avait la passion nécessaire pour triompher. Naturellement, elle ignorait à ce moment-là que Mr. McNab désirait se venger de Mr. Monk à la suite de la pendaison de son demi-frère – pour un crime qu'il avait indéniablement commis.

Elle prit une nouvelle inspiration. Elle devait accomplir sa tâche correctement : pas de demi-mesures.

— J'ai été l'épouse d'un avocat, puis d'un juge, pendant des années. Il n'était pas difficile de consulter les archives de cette affaire. Je savais où regarder et quelles questions poser. La culpabilité de Rob Nairn ne faisait aucun doute. Mr. Monk aurait pu demander la clémence, mais elle n'aurait pas été accordée.

— Que je comprenne bien, Mrs. York. Mrs. Clive cherchait à obtenir justice, ou, si vous préférez, à assouvir une vengeance, pour le meurtre de son premier mari. Parallèlement, Mr. McNab avait un grief contre Mr. Monk. Se sont-ils servis l'un de l'autre à ces fins ?

— Oui. Brièvement.

— Examinons ces points un par un. Comment Mr. McNab espérait-il se venger de Mr. Monk ?

Elle inspira, hésitant aussi longtemps que possible. Elle parcourut la salle du regard. Pourvu que Crow arrive bientôt ! Elle ne pouvait pas faire durer ce témoignage indéfiniment.

— En montant ce qui semblait être un complot abominable pour cambrioler Aaron Clive. Lorsque Mr. Monk aurait averti Mr. Clive, il serait apparu que c'était une mauvaise plaisanterie, et Mr. Monk aurait été tourné en ridicule.

Elle sentait les yeux des jurés sur elle, les entendait changer de position sur leurs sièges.

— Avez-vous des preuves de ce que vous avancez ?

— Non, mais vous, si, répliqua-t-elle. Elles ont déjà été présentées à la cour. Les évasions de Mr. Blount et de Mr. Owen n'étaient pas le fruit du hasard. Pas plus que la mort de Mr. Blount et la fuite de Mr. Owen.

— Mais dans ce cas, où est le complot ? demanda Rathbone, l'air perplexe.

Il jouait la comédie, sûrement ?

— Mr. Pettifer s'est noyé alors que Mr. Monk essayait de lui porter secours, répondit-elle pour combler le silence qui s'éternisait. Mr. McNab n'avait pas pu prévoir cet événement, or c'était une vengeance beaucoup plus simple et beaucoup plus terrible que celle qu'il aurait pu concocter. Il a renoncé au complot et accusé Mr. Monk d'avoir tué Pettifer délibérément.

Rathbone eut un geste d'incompréhension.

— Cependant, tout indique que Mr. Monk haïssait Mr. Pettifer à cause de l'incident du navire des trafiquants et la mort de Mr. Orme ! Qu'avez-vous à dire à ce propos ?

— Nous n'avons que la parole de Mr. McNab, répondit-elle.

Elle était à bout d'arguments… elle contredisait Rathbone ! Combien de temps le juge allait-il lui permettre de continuer ?

— Et si Mr. Pettifer n'était qu'un simple sous-fifre de Mr. McNab… exactement comme les apparences le suggèrent ?

— Ce serait logique, Mrs. York, mais c'est loin de constituer une preuve ! Quelle preuve avez-vous de tout cela ?

Elle se sentait vulnérable, exposée aux regards. Quand elle reprit la parole, sa voix était enrouée, presque inaudible.

— Vous devrez interroger le témoin du Dr Crow pour cela. Ou Miriam Clive elle-même.

— Merci, Mrs. York. Je n'y manquerai pas.

Enfin, Wingfield se leva. Elle avait temporairement oublié qu'il aurait la possibilité de l'interroger à son tour. Rathbone ne pouvait lui épargner cette épreuve.

Elle le regarda approcher. Il lui faisait penser à un ogre, prêt à la dévorer. Elle se surprit à déglutir, et il n'avait même pas ouvert la bouche.

— Je suis navré que vous ayez été placée dans cette situation, Mrs. York, dit-il avec douceur. Tout d'abord, permettez-moi de vous présenter mes condoléances pour la mort de votre mari. C'était un homme remarquable. Je le connaissais bien, et il sera regretté.

Était-ce un rictus moqueur qu'elle voyait sur son visage ? Elle sentit le sang lui monter aux joues à la pensée qu'Ingram eût pu se vanter devant un tel homme des humiliations auxquelles il la contraignait. Surmonterait-elle jamais cette honte ? Avait-il à dessein mentionné Ingram pour l'avertir qu'il savait ?

Elle le toisa d'un air de défi, voire de haine, comme s'il était la réincarnation de son mari. Même la couleur de ses yeux était similaire !

Il attendait.

— Merci, dit-elle avec froideur.

— Je suis sûr que vous êtes profondément troublée, ajouta-t-il, d'une voix plus douce encore, voire empreinte d'une certaine pitié.

Seigneur ! Elle devinait ses intentions. Il allait suggérer à la cour qu'elle avait l'esprit perturbé par le chagrin et qu'il ne fallait pas prendre ses dires au sérieux.

Très délibérément, elle lui adressa un sourire. Elle ne devait pas le laisser gagner. Elle n'allait pas le laisser gagner.

— Heureusement pour moi, j'ai eu du temps pour m'habituer à cette perspective, Mr. Wingfield. Au moment de son attaque, Ingram était beaucoup plus souffrant que les gens ne le savaient. De fait, voilà près de deux ans que je me prépare au veuvage. Par ailleurs, je suis à l'abri du besoin et j'ai d'excellents amis pour me soutenir. Je considère que j'ai beaucoup de chance. Et ce pauvre Ingram est en paix désormais. Je vous sais gré de votre courtoisie, mais je suis sûre que la cour s'intéresse avant tout à la vérité dans cette affaire. Que désirez-vous savoir ?

Elle lui rendit son sourire avec la même douceur condescendante qu'il avait manifestée à son égard, en espérant qu'il s'en rendrait compte.

— Je m'interroge quant à ce que vous vouliez dire par « le témoin du Dr Crow », déclara-t-il, avec toutefois un peu moins d'assurance qu'avant. À quoi faisiez-vous allusion ?

Il faudrait qu'elle l'invente de toutes pièces !

— C'est au sujet de la mort de Mr. Blount, qui semble avoir été à l'origine de cette idée de complot.

— Et qui est ce Dr Crow ?

Elle arqua les sourcils légèrement, comme si son ignorance la surprenait.

— Un homme qui exerce la médecine parmi les pauvres.

— Quelqu'un que vous connaissez, Mrs. York ? demanda-t-il, incrédule.

— Indirectement, oui. Cela a-t-il une importance, Mr. Wingfield ?

Il envisagea d'insister, puis se ravisa.

Elle pria avec ferveur pour que le témoin de Crow ne tarde pas. Elle ne voyait plus rien à dire.

Un silence plutôt crispé s'ensuivit. Un huissier s'avança pour s'adresser à Rathbone. Soudain, la tension sembla monter dans la salle, une onde d'excitation parcourut les rangs du public. Tous les jurés fixaient Rathbone, qui sourit.

— Votre Honneur, le témoin du Dr Crow est arrivé. Je demande que Mrs. York soit excusée et qu'on fasse venir Albert Tucker à la barre.

Lyndon se mordit la lèvre et se pencha légèrement par-dessus sa magnifique table sculptée.

— J'espère que ce témoignage est en rapport avec l'accusation, Sir Oliver. Je partage l'aversion de Mr. Wingfield pour le théâtre !

Une pointe de sarcasme perçait dans sa voix. Il n'appréciait pas davantage le petit jeu de Wingfield.

— Mrs. York, vous pouvez vous retirer. La cour vous sait gré de votre témoignage.

Submergée de soulagement, elle le remercia et se cramponna à la main courante pour descendre les marches et regagner sa place.

Albert Tucker entra, amené par un autre huissier, et se présenta à la barre. C'était un homme mince, vêtu d'un caban bleu marine. Il avait un visage buriné et des yeux bleus étroits, comme s'il les plissait en permanence pour les protéger du reflet de la lumière sur l'eau.

Il prêta serment et déclara exercer le métier de passeur sur la Tamise.

Rathbone, sachant que la cour était à bout de patience, alla droit au but.

— Avez-vous repêché un cadavre qui a par la suite été identifié comme étant un certain Blount ?

— Oui, m'sieu. Moi et Willis. On l'a signalé tout de suite.

— À la brigade fluviale ?

Il secoua la tête.

— Non, m'sieu. Il était noyé. Y avait pas de raison de pas le rendre aux douaniers, vu qu'il leur avait filé entre les doigts.

— Comment saviez-vous qu'il s'appelait Blount et qu'il avait faussé compagnie aux agents des douanes ? demanda Rathbone, curieux.

— Parce qu'ils nous avaient interrogés à son sujet. De toute façon, je l'avais déjà vu traîner sur les quais.

— Et il était mort quand vous l'avez sorti de l'eau ?

— Ouais. Noyé.

— Il n'avait pas reçu de balle ? insista Rathbone, feignant la surprise.

— Non, m'sieu. Seulement noyé.

— En êtes-vous tout à fait certain, Mr. Tucker ? Parce que, lorsque Mr. McNab a fait venir la brigade fluviale, plus précisément Mr. Monk, Mr. Blount avait indéniablement reçu une balle dans le dos.

— Oui, m'sieu. Mais Blount n'avait rien quand Willis et moi on l'a rendu à Mr. McNab.

Rathbone parut stupéfait.

— Comment pouvez-vous en être sûr ? L'avez-vous examiné ? Portait-il un manteau ? N'auriez-vous pas pu ne pas remarquer la plaie si l'eau avait emporté le sang ?

— Non, m'sieu.

Tucker, l'air embarrassé, se balança d'un pied sur l'autre. De son côté, Rathbone paraissait imperturbable. Était-il aussi détaché qu'il en donnait l'impression, ou n'était-ce qu'un masque ?

— Je peux me retourner, Votre Honneur ? demanda Tucker au juge, dont le visage s'était assombri.

— Si c'est utile, acquiesça le magistrat.

Tucker pivota lentement et décrivit un cercle complet jusqu'à ce qu'il soit de nouveau face à Rathbone. Dans la salle, on aurait entendu une mouche voler.

Tucker ravala sa salive.

— Ce manteau, c'est le sien, avoua-t-il à voix basse. Il est drôlement chaud et Blount n'en avait pas besoin pour être enterré ! Willis et moi on l'a joué à pile ou face ! J'ai gagné. De toute manière, il me va mieux qu'à lui. Il aura le prochain.

— En tout cas, il n'est pas troué, constata Rathbone. C'était… courageux de votre part de le porter ici, compte tenu des circonstances. N'avez-vous pas eu peur que M. le juge n'apprécie guère que vous ayez volé le vêtement d'un mort ?

Tucker déglutit un bon coup et frissonna.

— Si. C'est pour ça que je suis pas venu avant. Mais maintenant je sais que Mr. Monk est dans le pétrin et que c'est sûrement McNab qui a tiré sur Blount, même s'il était déjà aussi mort qu'un poisson. Le Dr Crow m'a dit que je devais dire ce que je savais.

— Vous a-t-il offert une récompense en échange ?

— Non, m'sieu.

— Ou menacé d'un châtiment si vous refusiez ?

— Non, m'sieu.

— Merci, Mr. Tucker. Restez ici, je vous prie, pour que mon éminent confrère Mr. Wingfield puisse vous interroger à son tour.

Tucker fit grise mine, mais il n'avait pas le choix.

Wingfield se leva et s'approcha de la tribune. Il toisa Tucker comme s'il était un débris déposé par la marée.

— Vous dépouillez souvent les morts, Mr. Tucker ?

Des exclamations étouffées s'entendirent dans la salle.

— Z'avez jamais été pauvre et dans le froid, sinon vous me demanderiez pas ça, riposta Tucker en redressant le menton. C'était comme qui dirait à la dérive. Il en avait pas besoin pour se faire enterrer. Il était parfaitement bien tel qu'il était. On lui a pas pris sa chemise ni son pantalon.

— Mais ses bottines, peut-être ? lança Wingfield, sarcastique.

Tucker le foudroya du regard.

— Non.

— C'est ce que vous dites.

Par une seule inflexion de voix, Wingfield parvenait à se montrer condescendant envers un homme à qui il devait pourtant s'adresser en levant les yeux.

— Et vous êtes prêt à venir ici et à jurer devant le juge Lyndon que le manteau que vous portez est celui que vous avez volé sur le corps de Mr. Blount ?

— Il a pu se noyer par accident, lui fit remarquer Tucker. Et personne lui avait tiré dessus avant que

Mr. McNab mette la main sur lui. Je me demande s'il a fait ça pour avoir une raison de faire venir Mr. Monk.

— Et j'imagine que les amis douteux de Mr. Monk le long des rives mentent pour s'attirer les bonnes grâces de la brigade fluviale, en attendant qu'elle leur rende la pareille ! accusa Wingfield.

Visiblement offensé, Tucker s'agrippa à la barre et se pencha en avant, les traits pincés par la colère.

— Si j'avais voulu faire ça, m'sieu, j'aurais dit que j'avais vu McNab tirer sur le mort. Et vous n'avez pas le droit de me traiter de menteur alors que je dis la vérité, je le jure.

— Vous ne sauriez pas reconnaître la vérité si elle vous regardait dans les yeux, grommela Wingfield en retournant à son siège.

Il avait parlé entre ses dents, mais les membres du jury les plus proches de lui avaient dû l'entendre tout de même.

Rathbone hésita, puis se leva et s'avança.

— Mr. Tucker, avez-vous jamais été accusé de mensonge ?

Beata ferma les yeux et retint son souffle.

— Non, m'sieu. Willis, si. C'est pour ça que le Dr Crow a dit que c'était moi qui devais venir et que je devais porter le manteau pour que vous le voyiez vous-même.

Rathbone lâcha un soupir.

— Merci, Mr. Tucker. En ce qui me concerne, vous êtes libre de vous en aller.

— Je saisirais ma chance, si j'étais vous, Mr. Tucker, intervint le juge Lyndon avec un humour sombre. Restez au chaud dans le manteau de votre mort. Il aurait été dommage de gaspiller un si bon vêtement.

Tucker le remercia et s'esquiva.

— Votre Honneur, je n'ai plus qu'un seul témoin à appeler, déclara Rathbone en regardant le soleil déclinant derrière les hautes fenêtres. Je pense pouvoir être bref.

— Dans ce cas, appelez-le, Sir Oliver

— Je demande à Miriam Clive de venir à la barre.

Il y eut un instant de flottement. Les gens tendirent le cou pour l'apercevoir. Quand elle entra, le public tout entier retint son souffle. Jusque-là, pour la cour, elle n'avait été qu'une légende. Enfin, ils la voyaient de leurs propres yeux et elle comblait toutes leurs attentes. Elle avait toujours été belle, mais avec son visage pâle d'effroi, sa tête haute, elle était splendide. Comme si elle marchait vers l'échafaud, elle s'avança entre les deux rangées, regardant droit devant elle. Elle traversa l'espace dégagé devant la tribune et gravit les marches. Elle déclina son identité, et jura de dire la vérité, toute la vérité et rien que la vérité. Puis elle fit face à Rathbone comme elle aurait fait face au bourreau déjà armé de sa hache. Elle arborait une robe d'un bordeaux foncé qui confinait au noir, et sa chevelure luxuriante était tirée en arrière, soulignant ses pommettes hautes et ses yeux superbes.

Rathbone lui-même était impressionné. Beata le comprit à sa très légère hésitation. Elle se rendait à peine compte que ses mains étaient si crispées qu'elles lui faisaient mal. Qu'allait dire Miriam ? Elle qui attendait depuis des mois cette occasion de confondre Aaron ? Rathbone pourrait-il l'empêcher de trahir le secret de Monk en même temps ?

Rathbone avait-il conscience du danger ? Connaissait-il suffisamment Miriam pour savoir qu'elle pouvait causer leur perte à tous et qu'elle le ferait si c'était nécessaire pour qu'Aaron soit condamné ?

Beata tenta de se souvenir de ce qu'elle avait dit et de ce qu'elle avait seulement songé à dire. Oliver la croyait-il, d'ailleurs ? Pouvait-il imaginer, ici à Londres en plein hiver, à l'Old Bailey, ce qu'étaient la chaleur et la fièvre de l'or dans la contrée sauvage de Californie vingt ans plus tôt ?

— Mrs. Clive, commença Rathbone avec courtoisie, je crois savoir que votre premier mariage a eu lieu en Californie, avant la ruée vers l'or de 1849 ?

Wingfield bondit aussitôt sur ses pieds.

— C'est sans rapport avec ce procès, Votre Honneur. Sir Oliver perd du temps, une fois de plus !

— C'est vous qui avez ouvert la porte du passé à San Francisco, Mr. Wingfield, rétorqua le juge. Vous pouvez répondre à la question, Mrs. Clive.

— Oui.

Sa voix était presque neutre. Elle luttait pour maîtriser ses émotions. Beata le savait parce qu'elle connaissait Miriam. Paraissait-elle vulnérable à la cour, au jury, sur le point de se briser ? Ou la voyaient-ils comme une femme riche et belle… gâtée par le destin ? Comme c'était éloigné de la réalité ! Sa beauté n'avait pas été un don du ciel.

— Votre mari, Piers Astley, a connu une mort tragique en 1850 ? continua Rathbone.

Elle s'éclaircit la gorge.

— Oui. Il a été abattu dans un saloon, à une soixantaine de kilomètres de San Francisco.

— S'agissait-il d'une bagarre quelconque ? D'un accident ?

— Non. Cela s'est déroulé dans une des pièces à l'arrière, et il était seul avec celui qui l'a assassiné.

L'émotion dans sa voix était palpable. On ne pouvait que l'entendre.

— Si vous n'étiez pas là, Mrs. Clive, comment savez-vous cela ? demanda Rathbone, gardant un ton calme et égal.

Un silence intense régnait dans la salle.

— Par des témoins, expliqua-t-elle. Quant à l'endroit, non quant à l'identité de celui qui a tiré.

— Je vois. Savez-vous de qui il s'agissait ?

— Je l'ignorais à l'époque. Je le sais à présent.

Une exclamation parcourut l'assistance, comme une rafale de vent balaie un tas de feuilles mortes.

Wingfield se leva à demi, son regard croisa celui du juge, et il se ravisa. Il se laissa retomber sur son siège sans l'interrompre.

— Était-ce William Monk ?

— Non. Je n'avais jamais pensé qu'il puisse être coupable. En revanche, j'ai cru à un moment qu'il pourrait peut-être m'aider à prouver la vérité.

Le juge se pencha un peu en avant, mais garda le silence. Les jurés étaient impassibles. Aucun n'avait seulement cillé.

— Mais vous avez découvert qu'en réalité il ne savait rien ? demanda Rathbone.

Beata retint son souffle. *Soyez prudent ! Soyez prudent !* lui enjoignit-elle silencieusement.

— Oui…

Rathbone poursuivit avant que Miriam ait eu le temps d'ajouter autre chose.

— Est-ce Mr. McNab qui vous a sollicitée à ce propos, ou est-ce le contraire ?

Miriam accusa légèrement le coup.

— C'est moi qui suis entrée en relation avec lui, très discrètement, lorsque mon mari m'a appris qu'il existait entre les deux hommes une profonde inimitié.

— Dans quel but, Mrs. Clive ?

— Dans le but de persuader Mr. Monk de me dire ce qu'il savait à propos de la mort de Piers. S'il avait été prêt à parler, il l'aurait fait à ce moment-là.

— Que je comprenne clairement : vous étiez prête à vous servir de Mr. Monk pour dénoncer celui qui avait tué votre premier mari ? Vous saviez déjà son nom, mais vous aviez besoin de preuves ? Est-ce exact ?

— Oui.

Elle respirait très profondément, essayant de se ressaisir.

— Avez-vous révélé cela à Mr. McNab ?

— Je ne lui ai dit que le strict nécessaire. Il n'avait pas besoin de grand-chose. Avant la mort de Mr. Pettifer, il était très désireux de persuader Mr. Monk qu'il existait un complot d'envergure pour cambrioler les entrepôts de mon mari.

— Avant la mort de Mr. Pettifer ? répéta Rathbone avec un intérêt croissant. Et après ?

— Il n'en a plus parlé. Je crois que, sans le vouloir, Mr. Monk lui avait fourni une possibilité bien meilleure de se venger. Il lui en a fait cadeau, pour ainsi dire.

— De sorte que Mr. McNab n'avait plus besoin de votre aide ?

— C'est exact. Et je n'avais plus besoin de la sienne, ajouta-t-elle. Mr. Monk ignorait complètement qui avait tué Piers.

— Mais vous, vous le savez ?

— Oui. Je le sais depuis qu'on m'a apporté la chemise ensanglantée qu'il portait le jour où il est mort. Je suis sûre que c'était la sienne parce que je l'avais confectionnée moi-même. La plupart des femmes reconnaissent leur façon de coudre. Elles savent comment elles font un col ou une manche.

Tous les regards étaient rivés sur elle.

— C'était une preuve ? demanda Rathbone, surpris.

— Non. La preuve, c'est l'endroit où elle a été trouvée, et en possession de qui.

Elle marqua une pause. Elle avait toutes les peines du monde à se maîtriser. Elle frissonnait comme si un vent glacial soufflait dans la salle.

Beata se força à imaginer ce qu'elle avait dû éprouver en tenant la chemise de son mari, rougie par son sang. Cette seule pensée lui donna le vertige et la nausée.

— Et cela suffisait… ?

La voix de Rathbone était rauque.

— Cela et l'acte de propriété d'un lopin de terre le long de l'American River où on avait trouvé beaucoup d'or.

— Je vois.

— C'était la preuve que mon mari était mort, dit-elle d'une voix étranglée.

Les larmes roulaient sur ses joues.

— La preuve de la culpabilité de quelqu'un ? insista Rathbone.

Un silence si total régnait dans la salle que Beata entendait sa propre respiration.

— Oui. Ces objets ont été retrouvés parmi les possessions d'un mort. Il s'appelait Belknap. Mon mari, Aaron Clive, était censé se trouver avec lui au moment du meurtre de Piers.

— Voulez-vous dire que Mr. Belknap a tué Piers Astley et qu'Aaron Clive a menti pour le protéger ? demanda Rathbone, incrédule.

— Non… ne dites pas de sottises ! se récria-t-elle, au comble de la frustration. Belknap a menti pour protéger Aaron ! Il était en train de commettre un cambriolage à des kilomètres de là, dont il a justement été accusé à l'époque. Aaron a menti pour que Belknap lui fournisse un alibi ! Je n'ai découvert cela que lorsque Fin Gillander est venu m'informer que Belknap possédait la chemise que Piers portait le jour de sa mort. Il l'avait trouvée et conservée pour avoir une preuve, avec l'acte de propriété qu'Aaron lui a donné en échange de son silence.

— Oui, murmura Rathbone. Je vois. Il l'a gardée pour se protéger ?

— Oui !

Rathbone se tourna vers Wingfield.

— Je crois que cela élucide à la fois un crime qui remonte à très longtemps et la tragédie actuelle. Vous ne pouvez rien faire concernant le meurtre de Piers Astley. Quant à Mr. McNab, c'est votre affaire. Le service des douanes voudra sans aucun doute l'interroger concernant le sabotage de l'opération menée par la brigade fluviale contre les trafiquants d'armes et la mort de Mr. Orme.

Mais je présume que vous allez retirer l'accusation qui pèse sur le commissaire Monk dans la malheureuse affaire de la noyade de Pettifer.

Lyndon hochait lentement la tête.

Dans le rang des jurés, tous les hommes semblaient se détendre. Quelques-uns allèrent même jusqu'à sourire.

Le public laissa échapper un soupir collectif, alors que la tension se dissipait. On commença à bouger.

Wingfield se leva.

— La Couronne désire retirer l'accusation portée contre William Monk, Votre Honneur. Quant aux autres questions, si la cour n'y voit pas d'inconvénient, elles feront l'objet d'une consultation.

— La cour n'y voit pas d'inconvénient, au contraire, acquiesça le juge Lyndon.

Il leva les yeux vers le box des accusés.

— Commissaire Monk, vous êtes libre.

Beata resta immobile, tandis que des larmes de soulagement roulaient sur ses joues. Elle se tourna vers Rathbone. Il la regardait déjà.

15

Il faisait encore nuit quand Monk s'éveilla. Un instant, il ne sut pas où il était. Il entendit des cognements quelque part au-dessous de lui. On aurait dit que quelqu'un essayait d'enfoncer une porte. L'idiot. Personne ne s'échappait d'une prison comme celle-là.

Puis il se rendit compte qu'il était au chaud et que la puanteur des corps souillés et des excréments humains était absente. L'air sentait bon.

Il était à la maison ! Hester reposait tout près de lui. Il ne rêvait pas. Il était vraiment chez lui... Ou s'agissait-il d'une illusion et allait-il se retrouver face à la réalité, et découvrir qu'il était toujours dans sa cellule ?

On continuait à tambouriner à la porte.

Hester bougea. Sans doute était-ce la première nuit depuis une éternité qu'elle dormait bien, mais le bruit pénétrait même son sommeil profond.

Il entendit des pas dans l'escalier, légers et vifs. Soudain, il se souvint que Scuff était rentré la veille, pour fêter sa libération.

Le bruit cessa. Scuff avait dû faire entrer quelqu'un. Monk demeura étendu immobile. Londres tout entier pouvait brûler, cette nuit il n'en avait cure. Il avait mal à la tête ; en fait tout son corps était douloureux. Il pourrait dormir toute la journée du lendemain. Peut-être allait-il le faire.

On frappa un coup sec à la porte de la chambre.

— Qu'y a-t-il ? demanda Monk en allumant la lampe.

Scuff apparut sur le seuil, en chemise de nuit, une couverture jetée sur ses épaules. Il était presque aussi grand que lui à présent.

— Mr. Gillander est ici. Il demande si nous pouvons venir l'aider. Clive a pris Miriam et il est parti en mer. Mr. Gillander dit qu'il va l'emmener en France ou la jeter par-dessus bord.

Aussitôt réveillé, Monk se glissa à bas du lit au moment où Hester se redressait.

— J'arrive. Je vais m'habiller et je descends dans quelques minutes. Dis-le-lui.

— D'accord.

Scuff sortit, refermant la porte derrière lui.

— Je suis désolé, murmura Monk à Hester. Elle l'a brisé. Il ne le lui pardonnera pas. Il va probablement la tuer un jour, mais à petit feu. Il la fera souffrir d'abord.

Elle fit mine de se lever.

— Pourquoi ne l'ont-ils pas arrêté hier soir ?

— Pour quel motif ?

Elle ferma les yeux et soupira.

— Je ne sais pas !

— Reste ici, ordonna-t-il en la repoussant avec douceur, avant de l'embrasser. Tu ne peux rien faire. Tu as déjà fait tout ce que tu pouvais en trouvant Tucker.

— Vas-tu aller chercher Hooper ?

— Non, nous devons faire vite. Nous pouvons manœuvrer le *Summer Wind*, Gillander et moi.

Il enfila les vêtements les plus chauds qu'il pût trouver : un pantalon en lainage, des bottes de marin et un chandail. Il prendrait son caban en bas. Il n'avait pas le temps de se raser, et de toute façon il n'en avait pas besoin. Il donna à Hester un baiser rapide, hésita une seconde, puis la lâcha et sortit de la pièce.

Dans le vestibule, toutes les lumières étaient allumées. Il descendit les marches et trouva Gillander qui l'attendait, le visage de cendre, une barbe naissante sur ses joues.

— Elle a passé la nuit chez Mrs. York, mais Clive s'est introduit dans la maison et l'a emmenée. C'est le valet qui est venu m'avertir. Vous êtes prêt ?

Il ne s'excusa pas d'avoir tiré Monk du lit. Avant que ce dernier eût pu répondre, Scuff réapparut, ressemblant presque à un homme dans ses épais vêtements de marin, son caban similaire à celui de Monk. Lui aussi portait des bottes.

Monk prit une inspiration pour lui dire qu'il ne pouvait pas les accompagner, mais Gillander le devança.

— Bon gars, dit-il brièvement, avant d'ouvrir la porte sur l'obscurité.

Scuff lui emboîta aussitôt le pas, devant Monk.

Un fiacre attendait le long du trottoir. Gillander donna l'ordre au cocher de les conduire aux docks tout en s'engouffrant à l'intérieur. Scuff et Monk le suivirent.

Le trajet fut silencieux. Il n'y avait pas de questions à poser car Gillander lui-même ne saurait pas grand-chose avant qu'ils arrivent au fleuve. Peu importaient les détails. Ce qui comptait désormais, c'était de lever l'ancre et de se lancer à la poursuite de Clive.

Les rues étaient humides et noires, balayées par une forte brise. Ils roulaient aussi vite que possible. Le cocher devait avoir un bon cheval pour tenir pareille allure.

Une fois sur les quais, Gillander lui tendit une poignée de pièces – au moins deux livres ! L'homme les regarda, vit briller l'argent à la lueur des lanternes et le remercia.

Le *Summer Wind* mouillait tout près de là et le canot était amarré au pied des marches de l'embarcadère. Ils les descendirent prudemment, les sachant mouillées et glissantes. Sans un mot, ils montèrent à bord et détachèrent l'embarcation. Monk et Gillander prirent les rames, synchronisant leur rythme en silence.

Ils se dirigèrent vers le côté abrité de la goélette. Le fleuve était agité et le ciel au-dessus lourd de nuages. La lune qui rasait l'horizon à l'ouest donnait un peu de lumière, révélant les autres bateaux qui se balançaient sur l'eau chatoyante, et de temps à autre, une crête d'écume blanche. Ils ne pourraient identifier le bateau de Clive qu'à son gréement – à supposer que Gillander le reconnaisse ! Il s'appelait le *Spindrift*, et Monk estimait qu'il n'avait pas plus d'un mille marin d'avance sur eux. Si la lune disparaissait complètement, ils ne verraient que ses feux.

Monk n'eut pas le loisir de réfléchir davantage. Ils rangèrent les rames et grimpèrent à bord de la goélette, puis arrimèrent solidement la barque sur le pont.

— Nous allons hisser la voile d'artimon, déclara Gillander avant de s'adresser à Scuff. Tu sais lever l'ancre ?

— Non, monsieur. J'étudie pour être docteur. Je sais recoudre les plaies mais pas naviguer, répondit Scuff d'une voix teintée de regret.

— Espérons que nous n'aurons pas besoin de ces talents-là, répondit Gillander. Contente-toi de ne pas être dans nos pattes et fais ce qu'on te dit.

À dire vrai, Scuff avait sous-estimé son bon sens naturel. Monk et lui hissèrent la voile d'artimon pendant que Gillander levait l'ancre et les guidait vers le chenal. La marée était houleuse, et la manœuvre fut pénible. La brise forcissait constamment et s'engouffrait dans la voile.

— Attention ! cria Gillander, mais déjà Monk attachait les cordages.

Le bateau fendit les flots, soulevant une gerbe d'écume.

Il fallut à Gillander et à Monk plusieurs minutes pour s'accorder, le premier à la barre et le second sur le pont avant, échangeant quelques paroles ici et là. Ils travaillaient en harmonie, comme s'ils retombaient dans une vieille habitude. De nombreux navires mouillaient déjà dans les docks, attendant leur tour pour être déchargés. Il était encore trop tôt pour que les péniches soient sorties ; les bacs, eux, circulaient toute la nuit.

Monk fixait constamment l'obscurité par-delà la proue, signalant ce qu'il voyait. Gillander lui avait dit que le bateau de Clive était aussi un deux-mâts, qui avait un grand-mât et un mât de misaine et non pas un mât d'artimon. Il était rapide et gracieux : un navire de marin. Leurs compétences et leur courage allaient être mis à l'épreuve. Ce serait à qui pouvait serrer le vent et tirer des bords le plus efficacement, jauger le courant avec le plus de précision. La navigation se ferait surtout à vue, en jugeant la distance des feux, jusqu'à ce qu'ils soient hors de l'estuaire. Une fois en haute mer, seule la vitesse aurait de l'importance.

Le vent continuait à souffler en rafales, venant du nord-est. S'il changeait de direction, cela pourrait faire une différence, surtout s'il passait en plein ouest. Alors, il serait directement contre eux et il les repousserait vers la côte, où ils risqueraient soit de s'échouer sur les bancs de sable, soit de se fracasser contre les écueils.

Il faisait un peu plus jour. Le ciel pâlissait à l'est.

Monk scruta les ombres mouvantes devant lui. Était-ce le contour d'un navire qu'il distinguait, ou le mouvement de la houle ? Soudain, il vit le feu de mouillage. La lanterne rouge de la poupe, qui aurait dû se trouver à sa gauche, était sur la droite ! Le bateau venait droit sur eux.

Il cria un avertissement à Gillander, agitant les bras.

Gillander tira sur la roue du gouvernail, mettant tout son poids dans la manœuvre. Ils gîtèrent violemment vers bâbord. Monk lutta tant bien que mal pour garder l'équilibre tandis que le bateau passait à vive allure, à vingt mètres d'eux. C'était une goélette à trois mâts qui se dirigeait vers le sud, vers la côte plate du Kent, encore invisible dans la pénombre.

— Scuff ! appela Gillander, sa voix dominant les éléments.

Scuff se retourna immédiatement, désireux de se rendre utile.

— Va aider Monk à réduire la voile et reviens prendre la barre. Je vais hisser le foc aussi. Il faut qu'on aille plus vite.

Scuff obéit sans discuter.

Monk l'observa. Il devinait, à la raideur de ses bras et de son dos, que l'adolescent avait peur. Tous savaient qu'un homme qui passait par-dessus bord était perdu. On avait beau tout tenter, on ne pouvait jamais manœuvrer assez vite pour retrouver un corps dans une mer aussi grosse.

Il crapahuta vers l'avant et atteignit enfin Monk.

— Il dit de réduire la voile ! cria-t-il.

Monk lui fit signe qu'il avait entendu, et par gestes plutôt que par des mots, montra à Scuff comment équilibrer son poids, bander ses muscles et retenir la corde.

Tout en les observant, Gillander serra le vent davantage. L'espace d'un instant, la voile faseya. Ils travaillèrent dur et vite. Gillander louvoya de nouveau avec douceur, et la voile se gonfla, les projetant sur le côté, manquant de peu de précipiter Monk dans les flots. Il plongea en avant et attrapa Scuff qui venait de trébucher. Une pluie d'embruns leur piqua la peau comme des grêlons. Ils gagnèrent de la vitesse.

Dix minutes plus tard, ils apercevaient les feux d'une goélette à deux mâts. Il faisait plus clair maintenant, et l'aube se levait à l'est, juste au-dessus de la proue. Le bateau avançait à vive allure, suivant un cap est-sud-est au vent de travers, comme eux.

— Le *Spindrift* ! cria Gillander pour couvrir les grincements et le vacarme des vagues. C'est lui !

Monk eut l'impression que le temps s'était évanoui. Qu'il était de retour sur la côte de Barbarie, le puissant océan Pacifique sous sa quille, face à l'horizon interminable qui s'étirait jusqu'à l'Arctique et les grandes montagnes blanches de l'Alaska. Chacun des hommes était vigilant, prêt pour cette lutte contre la mer, et pourtant lié à elle par une compréhension plus profonde que celle de l'esprit, ne faisant qu'un avec elle.

À terre, tout homme pouvait être votre ennemi, votre rival pour la gloire, la fortune ou l'amour d'une femme. Là, il était votre frère dans la guerre contre la mer.

Ils travaillaient de concert, Monk, Gillander et Scuff, tirant constamment des bords, poussant la bôme, bordant les voiles, et comblant peu à peu la distance qui les séparait du *Spindrift*. Le vent soufflait plus fort, soulevait des crêtes d'écume sur les vagues, propulsait le *Summer Wind* en avant. Ils étaient soulevés en l'air et retombaient lourdement sur l'eau comme une pierre. Par la suite, Monk s'étonna que le bateau ne se fût pas brisé sous la force de l'impact.

Cela importait-il qu'il eût oublié son passé ? se demanda-t-il soudain avec stupeur. Ses années perdues contenaient peut-être toutes sortes de trésors ou d'affreux passages à vide hantés par la terreur et la solitude. Il en allait ainsi pour tous ceux qui avaient jamais chevauché la vie à travers les tempêtes, guidés par la lumière au-delà. S'il avait oublié le bon, il avait aussi oublié le mauvais. Il avait été proche du désespoir absolu dans le box des accusés, incapable de se défendre, effrayé par tout, y compris par la vérité.

Ses amis l'avaient sauvé : en partie parce qu'ils l'aimaient, et en partie parce que la vérité était bonne, difficile, mais tellement plus brillante qu'il ne l'avait craint. Le moment était venu d'accepter l'aide, l'amour, les erreurs, et d'en être reconnaissant.

Ils se rapprochaient du *Spindrift*. Que diable Gillander allait-il faire lorsqu'ils l'auraient rattrapé ?

Encore un louvoiement, et, s'ils le jugeaient bien, ils seraient parés à accoster. Et alors ?

Monk agita les bras, désignant le navire qui ne se trouvait plus qu'à une centaine de mètres sur leur droite. Il ouvrit les paumes d'un air interrogateur.

Gillander lâcha le gouvernail de la main droite et fendit l'air avec, comme s'il tenait une épée.

Scuff poussa un cri d'excitation.

— Tu vas rester ici et garder le bateau, l'avertit Monk. Il faut que quelqu'un s'en occupe. Et le défende contre un éventuel abordage, ajouta-t-il en voyant sa mine déconfite. On ne sait pas combien il a de membres d'équipage. Tu seras le seul homme à bord.

Le visage de Scuff devint grave.

Le jour colorait de gris la crête des vagues, à présent. Des ombres noires et brillantes filaient à leur surface, et l'écume blanche ici et là semblait moins farouche.

Le *Spindrift* n'était plus qu'à cinquante mètres.

Gillander fit signe à Scuff de s'approcher. Monk l'observa poser les mains de Scuff sur le gouvernail, vit l'adolescent se raidir contre la force qui s'opposait à lui, peser de tout son poids contre la roue. La goélette revint au près et se redressa.

Gillander esquissa un minuscule salut, regardant Monk par-dessus l'épaule de Scuff.

Monk s'avança à son tour, effleura le bras de Scuff en un geste d'approbation tacite. Ce dernier rougit de plaisir.

— Descendez dans ma cabine et prenez trois coutelas dans le coffre sous la couchette, ordonna Gillander. Faites vite. Vous feriez mieux de retirer ce caban. Vous ne pouvez pas vous battre avec les bras engoncés dans ce truc.

La distance entre les bateaux se réduisait à vue d'œil. Monk n'avait pas le temps de discuter. S'il échouait, Hester ne le lui pardonnerait jamais ! Ni d'avoir emmené Scuff ! Mais s'il échouait, il serait mort, alors il n'en saurait jamais rien.

Il glissa le premier coutelas sous la ceinture de Scuff.

— Seulement si quelqu'un essaie d'aborder ! dit-il d'un ton sombre.

L'adolescent esquissa un sourire.

— Et si Gillander et toi vous faites tuer, je vais ramener ce bateau tout seul ?

— Ne sois pas impertinent, riposta Monk, soudain consterné en imaginant Scuff terrifié… blessé… seul.

Il se força à repousser cette pensée. Aimer faisait de lui un prisonnier de la peur… et de la douleur.

Il donna le deuxième coutelas à Gillander et garda le troisième. L'arme paraissait étrange dans sa main, inhabituelle.

Ils n'étaient plus qu'à vingt mètres du *Spindrift*. Il voyait clairement Clive sur le pont, ainsi qu'un autre homme. Peut-être y avait-il d'autres matelots, au moins un à la barre. Ils seraient armés de coutelas ou, pire, de pistolets. Malgré tout, il serait extraordinairement difficile d'atteindre une cible avec le roulis.

Gillander, le coutelas à la ceinture, avait à la main un grappin au bout d'un rouleau de corde. À l'évidence, il avait l'intention de s'approcher suffisamment du *Spindrift* pour le lancer, attraper le bastingage et arrimer les deux bateaux ensemble. Il faudrait que la manœuvre soit très précise. S'ils allaient dans des directions opposées pendant plus de quelques mètres, la corde céderait et reviendrait violemment sur celui qui la tenait, voire le précipiterait à la mer.

Monk s'approcha de lui.

— Prenez la barre, dit-il. Il faut plus que de la chance pour réussir ça. Je m'occupe du grappin.

Gillander s'immobilisa. Ils étaient à quinze mètres et se rapprochaient. Le vent était tombé et le soleil se levait rapidement.

Dix mètres.

Gillander reprit la barre pendant que Monk attrapait le grappin.

— Recule ! ordonna-t-il à Scuff. Jusque là-bas !

Scuff cilla, puis se rendit compte que Monk lui indiquait de ne pas marcher sur la corde enroulée sur le pont, car elle l'emmènerait avec lui. Il obéit aussitôt.

Dix mètres. Cinq. Monk lança le grappin qui s'accrocha au bastingage. Il enroula la corde autour du chandelier et tira de tout son poids, se hâtant de l'attacher.

Gillander chargea Scuff de le remplacer, se pencha sur le côté et entreprit d'affaler les voiles. Le bateau perdit immédiatement de la vitesse. Les deux goélettes se rapprochèrent, puis se heurtèrent et restèrent côte à côte. Gillander sauta à bord du *Spindrift*, mousqueton à la main, pendant que Monk resserrait et rattachait les cordages. Cela fait, il sauta à son tour. Il atterrit lourdement sur le pont.

Un homme se rua vers lui, sabre en l'air comme si le geste était une seconde nature. Monk esquiva et se mit en garde. Sa fatigue le quitta comme un vêtement qui tombe. Le sang déferla dans ses veines, il était presque étourdi d'énergie. Tous les combats qu'il avait jamais menés défilaient dans la mémoire de ses muscles et de ses os. Il pivota et frappa, changeant de posture, se mouvant avec aisance, passant de l'attaque à la défense sans hésitation. Il fit mouche, le sang de son adversaire tacha sa chemise. L'instant d'après, il ressentit une piqûre au bras et vit un mince filet rouge couler sur sa manche. La douleur était insignifiante, mais il s'en voulut. Il aurait dû mieux faire !

Il frappa d'un côté, toucha sa cible, frappa de l'autre. L'homme rugit de fureur et se jeta en avant, l'épaule en sang. Monk visa son bras valide, et le matelot s'écroula.

Gillander, au bout du pont, affrontait un autre membre d'équipage, se démenant comme un beau diable. Sous les yeux de Monk, les deux hommes évoluaient dangereusement, presque avec grâce, autour de l'écoutille fermée, se rapprochant constamment du bastingage et de la mer.

Monk ne pouvait pas intervenir ; les lames fendaient l'air, frappaient, se heurtaient, puis se désengageaient. Les deux adversaires étaient lestes, habiles, mus par l'énergie du désespoir. Ce combat était une question de vie ou de mort.

Monk jeta un coup d'œil vers le *Summer Wind*. Scuff se cramponnait à la roue du gouvernail, le visage blême dans la froide lumière du matin. Gillander sauta par-dessus le panneau de l'écoutille, pivota tel un danseur et enfonça son coutelas dans la poitrine de son adversaire. Celui-ci recula en titubant, se renversa sur la rambarde et bascula dans les flots.

Gillander se retourna. Il n'y avait personne d'autre en vue. Clive et Miriam devaient être dans la cabine – à supposer que Miriam fût encore en vie. C'était le moment de vérité.

Clive était rusé. Il allait les attendre en bas. Il connaissait la disposition des lieux ; il avait peut-être un mousqueton ou une autre arme à feu. Et il détenait Miriam.

Lui ferait-il du mal ?

Une partie de lui l'aimait-il, ou n'était-elle à ses yeux qu'un bel objet, un appétit à satisfaire, si exigeant fût-il ?

Monk regarda Gillander.

Celui-ci était grave. Pour la première fois, Monk lut de l'effroi dans ses yeux. Il savait qu'il n'avait pas peur pour lui-même, mais pour Miriam.

— Reste ici ! cria Monk à Scuff. C'est un ordre. Quand nous remonterons, nous aurons besoin de ton aide. C'est compris ?

— Oui…

Gillander passa le premier, atteignit l'écoutille et descendit, coutelas au poing. Il avait dû se rendre compte qu'il risquait d'être abattu avant d'arriver en bas. N'importe qui y aurait songé. Cependant, il n'hésita pas.

Monk le suivit.

Il lui fallut un moment pour s'habituer à la semi-pénombre, mais il distinguait les contours de la cabine. Gillander était devant lui. Il n'y avait personne d'autre.

Gillander demeura immobile pendant moins d'une minute. Ensuite il mit la main sur la poignée de la porte qui séparait la cabine où ils se trouvaient de la suivante, qui devait être la cambuse. Il l'ouvrit doucement. Celle-ci aussi était déserte.

Monk se figea. Si Clive les entendait, il allait tirer. Il savait qu'un membre de son équipage aurait crié pour l'avertir de son arrivée. Et de toute façon, il serait prêt à prendre le risque de se tromper.

Gillander leva la main, indiquant à Monk de rester en retrait, puis donna un violent coup de pied dans la porte et recula juste à temps. Une balle siffla à ses oreilles et se ficha dans le mur de la cambuse derrière lui, aussitôt suivie d'une autre.

Monk s'avança, brandissant son coutelas. Debout au centre de la vaste cabine, Aaron Clive tenait Miriam devant lui en guise de bouclier. Ses cheveux longs étaient défaits, nuage noir autour de son visage livide. Ses yeux étaient écarquillés, mais pas seulement de terreur, d'une sorte d'exultation aussi. Aaron se révélait tel qu'il était réellement : à la fois intelligent, courageux et corrompu par l'orgueil et le désir. Il s'était cru invincible ; il avait cru que le destin lui accorderait tout ce qu'il voulait, s'il le voulait suffisamment. Astley s'était trouvé en travers de son chemin.

Nul ne parla. Les mots étaient inutiles désormais. Clive dévisagea Monk, et ce dernier comprit qu'il sacrifierait Miriam si nécessaire. Ils savaient tous que Gillander ne prendrait jamais pareil risque. Aucune justice ne serait jamais rendue au prix de la vie de Miriam. Ce n'était pas une question d'idéaux. Il l'aimait depuis qu'il l'avait vue pour la première fois, alors qu'il avait à peine vingt ans.

Clive sourit. Si on ne le regardait pas dans les yeux, il possédait toujours le même charme.

Il ne pouvait pas abattre Miriam. S'il le faisait, plus rien ne le protégerait. Ils savaient tous cela aussi.

Soudain, Monk vit le petit couteau de voilier dans l'autre main de Clive, celle qu'il avait passée autour de Miriam. Il tenait parfaitement au creux de sa paume, la courte lame incurvée scintillant à la lumière.

— Reculez, ordonna Clive calmement. Je ne vais pas la tuer. Morte, elle ne servirait à aucun de nous.

Comme pour en faire la démonstration, il leva légèrement la main et trancha délibérément le tissu de la manche de Miriam, du poignet jusqu'au coude. Puis, tout aussi soigneusement, alors que tous étaient immobiles, il incisa la chair et le sang perla le long d'une ligne écarlate qui grossit peu à peu.

Miriam gémit et s'affaissa dans ses bras, prenant Clive par surprise. Il n'avait pas eu l'intention de faire une entaille aussi profonde.

Gillander lâcha un cri et voulut intervenir, mais entra en collision avec Monk.

Clive était penché en avant, déséquilibré par le poids de Miriam. Profitant de cet instant de surprise, elle revint brusquement à la vie, pivota, saisit la main qui tenait la lame et poussa de toutes ses forces. Le couteau plongea dans le bras de Clive, près de l'épaule, et le sang jaillit.

Son bras retomba, inerte. Elle s'écarta précipitamment, se plaçant hors d'atteinte, le souffle court. Gillander se rua vers elle en murmurant son nom et se hâta d'arracher un morceau de son jupon pour en faire un pansement.

Monk s'approcha de Clive blanc comme un linge, déjà couvert du sang qui sourdait de son bras. Sa main en était imprégnée, sa veste aussi. C'était du sang rouge vif, celui d'une artère sectionnée, que rien ne pourrait arrêter. Monk avait déjà vu de telles blessures. Il ferait ce qu'il pouvait pour bander la plaie, mais c'était en pure perte. Ce serait un acte de compassion, voilà tout.

Il entendit Gillander appeler Scuff depuis la porte de la cabine. S'il avait été assez rapide, Monk l'en aurait empêché. Il ne voulait pas que Scuff tente de sauver Clive et échoue.

C'était idiot. S'il voulait être médecin, Scuff devrait être confronté à la mort tôt ou tard. Pourtant, l'instinct de protection était puissant, aussi douloureux que s'il avait été blessé, lui aussi.

Il regarda Clive. Leurs yeux se croisèrent quelques secondes. Clive ne paraissait pas effrayé, seulement perplexe, et puis la vie le quitta doucement, laissant une expression absente sur ses traits.

Monk se leva lentement, les membres raides, envahi par une grande tristesse. Il se retourna vers Miriam au moment où Gillander revenait, Scuff sur ses talons. Scuff avait froid et peur, mais à présent, il affrontait quelque chose qu'il comprenait. Il salua Monk d'un bref signe de tête et se pencha pour examiner la plaie de Miriam. Il lui parla avec douceur en sortant du petit sac en tissu qu'il avait apporté un flacon d'alcool, une aiguille, du fil de coton et de la gaze propre. Il semblait savoir ce qu'il faisait. Un instant, il ressembla intensément à Hester : par les gestes précis de ses mains, sa manière d'incliner la tête, son assurance, feinte ou réelle.

Miriam lui sourit.

— Le vent se lève de nouveau, annonça Gillander. Nous ne pouvons pas ramener deux bateaux par ce temps.

Monk pria intérieurement pour qu'ils parviennent à en ramener au moins un. Il se tourna vers Scuff.

— Fais au plus vite. Tu pourras peaufiner après, dès que nous serons sur l'autre goélette.

— Je sais, dit Scuff calmement. Ça ira. C'est bientôt fini.

Il se tourna, adressant à Monk un sourire éclatant.

La gorge nouée, les larmes aux yeux, Monk traversa la cambuse et la cabine pour remonter sur le pont.

Le vent soufflait fort, aspergeant le pont d'embruns, les vagues couronnées d'écume filaient autour d'eux. Gillander avait raison. Ils ne pouvaient pas sauver les deux goélettes. Sans personne à la barre, avec deux morts à bord et un autre perdu en mer, le *Spindrift* allait être la proie de la tempête et sombrer, sans survivants.

Mais Aaron Clive était perdu depuis longtemps déjà, peut-être depuis la mort de Zachary.

Cinq minutes plus tard, Gillander aidait Miriam à monter sur le pont, puis à passer sur le *Summer Wind*. Elle était pâle, mais maîtresse d'elle-même. Scuff avait recousu sa plaie et on ne voyait presque pas de sang sur son pansement.

Ils détachèrent les cordes et le grappin, laissant la mer les séparer du *Spindrift*.

Miriam descendit dans la cabine, Scuff retourna prendre le gouvernail tandis que Monk et Gillander hissaient la grand-voile à mi-hauteur. Ils virèrent de bord, en faisant cap vers l'ouest et la maison, n'éprouvant plus rien qu'un profond sentiment de victoire.

Retrouvez William Monk dans les épisodes précédents...

1. Un étranger dans le miroir
William Monk, inspecteur de police chevronné, se réveille à l'hôpital. Violemment agressé quelques semaines plus tôt, il a perdu la mémoire. Ce qu'il s'empresse de taire à ses supérieurs qui auraient tôt fait de l'exclure *manu militari* de la police londonienne. Revenu à la vie professionnelle, il doit mener parallèlement une enquête sur le meurtre d'un jeune aristocrate, survivant de la bataille de Crimée, et sur lui-même.

2. Un deuil dangereux
Bien à l'abri dans leur belle demeure de Queen Anne Street, jamais les Moidore n'avaient connu le scandale. Lorsqu'ils retrouvent leur fille poignardée dans son lit, la famille est anéantie. L'inspecteur Monk est sommé de retrouver le coupable au plus vite, en dépit de l'hostilité de ses supérieurs et des séquelles de son amnésie. À lui de savoir décrypter les silences.

3. Défense et trahison
Après une brillante carrière militaire au service de la couronne d'Angleterre en Inde, l'estimé général Thaddeus Carlyon rencontre la mort au cours d'un élégant dîner londonien. Accident ou homicide ? La belle Alexandra, épouse du général, confesse bientôt son meurtre, passible du gibet. William Monk, Hester Latterly et Oliver Rathbone devront faire tomber le mur de silence élevé par l'accusée et la famille de son mari.

4. Vocation fatale
Dévouée à son métier d'infirmière, Prudence Barrymore s'est consacrée aux autres et à l'amélioration de la salubrité des hôpitaux de Londres. Qui aurait pu lui en vouloir au point de l'assassiner et de jeter son corps après avoir abusé d'elle ? Même pour un détective comme William Monk, l'enquête s'annonce délicate. Et l'aide de son amie Hester Latterly, elle-même confrontée à la mort suspecte d'une patiente, ne sera pas de trop pour tenter d'éclaircir cette sordide affaire.

5. Des âmes noires
Hester Latterly est engagée par une riche famille écossaise pour accompagner une vieille dame à Londres. Son unique consigne ? Lui faire avaler son remède pour le cœur qu'elle a fragile. Dans le train, Hester se lie d'amitié avec sa patiente, lui administre le médicament, puis

s'endort. À son réveil, la vieille dame a rendu l'âme. L'autopsie révèle qu'il s'agit d'un empoisonnement, et Hester, accusée du meurtre, est emprisonnée.

6. La Marque de Caïn
Angus, l'homme d'affaires au cabinet prospère ; Caleb, l'homme de fer des bas-fonds marginaux. Tout oppose ces frères jumeaux. Aussi, la disparition inexpliquée d'Angus place Caleb dans une posture de parfait suspect. Quand Monk, détective privé, mène l'enquête, les pistes s'effritent, les bouches se ferment. Et très vite, les certitudes disparaissent.

7. Scandale et calomnie
L'idylle du prince Friedrich et de Gisela fait rêver l'Europe entière. Mais elle attise aussi toutes les convoitises et, quand Friedrich est retrouvé mort, son ancienne maîtresse, la comtesse Zorah Rostova, n'hésite pas à accuser son épouse de l'avoir assassiné. Poursuivie en diffamation, cette femme au charme étrange demande à Rathbone et Monk d'assurer sa défense.

8. Un cri étranglé
De quoi peuvent bien être coupables un père et un fils de la bonne société londonienne pour mériter la sanglante correction qui leur a été infligée dans un des quartiers les plus sordides de la ville ? Au vu des témoignages, le sergent Evan semble très vite penser que le fils, Rhys Duff, toujours entre la vie et la mort, et incapable de parler ou d'écrire pour raconter les faits, n'est pas aussi innocent qu'il y paraît.

10. Mariage impossible
Architecte de génie, Killian Melville refuse d'épouser la fille de son mécène, Zillah Lambert, bien qu'il l'ait, dit-on, courtisée. Impair ou quiproquo ? La mort soudaine de l'artiste par empoisonnement met fin au procès. On conclut à la hâte au suicide… Mais, alors que Monk doit enquêter sur la disparition de petites filles, il découvrira un horrible secret et la clé du mystère Melville.

11. Passé sous silence
La fête donnée en l'honneur du prochain mariage de Miriam Gardiner dans la maison londonienne de son fiancé, Lucius Stourbridge, aurait dû être l'un des plus beaux jours de sa vie. Mais la future mariée quitte précipitamment la réception sans donner d'explication. Soucieux d'éviter le scandale, Lucius demande à William Monk de mener l'enquête.

12. Esclaves du passé
Daniel Alberton, riche marchand d'armes anglais, est retrouvé assassiné dans la cour de son entrepôt. Sur place, le détective William Monk découvre la montre d'un officier de l'Union américaine à qui Alberton

refusait de vendre des fusils. Un coupable tout désigné ? Monk va devoir se lancer à sa poursuite à travers une Amérique ensanglantée par la guerre de Sécession.

13. Funérailles en bleu
Deux femmes sont retrouvées mortes dans l'atelier d'un peintre londonien. L'une d'elles, Elissa Beck, était une joueuse invétérée, accablée de dettes au point d'avoir ruiné son mari. Ce dernier est immédiatement soupçonné. L'enquête de Monk le mènera jusqu'à Vienne, sur les traces du passé trouble des Beck, héros du soulèvement contre la tyrannie des Habsbourg qui secoua l'Autriche en 1848.

14. Mort d'un étranger
Le corps d'un respectable directeur d'une société de chemins de fer est découvert dans une maison close du quartier de Coldbath Square, non loin du dispensaire où, chaque nuit, la femme du détective William Monk apporte soins et réconfort aux prostituées. Celles-ci sont les premières suspectes et le scandale fait bientôt la une des journaux.

15. Meurtres sur les docks
Sur les bords de la Tamise, un marin est assassiné et une cargaison d'ivoire dérobée. L'armateur Clement Louvain fait appel à William Monk pour récupérer sa marchandise au plus vite… Avec l'aide précieuse de sa femme Hester et d'un orphelin cockney, Monk devra avoir le pied marin pour venir à bout de cette affaire.

16. Meurtres souterrains
Tandis que partout dans Londres des travaux de grande envergure se dessinent, dont celui de la rénovation du système des égouts, William Monk est porté à la tête de la brigade fluviale. Lors d'une patrouille sur la Tamise, il est témoin d'un drame : un couple chute dans les eaux glacées et trouve la mort dans l'instant.

17. Mémoire coupable
Après une course-poursuite effrénée, William Monk réussit enfin à mettre la main sur Jericho Phillips. Accusé du meurtre d'un garçon de treize ans et soupçonné de prostituer de jeunes mineurs sur son bateau, Phillips ressort pourtant libre du tribunal, grâce à la stratégie de défense employée par le célèbre avocat et ami de Monk, Sir Oliver Rathbone.

18. La fin justifie les moyens
L'infâme proxénète Jericho Phillips est mort. Pourtant, Monk reste persuadé que d'innocentes victimes souffrent encore. Quand son instinct lui souffle d'aller fouiller dans les activités du beau-père de Rathbone, l'inspecteur sait qu'il ne va pas aimer ce qu'il va découvrir.

19. Une mer sans soleil
Sur la jetée de Limehouse, la brume dérobe au jour de terribles secrets. Peu après le suicide d'un honorable docteur, c'est le corps d'une femme que l'on retrouve mutilé. Trop averti pour croire aux coïncidences, Monk ne tarde pas à pénétrer l'envers trouble du commerce pharmaceutique.

19. Une question de justice
Nommé juge depuis peu, Rathbone doit faire face à un dilemme complexe : rendre la justice en violant le secret professionnel ou laisser acquitter un coupable. Mais après qu'il eut livré une pièce à conviction qui accable le révérend Taft, ce dernier et sa famille sont retrouvés morts. Pris au piège d'une affaire délicate, Monk va devoir démêler la vérité s'il veut sauver la carrière de son fidèle ami Oliver Rathbone.

20. Du sang sur la Tamise
William Monk se voit confronté à une affaire sans précédent : sous ses yeux, un navire explose sur la Tamise et cause la perte de nombreux passagers. Pour la police, le coupable de l'attentat est vite trouvé. Mais ne s'agirait-il pas surtout de couvrir la vérité à l'aide d'un bouc émissaire ? Hanté par les images du drame, Monk est prêt à se dresser contre une autorité corrompue pour que justice soit faite.

21. Le couloir des ténèbres
Magnus Rand, un médecin rusé, et son frère Hamilton, un chimiste de génie, sont prêts à tout pour remédier à la fatale maladie du « sang blanc ». Mais dans une annexe de l'hôpital de Greenwich où exercent les frères Rand, l'infirmière Hester Monk découvre avec horreur que des enfants sont détenus à des fins expérimentales. Les frères Rand sont trop près de leur but pour permettre à quiconque de révéler leurs expériences et Hester est enlevée avant d'avoir pu les dénoncer.

Imprimé en France par CPI

N° d'impression : 136676
Dépôt légal : août 2016
X06877/01